Harriet Tyce

Harriet Tyce a grandi à Édimbourg et a étudié l'anglais à l'université d'Oxford, puis s'est reconvertie dans le droit. Elle a travaillé en tant qu'avocate pénaliste à Londres pendant presque dix ans, avant de se consacrer à l'écriture. Elle vit à Londres. *Mon premier meurtre*, paru sous le titre *Blood Orange* chez Robert Laffont en 2019, est son premier roman. En 2023, *Tu mens comme tu respires* est publié chez le même éditeur. Les deux titres de l'autrice sont repris chez Pocket.

TU MENS
COMME TU RESPIRES

HARRIET TYCE

TU MENS COMME TU RESPIRES

Traduit de l'anglais par
Johan-Frédérik Hel Guedj

LA BÊTE NOIRE
Robert Laffont

Titre original :
THE LIES YOU TOLD

ISBN : 978-2-266-34177-6
Dépôt légal : novembre 2024

Pour Sarah Hughes, ma très chère amie.
Je n'oublierai jamais l'ombre à paupières Rimmel.

Première partie

1

C'est la toute première fois que je dors dans la chambre de ma mère. Autant que je m'en souvienne, en tout cas. Il fait froid. La seule partie de mon corps sortie de sous les couvertures, c'est mon bras, et j'ai la peau moite, les doigts gelés. Je me tourne, je m'emmitoufle complètement, en m'imprégnant de la chaleur de Robin. Elle ronfle doucement à côté de moi. Cela faisait deux ans qu'elle n'avait plus eu envie de dormir avec moi, mais la température à l'intérieur de la maison a eu raison d'elle. La nuit de notre arrivée, elle était entrée dans la chambre que je lui avais préparée, pour en ressortir aussitôt.

— Il fait glacial, avait-elle protesté, et je n'aime pas ce tableau bizarre au mur.

— Je vais l'enlever, avais-je promis.

Mais quand Robin avait voulu partager mon lit, je n'avais pas discuté. Je n'avais pas envie de la quitter des yeux.

La couette est trop légère. La nuit dernière, j'ai empilé nos manteaux dessus, pour nous tenir un peu plus chaud, mais ils ont glissé par terre pendant notre sommeil. Je tends le bras et je les remets en place, en essayant de ne pas la déranger, afin de prolonger son repos d'au moins quelques minutes supplémentaires. Quand nous nous lèverons, il fera froid.

Le poêle à gaz est encore là. Je me souviens que parfois, en hiver, les jours les plus froids, ma mère m'autorisait à m'habiller à côté de ce poêle, en m'avertissant de ne pas trop m'en approcher. Je n'avais jamais le droit d'y toucher, à l'époque. Aujourd'hui encore, j'ai peur de le manipuler. Il est marron, luisant, les angles vifs, avec des rainures dans la peinture. Les brûleurs en céramique sont noirs de suie. Je ne sais même pas s'il marche encore. Le foyer tout autour, autrefois blanc, a jauni, avec des traces de roussi au-dessus du feu. Hier soir, j'ai évité de jeter un œil aux bibelots en porcelaine sur le manteau de la cheminée, mais à la faible lumière du matin, je vois qu'ils n'ont pas changé : des bergères souriantes, un Pierrot au grand sourire vide, tous en rangs serrés sur l'étroite tablette.

À côté de moi, Robin remue, soupire, retombe dans le sommeil. Je n'ai pas envie de la réveiller. Aujourd'hui, pour elle, ce sera suffisamment dur comme cela. L'angoisse pointe en moi. La chambre humide et froide me pèse, des pensées de la maison chaude que j'ai fuie me hantent. Quel contraste entre cette chambre d'appoint, ici, que ma fille refuse, et sa chambre à elle que nous avons été contraintes de quitter : le lit drapé de tentures roses, les peaux de mouton sur le sol. Dans la maison de ma mère, il n'y a pas de peaux de mouton, rien qu'un crâne de bélier encore accroché dans l'escalier, resplendissant, avec ses cornes.

Pourtant, l'endroit est sûr. Et très éloigné. Robin se retourne dans le lit, plus près de moi, son bras à côté du mien. Elle sert fort le petit suricate tricoté par ma meilleure amie Zora. Ma respiration se calme. Après ce qui s'est passé, là-bas, dans cette maison, j'aurais toujours eu froid, malgré la chaleur. Je frissonne à cette pensée, le choc est encore vif. J'inspire à fond, j'expire. Nous sommes ici, à présent.

Je tends la main pour attraper mon téléphone sur la table de nuit… rien. Pas de messages. La batterie est presque à plat – évidemment, à côté du lit, il n'y a pas de prises. Mais au moins l'électricité marche encore. Le tout est que nous ne nous électrocutions pas avant que j'aie eu l'occasion de faire vérifier l'installation. Je me rallonge, en dressant la liste de toutes les tâches essentielles à la sécurité de cette maison, submergée par le nombre d'obligations qui m'attendent. Au moins, cela ne me laissera guère le temps de penser à autre chose.

— Quelle heure il est ? marmonne Robin, en se retournant pour s'étirer.

— Presque sept heures, lui dis-je. (Un temps de silence.) On ferait mieux de se lever, ajouté-je ensuite.

Nous restons allongées encore un moment, toutes deux réticentes à l'idée de braver le froid. Je m'arme de courage, d'un geste je rabats les couvertures et je me lève d'un bond.

— Tu es vraiment méchante, fait-elle, en s'asseyant aussitôt. Je suis obligée de prendre une douche ? La salle de bains est glaciale.

— Non, ça ira. J'essaierai de régler ça plus tard.

Elle court vers sa chambre et je l'entends marcher dans tous les sens tandis qu'elle se prépare. J'enfile un jean et un pull sans réfléchir à ma tenue. Il fait trop froid pour être coquette.

— Je n'ai pas envie d'y aller, ronchonne Robin, un toast à la main, qu'elle repose dans l'assiette sans l'avoir croqué.

Elle soupire. Mon cœur se serre.

— Je sais.

— Je vais détester, dit-elle, en se retournant et en relevant ses cheveux qu'elle enroule en chignon haut sur sa tête.

— Ce ne sera peut-être pas si pénible.

— Si, ça va être pénible, insiste-t-elle, en me dévisageant.

Sur un ton qui ne laisse pas de place à la discussion.

Elle va franchir les portes d'une nouvelle école en CM2, dans un nouvel uniforme – à peine sorti de sa boîte, empesé, impeccable –, alors que toutes les autres élèves ont déjà eu des années pour former des bandes et des clans. L'uniforme qu'elle porte ne lui va même pas correctement, le col trop large bâille autour du cou, la jupe est trop longue. Son visage est pâle par rapport au rouge vif du cardigan de son nouvel établissement scolaire et au blanc éclatant de sa chemise neuve, une tenue que nous avons achetée dans la précipitation la veille, à la boutique d'uniformes de Finchley Road, celle dont je conserve le souvenir depuis mon enfance. Ma gorge se serre, mais je me force à sourire.

— Tout ira bien, dis-je, avec une pointe de désespoir dans la voix. Tu vas te faire de super nouvelles amies.

Je prends un toast, je le regarde, je le pose. Moi non plus, je n'ai pas faim.

— Peut-être, admet-elle, la voix empreinte de doute.

Elle finit de s'occuper de ses cheveux et sort son téléphone de sa poche, immédiatement happée par l'écran.

Je tressaille, mais je me contrôle. Y a-t-il un message d'Andrew, souhaitant à sa fille bonne chance dans sa nouvelle école ? Je ne sais pas si son papa et elle se sont parlés depuis notre départ… notre départ forcé. Robin n'arrête plus de faire défiler les pages, qu'elle balaie des yeux.

— Des choses intéressantes ? dis-je finalement, incapable de me retenir, en tâchant de garder un ton léger. Ton papa t'a envoyé un message ?

L'air de rien, je prends mon téléphone et je le range dans mon sac.

Elle lève les yeux, le visage pâle et immobile et fait non de la tête.

— Papa, non. Et toi, tu ne lui as pas parlé ?

Je souris, l'air neutre. Il faut que je fasse dévier la conversation vers un autre sujet. Elle doit croire que tout ceci est normal. Elle n'a pas besoin de savoir que le dernier contact entre son papa et moi s'est limité à un échange strident au téléphone avant que la ligne ne coupe de son côté. « Va-t'en, c'est tout, avait-il lâché. Je ne veux plus de toi ici. D'aucune de vous deux. » Avec une détestation dans la voix que je n'avais encore jamais entendue.

Je suis restée trop longtemps silencieuse. Elle me regarde. Une question se dessine peu à peu sur son visage.

— Des histoires ? Tu discutes avec quelqu'un ? dis-je, en faisant un effort.

Ces deux derniers mois, une dispute compliquée a éclaté entre des amis de Robin et des élèves de son ancienne classe et, étrangement, j'ai trouvé les épisodes successifs très prenants.

— Tout le monde dort encore, maman. C'est le milieu de la nuit, en Amérique.

— Désolée, oui. Bien sûr. Je n'avais pas réfléchi.

Ces mots restent en suspens, avant qu'elle ne consente à répondre.

— Mais il y a un tas de messages qui datent d'hier soir, pendant que je dormais. Tyler était assise à côté d'Addison dans le bus vendredi, à la place d'Emma, et maintenant plus personne ne parle à Addison.

— Oh là là…

— Je sais. C'est trop débile.

Elle consulte encore une fois son téléphone avant de le lâcher.

— Ce sera peut-être plus facile dans une école de filles, dis-je, en m'efforçant d'adopter un ton convaincant.

Sans y parvenir.

Robin hausse les épaules.

— Je verrai bien sur place, j'imagine.

La dernière année d'école élémentaire. Des souvenirs, ancrés au plus profond de mes os. Tout le monde allait avoir onze ans, certaines élèves avaient des allures d'adolescentes, d'autres restaient enfantines. Au moins, ma fille se situe dans la moyenne, ni très grande ni très petite, rien d'extrême, rien qui ressorte dans son développement. De toute façon, ce sera bien assez dur comme ça. Réprimant un frisson, je me souviens des rejets, du mépris. Malgré tout ce que je dois affronter d'autre, je n'aurai au moins plus jamais à endurer l'intégration dans une nouvelle école.

— Je ne sais pas comment elles s'en sortent, sans toi pour tenir le rôle de l'intermédiaire.

— Je pense qu'elles ne s'en sortent pas, décrète Robin, la mine sérieuse. Sans moi, là-bas, elles se disputent beaucoup plus. Je ne verrai jamais leurs messages à temps.

— Je suis sûre qu'elles sauront se débrouiller. Et tu les reverras bientôt. Aux vacances de Noël, peut-être.

Robin ne dit rien. C'est trop de changements à intégrer. Trop de choses, trop vite. Mon monde et celui de ma fille, chamboulés en l'espace de quelques brèves journées. L'atmosphère est lourde.

— Je sais que c'est difficile, dis-je. Mais on peut faire en sorte que ça fonctionne. Nous avons eu de la chance que l'offre de cet établissement se présente. Ton école chez nous était super, mais nous avons toujours désiré que tu fasses ta scolarité ici, à Londres. Tu vas adorer.

Ma voix déraille. Je me souviens de cette dernière journée dans l'urgence, à Brooklyn, lorsque j'ai jeté des vêtements dans des sacs, un sourire figé plaqué sur le visage alors que je mentais à Robin comme une arracheuse de dents sur les raisons qui nous obligeaient à partir. Dans l'instant. Sans avoir le temps de faire nos adieux.

— Et toi, tu t'es sentie heureuse là-bas ? Tu es sûre que ça va me plaire ?

Elle a le visage pincé, l'air soupçonneux.

— Oui, dis-je.

Encore un mensonge. Mais rien qu'un petit, cette fois.

— Mais tu m'as raconté que tu n'avais pas eu la plus belle des enfances, insiste-t-elle.

Elle est fine, ma fille. Un peu trop même. Je me reprends aussitôt.

— C'était plus à cause de la situation à la maison. Et de ta grand-mère. Elle n'appréciait pas beaucoup les enfants, même les siens. L'école, c'était une forme d'évasion. Je veux dire, il y avait des côtés difficiles, évidemment, mais je me suis fait quelques amies. J'aimais beaucoup aller à la bibliothèque. En CM2, ils m'ont désignée déléguée de classe et ils ont inscrit mon nom sur un écusson, c'était assez sympa. C'était franchement mieux qu'ici.

D'un geste, je désigne la cuisine froide et fatiguée.

Robin sourit.

— Au moins, il fera chaud, remarque-t-elle, en essayant de plaisanter.

Je me penche au-dessus de la table pour l'embrasser et, après un temps d'arrêt, elle m'étreint à son tour.

— Sortons d'ici. Il ne faut surtout pas que tu arrives en retard. Pas pour ta première journée.

Elle hoche la tête et traverse la pièce pour aller prendre son sac et enfiler une paire de gants. Je mets un bonnet de laine pour cacher mes cheveux gras, et nous nous dirigeons vers la sortie.

Nous marchons jusqu'à l'arrêt de bus, nos semelles claquent en cadence sur le trottoir. Je jette un coup d'œil à ma fille. Son visage est dessiné, son menton ferme, presque adulte, et pourtant elle est encore si jeune.

Je ne sais pas ce qui nous attend. Je voudrais garder mon calme. Mais je ne peux déloger la peur au creux de mon ventre, aussi pesante que nos pas sur le sol.

2

Je suis assise près de la vitre du bus, le front appuyé contre la vitre. Le bus 46 est plein, et lent, il progresse péniblement d'arrêt en arrêt, de Camden à St John's Wood. Je me souviens si bien de l'itinéraire que je pourrais l'effectuer à pied les yeux fermés. Tout a changé, tout est identique, avec des strates de nouveaux bâtiments, comme des couches de peinture fraîche par-dessus les anciens édifices.

Je jette un coup d'œil vers Robin, elle est de profil, encore hypnotisée par son téléphone. Elle s'étrangle de rire, relève la tête.

— Emma m'a envoyé de grosses infos. Tous ces drames. Je suis bien contente de ne pas être là-bas à devoir gérer toutes ces histoires, ajoute-t-elle, en fourrant son téléphone dans son sac.

Je la crois presque.

Mon ventre se serre : l'arrêt de bus que je ne connais que trop bien se rapproche. Tout à coup, je prends conscience du bruit de la circulation autour de moi. Le crissement des freins, le son des klaxons, un homme beuglant « Va te faire foutre ! » au loin. Les gaz des pots d'échappement s'infiltrent depuis la rue, me prennent à la gorge, un long cortège compact de SUV noirs nous double. Nous serons les seules à nous présenter à l'école en bus.

Le chauffeur freine brusquement et ma tête cogne contre la vitre. Je ferme les yeux, je les ferme aux souvenirs.

* * *

— Nous n'aurons jamais de place, avais-je répondu en apprenant ce qu'avait décidé ma mère, deux ans plus tôt. Il est trop tard. Il y a trop de demandes. Jamais aucune place ne se libérera maintenant. Ni à l'entrée en CE2, ni dans deux ans. Il y aura une liste d'attente aussi longue que mon bras. Elle pense pouvoir tout contrôler, mais elle en est incapable. Même si nous finissions par nous y plier, nous en serions incapables.

Et cela s'était vérifié : à mon grand contentement, la responsable des admissions avait expédié sans ménagement ma demande adressée à contrecœur.

Mais c'était avant que tout le reste se gâte. Mon mariage avec Andrew, qui s'est effondré en deux courtes années. Dès lors, ce fut une surprise de recevoir un appel, il y a seulement deux semaines, de la même responsable des admissions m'annonçant qu'une place s'était désormais libérée, si Robin pouvait commencer immédiatement. J'étais sur le point de répondre à nouveau non, mais quelque chose m'en a empêché. « Je vais y réfléchir un peu, si c'est possible. » Au lieu d'un refus, ce sont ces mots-là qui sont sortis de ma bouche.

Rien n'aurait pu me préparer au désespoir dans lequel j'étais quand je l'ai rappelée quarante-huit heures plus tard, le cœur au bord des lèvres, pour lui demander – la supplier – de me confirmer si la place était toujours disponible. « S'il vous plaît. » Pour elle, c'était juste une proposition ordinaire, une manière de combler un vide inattendu dans la classe. Pour moi, c'était un miracle – tout ce dont j'avais besoin pour organiser notre évasion. Une évasion dont j'ignorais jusqu'à cet instant qu'il me faudrait l'organiser. La condition posée par le legs de ma mère était remplie si j'envoyais Robin à Ashams ; mais si elle ne devenait pas élève de cette école, je ne serais pas autorisée à utiliser cette maison ou à percevoir le petit revenu de la succession – tout juste suffisant pour vivre maintenant que j'avais mis un terme à mon mariage.

Quand j'avais quitté la maison de ma mère, plus de dix ans auparavant, j'avais juré sur ma vie de ne jamais y retourner. De ne plus jamais la laisser me dominer.

Mais pour ma fille, j'aurais rompu n'importe quelle promesse.

* * *

Maintenant, nous sommes aux portes de l'école, et j'ai les poings fermement serrés dans mes poches. Même vu par les yeux d'une adulte, l'édifice paraît immense, imposant. Une architecture digne de l'école de filles la plus prestigieuse du nord de Londres. J'essaie de ne pas m'imaginer à quel point cela doit être intimidant pour Robin.

Il y a deux portails en fer forgé, séparés par un parterre de fleurs classique entouré de haies de buis et de cyclamens. Une allée courbe monte de chacun des deux portails jusqu'à un large escalier qui mène à l'entrée principale. Malgré son allure grandiose, l'édifice n'est qu'à petite distance du trottoir – obligé de manœuvrer prudemment pour contourner les portails, un carrosse ne pourrait y faire d'entrée majestueuse. Cet endroit ne saurait être plus différent de l'ancienne école de Robin, un bâtiment moderne dans une rue tranquille. Cette institution porte le poids de l'histoire, une gravité qui semble contredire la présence d'enfants bien réels derrière ces grandes portes.

Je baisse les yeux sur Robin. Son visage est fermé, ses joues sont pâles.

— Ça va aller, dis-je.

J'ai envie de le lui promettre. Je ne peux pas.

Robin regarde autour d'elle, sans ciller. Elle m'agrippe le bras.

— C'est une école élémentaire ?

— C'est ça. Un endroit bien plus accueillant que ça n'en a l'air, je te le promets.

Je me retiens de croiser les doigts.

— Ouah.

— On ferait mieux d'entrer, dis-je, et elle hoche la tête.

Nous avançons lentement dans l'allée et montons les marches de pierre. Les portes sont larges, en bois, ornées de ferrures rutilantes en laiton briqué. Je tends la main pour ouvrir la porte, mais quelqu'un la pousse avec force de l'intérieur. Une femme sort d'un pas énergique et me rentre dedans. Surprise, je recule d'un bond, et je ne retrouve mon équilibre qu'en me rattrapant au bras de Robin, manquant presque la renverser, elle aussi. Je me tords la cheville, une vive douleur remonte dans ma jambe.

— Regardez où vous allez ! J'aurais pu tomber dans l'escalier.

La voix de cette femme est pleine de mépris.

Elle nous passe devant et s'éloigne avec une allure martiale, ses cheveux au brushing parfait ondoyant sur ses épaules à chaque pas. Je la suis des yeux, le cœur encore battant après cet accrochage. Grande, blonde. Hostile.

— Est-ce que ça va ? s'inquiète Robin, au moment où une autre femme manifeste son agacement et joue des coudes pour nous passer devant, elle aussi.

Ma gorge se serre, je pourrais fondre en larmes. Ou leur crier à toutes d'aller se faire foutre. Je m'essuie les yeux en vitesse.

— Je vais bien.

Dès que nous sommes en sécurité à l'intérieur, et après que j'ai présenté Robin à la secrétaire des admissions et rempli les formulaires des contacts d'urgence, je reste à côté de ma fille, en attente.

— Tu peux y aller maintenant, maman, dit-elle, ce qui fait rire la secrétaire.

— Elle est en sécurité avec nous, madame Spence.

— Spence, c'est le nom de mon mari, rectifié-je. (Je ne peux me résoudre à préciser « ex-mari », pas avec Robin près de moi.) Mon nom, c'est Roper. Sadie Roper.

— Bien sûr, madame Roper, dit-elle.

Et elle continue de me regarder, espérant que je m'en aille. Robin m'adresse un signe de tête.

— Vas-y, maman.

Je me tourne vers la secrétaire.

— Vous n'avez besoin de moi pour rien de plus ? Visiter l'établissement, rencontrer le professeur, ou autre chose ?

Elle fait non de la tête.

— Pas aujourd'hui. Vous rencontrerez le professeur de votre fille en temps et en heure. Nous vous enverrons les informations pour la soirée des parents. (Elle se tourne vers ma fille.) Je vais te conduire dans ta salle de classe.

Et elle me la subtilise avant même que j'aie pu lui dire au revoir.

3

Je retourne en vitesse à l'arrêt de bus de l'autre côté de la rue, et la douleur à ma cheville reflue à chaque pas. Il faut que j'arrange un peu la maison et ensuite que je me rende au cabinet pour voir si du travail se présente. Les longues années passées loin de toute pratique pénale demeurent béantes devant moi, mais je refuse de me laisser décourager. J'ai bravé bien pire ces dernières semaines. Bien pire.

Rien n'aurait dû se passer ainsi. La colère m'envahit : contre Andrew, qui se comporte comme un vrai salopard ; contre le rejet et la rage qui m'ont conduite à traverser l'Atlantique, à revenir tout droit me jeter dans les griffes de ma mère et dans cette épave qui nous tient lieu de maison. Des visions d'un appartement bien rangé, de construction récente me traversent la tête. Des murs blancs et des sols en bois bien nets, pas le sombre fouillis d'une maison victorienne négligée, aux fenêtres assombries par un lierre envahissant. Un héritage toxique.

Le bus s'arrête. Pas une bonne chose de penser à cela maintenant. Je vais laver, récurer, nettoyer ; tout javelliser. Je sors mon téléphone, prête à envoyer un message à Zora pour l'inviter à dîner. Mon doigt hésite un moment au-dessus de l'écran avant que je ne le tape.

Surprise ! Longue histoire, mais Robin et moi sommes de retour et on s'installe dans la maison. Dîner demain ? Un tas de choses à te raconter xx

Préparer l'avenir, sans regarder en arrière.

* * *

Dès que je suis de retour chez moi, je vérifie le ballon d'eau chaude que j'étais trop fatiguée pour examiner la veille au soir et, surprise, je découvre qu'il est relativement neuf. Au bout de quelques minutes, il est en marche. De la chaleur, de l'eau chaude : voilà qui va chasser les démons.

Rassérénée, je m'attèle à la besogne, je récure et je frotte toutes les surfaces visibles, sans m'arrêter une seconde pour ne pas laisser entrer les pensées du passé. Je m'interdis d'accorder la moindre attention aux parquets qui craquent ou aux carrelages fêlés, à la trace qu'a laissée sur le mur le livre que ma mère m'a jeté, au clou qui dépasse du sol et où j'ai déchiré d'innombrables paires de chaussettes, car j'oubliais toujours qu'il était là. La poussière remonte et, avec elle, la morosité de la maison, et la lumière froide du soleil qui pointe à travers la vitre sale de la fenêtre de la cuisine me remonte un peu plus le moral.

Au bout de deux heures d'activité frénétique, la cuisine redevient utilisable. C'est toujours le même four, celui dont je garde le souvenir depuis tant d'années. Je vérifie qu'il fonctionne, me rappelant presque d'instinct combien de temps il faut maintenir la manette enfoncée avant que le gaz ne s'enflamme à l'étincelle du piézo.

La vieille bouilloire électrique est encore là, avec son cordon effiloché, le métal du câble à nu. Je me souviens de lui avoir conseillé de la jeter, la dernière fois que je suis venue ici, il y a quinze ans. Je la prends et la tourne un instant dans mes mains, en suivant du bout des doigts les traces de calcaire à sa surface, puis ma poitrine se serre et un goût âcre me remonte dans la bouche. « Pourquoi t'inquiéter que je m'électrocute ? » La question retentit dans mes oreilles. Je jette la bouilloire dans un sac-poubelle noir, un sourire au coin des lèvres. En fouillant dans les placards, je sors une petite casserole, je la remplis d'eau que je mets à bouillir.

La maison a beau se situer dans une rue passante, aucun bruit de circulation n'est audible depuis la cuisine qui se situe à l'arrière. Le silence me porte sur les nerfs. Par la vitre de la porte de derrière, je contemple la dalle de béton à l'extérieur. Elle est ombragée par des arbres à feuillage persistant : un if, froid et sombre dans l'angle, toutes les plantes dont ma mère s'occupait d'habitude, brunies et flétries, des feuilles mortes amoncelées dans les coins. Je vais redonner vie à cet endroit : des géraniums et des bulbes dans de grands pots bleus. Je me rappelle le jour où j'avais rapporté un bouquet de tulipes à la maison pour la fête des mères, je le lui avais tendu. « Trop voyantes, s'était-elle écriée en les écartant d'elle et en écrasant les pétales dans l'évier. C'est déjà assez pénible d'être mère, avait-elle ajouté. Je n'ai pas besoin de rappel. » Je n'ai jamais oublié combien je m'étais sentie petite et stupide, à cet instant, mes pieds me paraissant trop grands pour moi quand j'avais reculé d'un pas incertain avant de m'enfuir de la cuisine.

Il est temps de planter des jonquilles, des perce-neige. Des crocus, des tulipes perroquet, aux couleurs les plus vives possibles. Je demanderai à Robin de m'aider. Je m'écarte de la porte-fenêtre et jette de nouveau un œil sur la cuisine. Elle a beau être plus propre, elle reste lugubre, toujours aussi vide.

L'eau bout, je mets du thé à infuser, je me rassois, le mug entre mes mains me réchauffe. Il est presque midi. Est-ce déjà l'heure du déjeuner pour Robin ? La cantine sera peut-être meilleure, maintenant. J'espère qu'elle s'est améliorée. Je repense à ce qu'on nous servait : des lasagnes baignant dans la graisse, de la purée froide, des œufs durs gris-vert plantés au milieu d'une tourte au veau et au jambon dure comme de la pierre. J'inspire à fond, j'expire. Pas maintenant. Interdiction de repenser à tout ça. Ce qui se cache au-dessous est encore pire, bien pire, et je n'ai pas le temps. Mes pensées reviennent aussitôt vers ma fille.

« Tout ira bien, lui ai-je dit. Vraiment accueillant. » Des phrases rassurantes qui se sont échappées de ma bouche. Mais à vrai dire, l'endroit n'a jamais été accueillant du tout. Guindé, autoritaire, respirant la supériorité. Marche ou crève. C'était comme ça, dans le temps. Ça a peut-être changé. Je me souviens des doigts serrés de Robin sur mon bras, agrippés si fort, je suis surprise qu'ils n'aient pas laissé de marque. J'espère que ce ne sera pas aussi pénible qu'elle le redoute.

Je crains que ce ne soit bien pire.

Mon thé refroidit rapidement, et je le bois à longues gorgées, avant de repousser le mug quand j'ai terminé. Pour me rendre au cabinet, je dois me changer. Il me faut demander aux clercs s'il y a du travail pour moi. Je suis réaliste, je sais que cela pourrait s'avérer compliqué, mais je ne peux pas laisser le doute s'insinuer en moi.

Avant de partir, je veux encore ranger un peu la chambre de Robin. C'est celle que ma mère réservait aux rares invités que nous recevions. Je déblaie des piles de vieux journaux et de magazines déchirés, impitoyable dans mon nettoyage. Une commode émerge, une armoire, de vieux manteaux et de vieilles vestes, une fourrure de renard mangée aux mites, la queue maintenue dans la gueule par une barrette en écaille de tortue. Tout cela part dans des sac-poubelle.

Je reçois un message de Zora. *Oui, ravie de dîner demain. Je veux* TOUT *savoir sur ce qui se passe wtf. J'y crois pas que tu sois revenue, impatiente de te voir xx*

Je sens mon moral remonter, un petit rai de lumière percer. Ce sera si bon de la revoir. Mais les explications vont être longues. Je lui réponds avec un emoji pouce levé, incapable de puiser en moi davantage de mots.

4

M'habiller pour le cabinet me fait l'effet de remonter dans le temps. J'enfile mes sous-vêtements, des bas noirs, un chemisier blanc, un tailleur noir, reconnaissante d'avoir conservé cet ensemble durant toutes ces années où je n'en avais pas besoin. Un ensemble noir fatigué que je portais au tribunal voilà plus de dix ans.

La jupe s'ajuste aisément. La veste aussi, comme si toutes ces années n'avaient pas existé. J'observe ma silhouette, reflétée dans un miroir poussiéreux accroché derrière la porte. Ce pourrait être moi il y a près de vingt ans, ma première journée au cabinet, avant Andrew, avant Robin, avant que ma carrière ne cède le pas à une vie que je n'avais absolument pas anticipée.

En dépit de tout, malgré le caractère forcé de ce nouveau départ, je ressens un picotement d'excitation. Je vais enfin être en mesure de m'appuyer de nouveau sur mes qualifications juridiques. Je vais me remettre au travail.

Je marche en vitesse dans Kentish Town Road en direction de la station de métro de Camden Town et, de plus en plus tendue, je me retrouve à la station Embankment, puis à Temple, un peu trop vite à mon goût. Je me dirige vers Temple Place, je coupe par Milford Lane, la peinture brillante sur la grille en fer forgé chatoie au soleil. Je marque une halte, un coup d'œil sur ma gauche, puis sur ma droite. Je me souviens bien de cette petite rue. On s'est pelotés ici avec Andrew un soir, au tout début de notre relation, enivrés par une bouteille de piquette et par les feux de l'amour naissant.

C'était une belle soirée, un bon souvenir. Des pensées ressurgissent d'une période antérieure, une autre soirée plus sombre quelques mois plus tôt, un vieux plaideur qui s'imaginait que ses jeunes stagiaires avocates étaient à sa merci, bonnes à tripoter. J'avais dû me défendre avec force et lui flanquer des coups de pied avec encore plus de force avant de réussir à me libérer. Je m'arrête à l'endroit où c'est arrivé, à gauche de l'escalier, et je lisse ma jupe des deux mains. Cela fait presque vingt ans, mais c'est encore frais dans mon esprit. Je secoue la tête pour en chasser ces pensées, je continue, monte les marches, franchis l'arche au bas d'Essex Street et je débouche entre les rangées parallèles et rectilignes en brique rouge de ces officines d'avocats.

Dès que j'arrive à mon ancien cabinet, au milieu d'Essex Street, je m'arrête un moment et je respire à fond. Tout à l'heure, il me semblait que le cours du temps s'était inversé. Cette impression se reproduit. Je suis aussi gauche et disgracieuse que le jour où j'ai entamé mon stage, maigrichonne et les mains moites.

Je respire encore un bon coup, je redresse les épaules et je pousse la porte.

— Mademoiselle Roper, fait David Phelps.

Et cette fois les années ressurgissent pour ne plus repartir.

— David, dis-je, en réprimant le ton suppliant qui filtre dans ma voix.

— Que me vaut ce plaisir ?

Il est debout derrière le comptoir de l'accueil, des papiers à la main. Il devait s'apprêter à rejoindre son bureau, car il n'est guère dans son rôle de répondre aux appels ; et, comme en réponse à ma réflexion, une jeune femme se glisse devant lui et prend place dans un siège derrière le bureau de l'accueil, à côté du standard.

— Vous avez rendez-vous ? me demande-t-elle d'un ton neutre en me scrutant.

Ses yeux me toisent de la tête aux pieds. Je prends subitement conscience de l'aspect démodé de mon ensemble.

— Non, dis-je, en relevant le menton.

— Alors en quoi puis-je vous aider ?

— Mlle Roper est une ancienne membre du cabinet, intervient David, me prenant peut-être en pitié. (Enfin, peut-être pas.)

Je lui souris, et il me transperce de ses prunelles de requin, sombres et prédatrices, guettant la première goutte de sang.

— Je voulais te parler de mon souhait d'exercer à nouveau, dis-je. Je sais qu'il aurait mieux valu t'écrire d'abord, mais tout est arrivé plus vite que je ne m'y attendais.

— Je vois, fait-il.

— Je suis de retour à Londres, à présent. Ma fille est scolarisée ici. Rien ne m'empêche de reprendre.

Un accent de défi s'insinue dans ma voix. Je sens mes nerfs tendus à bloc, mais je ne vais pas le laisser m'éconduire.

— Hum, fait-il. Les petits dossiers des avocats instructeurs, mademoiselle ? Je ne les vois pas trop se bousculer avec ardeur pour te fournir du travail.

Il est presque rassurant de l'entendre encore lester le mot « mademoiselle » de plus de mépris que je ne l'aurais cru possible. Enfin, presque. Pas tout à fait. Au moins, avec lui, je sais à quoi m'en tenir. J'ai toujours su.

— J'espérais qu'on puisse me confier des travaux d'avocate junior, David, et qu'avec le temps cela me permette de relancer ma clientèle.

— Je suis franchement désolé, miss, mais comme n'importe lequel de nos juniors te le confirmerait, on ne peut pas dire que nous soyons débordés de travail, ces temps-ci. Beaucoup de choses ont changé ces dernières années, et je suis persuadé que tu es au courant. (Un temps de silence, il se passe la main dans les cheveux, un tic ancien que je me remémore.) À ce propos, cela fait combien d'années, maintenant ?

— Presque onze.

Je garde le menton haut.

— Il est exclu que tu puisses revenir comme par enchantement, miss. Il y a aussi l'assurance, ta licence d'avocate, ta formation professionnelle. Comme je te l'ai dit, beaucoup de choses ont changé. Ce ne sera pas possible.

— Mais j'ai déjà effectué toutes ces démarches, dis-je. (Il pense avoir un coup d'avance sur moi, mais il se trompe.) J'ai mon assurance. Ma licence et mes heures de formation professionnelle continue sont à jour. J'ai veillé à me tenir informée en ligne de toutes les évolutions juridiques. Je savais qu'un jour je serais de retour.

— Miss…, reprend David avant d'être interrompu.

— Mes clients pour la réunion de onze heures seront bientôt là, annonce une femme derrière moi, d'une voix impérieuse.

Elle a quelque chose de familier, qui réveille des souvenirs.

— Bien sûr, mademoiselle Carlisle. Voulez-vous qu'on vous apporte du café en salle de réunion ?

David s'exprime comme s'il était devenu quelqu'un d'autre. Respectueux. Obséquieux, même. Pas étonnant. J'aurais dû immédiatement me souvenir d'elle, dès que j'ai entendu sa voix. Barbara Carlisle est l'une des avocates au sommet de la hiérarchie du cabinet, et qui porte le titre de conseillère de la reine. Déjà puissante quand j'y étais, tant d'années auparavant.

Je reste la tête baissée.

— Naturellement, dit-elle. Pour huit.

Elle n'ajoute pas « s'il vous plaît ». Je garde la tête baissée, en espérant qu'elle s'éclipse vite et que je puisse reprendre ma conversation en tête-à-tête avec David. Pour sa part, il a une autre idée.

— Mademoiselle Roper, dit-il, en se tournant vers moi. Je comprends votre position. Mais il n'est tout simplement pas possible de se présenter au cabinet après plus de dix ans comme si de rien n'était et espérer se voir confier du travail. Nous avons des procédures. Et, en dépit de votre ancienne collaboration, ces procédures s'appliqueront. Si vous écrivez une lettre en bonne et due forme au comité des nominations, ses membres étudieront votre situation en temps utile. Je crois que leur prochaine réunion a lieu fin mars.

Pas avant des mois. Sans un mot, je hoche la tête en ravalant ma frustration. Je fais volte-face pour m'en aller et fais un pas en direction de la porte quand Barbara s'approche de moi.

— Sadie, fait-elle. Je me souviens de vous. Vous étiez ma seconde avocate junior dans cet ancien dossier de fraude ?

— En effet.

— Et vous êtes partie en Amérique, n'est-ce pas ? Vous avez eu un bébé ?

— Oui. Robin a presque onze ans, maintenant.

— Et vous revenez travailler ici ?

— J'ai envie de revenir. J'ai besoin de revenir. Mais apparemment il n'y a aucun poste disponible.

Je lance un regard noir à David qui me répond d'un sourire suffisant, en haussant le sourcil.

— Je vois…, dit Barbara, mais je n'entends pas le reste de sa phrase.

Le rictus narquois de David m'a achevée et je suis au bord des larmes, sous le coup de l'humiliation ou de la colère – je ne sais pas –, mais il est hors de question qu'ils me voient craquer. Je sors de la réception d'un pas énergique, sans un regard.

5

J'attends Robin devant l'école, la tête baissée, concentrée sur mon téléphone, évitant de croiser le regard de quiconque. Je sais qu'à un certain moment je vais devoir adresser la parole à des gens, mais pour l'heure, je n'ai pas la tête à ça. Trop déçue de l'accueil reçu au cabinet, trop fatiguée par mes allers-retours en métro. Il me faut une minute pour me rendre compte que ma fille se trouve juste à côté de moi. Elle a encore l'air tendu, mais pas autant que ce matin.

— Comment ça s'est passé ? dis-je, en me penchant pour l'embrasser sur la joue.

Robin s'écarte.

— On peut juste y aller ? S'il te plaît ?

Nous marchons d'un pas rapide vers l'arrêt de bus. C'est seulement une fois que nous sommes montées dedans, une dizaine de minutes plus tard, et que Robin a regardé autour d'elle une fois, deux fois, comme pour vérifier qu'il n'y ait personne portant le même uniforme assis à proximité, qu'elle est disposée à me raconter quelque chose de sa journée.

— C'était bien, dit-elle. Bien. La classe d'art est vraiment intéressante.

— C'est super. Et les autres filles ?

Elle souffle fort par le nez, mais sans répondre. J'ouvre la bouche pour lui reposer la question, mais je me ravise.

— Zora vient demain. Elle veut tout savoir.

— Tout savoir sur quoi ?

— Pourquoi nous sommes revenues ici si vite, pourquoi je t'ai envoyée à Ashams…

— Tu pourrais me l'expliquer à moi aussi, tant que tu y es, grince-t-elle avec un regard cinglant, et elle se tourne de nouveau vers la vitre.

Ce n'est plus une petite fille. Elle n'a que dix ans, mais j'entrevois déjà l'adolescente qu'elle va devenir, sans plus aucune trace de la bambine qu'elle était naguère, le profil tendu sur le fond de lumière grise de l'après-midi.

Dès que nous entrons dans la maison, elle monte dans sa chambre et claque la porte. Je la laisse tranquille. Deux heures plus tard, elle descend et me fait un câlin.

— La maison a l'air un peu plus accueillante, admet-elle. Et ma chambre est beaucoup mieux. Merci. J'ai commencé à déballer mes affaires.

C'est la récompense que j'attendais ; cela va au-delà de ce que je pouvais espérer. J'ai fait de mon mieux avec sa chambre. Celle où je dors – l'ancienne chambre de ma mère – est encore sinistre, mais pour l'instant je n'ose pas monter à l'étage, jusqu'à ma chambre d'enfant. Je préfère coucher au même étage que Robin. Je tiens à éviter ces fantômes.

— Ça te dirait, une pizza pour le dîner ?

Son plaisir à cette idée nous épargne toute discussion supplémentaire à propos de la maison. Son visage se radoucit et elle passe le reste de la soirée à évoquer avec emballement ses anciens amis et leurs tribulations. Elle n'a pas tant grandi que ça, finalement.

Le lendemain soir, Zora franchit la porte d'entrée en trombe, m'attrape, me serre très fort dans ses bras, puis elle me relâche pour se saisir de Robin. Ensuite elle se tourne vers moi, m'étreint encore. Son odeur n'a pas changé – un mélange de clope et de parfum vanillé. La plupart des gens que je connais ont arrêté de fumer ; pas Zora. Son métier d'avocate pénaliste très demandée engendre trop de stress pour qu'elle réussisse à arrêter, argumente-t-elle toujours.

— Regardez-vous toutes les deux, fait-elle. Je n'arrive pas à croire que je vous retrouve à la maison.

— C'est… intéressant d'être de retour, dis-je.

— Je peux imaginer, admet Zora. Je sais que tu n'as jamais eu aucune envie de revenir ici. Tu dois avoir l'impression que ta vie s'est complètement effondrée. Est-ce que ça va ?

Robin et moi hochons la tête sans un mot, puis ma fille marmonne quelque chose et détale, monte en courant dans sa chambre.

— Et Andrew ? Il s'en sort comment ?

— Évitons de parler d'Andrew, dis-je, et je me retourne en direction de la cuisine. C'est vraiment dur. Pourquoi tu ne viens pas prendre un verre ?

Zora me suit et s'assied à la table de la cuisine. Elle regarde autour d'elle, l'air d'approuver.

— Il y a du progrès, ici, dit-elle.

— Merci d'avoir surveillé la maison, dis-je, en versant du vin dans deux verres avant d'en placer un devant elle.

— J'ai été ravie de t'aider.

— Et merci de ne pas m'avoir posé trop de questions. Cela m'a pris des siècles de surmonter tout ça.

Je me souviens de l'avoir appelée, la voix tendue, angoissée, m'efforçant de garder un ton professionnel après la découverte des clauses du testament de ma mère, qui m'avaient fait l'effet d'une bombe. Aucune vente rapide possible, comme je l'avais escompté – et une période d'angoisse interminable, le temps de décider si nous allions nous conformer aux conditions qu'elle avait fixées pour son héritage, ou le voir finir entre les mains de quelqu'un d'autre. À l'époque, incapable de mettre des mots sur l'ampleur du despotisme de ma mère, je n'en avais rien dit à Zora. C'était déjà assez difficile de lui demander de veiller sur cette maison.

— Alors, raconte-moi, fait Zora. Pourquoi es-tu ici ? Et pourquoi as-tu envoyé cette pauvre petite Robin dans cette école épouvantable que nous avons tant détestée ?

Ses questions sont rudes, mais son visage reste aimable. Le visage de Zora est toujours aimable, ouvert, accueillant, éclairé d'un sourire. Pourtant, à cet instant, elle ne sourit pas, les yeux pleins d'inquiétude.

— Pas besoin de s'appesantir là-dessus, dis-je, en nous resservant un verre.

— Il y a tout à fait besoin de s'appesantir, rétorque-t-elle, en buvant une longue gorgée de vin. Tu avais juré les grands dieux que tu ne ferais jamais ça.

Je trempe mes lèvres dans mon verre. Je n'ai plus bu depuis deux semaines et cela me réconforte, une chaleur se propage en moi.

— Je n'avais pas le choix. J'étais obligée de m'en aller, et ma mère avait tout manigancé en ce sens.

— Que veux-tu dire ? Qu'est-ce que ta mère aurait à voir là-dedans ? Elle ne peut rien t'imposer depuis la tombe. (Zora ne peut se retenir de rire. Je ne ris pas. Au bout d'un moment, elle cesse.) Mon Dieu, sérieusement ? Elle te tient encore entre ses griffes ? Enfin, merde, comment a-t-elle pu arriver à ça ?

— C'est compliqué.

— Je ne suis pas pressée.

— Je fais de mon mieux, dis-je. Je fais de mon mieux pour tirer le meilleur parti de cette situation merdique. C'est ça que je veux tu gardes en tête. D'accord ?

— D'accord, me répond Zora. Je le garde en tête. Maintenant, crache le morceau.

— Tu sais qu'elle a coupé les ponts quand je suis tombée enceinte ?

Zora opine.

— Je me souviens.

— J'ai vraiment essayé d'arranger les choses. Je pensais qu'elle changerait d'avis après la naissance de mon enfant, mais sa colère n'a pas diminué d'un cran. Elle n'arrêtait pas de me répéter à quel point j'avais gâché ma vie en ayant Robin, combien je regretterais d'avoir réduit mon avenir à néant, dans les années à venir. C'était horrible. Je ne pouvais pas supporter la manière dont elle parlait de sa petite-fille. Et en plus, elle détestait Andrew.

— Je me souviens, répète Zora.

— Et donc, quand Andrew a reçu cette proposition d'un poste à New York… c'était la fin. Nous sommes partis, je n'ai plus jamais reparlé à ma mère. Lors de notre dernière dispute, elle m'a dit que si je m'en allais, si je choisissais ma famille avant ma carrière, à partir de ce jour, elle me tiendrait pour morte. Et qu'elle me privait de tout héritage.

— Ouah ! s'exclama Zora, le souffle coupé. Tu ne m'avais pas dit ça. Sa propre fille…

— Elle n'a jamais été très maternelle. C'était une femme qui acceptait uniquement d'être appelée par son prénom, Lydia, tu te souviens ? Ni « maman », ni « mère ». Sincèrement, je n'avais même pas envie d'y réfléchir. J'étais partie d'ici, et de toute façon je ne comptais sur aucun héritage. Je me lève et d'un geste je désigne la maison autour de moi. Je veux dire, regarde un peu cet endroit. Tu te souviens de qui était ma mère, radine comme pas possible. J'ai toujours cru qu'elle n'avait pas d'argent, enfin, pas grand-chose.

Je marque un silence, je bois une goutte de vin.

— Et donc ?

— Eh bien, il y a de l'argent. Enfin, un peu. Et la maison.

— Et elle t'a tout laissé ? me demande Zora.

— Pas tout à fait. C'est là que ça devient compliqué. Elle a tout laissé en fiducie au nom de Robin : quelques investissements, une pension, la maison.

— C'est plutôt bien, non ?

— Ce n'est pas aussi simple que ça, dis-je. C'est seulement à la condition qu'elle entre à Ashams. En section élémentaire et jusqu'à la fin du secondaire.

Je songe à tout lui raconter, la manière dont cela m'a été finalement imposé, au bout du compte. Mais je n'en suis pas capable. Pas encore : la peur reste trop forte, ces heures où Robin avait disparu, où je ne pouvais la joindre, et Andrew non plus. Tout cela macère encore au fond de moi.

J'inspire un bon coup, je retiens mon souffle. Elle est en sécurité. Nous sommes toutes les deux en sécurité. Je n'y pense plus. Je continue.

— Vraiment, c'est une histoire de dingue. En premier lieu, tout dépendait d'une place disponible à Ashams, et elle savait que ce serait presque impossible. Ces places ne se libèrent jamais, il faut inscrire le nom de ta fille pour le primaire avant même sa naissance. Le jour où je l'ai appelée pour m'enquérir de disponibilités, la responsable des inscriptions m'a pratiquement ri au nez.

— Et ta mère aurait prévu cela ? fait mon amie.

— Oui. Selon moi, c'était sa façon de nous laisser cet argent sans avoir aucune intention véritable de nous permettre de le toucher. Un acte délibéré de rancune posthume.

— Cela ne m'étonnerait pas de sa part.

— Moi non plus, dis-je. Alors quand cette place à Ashams s'est présentée… C'est pour ça que j'ai envoyé Robin là-bas. Sinon, on n'aurait rien eu.

Il y a un long silence. Zora a un mouvement de tête incrédule. Je ne peux lui en vouloir.

— Putain, c'est archaïque. Tu devrais essayer d'invalider la fiducie.

Son air horrifié me ferait presque rire.

— J'y ai pensé. Son avocat, celui qui a rédigé le testament, c'est aussi l'administrateur de la fiducie, et il n'y est pas si favorable que ça. Tant que Robin est à Ashams, la maison sera pour elle, à l'intérieur de la fiducie, assortie d'une petite pension pour toutes les deux, et quand elle sera sortie du secondaire, elle entrera en pleine propriété des biens et la fiducie sera close. Mais si elle quitte l'école, ou si elle ne va pas au bout du secondaire, la maison sera saisie. Elle sera vendue et nous ne toucherons pas un sou de l'héritage. Cette clause ne plaît pas trop à l'avocat. Apparemment, il avait conseillé à Lydia de ne pas se diriger dans cette voie. Il m'a plus ou moins indiqué quelle procédure engager pour obtenir la nullité du testament. Au moins, pour le moment, nous n'avons plus à nous en soucier.

À cet instant, Robin entre dans la cuisine.

— Et maintenant je suis coincée dans cette école horrible où personne ne me parle, lâche-t-elle, ayant manifestement surpris notre conversation. Et nous sommes obligées de vivre dans cette maison immonde.

— Robin, s'il te plaît…

— J'ai faim, ajoute-t-elle, en se retournant. Il y a quelque chose à manger ?

J'interromps mes explications et je prépare le dîner, une casserole de spaghettis, puis je réchauffe une sauce que j'avais préparée d'avance. Pourtant, je sens les yeux de Zora posés sur moi, braqués sur ma nuque, et je sais que les questions ne se sont pas effacées.

6

Pendant le dîner, l'humeur de Robin se radoucit un peu et elle discute avec Zora de ses amies aux États-Unis, mais dès que le repas est terminé, elle remonte à l'étage de son pas énergique. J'empile les assiettes dans l'évier et Zora et moi passons au salon côté rue, où nous nous asseyons dans un canapé informe. J'ai une bouteille de vin à la main.

— Robin ne semble pas très bien supporter tout ça, remarque Zora, en finissant son vin, avant de tendre la main vers la bouteille pour remplir à nouveau son verre. Et nous n'avons même pas encore abordé la question d'Andrew.

Je n'ai pas envie de parler de lui. Ni maintenant. Ni jamais. Je reste silencieuse, en espérant que Zora comprendra le message et laissera tomber.

— Ce doit être vraiment compliqué pour ta fille, poursuit-elle. (Elle m'observe attentivement, et j'essaie de soutenir son regard, mais au bout de quelques secondes, je détourne la tête, en tâchant d'avaler difficilement ma salive pour déloger la boule que j'ai dans la gorge.) Et ce doit être dur pour toi aussi.

Elle s'exprime plus doucement.

Oui, pensé-je. *Oui, c'est dur, et tu ne sais pas la moitié des choses.*

Zora ne me questionne pas davantage.

Au lieu de quoi, elle va et vient dans le salon. Je la suis des yeux, elle observe le papier peint à fleurs, la peinture écaillée. Il y a des rayonnages dans l'alcôve à côté de la cheminée, remplis de vieilles photos et de bibelots.

— Je voulais te demander… c'est quoi ces trucs ? C'est d'une laideur invraisemblable, remarque mon amie, en soulevant une figurine.

Elle me l'apporte. Cela fait partie d'une paire de statuettes, similaires à celles qui sont à l'étage et que je déteste. La figurine que Zora tient dans la main représente une mère qui porte une corbeille de fruits dans ses bras. Elle rit en regardant un petit garçon qui se sert et attrape une pomme. L'autre statuette représente un père qui se penche pour offrir un bonbon à une fillette qui tend son tablier. Les couleurs saccharines sont acidulées, avec des nuances pastel de bleu, de rose et de vert, et les expressions des visages sont presque aussi écœurantes.

— Elle était obsédée par ces figurines, dis-je. Je les adorais quand j'étais enfant, mais maintenant, je ne suis plus tellement convaincue. Je me souviens que je me faufilais en cachette pour les contempler, dans son dos. Une fois, j'ai même osé en prendre une dans ma main. Mais elle m'a prise sur le fait, elle a crié si fort que je l'ai lâchée et la tête s'est cassée net.

— Merde.

— C'est le mot. C'était celle de l'homme. Si tu l'observes de près, tu vois qu'elle a été réparée.

Zora repose la statuette de la femme et fait tourner celle de l'homme dans sa main, puis elle suit du doigt la fissure de la réparation.

— Mais enfin, pourquoi les aimait-elle tant ?

— Je ne sais pas, dis-je, mais elle avait cette tendance étrange à la mièvrerie. Elle adorait les chatons, les nœuds roses et les peluches. Un peu comme Dolores Ombrage de *Harry Potter et l'Ordre du Phénix*, tu vois ?

Zora opine.

— Bon, ça ne me plaît pas. Rien de tout ça ne me plaît. Cette maison doit être complètement vidée et transformée de fond en comble. Il faut te débarrasser de tous ces souvenirs, commencer à te créer les tiens. Si tu as l'intention de rester ici, je veux dire. Et, à mon avis, tu ne devrais pas, si je n'ai pas été assez claire.

— Tu as été extrêmement claire, dis-je. Bon, je n'ai pas trop le choix. Le seul argent dont je dispose pour le moment m'oblige à faire ce qu'elle a exigé de moi : envoyer ma fille à Ashams. Je ne peux pas me permettre de vivre ailleurs pour le moment. Je vais devoir me débrouiller.

— Je veux dire, Robin dans cette école que nous avons toutes les deux tant détestée… Sadie, franchement. J'espère que tu sais ce que tu fais.

Je ne trouve plus de mots.

— Je t'expliquerai, je te le promets. Et tu vas comprendre. Sincèrement, je n'ai pas le choix. Mais je suis épuisée. On peut s'en tenir là ? Tu veux bien me faire confiance et considérer que je fais de mon mieux ?

Zora me lance un regard furibond, les sourcils froncés, mais au bout d'un moment elle cède et change de sujet.

— Écoute, prends-toi encore un verre. Je vais te faire confiance. À part ça, il y a un truc joyeux dont on pourrait parler ? Tu as un boulot en vue ?

Je m'affaisse encore un peu plus.

— Je croyais que nous allions parler d'un truc un peu plus positif. J'ai bien essayé. Je suis allée hier expliquer aux gens du cabinet que je voulais revenir. J'étais sûre qu'ils auraient au moins des dossiers de tribunal d'instance à me confier.

— Et donc ?

— Pas moyen. C'est le même avocat senior, David… tu te souviens ?

— David ? Cette merde ?

— Ce n'est pas une merde. Il est juste… vieux jeu.

— Je me rappelle que tu me parlais de lui, à l'époque. Et maintenant j'ai régulièrement affaire à ce type. J'ai mandaté deux avocats de chez eux dans un dossier de fraude dont je me suis chargée récemment, m'explique Zora. C'est franchement une merde. Il ne t'a pas créé tous ces tracas quand tu as filé un coup de pied dans les burnes à ce conseiller de la reine, celui qui essayait de te sauter ? En somme, il t'a plus ou moins ordonné d'accepter tout ce que les avocats senior exigeaient de toi, et sans faire d'histoires ?

Zora a quelquefois trop bonne mémoire. J'avais choisi d'oublier la réaction de David à cet incident bien précis.

— C'est vrai, sur le moment, son attitude n'était pas formidable. Mais en fin de compte, j'ai obtenu un poste au cabinet, alors… Bon, maintenant, ça ne vaut plus rien. J'ai été hors circuit trop longtemps. Je dois déposer une nouvelle candidature écrite auprès du comité des nominations. Ils l'examineront en mars, date à laquelle ils rendent leur décision pour toutes les candidatures qui ont été présentées pour intégrer le cabinet.

— C'est dans plusieurs mois, observe Zora. Tu as assez pour vivre jusque-là ? Andrew te verse une pension suffisante ?

Je la regarde.

— C'est compliqué.

Une voix me revient, une voix de la semaine précédente, qui siffle dans ma tête et que j'ai refoulée toute la journée. « Bordel de merde, va-t'en d'ici, Sadie. Je ne veux plus de toi. Je ne veux plus de Robin non plus. » Une pension ? Après ce qui s'est passé, je ne suis même pas sûre de le revoir un jour. Je sais que je n'en ai aucune envie. Mes mains tremblent et je les enfonce dans mes poches.

— Sadie, me fait Zora. Ça va ?

Non sans effort, mes traits se détendent, je souris.

— Désolée, je suis juste fatiguée.

— Écoute, je sais que tu n'as aucune envie de réclamer. Mais je pourrais toujours te dégoter quelque chose. J'envoie beaucoup de dossiers à ton ancien cabinet, souligne-t-elle.

— Tu as raison, dis-je. Je n'ai pas envie de réclamer. Tu en as déjà tellement fait.

— N'importe quoi, proteste-t-elle. Je suis venue jeter un œil à ce trou à rats une fois de temps en temps, c'est tout. Je suis sérieuse… je vais y réfléchir, voir ce qui se présente au bureau. Je ne vais pas te laisser en plan.

— Je n'ai pas besoin qu'on me fasse des faveurs, dis-je.

Elle me dévisage, et je soutiens son regard, mais je suis la première à baisser les yeux. Nous savons toutes deux que c'est pourtant précisément d'une faveur dont j'ai besoin, même si ça ne me plaît pas trop.

— Tu étais drôlement bonne dans ton boulot, continue-t-elle. Ce ne serait pas de la charité. Tu devras le mériter.

Je lui souris, en levant mon verre, et le reste de la soirée passe rapidement.

Elle finit par se lever pour s'en aller.

— C'est un tel plaisir que vous soyez de retour, tu sais, me fait-elle. Toi et Robin. Même si ta vie se révèle un peu merdique pour le moment.

Elle me prend dans ses bras. Son odeur familière m'apporte un certain réconfort.

— Et je vais insister pour que tu me racontes ce qui t'arrive. Tu ne vas pas réussir éternellement à te débarrasser de moi, me glisse-t-elle, et elle me relâche, en me secouant un peu. Dès que possible, je te tiens au courant pour un boulot.

Après le départ de Zora en taxi, je monte au premier. Je jette un œil dans la chambre de Robin, mais elle n'y est pas. Elle s'est nichée dans mon lit, toute petite sous une couette légère. Je ressens de nouveau un pincement au cœur, vif et insistant.

— Ça va, ma chérie ? dis-je, en m'asseyant sur le lit à côté d'elle, et je pose ma main sur son corps recouvert par la couette.

— Je crois, murmure-t-elle. (Elle extrait son visage des couvertures.) J'aimerais qu'on puisse rentrer à la maison.

Je suis sur le point de lui répondre, mais elle continue.

— Je suis désolée de m'être mise en colère. J'aimerais que tout soit autrement, c'est tout.

— Je sais. Moi aussi, j'aimerais que tout soit autrement. Mais on peut s'arranger pour que ça marche. Je te le promets. (Je m'allonge à côté d'elle et je la serre contre moi.) Tu vas dormir ici, ou tu retournes dans ta chambre ?

— Je vais retourner dans ma chambre. Je voulais juste te voir quand tu monterais.

Elle sort du lit et se dirige à pas feutrés vers sa chambre. Une fois qu'elle s'est bien pelotonnée, je lui fais un baiser pour lui souhaiter bonne nuit, puis je reste un instant debout à la porte et observe sa chambre. La peinture est tachée, la moquette est miteuse. Mais elle est propre maintenant, et douillette. J'avance. Ce sont les débuts, mais il y a du progrès.

— Je t'aime, dis-je à Robin, tout doucement, et je ferme la porte derrière moi.

Ensuite je traverse le palier et je me remets dans mon lit, en ramenant mes pieds à l'emplacement qu'elle a réchauffé.

Dimanche, 6 h 07 du matin

Un fracas, du verre qui se brise. Des pas lourds dans l'escalier. Je comprends qu'il se passe quelque chose de terrible avant même qu'il ait franchi la porte, une odeur de sueur et de peur le précède. Je suis figée, les mains collées le long du corps, il traverse facilement la pièce en trois enjambées rapides, me tire de ma chaise, me retourne d'un coup. Quelque chose de froid dans ma nuque, sa voix rauque souffle à mon oreille.

— Casse-toi d'ici, bordel. Sinon, tu ne la reverras jamais. C'est l'heure où tu dégages et tu rentres chez toi.

Je me débats, je me démène pour me libérer, mais ses bras se sont étirés, ils ont grandi, ils enserrent mon corps, mes jambes, mes pieds. Je suis incapable de lutter pour m'échapper, il se transforme en serpent, en anaconda, qui m'emprisonne dans ses anneaux. Je me débats en tous sens.

Je me réveille, les draps sur mon visage qui m'étouffent. Je les rabats, je suffoque, mon cœur cogne dans ma poitrine. Tout va bien. C'est un rêve. Ce n'est pas réel. Cela ne s'est jamais produit.

Je rejette mes draps, je vais dans sa chambre la voir, pour me calmer. Tout va bien. Je suis encore à moitié endormie, et le rêve pèse sur moi. Cela me calmera, de la voir en sécurité dans son lit.

Mais elle n'y est pas. Et j'ai beau me souvenir aussitôt dans mon sommeil embrumé qu'elle n'a pas disparu, qu'elle n'est même pas censée être là, la même panique de l'après-midi précédent s'abat sur moi, ces heures où elle avait disparu, lorsque j'ai juré de faire tout ce qu'il fallait pour la mettre à l'abri si jamais je la ramenais à la maison.

Cent vingt minutes de terreur, chacune d'elles s'étirant à l'infini chaque fois que j'y repense.

Je sais que cette fois, ce n'est pas pareil. Mais il me faut de longs moments avant que les battements de mon cœur ne retrouvent un rythme normal, devant son lit froid et vide.

Enfin, je regagne mon lit, j'inspire, j'expire, j'inspire de nouveau. Elle est à l'abri. Je sais qu'elle est à l'abri. Tout va bien.

Et finalement, je m'endors.

7

Le temps s'écoule. Déposes, ramassages, ménage, les week-ends sont une oasis de calme. Un schéma se dessine, un rythme de mes journées. Personne ne me parle à l'entrée de l'école ; je préfère ça.

Et le fait d'être laissée de côté a son utilité. N'étant pas dérangée, je commence à comprendre qui est qui dans la hiérarchie autour du portail. Le groupe le plus bruyant tourne autour d'une femme blonde toujours impeccablement coiffée, celle qui m'est rentrée dedans le premier jour. Une tenue de sport d'une couleur différente chaque matin, un jean et un pull sans manches l'après-midi, avec le col d'un chemisier blanc qui en dépasse. Les femmes qui l'entourent boivent ses paroles, leurs rires flottent peut-être deux secondes de trop.

Des éclats de rire résonnent depuis leur groupe, alors que nous attendons de récupérer nos enfants. Je sens mes épaules se raidir, je m'efforce de les relâcher. Je sors mon téléphone et je consulte les infos qui défilent à l'écran, en faisant mine d'ignorer leur groupe. Cela n'a rien à voir avec moi. Elles ne rient sûrement pas de moi.

— On pourrait s'imaginer que les gens auraient au moins la politesse de répondre, s'écrie une mère d'une voix forte.

— Tu consacres tellement d'énergie à ces événements, Julia, rappelle une autre.

— C'est grossier, décrète une troisième.

Sa remarque provoque une volée de réactions approbatrices.

— Nous devrions nous abstenir de juger, s'éclame une autre voix avec fermeté, faisant taire le chœur. Là où elles étaient avant, les choses s'organisaient peut-être autrement.

Sans bien comprendre pourquoi, j'ai de plus en plus l'impression que ces remarques sont dirigées contre moi. Je glisse un coup d'œil à la dérobée, en levant à peine le nez de mon téléphone et, pour la première fois, je croise le regard de la grande blonde. Elle me toise de ses yeux bleus, l'air mauvais, par-dessus les têtes de ses admiratrices.

— Tout le monde ne se rend pas compte pas que l'on est censé confirmer une invitation, reprend la même voix.

C'est elle. Je regarde très vite ailleurs. Une autre femme enchaîne.

— Mais d'après tes e-mails, c'est assez évident. On se sert de cette app d'invitations, il suffit de cliquer sur *Oui* ou sur *Non*. Cela ne nécessite même pas d'explication.

La grande s'appelle donc Julia. Je risque un autre coup d'œil. Les yeux bleus me transpercent toujours.

Je change de pied, je me tourne un peu de côté, de manière à ne plus être directement face au groupe.

— Je vais lui dire un mot, s'écrie la femme à la voix cassante.

Je lève les yeux et me retrouve confrontée à une personne aux cheveux noirs, petite et hargneuse, crachant des étincelles de colère presque visibles à l'œil nu.

— Vous êtes la mère de la nouvelle, n'est-ce pas ? me jette-t-elle.

Je cligne des yeux.

— Robin. En CM2. Non ?

— Euh, oui.

Elle ne me laisse pas en ajouter davantage.

— C'est extrêmement impoli de ne pas répondre aux invitations.

— Quelle invitation ? dis-je, en m'efforçant de ne pas avoir l'air en colère. Je ne sais pas de quoi vous parlez.

— Quelle invitation ? Oh, arrêtez, je vous en prie. L'invitation au cocktail de ce soir. Que Julia a eu l'amabilité d'organiser et de bien vouloir faire chez elle. Et à laquelle vous n'avez même pas pris la peine de répondre.

— Je n'ai pas reçu d'invitation.

L'autre n'écoute pas un mot de ce que je dis.

— Vous devriez vous estimer heureuse de recevoir des invitations de quelqu'un comme Julia. Vous n'avez aucun droit de les ignorer. C'est d'une impolitesse invraisemblable.

Elle tourne les talons et rejoint son groupe d'amies à grands pas. Je reste plantée là, un peu bouche bée, sans être certaine de ce qui vient de se passer.

— Bien envoyé, entends-je dire l'une des mères du groupe, et je la dévisage, incrédule, avant de regarder ailleurs, en espérant que personne ne viendra plus m'adresser la parole avant que Robin ne sorte.

— La maman de Daisy est vraiment en colère contre toi, me prévient ma fille dans le bus où nous avons pris place.

— Qui ?

— La maman de Daisy. C'est la cheffe du truc des parents.

— L'association des parents d'élèves ?

— C'est ça. Elle organise une fête ce soir et tu n'as pas répondu.

L'épisode devant le portail de l'école revêt maintenant plus de sens.

— Tu sais comment elle s'appelle la maman de Daisy ?

Robin me dévisage d'un œil vide.

— Non, bien sûr que non, tu ne sais pas, dis-je, en approchant ma main de son visage. Tu as passé une meilleure journée, aujourd'hui ?

— Je ne sais pas. Peut-être. Les filles sont venues me parler, oui. Mais juste pour m'expliquer que tu étais très malpolie. (Elle hausse les épaules, en repoussant ma main.) Pourquoi tu n'as pas répondu à l'invitation ? Tu me répètes toujours qu'il faut le faire.

— C'est vrai, il faut le faire, toujours. Simplement, je n'ai pas reçu d'invitation, c'est tout.

— Daisy m'a expliqué que sa maman l'a envoyée spécialement. Elle ne raconterait pas des histoires, m'affirme-t-elle avec tant de certitude que je ne peux rien ajouter.

Je vérifie mes e-mails. Rien dans la boîte de réception. Je contrôle la boîte des spams, sans vraiment m'attendre à y voir quelque chose, mais ensuite je la trouve, et ma gorge se serre. Robin avait raison. J'ai été invitée. Il y a une semaine.

En tant que représentante de la classe et présidente de l'association des parents d'élèves de l'école, j'ai le grand plaisir de vous accueillir à Ashams School. Il peut sembler un peu inhabituel d'arriver en classe de CM2 et pas plus tôt, mais nous ferons tous les efforts possibles pour nous assurer que vous et votre fille, Robin, vous sentiez aussi bien reçues que possible dans cet établissement. J'organise un petit verre mardi soir à 19 h 30 pour fêter la rentrée scolaire : vous serez peut-être en mesure de vous joindre à nous ? Veuillez me tenir informée, je vous prie.

Avec mes sentiments les meilleurs,

Julia Burnet

Je tends mon téléphone à Robin, sans rien dire. Elle lit et me le rends.

— Je t'avais dit qu'on t'avait envoyé une invitation, dit-elle, souriante. Mardi. C'est ce soir, ajoute-t-elle.

— Pas étonnant qu'elles aient été fâchées. Oh zut…

— Réponds par e-mail pour leur signaler que tu viendras. Ce sera amusant pour toi de rencontrer les autres mamans, dit Robin.

Je me mords la langue. Je continue de faire défiler mes spams pour m'assurer que je n'ai manqué aucun autre message important, et j'en vois apparaître un deuxième en bas de la liste. De Julia Burnet. La même adresse e-mail que précédemment. Je clique dessus.

Sadie, a-t-elle écrit. *Au vu de votre absence de réponse à mon invitation, j'en conclus que vous n'êtes pas en mesure de vous joindre à nous pour le verre de ce soir. Je ne vous ennuierai plus avec d'autres messages, car vous êtes manifestement extrêmement occupée. Julia.*

Je déglutis. Pas un bon début.

— Tu devrais y aller, maman. Daisy est certainement la fille la plus importante de ma classe, insiste Robin, d'une voix suppliante.

— Je ne peux pas. Nous n'avons pas de baby-sitter. Je n'ai rien à me mettre.

— Je n'ai pas besoin de baby-sitter, répond-elle en gémissant. J'ai presque onze ans.

Son expression de dignité offensée allège la tension que je ressens dans la poitrine. Je ris à l'idée de la laisser seule, et elle prend un air encore plus offensé.

— OK, maman, on n'a qu'à demander à Zora. Et les choses seraient plus faciles pour moi si tu faisais connaissance avec les autres mamans. Comme ça, en plus, elles ne pourront plus me balancer des méchancetés comme quoi tu n'es pas aimable.

Chassant de mon esprit l'idée que si ces mamans apprennent à me connaître, cela risquerait d'aggraver la situation de Robin et non de l'améliorer, je me penche vers elle et je l'embrasse.

— D'accord. Nous allons demander à Zora. Mais je n'y vais pas si elle ne vient pas.

Elle lève les yeux au ciel, et se replonge dans son téléphone. J'envoie un SMS à Zora, déçue de voir le message aussitôt lu, avec trois petits points gris en mouvement tandis qu'elle tape sa réponse.

Bien sûr. Je serai chez toi à 19 h biz

Mon cœur se serre, mais je la remercie, et l'annonce à Robin. Elle me récompense d'un sourire.

* * *

Je prépare à manger pour ma fille et j'envoie un e-mail à Julia, en tâchant de préserver le juste équilibre entre la nonchalance – *Quelle idiote je suis, je n'avais pas vérifié dans mes spams* – et des excuses pour ma réponse de dernière minute. Je mémorise l'adresse qu'elle a mentionnée à la fin de l'e-mail – je connais la rue, c'est une rangée de maisons mitoyennes dans Belsize Park, un coin chic. J'enfile une tenue un peu plus habillée et je me prépare aussi vite que possible. Il est maintenant presque sept heures et je n'ai ni le temps ni l'énergie de me laver les cheveux, alors je les entortille en chignon que j'épingle sur le haut de ma tête. Ensuite, je vais devant un miroir et je mets du fond de teint et de l'anticerne. J'ai l'air moins fatigué, c'est déjà ça.

Quelques minutes plus tard, je suis prête à partir. J'ai mis un jean, des bottines et un haut en soie noire. Rien de trop habillé, ou de trop décontracté : juste ce qu'il faut pour un verre chez quelqu'un. Zora frappe à la porte et je descends l'escalier en vitesse. Nous passons dans la cuisine où Robin est plongée dans ses devoirs. Elle se lève et me fait un baiser pour m'encourager.

— Tu es jolie, maman, me dit-elle.

— Oui, c'est vrai, renchérit Zora. Superbe. Tu vas leur couper le sifflet.

Si seulement je pouvais. Mais je ne commente pas. Je leur souris à toutes les deux et je fais à mon tour un baiser à ma fille avant de me diriger vers la porte.

8

Je suis en retard. Pas le temps de prendre le métro. Dès que je vois un taxi disponible, je lève la main pour le héler. Nous nous dirigeons vers Belsize Park, je regarde par la fenêtre, tâchant de calmer ma nervosité.

— C'est là, ma petite dame ? me demande le taxi, en s'arrêtant devant une longue rangée de maisons blanches, chaque porte d'entrée encadrée de piliers.

— J'imagine, dis-je, en le payant avec le dernier billet de vingt de mon porte-monnaie. Merci.

Je respire un bon coup, me dirige à grands pas vers l'entrée, et je sonne. Personne ne répond. J'attends un peu, je sonne encore. Rien. Un gros heurtoir en laiton pend au battant et je lève la main vers lui à l'instant où la porte s'ouvre enfin. Entraînée par mon geste, je trébuche sur une fillette à peu près de l'âge de Robin, en robe rouge.

— Désolée, désolée, dis-je, en me redressant.

Au moins, je ne l'ai pas fait tomber.

— Ce n'est pas grave. Vous êtes invitée ?

— Oui, je suis invitée. J'ai ça dans mon téléphone. (Je le sors de ma poche.) Tu veux voir ?

— Je n'en ai pas besoin, me dit-elle. Mais ma mère m'a demandé si je pouvais prendre le nom des gens.

Je ris.

— Vous avez beaucoup de resquilleuses, aux apéritifs de l'école ?

— Maman dit qu'il faut faire attention, me répond-elle sur un ton sérieux, et je regrette de m'être moquée.

— Je m'appelle Sadie. Sadie Roper.

Elle prend une feuille de papier sur la table du hall d'entrée et parcourt la liste du doigt. Elle rougit un peu, de plus en plus gênée.

— Roper ? Vous êtes sûre ?

— Oui, je suis sûre.

La fillette lève les yeux, puis revient à la liste. Elle fait non de la tête. Même le bout de son nez vire au rose.

— Je n'arrive pas à vous retrouver, dit-elle. Je suis vraiment désolée…

Je fais défiler les mails dans mon téléphone et j'ouvre celui de Julia, avec un air triomphant.

La fillette le lit, puis revient à la liste.

— Ma maman ne m'a pas expliqué ce que je devais faire si quelqu'un n'était pas sur la liste.

Je me sens encore plus coupable de la mettre dans cette situation.

— Écoute, je comprends complètement ce qu'a dit ta maman. Mais je pense qu'il y a un malentendu. C'est ma faute : je n'ai répondu que très tard, donc elle a dû penser que je ne venais pas. Crois-tu que…

La fillette secoue la tête avant que je sois arrivée au bout de ma phrase.

— Je ne suis pas autorisée à vous laisser entrer. Ce sont les instructions de maman.

— Mais c'est absurde. C'est un apéritif de l'école. Qui donc va resquiller à une fête de l'école ? Je t'ai montré l'invitation.

Les yeux de la petite se mouillent de larmes.

— C'est bon, je m'en vais. Demain j'enverrai un e-mail à ta maman pour lui expliquer, dis-je, et je fais demi-tour.

Mais, lorsque j'arrive en bas du perron, quelqu'un m'interpelle.

— Que se passe-t-il ?

C'est la femme du portail de l'école. Grande, blonde. Anguleuse. Julia en personne.

— Cette dame est invitée, mais je n'ai pas pu trouver son nom sur la liste. Je suis vraiment désolée, répond sa fille, et ses mots se bousculent.

Julia rit. Elle la prend par l'épaule et la serre contre elle. La petite tressaille un peu à ce contact. L'étreinte semble affectueuse, mais les phalanges de Julia, autour de l'épaule de sa fille, sont blanches.

— Je crois que tu appliques les instructions un peu trop à la lettre, ma chérie. Je ne t'ai pas dit de renvoyer les gens.

— Je suis désolée…, répète la fillette, le visage écarlate, désormais assorti à sa robe rouge. Je ne voulais pas…

— C'est entièrement ma faute, dis-je, désireuse de désamorcer la situation. Tu as juste fait ce que ta maman t'a demandé.

Je remonte les marches.

Julia serre une dernière fois sa fille contre elle avant de la relâcher.

— Bon. Enfin. Tu veux bien aller servir à boire ? Les gens ont vidé leur verre, fait la mère, et la petite se dépêche de filer.

Je lève les yeux et je suis saisie par son regard bleu d'acier.

— Sadie, dit-elle, avec des craquements de glace dans la voix.

— Désolée de ne pas avoir pas répondu… votre message est tombé dans mes spams. C'est peut-être ce qui a créé cette confusion…

Elle ne répond pas, s'éloigne à grands pas en direction des éclats de voix. Je m'empresse de la suivre. Nous allons au bout d'un long couloir dallé de marbre, avec un escalier qui se déploie sur la gauche de la porte d'entrée, nous franchissons une porte à double battant vers un vaste salon. Je ne peux m'empêcher de le comparer avec celui, sordide, de la maison de ma mère, et je me demande comment réagirait Julia si elle se trouvait transplantée de ce palais aux murs tendus de papier doré, illuminé par des lustres en cristal à chaque extrémité de la pièce, dans le vestige qui me tient lieu de maison.

Il n'y pas que les murs qui sont dorés. Avant que je ne plonge dans la foule, une serveuse arrive devant moi et me tend un plateau de canapés, des œufs de caille coupés en deux, nappés de caviar et de feuille d'or. Ils ont l'air délicieux. J'en prends deux, que j'enfourne l'un et l'autre dans ma bouche, avant de m'apercevoir que le plateau de canapés est pratiquement intact. À ce stade de la soirée, je suis peut-être la seule personne à avoir mangé quelque chose, me dis-je avec une horreur croissante, et j'essaie en vitesse d'avaler la preuve de ma gloutonnerie.

Trop vite. Un morceau d'œuf se coince dans ma gorge et je tousse, le visage écarlate, les yeux qui pleurent. Je commence à paniquer : le morceau reste bloqué au fond de ma gorge ; je suis incapable de respirer. Je crache à présent, pliée en deux, essayant de dégager ce foutu morceau d'œuf, nom de dieu, comment cela a-t-il pu m'arriver, et ensuite je sens une tape dans mon dos, un coup ajusté entre les omoplates, et l'œuf s'envole de ma bouche tout droit vers le sol. Je me redresse, en essuyant les larmes sous mes yeux, les joues brûlantes.

— Mesdames, mesdames, s'écrie Julia d'une voix égale, en faisant son apparition à mes côtés. (C'est comme si cet incident de l'œuf n'était jamais arrivé, bien qu'une serveuse s'agenouille et nettoie le sol devant moi.) Permettez-moi de vous présenter notre nouvelle maman. Sadie Spence, la mère de Robin, qui vient de nous rejoindre.

J'essaie de paraître maîtresse de moi-même, mais je récupère encore du choc de m'être presque étouffée, les yeux dégoulinants, le nez qui coule. Je ne peux pas voir qui m'a tapé dans le dos : maintenant que je me suis remise d'aplomb, personne ne m'offre plus son aide. Un trio de femmes se regroupe autour de moi, en me souriant poliment. Je sens la chaleur refluer de mes joues, je m'essuie encore les yeux, et c'est seulement trop tard que je me souviens du mascara qui doit maintenant s'étaler partout sur mon visage.

— Nous allons toutes faire en sorte que vous et votre fille vous sentiez tout à fait bien parmi nous, promet

Julia. (Ses propos sont aimables, mais je me sens parcourue d'un frisson. Ensuite, elle se tourne.) Je vais vous présenter à tout le monde.

La suite me paraît floue. Julia m'entraîne de groupe en groupe, en me présentant si vite qu'ils se confondent peu à peu. Tout le monde est élégamment habillé. La honte grandit en moi, une sensation lancinante d'avoir tout faux : tout à l'heure, ma tenue me paraissait chic et discrète, mais maintenant elle a l'air de mauvais goût et peu soignée comparée aux soieries et aux taffetas qui bruissent dans la pièce. Ma quinte de toux a défait mon chignon et quand je veux me rattacher les cheveux, je les sens tout gras.

Ce salon a une acoustique bruyante et tout le monde parle autour de moi, il m'est donc difficile d'entendre les noms qu'on me marmonne, ou les noms des enfants de ces gens, les camarades de classe de Robin. À un moment, quelqu'un me tend une flûte de champagne et j'y trempe les lèvres avec soulagement, mais le léger tournis que je ressens ne m'aide en rien à comprendre qui est qui. Je pose ma flûte sur le plateau d'un serveur au passage et je prends plutôt un verre d'eau.

Personne ne boit beaucoup, à l'évidence, et on touche à peine aux petits fours. Absolument toutes ces femmes sont minces, pleines de retenue, et elles goûtent un demi-canapé avant de laisser discrètement le reste au bord d'une assiette, ou enveloppé dans une serviette en papier. En petits groupes, ces femmes contemplent avec envie les plateaux de nourriture qui passent devant elles, avant de les refuser, et les autres les imitent. Alors que je meurs de faim, je n'ose plus courir aucun risque.

La dernière personne à qui l'on me présente s'appelle Jessica.

— Est-ce celle qui a pris, hum… la place vacante ? dit-elle à Julia, comme si j'étais transparente.

— Je ne…, commence à répondre la maîtresse de maison, quand un fracas retentit.

Je sursaute, du liquide m'éclabousse. Une autre femme, près de moi, a lâché son verre.

— Vraiment désolée, s'excuse-t-elle, en m'épongeant le bras, sans grande efficacité.

Julia s'éloigne, peut-être pour appeler quelqu'un qui vienne nettoyer.

Jessica se tourne vers moi.

— C'est un peu bizarre de commencer dans une nouvelle école en CM2, remarque-t-elle. Ce ne doit pas être très agréable pour votre fille. Elle n'aura pas vraiment pu se préparer convenablement.

Je cligne des yeux, interloquée par la franchise de cette remarque.

— Ce n'était pas prévu à l'origine, mais en fin de compte nous n'avions pas trop le choix. Préparée à quoi ?

À première vue, Jessica a une petite quarantaine d'années. Il y a une fixité dans son regard qui suggère certaines interventions de chirurgie esthétique. Elle ignore ma réaction et enchaîne avec une autre question.

— Vous avez déménagé ?

— Ces dernières années, nous avons vécu aux États-Unis en raison du métier de mon mari. À Brooklyn. Il est dans la banque d'investissement. Mais ensuite… Bon, cet endroit s'est présenté de façon très soudaine, alors nous nous sommes installées par ici, dis-je.

Je sais que mon explication est pleine de lacunes, mais tandis que je parle, les yeux de Jessica se perdent dans le vide et son manque d'intérêt n'est que trop évident.

— Je vois, ponctue-t-elle, un rien trop tard.

— Je fais tout mon possible pour faciliter notre installation.

— Avec l'examen d'entrée du secondaire qui approche, ce sera compliqué. Je n'imagine guère qu'elle soit au même niveau que les autres. J'espère que l'école ne va pas affecter trop de ressources pour l'aider à rattraper.

Jessica sourit, ses lèvres pincées se retroussent, sur ses dents.

Je suis piquée au vif. Comment ose-t-elle ?

— Oh, elle a un très bon niveau, je réplique sèchement. Elle était excellente en primaire, et elle est très bonne en maths.

Jessica cligne des yeux, ses sourcils se froncent, mais à peine. Je crois qu'elle essaie de les froncer, mais que le Botox l'en empêche.

— Eh bien, je suis convaincue que c'est vous la mieux informée. Ces deux dernières années, nous avons toutes préparé nos filles à cet examen. C'est très sélectif, vous savez. Le simple fait d'avoir pu entrer à l'école élémentaire ne garantit pas une place dans le secondaire. Nous sommes toutes très préoccupées.

Il me faut un moment pour prendre toute la mesure de ses propos. Toute l'organisation de notre vie dépend de ce que Robin reste à Ashams. Je ne m'étais pas rendu compte que son passage dans le secondaire n'aurait rien d'automatique. Super, encore un autre souci. Mes lèvres se crispent en un semblant de sourire. Je voudrais lui montrer les dents. Mais avant de pouvoir réagir, j'entends le tintement poli d'une fourchette contre du cristal et Julia s'adresse à l'assemblée.

— Avant tout, j'aimerais remercier ma merveilleuse petite fille, Daisy, pour toute son aide dans l'organisation de cette soirée. C'est une fabuleuse hôtesse, et qui plus est, une fabuleuse seconde en cuisine, c'est elle qui m'a aidée à préparer tous les canapés.

Une salve d'applaudissements retentit. Je tends le cou pour entrevoir la fillette en robe rouge debout à côté de Julia et son sourire figé, tandis que sa mère la serre contre elle.

Julia reprend la parole.

— Comme vous le savez, mesdames, une énorme pression nous attend ces prochains mois, mais nous ne devons pas la laisser prendre le pas sur tout le reste. Il est si important pour les enfants de préserver un certain équilibre… elles méritent tout notre soutien pendant cette période de grande exigence scolaire. Nous devons nous souvenir que malgré les écueils de l'examen d'entrée dans le secondaire, malgré la concurrence pour obtenir des places, nous ne sommes pas en rivalité les unes avec les autres : nous devons travailler en équipe.

Je n'en suis pas sûre, mais je pourrais jurer entendre quelqu'un ricaner derrière moi. Je me retourne, mais je ne vois qu'une rangée de visages inexpressifs et neutres. Julia continue son discours.

— Pendant cette année scolaire, vous aurez donc quantité d'occasions de vous porter volontaires pour différentes activités. Nous aurons la vente de pâtisseries maison, la vente d'uniformes d'occasion et bien sûr le marché de Noël. Et comme d'habitude, je serai preneur de beaucoup de soutien. Faisons de la levée de fonds de cette année la plus importante à ce jour !

Une salve d'applaudissements. Je tape dans mes mains, bien qu'à mon sens Julia exagère sur l'examen d'entrée. Forte pression en des temps difficiles ? Jessica se tourne vers moi, peut-être pour m'offrir une chance de me racheter.

— Le bénévolat vous sera bénéfique, me dit-elle. Un bon moyen de faire connaissance. Je me dis toujours qu'il est merveilleux d'avoir une association de parents aussi active.

— Bon sang, non ! fais-je en riant. Je déteste les fêtes d'école. J'en ai subi des tas dans l'ancien établissement de Robin… beaucoup trop. Je n'attends qu'une chose : me remettre au travail !

Dès que ces mots ont franchi mes lèvres, je m'aperçois que ce n'était pas la chose à dire. Aussitôt, Jessica me tourne résolument le dos et s'éloigne de moi, un geste qui ne me laisse absolument aucun doute.

9

Zora ne m'est d'aucun réconfort. Avec un sourire narquois, elle m'écoute lui raconter ce qui s'est passé. Vu la dose de cortisol que j'ai dans l'organisme après la tension de la soirée, je suis presque tentée de lui donner une claque. Je noie cette envie pressante dans une bonne rasade de vin, après m'être servi un verre de la bouteille qu'elle a ouverte sur la table de la cuisine devant elle.

Après avoir sifflé la moitié du verre d'un seul coup, je finis par entrapercevoir le caractère comique de la soirée, et ma colère retombe. Malgré tout, Zora garde toujours un air supérieur insupportable, et après quelques gorgées de vin de plus, je me penche vers elle.

— Quel besoin as-tu d'afficher cet air de *Je te l'avais bien dit* ?

— Parce que je te l'avais bel et bien dit, me fait Zora. C'était évident depuis le début que ce serait épouvantable. Je ne comprends pas comment tu as pu imaginer que cette école serait une bonne idée, je ne saisis vraiment pas. Nous avons détesté cet endroit, il y a trente ans… cela ne risquait pas de s'être amélioré, non ?

— Laisse tomber, Zora. Tu sais que je n'ai absolument pas le choix. Je ne suis vraiment pas d'humeur. On peut parler de ça une autre fois ?

— Mais c'est toi qui m'as demandé pourquoi je prenais cet air si supérieur ! (Elle s'est enfoncée dans son fauteuil et elle a croisé les bras.) Quand allons-nous véritablement en parler, au juste ? Tu n'es pas revenue ici uniquement à cause du testament de ta mère. Ta fille est malheureuse… et tu détestes cet endroit toi aussi. Pourquoi agis-tu comme ça, bon sang ? Que s'est-il passé avec Andrew ?

Je ne lui ai jamais vu un visage aussi sérieux. Depuis toutes ces années que je connais Zora, toutes ces occasions où nous avons parlé de nos problèmes ensemble… c'est la première fois que j'éprouve une telle réticence à lui raconter ce qui est arrivé.

— Pourquoi tu ne veux pas me le dire, Sadie ?

J'observe mon amie, et les souvenirs de toutes les conversations que nous avons eues auparavant se bousculent dans mon esprit. Les fois où elle m'a convaincue de ne pas m'enfuir de la maison, de rester calme face aux provocations les plus cruelles de Lydia. Le réconfort qu'elle m'a apporté quand Lydia m'a clairement signifié que je devais choisir entre l'avoir pour mère ou devenir mère moi-même, où elle brandissait notre éloignement non pas comme une menace, mais comme une promesse.

— Je n'ai parlé à personne de ce qui s'est passé.

— Je suis ta meilleure amie, Sadie. Tu sais que tu peux compter sur moi. Et je te connais… en aucun cas tu ne briserais ta famille pour un motif aussi futile. Ce doit être quelque chose d'important. Tu as surpris Andrew au lit avec une autre ?

Je fais non de la tête.

— J'aimerais que ce soit aussi simple. Je veux dire, je pense qu'il s'agit de quelque chose de cet ordre, tout dans son comportement sonne tellement faux. Mais ce n'est pas pour ça que je suis partie…

Je bois encore une longue gorgée de mon vin. Je m'aperçois subitement que je meurs d'envie de partager avec elle le poids de ce qui s'est passé, mais la peur entretient ma réticence.

— Enfin, c'est d'Andrew que nous parlons. Andrew, originaire d'un foyer brisé, l'homme le plus loyal qui soit à la surface de cette planète.

— Oui, c'est ce que tout le monde dit de lui.

— Écoute, je ne veux pas t'empêcher de t'exprimer. Mais enfin, qu'a-t-il fait ?

Je change de position sur ma chaise. Je peux au moins lui raconter comment tout a commencé.

— Il s'est montré de plus en plus distant, ces deux dernières années. Je suis incapable de me remémorer quand je m'en suis rendu compte au juste… déjà, après la mort de ma mère, c'était très difficile.

Zora ponctue d'un murmure compatissant.

— Je me souviens.

— Et j'étais incapable de saisir ce qui se tramait, au juste. Il passait de longs coups de téléphone la nuit, enfermé dans son bureau. Il ne laissait jamais traîner son portable. Et ensuite, il a cessé de me regarder.

— Pardon ?

— Il a cessé de me regarder. Nous avions eu une énorme dispute deux ans plus tôt quand j'avais découvert le contenu du testament, les conditions qu'avait imposées Lydia. Il estimait que nous devions nous défendre. J'avais refusé. Il a été si épouvantable que j'ai fini par contacter Ashams, mais ils n'avaient pas de place, comme je te l'ai dit. Et peu après cela, il a arrêté de croiser mon regard. C'était comme si j'avais cessé d'exister.

— Je ne comprends pas.

— Ces deux dernières années, Andrew a refusé de poser le regard sur moi. Il s'est transformé en Teflon, aussi lisse et imperméable. Parfaitement poli, parfaitement serviable, acceptant de faire tout ce que nous faisions en temps normal. Pourtant, il refusait de me regarder.

Zora reste silencieuse.

— Tu vois, je savais que tu ne comprendrais pas.

Elle garde le silence encore un moment.

— Tu ne dis plus rien ?

— Je ne sais pas trop quoi ajouter, admet-elle. Il refusait de t'adresser la parole ? C'était ça qu'il se passait ?

— Non. Pas de m'adresser la parole. Il me parlait. Ou plutôt, il parlait dans ma direction. Seulement, il n'avait rien de consistant à dire. Rien que des choses creuses. Les papiers. Les courses. Rien de substantiel.

— Mais il t'adressait encore la parole ?

— Oui. Enfin, c'était comme s'il n'était pas là. J'ai essayé, Zora. J'ai tout essayé. J'ai tenté de suggérer des sorties, de lui cuisiner des plats raffinés… j'ai même essayé de le séduire deux ou trois fois.

Je retombe dans le silence, la honte m'envahit, au souvenir de sa manière de me regarder sans me voir, avec une amabilité résignée dans ses gestes quand il me tendait un peignoir pour me couvrir avant de se détourner.

— Oh mon Dieu, tu veux dire que vous avez arrêté de baiser, en plus ?

Je respire profondément, je hoche la tête.

— J'attribuais cela au stress lié au travail. J'ai pensé que les appels tardifs étaient liés à ses obligations professionnelles. Mais ensuite… (Je marque un temps d'arrêt.) Ensuite, il y a eu deux nuits où il n'est pas rentré à la maison.

— Et puis ?

Zora prend encore un verre.

— Je l'ai suivi. J'ai envoyé Robin dormir chez une de ses amies et j'ai attendu qu'il parte du bureau, puis je l'ai suivi. C'était la semaine dernière.

— Tu as vu quelque chose ?

Je regarde mon amie, mais ce n'est pas elle que je vois. C'est Andrew, sa nuque, la courbe de ses épaules quand il marchait devant moi en direction du métro, sa façon de sortir de sa station de destination en montant les marches d'escalier deux par deux. Et les cheveux blonds de la femme qu'il retrouvait à l'entrée d'une boutique sous la pluie, éclatants dans la grisaille de l'après-midi.

Je reviens à Zora et je hoche la tête, une seule fois. Elle ne me pose plus la question.

— Donc il a une liaison, tranche-t-elle. Et il fallait réellement que tu t'en ailles ? Tu n'aurais pas dû rester et t'expliquer avec lui ?

Je la regarde, d'un air maussade.

— C'est ce que j'ai fait. Je lui ai demandé des explications.

— Qu'a-t-il dit ?

— Il a ri, Zora, dis-je. Il m'a juste ri au nez. Ensuite, il est sorti de la maison. Il a disparu deux heures. Son téléphone était éteint. Et à son retour, on aurait cru une personne différente. Comme si quelqu'un d'autre avait pris le contrôle de son corps.

En y repensant maintenant, à la froideur de ses yeux, à sa façon de me regarder comme si j'étais une étrangère, je suis parcourue d'un frisson. Notre premier échange de regards depuis des mois, et je me recroquevillais sous l'effet de son mépris. « Oui, bordel, je suis carrément devenu quelqu'un d'autre. Et je veux que tu partes. Si tu ne t'en vas pas ce week-end, en emmenant Robin avec toi, je l'emmène je ne sais où et tu ne la reverras plus jamais. »

Je lâche un profond soupir, je répète ses menaces à Zora.

— Oh, allez, s'insurge-t-elle. Des conneries, tout ça. Jamais il ne pourrait faire une chose pareille.

— Peut-être pas, dis-je. Mais je l'ai cru. Je ne pouvais pas l'en empêcher. Il me l'a bien montré, dès le lendemain. Quelqu'un est venu chercher Robin à l'école, avec sa permission – une femme blonde, m'a-t-elle expliqué ensuite –, puis l'a conduite jusqu'à Andrew, qui l'a gardée deux heures, il était injoignable. Leurs téléphones à tous les deux étaient éteints. Personne ne les avait vus. J'ai cru que j'allais péter les plombs.

— Ça semble assez horrible, en effet, lâche Zora.

— C'était la pire soirée de ma vie, continué-je. On pourrait croire que ça a été génial de la voir rentrer à la maison saine et sauve, mais finalement, ça a presque été le moment le plus terrible. Il l'avait convaincue que tout ça, c'était complètement normal, comme de lui payer une glace au cinéma… il l'avait même persuadée d'éteindre son téléphone pour qu'ils ne soient pas dérangés. Elle est rentrée, elle a passé la porte en sautillant et je n'ai rien pu dire de ce que j'avais envie de lui dire. Je ne voulais pas l'effrayer. C'est alors que je me suis rendu compte que j'allais affronter une situation que je ne comprenais même pas. À ce moment-là, j'avais reçu l'offre d'une place à l'école pour ma fille, j'avais la maison… tu veux vraiment me reprocher d'être venue ici ?

Elle me dévisage un moment et soupire.

— Ce que je pense, c'est que tu aurais dû lui résister, je crois. Enfin, en même temps… Cela a dû être terrifiant de ne pas savoir où était ta fille.

Je frissonne en me remémorant le moment où j'ai compris qu'elle avait disparu, je suis rentrée de l'école en courant, en tentant de les appeler tous les deux, sans relâche, et mon imagination qui s'emballait en pensant à ce qui aurait pu leur être arrivé.

— Tout cela était clairement destiné à nous pousser par ici. C'était l'autre facette : il avait consacré la soirée entière à lui exposer la nouvelle aventure magnifique qu'elle allait vivre, que ce serait extra de partir habiter au Royaume-Uni, que tout était décidé et que nous étions vraiment contents de cette décision, lui et moi. Alors à son retour, elle était résignée à changer de pays. Que pouvais-je faire ? Je ne pouvais quand même pas lui expliquer quel salaud était son père. C'était la goutte d'eau. Je supportais Andrew depuis une éternité. Bien, mais maintenant, là-bas, il ne se passe plus rien. Pour moi, là-bas, il n'y a plus rien.

Elle continue de me regarder.

— Enfin, cela n'a vraiment aucun sens. Pourquoi se comporterait-il ainsi ?

— Je n'en ai aucune idée, Zora. Littéralement, aucune idée. Il a changé à un point que tu n'imagines pas. Ce n'est plus l'homme que j'ai épousé.

Je me lève, je suis debout face à elle. Elle esquive.

— Toi non plus, tu ne me regardes pas, dis-je, en attendant une réponse.

Elle garde la tête baissée. L'atmosphère entre nous est lourde. Elle soupire, en s'enfonçant dans le canapé.

Je lui tourne le dos, j'ouvre une deuxième bouteille de vin. Je ne me retourne pas avant d'être certaine d'avoir maîtrisé mes émotions. Quand j'ai fini de remplir mon verre, je reviens m'asseoir.

— Peu importe, dit-elle. Changeons de sujet. Je crois t'avoir trouvé du travail.

Toute mon animosité se dissipe.

— Vraiment ?

— Oui, vraiment. Il y a un procès en préparation, une affaire de prédation sexuelle dans une école du centre de Londres. Un enseignant et une élève. L'enseignant, c'est le fils d'un juge et c'est la famille qui paie. Barbara Carlisle est chargée du dossier. La conseillère de la reine, tu te souviens ?

— Je l'ai vue l'autre jour quand je me suis rendue au cabinet, dis-je. Mais je suis restée discrète.

— Bon, nous avons reçu quantité de pièces supplémentaires à examiner. En soi, l'affaire est assez simple, mais il nous faut quelqu'un qui étudie tout ça, et ce ne sera pas Barbara. J'allais suggérer à quelqu'un du bureau de s'y atteler, mais elle a admis qu'il serait éventuellement plus efficace de solliciter un avocat junior, et donc…

Mon envie de secouer Zora s'est muée en désir de la serrer dans mes bras. Dans mon geste, je bouscule son verre et un peu de vin gicle sur mon haut.

— Je commence quand ?

— J'en déduis que tu acceptes, s'écrie-t-elle, en riant.

— Oui. Oui, s'il te plaît. J'adorerais. Une seule question, cela se plaide devant quelle instance ? Je n'ai pas encore organisé de garde après l'école.

— Tu viens à peine d'arriver, me fait-elle. Lâche un peu prise. C'est dans la couronne des *boroughs* de l'Inner London, côté sud. En métro, au bout de la Northern line, en direction du quartier d'Elephant and Castle. Ça ira très bien. Je ne sais pas quand ils auront besoin de toi, au juste. Je t'enverrai les instructions demain, et ensuite ce sera à Barbara de prendre contact avec toi. Enfin, j'imagine que ce sera pour bientôt. Il y a un paquet de pièces à examiner.

— Je te dois une fière chandelle, dis-je. Vraiment. Je suis impatiente de retourner au palais. Cela m'a tellement manqué.

— Il serait temps. C'est franchement dommage que vous toutes, les femmes avocates, vous foutiez le camp dès que vous avez un bébé, tu sais.

— Les cabinets ne nous facilitent pas les choses. Je ne pourrais pas vraiment m'absenter à l'improviste et partir couvrir deux semaines d'audiences dans un procès pour détention d'armes à feu à Nottingham, hein ? Et Andrew ne renoncerait pas à son métier pour rester à la maison.

— J'imagine que non, admet-elle. En tout cas, ce sera sympa de t'avoir de retour au barreau. Je suis impatiente de retravailler avec toi.

— Moi aussi, dis-je, et je la serre à nouveau dans mes bras.

Cette fois, je ne renverse pas son vin.

Dimanche, 9 h 35

Encore un cauchemar. Informe, amorphe : la terreur se dresse au-dessus de moi, forme un tourbillon à l'horizon. Je me réveille, les yeux lourds, l'horreur toute proche.

Un café, une douche, tous mes sens sont en éveil. Ils n'auraient pas dû appeler, maintenant ? À l'heure qu'il est, elle ne devrait pas être rentrée ? Je la veux à la maison, c'est une certitude. Sans elle, la maison est trop silencieuse.

Un autre café. Les nerfs toujours à vif.

Si seulement je pouvais appuyer sur un bouton, voir où elle se situe sur un écran... Mais non. Hors de question de devenir l'une de ces mères-là. Je ne vais pas jouer la mère poule. Pour moi, pas de mission de reconnaissance furtive – pas de balises, pas de traqueurs. Je ne vais pas laisser ce qui est arrivé anéantir ma confiance. Ni ma tranquillité d'esprit.

C'est une plaisanterie. Je suis une chatte sur un toit brûlant, filant de pièce en pièce, le vide est trop criant. Dès qu'elle sera à la maison, je ne la quitterai plus des yeux. Find My Friends, Life360 : je me ferai implanter une balise dans le bras si je peux.

Le temps passe. Lentement, lentement, quoi que je fasse pour tenter de le remplir. Je prends mon téléphone, je le repose. Il est encore tôt. Trop tôt. Il n'est pas encore temps de s'inquiéter. Il ne sera jamais temps de s'inquiéter. C'est du passé, tout ça. Elle a passé un week-end délicieux et elle est sur la route du retour à la maison. Tout va bien.

Un chat miaule dehors et je sursaute, je refais les cent pas, d'une fenêtre à l'autre, et j'attends, j'attends.

10

— Tu t'es étouffée avec un morceau d'œuf ? me demande Robin dans le bus de l'école, où nous avons pris place, le lendemain.

— Oui.

— Et toutes les autres étaient en jupe et en robe ?

— Oui, dis-je. Ce n'est pas la peine d'insister.

— Ouille, dit-elle.

Je ris, et pour la première fois depuis cette soirée, je me sens mieux. « Ouille », c'est encore la meilleure des réponses.

— Et la maison de la maman de Daisy est vraiment super ?

— Oui, ravissante. Je te l'ai déjà dit.

J'ai beau me sentir un peu mieux par rapport à ce qui s'est passé, cela ne signifie pas pour autant que j'ai envie qu'on s'y attarde.

— À qui tu as parlé ?

— En réalité, je ne sais pas trop. Il y avait tant de noms. Une certaine Jessica.

Le souvenir de la suffisance de cette Jessica me traverse de part en part.

— Je crois que c'est la maman de Portia, me précise Robin. Portia, c'est une qui est avec Le Groupe.

— D'accord, dis-je, en intégrant ce nom pour plus tard. (J'attends désespérément telle ou telle information que ma fille pourrait me communiquer sur l'école, sans rien vouloir lui montrer de ce désespoir.) C'est quoi, Le Groupe ?

Je m'attends à ce qu'elle m'arrache la tête à coups de dents en guise de réponse, mais au lieu de m'envoyer paître, elle y réfléchit un moment.

— Ce sont celles qui décident de qui parle à qui et de qui s'assoit où.

— Mais tu ne peux pas laisser d'autres personnes t'ordonner ce que tu dois faire !

Ces mots m'échappent avant que j'aie pu les garder pour moi.

— Maman, me fait-elle, en détournant le visage.

— Sérieusement, n'empêche. Il ne peut pas y avoir un comité central qui choisit celles à qui on adresse la parole ou pas. Ce n'est pas possible. Je vais me plaindre à la direction, dis-je. (La panique commence à monter, la colère aussi, je sens ma respiration qui s'accélère.) Est-ce qu'elles imposent à d'autres filles de ne pas te parler ?

Silence de Robin. Elle refuse toujours de tourner le visage dans ma direction.

— Robin, regarde-moi. Est-ce qu'elles imposent à d'autres filles de ne pas te parler ?

— Promets-moi de ne pas entrer dans l'école.

Son ton est implorant et je cède.

Nous ne nous parlons plus, jusqu'à ce que nous arrivions au dernier croisement avant Ashams. Elle s'éloigne de moi à grands pas sans même me dire au revoir. Je reste plantée là, battant des cils, l'inquiétude me gagnant la moelle des os.

Je sors mon portable de ma poche, en espérant trouver un message du cabinet à propos de ce procès, quand deux femmes passent devant moi. L'une d'elles me heurte le coude si fort que je lâche mon téléphone. Tandis que je me baisse pour le ramasser, j'entends l'une des deux rire, et l'autre lui souffler de se taire. Je me redresse et, prête à éclater, je fourre mon portable au fond de ma poche. Elles se sont toutes les deux retournées, et me font face. L'une des deux est Jessica, celle de la soirée.

— Une matinée café est organisée demain pour discuter du marché de Noël, entre autres choses. Mais j'imagine que cela ne vous intéressera pas, dit-elle, puisque vous détestez le bénévolat.

L'autre, à la gauche de Jessica, laisse échapper un gloussement.

Je sens une bouffée de chaleur me monter aux joues. J'ai envie de leur dire d'aller se faire foutre, mais Robin me vient à l'esprit. Je sais qu'elle veut que je fasse des efforts.

— J'y serai. Où est-ce ?

Jessica et son amie se regardent, en haussant le sourcil.

— C'est très aimable à vous, répond Jessica. Je vous envoie un e-mail. Ce n'est pas juste que Julia ait à se charger de tout.

Et sans ajouter un mot, les deux femmes s'éloignent. Je reste au coin de la rue, un peu interloquée, les poings serrés au fond de mes poches. C'est seulement quand je sens une douleur subite dans ma paume que je me rends compte que mon écran de téléphone a dû se briser. Je regarde ma main : un peu de sang qui suinte, rien de plus. Il faut que je fasse plus attention.

Lorsque j'ai fini de faire réparer mon écran et de ranger la maison, il est presque l'heure d'aller chercher Robin à l'école. Je suis en train d'attraper mon manteau quand mon téléphone sonne.

— Mademoiselle Roper ? C'est Kirsten Glynn. Du cabinet.

— Oui, je suis Mme Roper. Bonjour, Kirsten.

Il y a un temps de silence.

— Tous les détails sont réglés, mademoiselle. Zora Gaunt a pris contact avec nous. Je ne sais pas exactement ce qu'elle vous a expliqué, mais dans cette procédure vous serez l'avocate junior de Barbara Carlisle, conseillère de la reine. Vous vous souvenez d'elle, du temps où vous étiez au cabinet ?

— Oui, en effet.

Je sens la tension qui est en moi se dissiper, mes épaules encore contractées jusqu'aux oreilles se relâcher. Voilà au moins une chose qui s'arrange.

— Donc, elle est en charge d'un dossier de maltraitance. Elle défend un enseignant accusé d'avoir eu une aventure avec l'une de ses élèves.

— Quel âge a cette élève ?

— Dix-sept ans, me répond Kirsten. Barbara allait s'en charger toute seule, mais beaucoup de pièces supplémentaires ont été versées récemment au dossier et il faut que quelqu'un les examine. C'est un bon dossier. La procédure débute la semaine prochaine.

— Oui, Zora m'a expliqué la situation en partie. Cela me semble parfait.

— Bien. Cela vous va de commencer demain matin ? Vers dix heures ?

— Oui. Cela me convient parfaitement. Je vous verrai demain, dis-je.

Je m'assois à la table de la cuisine, triomphante. C'est du travail. Un procès en bonne et due forme. Je vais retourner au cabinet. Retourner au palais. Après cette affaire, d'autres vont suivre. Les choses vont peut-être rentrer dans l'ordre.

Ce sentiment positif se maintient tout le long du trajet puis jusqu'à l'école où je récupère ma fille, jusqu'à la maison, et pendant un dîner basique : un plat de pâtes à la sauce tomate. Il survit même au silence de Robin, qui se prolonge pendant l'entièreté de la soirée : bien décidée à éviter toute conversation au sujet de sa journée, elle se terre dans sa chambre, n'en émerge que pour rapidement enfourner son assiette derrière le rideau de ses cheveux avant de disparaître à nouveau au premier. Je devrais essayer de lui parler, mais elle semble avoir envie d'être seule et je n'ai pas le cœur de forcer les choses. Je reste devant la porte de sa chambre et je l'écoute bavarder sur FaceTime avec ses amies de son ancienne école, des petits gazouillis ponctués de rires de temps à autre, et l'inquiétude s'efface de mon esprit.

Toute cette énergie positive me quitte quand j'ouvre un e-mail, tard dans la soirée, qui contient toutes les précisions pour la matinée café.

8.30 demain matin au Café Marché, la salle privée dans le fond. Nous discuterons du marché de Noël et d'autres événements – prière de venir avec vos cellules grises !

8 h 30. Alors que je suis attendue au cabinet pour dix heures. J'avais si peu de choses à faire, pas de rendez-vous, rien d'autre que de traîner cette pauvre Robin à l'école et retour, et maintenant, juste au moment où c'est sur le point d'être réglé, voilà que je dois me présenter à deux endroits à la fois. Je me prends la tête un moment entre les mains, avant de me ressaisir. Ce n'est pas un problème. Je peux aller à la matinée café vingt minutes, proposer de tenir un stand ou je ne sais quoi d'autre que ces mères attendent de moi, ensuite filer dans le métro et arriver à l'heure. Et si je téléphone au cabinet pour les informer à l'avance, Barbara ne s'en formalisera sûrement pas. Ce n'est pas comme si j'étais au palais ; tout ira bien. Je crois presque à ces calculs rassurants.

Mais cette nuit-là je dors à peine, tiraillée entre deux scénarios, en une spirale d'angoisse sans fin. À quatre heures du matin, m'étant convaincue que les autres mères vont rire de moi au café et que Barbara et Kirsten vont faire une chaîne de leurs bras et, toutes affaires cessantes, m'empêcher d'entrer dans le cabinet en me hurlant « vous êtes en retard, vous êtes en retard », je renonce à l'idée de dormir et je me lève, je m'enveloppe dans une couverture sur le canapé trop ferme du salon et je fixe le mur jusqu'à ce que ce soit l'heure de réveiller Robin.

11

Sur le trajet de l'école, Robin est plus loquace. Aussi prudente que si je marchais sur des œufs, je fais de mon mieux pour éviter toutes les questions susceptibles de la perturber. Alors même que l'essentiel de ce qu'elle évoque est lié aux amies de son ancienne école, et pas à notre organisation actuelle, je suis soulagée de la voir un peu plus joyeuse. Les enfants sont adaptables. Même sa voix commence à changer, elle recourt moins souvent au petit sabir de son école élémentaire, et son vague accent américain s'estompe. Dans le bus, elle se serre plus contre mon bras que d'habitude, et je me tourne un peu de côté, vers elle, moi aussi, mais pas trop, en faisant de gros efforts pour maintenir ce fragile équilibre entre nous.

Lorsque le bus arrive au bon arrêt, je me lève la première, Robin juste derrière moi, et lorsque le chauffeur arrête le véhicule, elle se retient à la barre, sa main devant mon visage. Sur l'instant, je ne m'aperçois de rien, mais ensuite j'observe plus attentivement ses ongles. Ils sont rongés jusqu'aux cuticules, arrachés, les bords saignent, comme si elle avait tiré sur les peaux en plus de mordiller l'ongle. Ma main remonte, recouvre ses doigts, mais j'essaie de ne pas lui montrer que j'ai remarqué. Ses doigts frétillent et quand l'autobus s'immobilise enfin, elle retire sa main. Dès que nous sommes descendues, elle s'éloigne sans dire au revoir. L'équilibre est rétabli. Mais pas de la bonne manière. Je soupire et me dirige vers la matinée café, la peur au ventre.

Je m'assois dans l'arrière-salle, et je mords dans un croissant que j'ai pris dans une énorme pile disposée sur la grande table en bois. Cette table est entourée de femmes que je reconnais plus ou moins sans me rappeler leur nom, c'étaient celles du cocktail. Elles ne sont manifestement pas capables de se remémorer le mien non plus ; seules deux d'entre elles me saluent à mon arrivée. Les seules que je suis capable de nommer sont Julia et Jessica, qui s'affairent autour du plateau de viennoiseries et de pâtisseries, réarrangent les piles et comblent les vides. Il n'y a pas beaucoup de vides à combler : comme l'avant-veille, je suis la seule à manger.

Les deux femmes sont assises l'une à côté de l'autre, elles discutent entre elles, à voix basse. Je n'arrive pas à discerner ce qu'elles disent, malgré tous mes efforts pour tendre l'oreille depuis l'extrémité de la table, mais à un certain moment il semble qu'il y ait un désaccord entre elles, le visage de Jessica vire à l'écarlate, avec une moue, tandis que Julia s'exprime apparemment avec grande insistance, bien que ses propos demeurent inaudibles.

Chaque fois que quelqu'un jette un semblant de regard dans ma direction, je souris avec espoir, mais personne ne prend la peine d'enregistrer ma présence, leurs yeux glissent sur moi comme si je n'étais pas là. Je sors mon téléphone pour me donner une contenance et je vérifie l'heure. Déjà neuf heures moins vingt.

Je me racle la gorge, j'ai les nerfs en pelote.

— Je suis désolée, excusez-moi de vous interrompre. Je me demandais juste… Se peut-il que nous commencions bientôt ? Je dois…

— Nous attendons les autres.

— Les autres ?

— Il en reste encore deux qui doivent arriver. Vraiment désolée de vous retenir si vous avez quelque chose d'important, ajoute Julia sur un ton cinglant.

— Il est très important que tout le monde soit là, insiste Jessica. Cette année, nous souhaitons faire les choses toutes ensemble.

— Bien sûr, dis-je, en tâchant d'adopter un ton conciliant.

Sans succès, manifestement. Jessica n'a pas du tout l'air apaisé, sa lèvre supérieure tremble et elle garde les bras croisés. Elle me dévisage encore un moment avant que son attention ne soit attirée par du mouvement à la porte.

— Et les voici, fait-elle.

Les nouvelles arrivantes se penchent vers le buffet, puis s'en éloignent. Julia s'éclaircit la gorge et attrape un bloc-notes.

— Commençons par le commencement. Je suggère que nous nous donnions pour règle absolue de ne débattre de rien qui ait trait aux pressions considérables auxquelles nous sommes confrontées. Rien n'est plus important que de préserver l'unité entre nous toutes, pour le bien de nos filles. Sommes-nous d'accord là-dessus ?

Murmures d'assentiment. Je lance un coup d'œil discret à mon portable : il reste quinze minutes avant que je ne sois absolument obligée de partir.

Julia continue.

— Comme je le disais mardi soir, nous avons un gros objectif à atteindre et à dépasser cette année au marché de Noël. Nous allons devoir travailler extrêmement dur pour nous assurer de l'atteindre.

D'autres murmures d'approbation autour de la table, des têtes au brushing impeccable opinent à l'unisson, mais avant que Julia ne puisse continuer, elle est interrompue.

— Excusez-moi, avons-nous un nouveau parent, ici ? Il y a quelqu'un que je ne reconnais pas.

Je me tourne vers celle qui vient de s'exprimer : balayage aux reflets miel, haut de sport et legging, bien moulée dans du Lycra. Elle affiche un air contrarié.

Personne ne répond, et je prends lentement conscience que tous les yeux se sont fixés sur moi. Je change de position sur ma chaise, mal à l'aise face à ces regards scrutateurs, en attendant que Julia me présente. Aucune présentation ne vient. J'essaie d'en faire abstraction, mais le suspense se fait insoutenable.

— Je m'appelle Sadie. Je suis la mère de Robin. Elle vient d'arriver, dis-je, d'une voix qui finit par s'étrangler.

— Comment avez-vous réussi à obtenir une place ? Était-ce parce que…

Encore des « chut ». Plus impérieux cette fois. Je ne vois pas qui a posé cette question.

— Je… Ma situation a changé. J'ai emménagé à Londres avec Robin. Nous avons appelé l'école, et il se trouvait qu'il y avait une place. C'était à la toute dernière minute, dis-je. Je n'ai aucune idée de la raison pour laquelle il y avait une place disponible. Je suppose que les gens déménagent.

Je regarde autour de moi les visages qui m'observent.

— J'imagine, en effet, commente Julia. Pouvons-nous revenir sur le sujet du jour, je vous prie ? (Elle affiche un sourire.) Nous avons décidé du thème de la fête de cette année. Ce sera… les clochettes ! Il incombera à chaque teneuse de stand de choisir comment l'interpréter. (Remous autour de la table.) J'affecterai les stands en fonction des classes, comme d'habitude… et je ferai circuler une liste en temps et en heure. À titre de nouveauté, j'envisage d'ajouter une catégorie « Parents » au concours du meilleur déguisement.

Les remous se font encore plus perceptibles.

Il doit être près de neuf heures, maintenant. Julia est au milieu de son introduction. Je me sens totalement prise au piège. Bien sûr, il est plus important que je me rende au cabinet, mais d'un autre côté, je suis déjà partie d'un si mauvais pied avec ces gens… Je ne peux guère m'en aller en plein milieu de la discussion. Je sors mon téléphone pour consulter de nouveau l'heure, quand je prends conscience que la pièce est silencieuse. Je lève les yeux, et je tombe sur Julia qui me dévisage, les sourcils froncés.

— Pas de téléphone, je vous prie. Nous avons une politique très stricte en matière de téléphone au cours de ces réunions, précise-t-elle.

— Oui, bien sûr, je n'étais pas au courant…

— Rangez-le, s'il vous plaît, insiste-t-elle, avec un sourire d'une grande douceur, mais avec une telle autorité que je fais exactement ce qu'elle me demande et j'enfonce mon portable dans la poche de mon manteau.

Julia hoche la tête en signe d'approbation et reprend la parole.

— Maintenant, nous devons nous procurer des prix pour la tombola et désigner des volontaires pour chaque stand. Vous, les représentantes de classe, serez-vous en mesure de me proposer des noms d'ici la fin de la semaine ?

Les déléguées hochent la tête à l'unisson, et je vois leurs mains griffonner rageusement dans leur carnet.

— Sadie, serez-vous en mesure de coordonner les prix de la tombola ? Pour vous, cela devrait être assez simple, et cela vous donnera une occasion de dialoguer avec beaucoup de personnes de l'école.

— Je n'en serais vraiment pas capable, dis-je, ces mots franchissant mes lèvres avant que j'aie pu les rattraper.

Tant pis si je fais mauvaise impression.

Tout le monde se tourne de nouveau vers moi, et les regards courroucés me transpercent. Jessica est si remontée qu'elle bondit pratiquement sur sa chaise.

— Je comptais m'en occuper. J'ai réfléchi à quelques idées fantastiques.

J'esquisse un sourire.

— Jessica serait bien meilleure que moi. Je n'ai pas la moindre idée de qui contacter.

Julia se tourne vers moi, puis vers Jessica, l'air pensif.

— J'espérais que tu pourrais te charger de la coordination des stands, Jessica… tu as fait un si bon travail l'an dernier. Pourrais-tu le cas échéant discuter de tes idées avec Sadie et elle prendrait la suite ?

Elle reste sur Jessica, qui hoche la tête, visiblement tiraillée entre le plaisir de recevoir un compliment et la fureur de me voir offrir la fonction qu'elle convoitait. Elle me jette un œil mauvais.

— Bien, c'est donc réglé, tranche Julia, en abordant le point suivant comme si mon engagement était une affaire conclue.

Je réfléchis un instant, répugnant à me montrer trop agressive d'emblée. Mais je suis encore plus réticente à l'idée de me laisser entraîner dans une mission aussi pénible avec quelqu'un qui n'a manifestement aucune envie de travailler avec moi. Je me racle la gorge et j'interromps Julia.

— Je suis désolée, dis-je, mais je ne suis pas en mesure de vous aider là-dessus. Je démarre un nouvel emploi. Aujourd'hui, en réalité. Je vais devoir faire l'impasse sur cette fête et trouver une meilleure idée pour m'impliquer et rencontrer un peu tout le monde. Je me porterai volontaire la prochaine fois sans faute.

Julia me dévisage, absolument stupéfaite. Je me demande quand il lui est arrivé pour la dernière fois que quelqu'un lui dise non. Elle enchaîne rapidement sur la suite, distribuant d'autres missions à des participantes empressées, puis elle met fin à la réunion. Je me lève d'un bond, impatiente de m'éclipser en vitesse, non sans vérifier autour de moi que je ne sois pas la première à partir, en tout cas pas de façon trop évidente. Les monceaux de nourriture sont restés intacts, mais une femme à l'autre bout de la table, des miettes sur les lèvres, picore des bribes de croissant. Je suis médusée, je fixe cette femme qui n'hésite pas à afficher devant le groupe combien la chair est faible quand on a faim. Elle croise mon regard et me sourit. Je rougis, et détourne les yeux. Un rire monte de quelque part autour de la table, je me précipite et j'ai presque franchi la porte quand Jessica m'interpelle.

— Vous n'avez pas encore payé, me lance-t-elle.

— Oh, désolée. Je n'y avais pas pensé. Tenez. Un billet de cinq devrait suffire, non ?

Je fouille dans mon sac et j'en sors le billet, tout fripé. Jessica le considère de haut.

— Cela fera trente livres, je vous prie.

— Combien ?

— Trente livres. Nous devons couvrir les frais du buffet.

— Mais personne n'a touché à ce buffet…, bredouillé-je.

Je fouille encore et je trouve d'autres billets, que je plaque dans la main de Jessica. Je tourne les talons, mais ce faisant, je revois les montagnes de viennoiseries que personne n'a mangées, et avant de pouvoir réprimer mon geste impulsif, j'attrape une serviette et j'y entasse des croissants et des pains au chocolat. J'entends le reste de l'assemblée murmurer autour de moi, mais c'en est trop, ce billet de trente livres, c'est la goutte d'eau. Je vais emporter des viennoiseries avec moi, et pas qu'un peu.

— Mon Dieu, soupire quelqu'un derrière moi.

— Qu'est-ce que vous faites, au juste ? s'étonne Jessica.

— Je prends un peu de ces viennoiseries que je viens de payer, dis-je, le menton volontaire. C'est permis ?

— Eh bien, je dois dire que c'est assez inhabituel. Pas le genre de chose… (La phrase de Jessica reste en suspens.) Julia. Julia ! Cette nouvelle maman veut se faire un doggy bag.

— Un doggy bag ? répète Julia, les sourcils haussés. Je vous demande pardon ?

Elle me dévisage, débordante de mépris. Je m'agrippe à ma serviette remplie de viennoiseries, en soutenant fermement son regard. Au bout d'un moment, Julia détourne les yeux, et se recoiffe d'un geste rapide et plein de dédain.

— En temps normal, dit-elle, nous donnons nos restes au foyer de sans-abris. Je sais qu'ils nous en sont très reconnaissants. Mais vos besoins sont peut-être plus importants.

— Je ne voulais pas que ça soit gâché, dis-je. Bon, je ne veux pas non plus vous créer d'embêtements.

— Cela n'en crée aucun. Tenez… j'ai un sac avec moi. Je vais le vider de tous mes papiers. Il faut que vous emportiez davantage de provisions.

Et là-dessus, Julia attrape un sac imprimé de logos de designer et en renverse le contenu sur la table avant d'enfourner des viennoiseries et des bagels par poignées dans ses profondeurs généreuses. Elle vide toutes les assiettes de la table, remplit le sac au point que les victuailles s'y empilent jusqu'à ras bord. Le sac est sur le point de craquer, et elle me le tend avec un sourire.

— Tenez. Cela devrait vous permettre de tenir le coup.

Je lui rends son sourire, mais je sens le rouge me monter aux joues. La remerciant d'un signe de tête, je vais me saisir du sac, prête à m'en aller comme si de rien n'était. Je suis sur le point de le soulever, et j'entends un éclat de rire dans un angle de la pièce. Ce rire s'interrompt très vite, mais pas assez. Au moment où j'attrape l'anse du sac, ma main effleure celle de Julia. J'ai les nerfs tellement à vif que je la retire par réflexe, et le contenu du sac se déverse par terre.

Sur le moment, j'ai la sensation que le temps s'est arrêté ; Julia et moi restons interdites devant les vestiges du buffet du petit déjeuner. J'ouvre la bouche, mais il n'en sort qu'un bredouillement incohérent, et je prends la fuite, sans me donner la peine de tenter d'éviter d'écraser les restes répandus par terre, en serrant encore contre moi ma serviette pleine de nourriture.

C'est seulement dehors que je me rends compte qu'un gros morceau de viennoiserie s'est collé au talon de ma chaussure. J'essaie de le racler contre le rebord du trottoir, mais une épaisse traînée de chocolat se loge dans le creux entre la semelle et le talon, résistant à tous mes efforts pour m'en débarrasser.

12

À mon arrivée au cabinet, il est presque dix heures et demie. J'ai couru depuis l'arrêt de bus et je sens la pression du sang au fond de mes orbites. Je salue Kirsten à la réception en lui présentant mes excuses, mais la jeune femme se contente de rire et me propose de m'asseoir.

— Barbara n'est pas encore là, elle non plus. Je ne vais pas vous conduire dans votre salle tant qu'elle n'est pas ici, si cela ne vous ennuie pas. Elle ne doit plus être très loin.

Ma panique était donc superflue. Je me dirige vers le long sofa en cuir de l'accueil, encore inexplicablement agrippée à ma serviette pleine de viennoiseries. Je cherche vainement une poubelle autour de moi avant de retourner à la réception.

— Il y a un endroit où je peux jeter ça ?

— Bien sûr, fait Kirsten. Je vais m'en charger.

Elle tend la main vers ma serviette et je la lui donne, soudain réticente à l'idée de renoncer à mon butin. Elle inspecte les provisions enveloppées dedans.

— Elles ne sont plus bonnes ? s'enquiert-elle.

— Si, si, je crois. Elles sont un peu écrasées. Mais c'est que je n'ai vraiment nulle part où les mettre.

— Elles m'ont l'air très bonnes. Je vais préparer un café et en goûter une… vous voulez vous joindre à moi en attendant ?

Je suis encore tellement sur la défensive que je suis sur le point de refuser, la suspectant de me tendre un piège, quand je m'aperçois que son visage enjoué est dénué de toute fourberie. Quelque chose se dénoue en moi.

— Oui, s'il vous plaît. J'adorerais boire un café. Vous avez des assiettes ?

Kirsten va préparer deux cafés, en attrapant des soucoupes pour les viennoiseries. Elle me rejoint dans le sofa et nous les dégustons ensemble. Une fois que nous avons fini, j'essuie les miettes de ma bouche et je bois une gorgée de café avant de m'éclaircir la voix.

— Vous savez quelque chose de ce procès ? Avez-vous rencontré l'accusé ?

— Oh oui, s'écrie Kirsten. Il est déjà venu prendre part à une réunion précédemment. Un homme si poli. Tout ça me semble une telle honte. Je ne sais pas comment cette fille peut se regarder dans la glace.

— Cette fille ?

— La victime. Soi-disant. Elle devrait avoir honte, détruire la vie de quelqu'un comme cela, s'indigne-t-elle.

Elle a fini son premier pain au chocolat et s'attaque à un second.

Avant que je ne puisse répondre, la porte de la réception s'ouvre. Kirsten s'affaire à une vitesse que je n'aurais pas crue possible, range les assiettes, essuie les miettes de ses lèvres, tout en regagnant sa place derrière son bureau avec un sourire lisse.

Barbara Carlisle fait son entrée. Cette fois, je ne me cache pas : je lui fais face, en la regardant droit dans les yeux. Plus grande que la moyenne, plus mince aussi, elle n'a pas beaucoup changé au cours de ces dix dernières années, seuls ses cheveux sont moins souples et les rides verticales autour de sa bouche plus prononcées. J'essaie de m'arranger un peu, consciente que je suis couverte de miettes de viennoiserie. J'époussète encore ma jupe quand elle vient se camper devant moi, un sourire en coin lui relevant la moitié du visage.

— Sadie, je suis contente de vous avoir avec nous. Vous n'allez plus vous enfuir du cabinet, maintenant, j'espère !

— Euh, oui, désolée pour cela…

— Et si nous passions dans mon bureau, que je vous tienne informée du dossier.

Elle fait volte-face et franchit les portes de la réception, sans prendre le temps de vérifier que je la suis. J'adresse un signe de la main à Kirsten, et un « merci » muet, en rattrapant Barbara au petit trot.

Une volée de marches, une autre. Nous tournons dans un couloir dont je ne me souviens que trop bien, depuis mon dernier passage au cabinet : c'est dans cette pièce, sur ma gauche, que je me suis installée avec mon premier directeur de stage… c'est ici que j'ai préparé mon premier procès. Je laisse rapidement défiler les souvenirs, et je franchis la porte en bois sombre que Barbara me tient ouverte, tout au bout du couloir.

— Nous y voici, me dit-elle. Pardonnez le désordre. J'ai tâché de boucler deux ou trois comptes rendus. Vous voyez pourquoi on a besoin de vous.

Je regarde autour de moi. Il y a des livres et des papiers épars sur presque toutes les surfaces disponibles. Le sol en est aussi recouvert. La pièce est relativement lumineuse, éclairée à une extrémité par une haute fenêtre donnant sur Essex Street, mais qui est poussiéreuse et sur le rebord de laquelle se trouvent plusieurs piles de volumes en équilibre précaire. Des bruits de circulation filtrent par la fenêtre ouverte. Et malgré l'interdiction de fumer, une forte odeur de cigarette flotte dans l'air.

Comme pour répondre à ma question tacite, Barbara recule le fauteuil de son bureau vers la fenêtre, s'y assoit, allume une cigarette avec un briquet en argent et inspire une longue bouffée avant de tendre la main par la fenêtre ouverte. Je m'efforce de contrôler mon expression, mais je ne suis pas assez impassible à ses yeux. Elle est entraînée après toutes ces années passées à scruter les témoins pour y déceler le moindre signe.

— À votre avis, qui va oser m'enjoindre d'arrêter ? me dit Barbara avec un rire guttural.

— Cela ne servirait à rien que je vous rappelle que ce n'est pas bon pour vous, je suppose.

— Ma petite chérie, j'ai soixante-cinq ans. Cela ne m'a pas encore tuée, me lâche-t-elle, en me tendant le paquet.

C'est tentant. Presque. Le grattement de l'allumette, le flamboiement quand elle s'enflamme, l'odeur sucrée des premières bouffées avant qu'elles ne deviennent épaisses et âcres. Non, je ne peux pas.

— Non, non merci. Je ne fume plus. J'ai arrêté quand j'étais enceinte. Je n'ai jamais repris. Je n'ose pas. Je ne peux pas faire les choses à moitié.

— Ah oui, bien sûr. Vous avez eu un bébé. Votre carrière était sur le point de décoller, vous êtes tombée enceinte et vous avez disparu aux États-Unis. Vous ne pensez pas que c'était un peu du gâchis ?

Je cligne des yeux, surprise du caractère direct de la question. Elle n'aurait pu être plus différente des mères que j'ai quittées à St John's Wood, toutes tirées à quatre épingles dans leur tenue de sport.

— Allons, continue Barbara. Asseyez-vous et parlez-moi un peu de votre décision. Moi, je ne vous ai jamais comprises, vous autres les filles. Vous étiez l'une de nos jeunes avocates les plus brillantes, les procès devant la cour de la Couronne vous ouvraient grand les bras, et vous envoyez tout balader pour un bébé. Tout ça m'a semblé vraiment dommage, si vous voulez mon avis.

Je débarrasse les papiers du deuxième siège de la pièce et les pose par terre. Je m'assieds, je prends mon temps avant de dire quoi que ce soit. Bien que tout cela remonte à plus de dix ans, l'accent traînant de Barbara m'est toujours si familier. Il me semble irréel d'être de retour dans ce cabinet. Même l'odeur de ses cigarettes est inchangée, se disputant la suprématie olfactive avec le parfum dont elle s'est toujours aspergée – une fragrance capiteuse, exactement identique à celle qu'elle portait des années auparavant. J'ouvre la bouche pour répondre, et les années s'effacent.

— Oui. C'était dommage. Aujourd'hui, je ne sais pas si je prendrais la même décision.

— Il y a toujours quelque chose, tous les ans, constate Barbara. L'une des stagiaires craque. En général, elle se fait sauter dessus et culbuter pendant une soirée au cabinet. Ou elle envoie la mauvaise personne se faire foutre. Pourtant, vous comptiez parmi celles qui avaient la tête sur les épaules. Je pensais que vous resteriez jusqu'au bout.

D'un coup, mes défenses ressurgissent. Les vagues de souvenirs ont reflué. Je me remémore le nuage venimeux qui a toujours plané dans le sillon de Barbara.

— Ce n'est pas une décision facile d'avoir un bébé et de devoir effectuer tant de trajets jusqu'au tribunal. En plus, mon partenaire a reçu une proposition difficile à refuser, aux États-Unis. C'est pour cela que nous sommes partis.

Barbara a un rictus dédaigneux.

— Vous vous débrouilliez si bien. J'ai du mal à imaginer quelle a bien pu être cette proposition suffisamment difficile à refuser pour vous imposer de renoncer aux bénéfices de toutes ces années de travail acharné. C'est dommage que sa carrière ait dû prendre le pas sur votre vocation, conclut-elle avec un petit rire pincé. Enfin, au moins, vous voilà de retour. Je suppose qu'il va assumer ses responsabilités de père ?

— Il est encore aux États-Unis. Nous sommes séparés.

Encore un petit rire.

— Je ne suis pas surprise. Vous auriez dû le larguer depuis belle lurette. Vous avez perdu les dix dernières années de votre vie. Au moins, vous n'avez pas lâché votre carrière à un âge trop avancé pour vous permettre de vous relancer. Franchement, ces femmes si prometteuses, diplômées des meilleures universités, de brillantes professionnelles, et qui renoncent à tout pour s'en aller mettre des enfants au monde. Et que nous ne revoyons jamais plus. Ridicule.

Je cligne des yeux. Je comprends son raisonnement. Toutes ces années, j'ai fulminé en silence à ce sujet. Pourtant, Barbara ne peut pas s'aveugler à ce point sur les réalités de ce genre de situation, sur les difficultés auxquelles sont confrontés les parents dans un environnement de travail aussi strict, les contraintes du tribunal et la règle du premier arrivé, premier servi, comme dans une station de taxis, qui prime sur toute autre considération dans la répartition des dossiers.

— C'est compliqué, dis-je finalement. Je ne regrette en aucun cas d'avoir eu ma fille, mais je suis contente d'être de retour. Et très reconnaissante de l'opportunité de travailler sur cette affaire avec vous. Pouvez-vous m'en dire davantage ?

Il est temps que la conversation progresse.

Barbara a un énième petit rire, peut-être pas certaine d'en avoir fini avec son contre-interrogatoire, mais je lui souris, l'air radieux, en espérant que cela suffise à la décourager d'aller plus loin. Au bout d'un moment, elle allume une autre cigarette et brasse quelques papiers.

— Je vais vous dresser une brève chronologie du dossier. Pour ce que ça vaut. Je n'ai jamais vu une telle absurdité de ma vie, dit-elle, en se calant dans son fauteuil.

13

Je sors un dossier au hasard d'une des boîtes dont Barbara m'a confié l'étude : des captures d'écran d'une page Facebook, une série de photographies de la plaignante. Elle est jeune, elle rit sur l'un des clichés, elle a le bras autour de l'épaule d'un ami sur une autre, elle pose coiffée d'un feutre. J'examine plus attentivement les dates du fil de discussion. La fille doit être au début de l'adolescence. Encore une enfant. Sur la troisième photo, elle fait la moue, un boa en plumes autour du cou dans une posture de séductrice. Mais c'est encore une enfant, qui joue à se déguiser.

Je m'appuie contre le dossier de mon fauteuil, je ferme les yeux. Dès que Barbara a terminé son exposé, elle est sortie déjeuner, j'ai donc la pièce pour moi seule. J'ai besoin de mettre de l'ordre dans ce qu'on m'a dit, de refouler le sentiment de compassion envers la plaignante qui s'est insinué en moi. Je dois me concentrer sur une chose : trouver le meilleur moyen de défendre les intérêts de notre client.

« C'est un homme charmant », m'a dit Kirsten.

« Dans ce dossier, j'ai une position très arrêtée, m'a avertie Barbara. En l'occurrence, il y a un risque important de grave injustice. Nous allons devoir lutter très fermement. »

Je reviens sur les faits tels qu'ils m'ont été exposés dans les documents et dans le court compte rendu de Barbara : Freya MacKinley, aujourd'hui âgée de dix-sept ans, a vécu une existence troublée, en dépit de son jeune âge. À une certaine période, c'était une enfant à problèmes : inattentive, indisciplinée et très rétive à toute autorité. Ses années d'école primaire s'étaient déroulées sans accroc particulier et, à un moment, elle avait même eu des résultats prometteurs. Mais selon un rapport communiqué par la directrice de son ancienne école, n'ayant pu obtenir de place dans aucun des établissements secondaires qu'elle souhaitait, elle avait dû entamer le cycle du secondaire dans une institution privée plus réputée pour ses réseaux mondains que pour les exigences de son enseignement. À partir de la sixième, sa conduite à l'école s'était dégradée et, lors du divorce de ses parents, alors qu'elle avait treize ans, ces problèmes s'étaient accrus. Elle avait été la première de sa classe à toucher aux cigarettes et à l'alcool, puis au cannabis, et on suspectait aussi la consommation de drogues plus dures, sans jamais avoir pu l'établir avec certitude.

Freya avait évité de justesse le renvoi, et ce à plusieurs reprises, clémence qu'elle ne devait qu'à la prise en compte du climat de très grande hostilité dans lequel se déroulait le divorce de ses parents. Il était clair toutefois que même selon les normes très laxistes de l'établissement, elle se dirigeait vers des résultats scolaires désastreux. C'est alors que le client de Barbara, Jeremy Taylor, un enseignant de français et d'anglais, le milieu de la vingtaine, l'avait prise sous son aile. Il enseignait aussi l'art dramatique et Freya avait joué, non sans réticence, dans une mise en scène de *La Mégère apprivoisée.* Tirant parti de ce contexte, il avait réussi à créer d'assez bonnes relations avec elle pour qu'elle accepte de prendre des cours particuliers avec lui. Grâce à cela, elle était parvenue à remonter la pente, suffisamment pour espérer des résultats tout à fait honorables pour ses examens de fin d'études secondaires.

Jusqu'à ce point, dans l'ensemble, l'accusation et la défense s'accordaient sur les faits. Mais à partir de là, les récits divergeaient. Selon le dossier de l'accusation, Taylor avait initié Freya à bien plus que la conjugaison des verbes irréguliers. Les avocats de la partie adverse estimaient qu'il l'avait dès le début enjôlée en vue d'entretenir avec elle une relation de nature sexuelle, qui s'étaient concrétisée après son seizième anniversaire, et avait continué jusqu'à ce qu'il essaie de mettre un terme à cette liaison, ce à quoi elle avait réagi en se rendant directement à la police pour y livrer sa version des faits, qui est au fondement des accusations désormais portées contre lui.

D'autre part, la version des événements avancée par la défense serait que Jeremy aurait pris la jeune fille en pitié et se serait employé de son mieux à l'aider. Elle ne cessait de multiplier de discrètes avances à son endroit, mais sentant tout le potentiel qu'elle possédait, il répugnait à l'abandonner et se sentait désolé pour elle. Il veillait en toute circonstance à ce que les cours particuliers se déroulent dans des lieux publics, et que la mère de Freya reçoive en copie toute leur correspondance. Malgré sa volonté de l'aider, la situation avait atteint un seuil critique quand, lors d'un cours qui avait lieu au domicile de la jeune fille, elle avait retiré ses vêtements pour tenter de le séduire. À ce stade, il avait mis un terme à cet arrangement, et furieuse et blessée d'avoir été rejetée, Freya s'était rendue à la police pour faire part de ses allégations. Il nie complètement toute relation sexuelle ou amoureuse entre eux.

Je me frotte les yeux. C'est une histoire simple, une défense simple. Tout se résumera à un élément : qui sera le plus crédible à la barre. Je feuillette les photos imprimées jusqu'à ce que je trouve un cliché plus récent de Freya, pris plus tôt cette année. Elle est plus âgée, le visage las, les yeux ne regardent pas directement l'objectif. Pourtant, c'est encore une enfant, il émane encore d'elle une inexpérience, une innocence. Je relis la description que Jeremy a transmise d'elle : elle ne coïncide pas avec la photographie. Cette affaire ne sera peut-être pas si simple, après tout.

Existe-t-il des photos de l'accusé ? Je cherche mais je renonce, accablée par la masse de documents. Cela étant, il émane de lui quelque chose de chaleureux, les réactions de Kirsten et Barbara à son égard le montrent bien. Et je serai en mesure d'en juger bientôt par moi-même, la prochaine fois qu'il prendra part à une réunion avec Barbara.

En attendant, ma mission est claire. Je dois passer en revue des tonnes de messages issus du téléphone et de l'ordinateur de Freya, chercher la moindre preuve à l'appui des allégations de la jeune fille selon lesquelles l'accusé et elle entretenaient une relation amoureuse. Ou plutôt, chercher *l'absence* de preuves. Freya pourrait toujours affirmer être restée discrète sur la manière dont Jeremy et elle entraient en contact, mais en aucun cas leur relation n'aurait pu exister comme elle l'affirmait sans qu'il en subsiste aucune trace sur ses différents comptes de réseaux sociaux. Jeremy a soutenu qu'il n'y avait jamais eu la moindre communication externe entre eux deux. Je dois m'assurer que rien ne vienne contredire cette affirmation.

Trois heures plus tard, j'ai à peine effleuré la surface. À ce stade en tout cas, il semble que Freya ait rejoint Facebook alors qu'elle avait onze ans. Jusqu'à présent, j'ai réussi à tenir Robin à l'écart de ces réseaux, la messagerie instantanée étant le seul flux de communication que j'autorise, mais je sais que ce ne sera qu'une question de temps. Comme chez Freya. À treize ans, elle avait enchaîné avec Instagram et Twitter, mais ce dernier site ne semble pas avoir présenté beaucoup d'intérêt pour cette enfant – la version imprimée de la page de profil de Freya montre qu'elle ne suit qu'une poignée de gens, deux popstars, deux magazines pour ados et le service d'infos de la BBC. Ensuite Snapchat, mais il est peu probable que cela mène à une information utile, la suppression automatique des photographies constituant le principal attrait de cette plateforme. Je note des dates et des heures, jusqu'à ce qu'il soit temps de partir chercher ma fille. Je sors le premier dossier de la boîte et le glisse dans mon sac, prête à travailler dessus plus tard ce soir.

J'attends devant le portail de l'école la tête baissée, les épaules rentrées contre le froid de cette soirée d'automne et les ricanements des mères. Je réfléchis à l'affaire, en me demandant quel genre de relation Freya entretenait avec sa mère, pour s'inscrire sur un réseau social à un si jeune âge. Ensuite je me rappelle à l'ordre. Je ne devrais pas juger. Autant que je sache, Robin elle aussi a déjà des comptes sur la moitié de ces réseaux. Voilà des mois que je n'ai pas regardé son téléphone.

Je suis encore plongée dans mes pensées quand je sens que l'on me tapote l'épaule. Je lève les yeux avec un sourire, en supposant que c'est elle. Ce n'est pas elle. C'est l'une des mamans. À l'instant où je la vois, mon visage se raidit, mais dès que je capte le sourire sur son visage, les muscles de ma mâchoire se détendent un tout petit peu.

— Je croyais que c'était Robin, dis-je.

— Désolée de vous déranger. Vous aviez l'air dans votre monde, mais je voulais me présenter. Je vous ai vue à la matinée café, mais nous n'avons pas eu l'occasion de nous parler.

Je la regarde plus attentivement, et je la reconnais à présent : c'est la femme aux cheveux noirs qui mangeait un croissant. Celle qui a l'allure la plus normale de tout le groupe, assez petite, pas si mince, les cheveux parsemés de quelques mèches grises. Je sens mon visage se détendre encore un peu plus, mais je reste en alerte, les nerfs à vif.

— Je devais partir travailler, dis-je. Cela a duré plus longtemps que prévu.

— C'est toujours comme ça, admet la femme, et elle rit.

Je suis si interloquée que je lâche un rire moi aussi, avant de le ravaler aussitôt. Elle a beau sembler avenante, elle pourrait montrer les crocs d'une minute à l'autre.

— Bref, on dirait que les filles arrivent, à présent, dis-je.

— Je crois qu'elles ne seront pas là avant encore deux ou trois minutes, rectifie l'autre, en lançant un regard derrière le portail. Permettez-moi de me présenter. Je m'appelle Nicole. Et je ne mords pas.

Elle lit un peu trop facilement dans mes pensées : je sens mes joues brûler.

— Je m'appelle Sadie, dis-je.

— Ravie de mieux faire votre connaissance, enfin, me répond Nicole. Je suis la maman de Pippa. Je crois qu'elle est dans la même classe que votre fille.

— Robin ne m'en a pas parlé.

— Elle doit avoir pas mal de choses à assimiler, remarque Nicole, avec toutes ces nouvelles têtes. Pippa me dit qu'elle a l'air très silencieuse.

Je soupire.

— C'est toujours dur, au début. Elle a encore besoin de trouver ses marques.

— Je suis sûre qu'elle sera très bientôt d'attaque, ajoute-t-elle. Les enfants sont si résilients. Si adaptables. Pas comme nous. Quelle impression vous fait tout ça ? Quand vous vous êtes étouffée avec ce canapé, au cocktail, j'étais navrée pour vous.

Elle a un ton de voix bienveillant, avec une authentique nuance d'empathie, et cela fait si longtemps que personne ne m'a plus parlé ainsi que des larmes me picotent les yeux. J'avale ma salive, la gorge serrée.

— Désolée. (Ce mot parvient à franchir la boule que j'ai dans la gorge.) Désolée. C'était vous ? Qui m'avez aidée ce soir-là ? Je n'ai même pas vu qui je devais remercier.

— Je vous en prie, ne vous excusez pas. Et ne croyez pas que vous ayez à me remercier : j'étais au bon endroit au bon moment, c'est tout, me dit-elle. (Elle pose la main sur mon bras, qu'elle serre doucement.) C'est toujours compliqué de s'adapter à un nouvel endroit. En particulier quand cet endroit paraît aussi peu accueillant qu'ici. Enfin, ce n'est pas aussi déplaisant que cela en a l'air. Je vous le promets.

J'éprouve une étrange réticence à lui avouer que je sais exactement ce que ça fait, que je suis moi-même déjà passée par là. J'essaie de puiser en moi le courage de rire, mais cela sonne creux. J'ai chaud, mon col est trop serré, le dos de mes mains me démange.

Nicole continue.

— Il m'arrive aussi de me sentir comme une étrangère, vous savez. Cette école représente pour moi une véritable épreuve, en particulier parce que je suis mère célibataire. Mais cela en vaut la peine. Les filles sont si heureuses. Et elles obtiennent de si bons résultats.

— Vous pensez réellement que les filles sont heureuses ?

— Oui, absolument. On peut mettre un peu de temps à s'y habituer, mais vous y arriverez. Robin aussi. Ce sont juste de petites difficultés initiales d'adaptation. Accordez-vous quelques semaines, et ce sera comme si elle était ici depuis toujours.

Nicole me tapote de nouveau sur le bras.

— Merci. J'apprécie vraiment.

— Nous inviterons Robin à passer un peu de temps avec Pippa, si vous voulez. Je pourrai vous tenir au courant de certains ragots.

— Ce serait formidable, dis-je, en réussissant enfin à sourire.

Dimanche, 11 h 05

Je vais et je viens, je vais et je viens. J'attends. La maison me semble à chaque minute plus froide, plus vide. Il est dix heures. Onze heures. Je passe un coup de téléphone.

— Je suis sûre qu'il y a une explication, me soutient-elle. Il faut qu'on reste calmes.

— Je fais de mon mieux pour garder mon calme, réponds-je. Mais enfin, où sont-ils ?

— Pour l'instant, je n'en sais rien, admet-elle, mais je suis sûre qu'ils sont en route.

— J'appelle la police.

— Ne fais pas ça. Pas encore. S'ils ne sont pas encore de retour, il doit forcément y avoir une bonne raison. Ils se sont peut-être arrêtés quelque part pour prendre un petit déjeuner. Ou alors il y a eu une panne. Tu ne peux pas te ruer sur la pire des conclusions. Reste tranquille, ils vont forcément refaire surface assez vite.

— Je suis incapable de rester là sans rien faire.

— Il faut que tu restes chez toi, insiste-t-elle. Ils seront peut-être bientôt à Londres. Il faut que tu sois là, pour le cas où elle rentre à la maison.

— Je ne peux pas... je ne sais pas quoi faire, dis-je.

J'ai la tête qui tourne et je lutte contre une vague de nausée, de panique et d'acidité, si âcre, au fond de ma gorge.

— Reste tranquille, répète-t-elle. Je te rappelle très vite. Ne bouge pas. Je te promets que tout ira bien.

J'essaie de garder mon calme, de passer en revue toutes les explications rationnelles que je réussis à puiser en moi, mais la pression monte dans ma tête, de plus en plus haut, de plus en plus fort, frottements de pattes d'insectes qui tournent en rond, qui s'agitent dans la peur et l'autorécrimination. Je me mets à crier, des mots d'abord, OÙ ES-TU ?, mais ce cri se brise dans l'incohérence, dans un magma de hurlements, jusqu'à ce que je m'effondre sur la table de la cuisine, la tête dans les mains.

Finalement, j'arrive à respirer. Merde, j'appelle la police. Je tape le 999 sur mon téléphone, j'attends désespérément que l'opérateur réponde.

14

— Elle est comment, Pippa ? demandé-je à Robin à notre retour à la maison, cet après-midi-là.

— Pippa ? Elle a toujours l'air un peu nerveuse. Mais elle est sympa. Pourquoi ?

— J'ai parlé à sa maman, c'est tout. Elle a l'air gentille, elle aussi. Elle est venue bavarder avec moi à l'entrée de l'école. Elle a proposé que tu ailles chez elle. Ça te plairait ?

— Ce serait vraiment marrant ! s'écrie Robin.

— Super.

Quand elle monte se coucher, je débarrasse la cuisine et je sors le dossier que j'ai rapporté du cabinet, prête à continuer mes recherches. Je suis vite absorbée, surprise de constater qu'il est plus de dix heures quand mon téléphone tinte, signalant un message. Ce ne peut pas être Andrew – je le sais sans même regarder. Ce pourrait être Zora qui veut savoir comment s'est déroulée la journée, bien que je la sache occupée. Non, ce n'est pas ça. C'est un numéro que je ne reconnais pas.

C'est Nicole, comment ça va ? Vous êtes libre vendredi prochain pour que Robin vienne à la maison ? Et aussi au cas où vous ne le sauriez pas, costume obligatoire pour la réunion des filles demain matin. Son personnage préféré de la mythologie grecque.

Ah, c'est gentil, telle est ma première réaction. La situation évolue peut-être… D'ici peu de temps, nous aurons des amis… Attendez, quoi ? Mon cerveau effectue un tête-à-queue. Un costume ? Son personnage préféré de la mythologie grecque ? Je me précipite au premier étage, dans la chambre de Robin, je la réveille en la secouant.

— Je t'avais dit, me souffle-t-elle.

— Tu ne m'as rien dit du tout. Je m'en serais souvenu.

— Ça n'a pas d'importance. Je peux juste mettre mon uniforme.

— Si, c'est important. Je n'ai pas envie de donner l'impression qu'on s'en fiche. Quel est ton personnage préféré de la mythologie grecque ?

— Je ne connais aucun mythe grec. Je me rendors.

Elle roule sur le côté, sombre dans le sommeil et l'oubli.

Sentant la colère monter en moi, je vérifie mes e-mails. Au milieu de la multitude des informations de rentrée scolaire que j'ai reçues, je tombe sur un calendrier où sont inscrits tous les événements de l'année et, évidemment, en très petits caractères, il est écrit : *Classe de CM2, rassemblement des élèves sur le thème de la mythologie grecque, costumes fournis par les parents.* Comment était-je censée remarquer ça ? Si seulement j'avais adressé la parole à Nicole quelques jours plus tôt…

Après quelques minutes à faire défiler sur Internet des boucliers et des masques en carton, j'éteins mon téléphone. Je vais fabriquer une tenue avec un drap de lit, et ça devra suffire. Je retourne au travail avec un soupir, en refoulant l'idée que les draps ont plus à voir avec les toges et les Romains qu'avec les mythes grecs.

Le lendemain, Robin n'est pas ravie du résultat, qu'elle juge bâclé.

— J'ai vraiment l'air idiote, se plaint-elle. Tout le monde va rigoler.

— Personne ne va rigoler, dit-elle. Vous allez toutes porter le même genre de truc.

— Je parie que non, proteste-t-elle, mais elle cesse quand même de geindre.

Je recule et j'admire mon travail. Un drapé à la mode classique, maintenu par une épingle à nourrice sur l'épaule, une couronne faite de débris de matière verte que j'ai trouvés dans un tiroir. Et la pièce maîtresse, une chouette empaillée qui était enfermée dans une vitrine du vestibule, que Robin a maintenant à la main, sans enthousiasme aucun.

— Qu'est-ce qui se passe si je la fais tomber ? me demande-t-elle. Ou si je la perds ? Ou s'il lui arrive quelque chose de mal ?

— Il ne va rien lui arriver de mal. Prends-la au rassemblement des élèves, mets-la sur ta table pour qu'elle soit en sécurité, et nous la rapporterons à la maison en fin de journée.

— Je n'en veux pas, décide-t-elle.

— Si tu ne la prends pas, comment saura-t-on que tu es censée être Athéna, la déesse de la guerre ? La déesse de la sagesse ? Qui n'est pas née comme un bébé, mais qui est sortie tout armée du crâne de son père, Zeus.

Elle m'écoute, le regard vide.

— Si c'est la déesse de la guerre, je ne devrais pas avoir une épée ou quelque chose ?

— Nous n'avons pas d'épée. Nous avons une chouette. Le symbole de la sagesse. Il faudra faire avec.

— Alors c'est toi qui la portes jusqu'à l'école, tranche Robin.

Elle remonte la fermeture Éclair de son anorak par-dessus le haut du drap. L'effet classique est gâché, plus ou moins. Mais enfin, les Anciens ne devaient pas non plus se servir de draps à fleurs pour se vêtir, pensé-je, en fourrant la chouette dans un sac en plastique. Elle lève les yeux au ciel et me précède d'un pas énergique en direction de l'arrêt de bus.

Je lui dis au revoir au bout de la rue et je la vois presser le pas, la tête basse, son drap traînant au sol. Dès qu'elle a franchi le portail, je me dirige vers le métro. Je suis sur le point de descendre dans la station quand je me rends compte que je tiens encore cette fichue chouette. Sans son symbole, elle est juste enveloppée dans un drap. Je tourne les talons et repars en direction de l'école. À mon arrivée devant le portail, je tombe sur Nicole.

— Hello, me dit-elle, avec sa voix chaleureuse, l'air tout à fait ravie de me voir. Tout est prêt pour le rassemblement des élèves ?

— Tout est prêt. Merci de nous avoir prévenues.

— Oh, de rien. Je trouve parfois que les déléguées des parents pourraient être plus réactives, vous savez, en envoyant des rappels, ce genre de trucs. Si c'était moi qui m'en occupais…

J'essaie de garder le sourire, mais je le sens qui s'efface.

— Il faut que j'entre pour apporter ceci à Robin, dis-je, en levant le sac sous les yeux de Nicole.

— Ah bon, vous ne venez pas ? s'étonne-t-elle, et sa voix s'élève dans l'aigu à la fin de sa phrase, avec une nuance de surprise.

— J'ai du travail. Nous sommes censées participer ?

— Bien sûr, me réplique-t-elle, et avant que j'aie pu protester elle me prend par le bras, en m'entraînant vers le portail et dans l'école.

C'est la première fois depuis trente ans que je me trouve véritablement à l'intérieur de ce bâtiment. Je m'arme de courage, m'attendant à être noyée sous un déluge de souvenirs, mais l'endroit a complètement changé d'aspect, la peinture et les sols refaits à neuf sont propres. Cela sentait toujours le désinfectant à la résine de pin, mais cette odeur a disparu elle aussi, et un parfum sucré de citron la remplace. C'est seulement quand nous arrivons à l'entrée du couloir que je reconnais, non sans tressaillir, un élément du passé, les écussons en bois au-dessus des portes, portant le nom de toutes les déléguées et les déléguées suppléantes de l'école, en lettres dorées.

Je me libère de la main de Nicole et je m'avance, pour aller lire les dates au-dessus des écussons, j'en cherche un en particulier. Il me faut une minute pour le trouver, tant d'années se sont écoulées depuis mon départ, tant de noms de fillettes sont commémorés de la sorte. Mais me voici, Sadie Roper, déléguée de classe. Je me souviens de la remarque grinçante de ma mère – « Ce n'est quand même pas président des élèves à Eton, hein ? Quelle médiocrité d'instaurer ça pour une bande de gamines de onze ans. » – et sa manière de crever la bulle de ma fierté, en la flétrissant de honte. Après cela, je ne pouvais plus voir cette inscription, le plaisir que j'y prenais était souillé, comme par une tache.

En la revoyant à cet instant, je ressens ce même pincement de honte qu'à l'époque, avant de le refouler et de songer au contraire combien Robin sera contente quand je lui montrerai. Elle ne trouvera pas cela ridicule.

— Vous n'entrez pas ? me demande Nicole, et je me retourne, en prenant à nouveau conscience de sa présence.

— Si. Je regardais juste…

Mais elle a pris les devant et elle s'est avancée dans le couloir avant que j'aie pu terminer ma phrase.

Dès la seconde où je tends la chouette à une enseignante pour qu'elle la remette à Robin, je comprends que je commets une erreur.

— C'est une vraie ? s'enquiert cette femme, en la tenant à bout de bras.

— Oui.

— Une chouette morte ?

— Oui. Elle est empaillée. C'est de la taxidermie.

— Je suis végétalienne.

— Je ne vous demande pas de la manger, dis-je, en m'efforçant de ne pas paraître exaspérée.

— À quoi cela sert-il, exactement ? me demande l'enseignante.

— C'est pour le costume de ma fille, Robin. Il faut juste qu'elle l'ait à la main, comme ça elle aura l'allure qu'il faut. La déesse de la sagesse.

— D'accord, acquiesce la femme, en me prenant la chouette avec une expression de répugnance et en la tenant avec toutes les précautions du monde.

Lorsque les filles font leur apparition sur la scène de la salle des rassemblements, cela ne s'arrange pas. Même depuis le fond, je vois bien qu'un vide s'est fait autour de Robin et que les filles, nerveuses, ne sont pas pleinement attentives à leur spectacle. Elles sont censées raconter l'histoire de Persée qui vainquit Méduse, et l'enfant qui joue le rôle de Méduse se présente dans le déguisement le plus réussi de la matinée, la peau entièrement peinte en vert et la tête ceinte d'un nid de serpents multicolore. Toutes les filles sont superbement costumées, en fait : Bacchus paré de vignes, Aphrodite tenant une pomme d'or, et quantité de nymphes dans des robes seyantes. Personne n'est vêtu d'un drap, à part Robin, et elle a maintenant l'air très dépenaillée. Tout comme la chouette : des plumes s'en détachent et volètent dans son sillage sur la scène.

Chaque fois qu'elle a une réplique à prononcer, elle fait preuve de moins d'éloquence que les autres filles, et je dois tendre l'oreille pour l'entendre. Je m'efforce de ne pas me laisser gagner par la paranoïa, mais je commence à nettement sentir qu'il se passe sur la scène quelque chose qui la rebute. Je mets cette sensation de côté, je tente de me raisonner, mais quand arrive le dernier tableau, je ne peux plus ignorer l'existence d'un malaise. Robin se fait visiblement malmener. Elle vient sur le devant de la scène, la bouche ouverte comme si elle s'apprêtait à déclamer, quand quelqu'un tout à gauche de la scène beugle : « Elle a un oiseau mort à la main. Ça pue. »

J'assiste au désastre qui se déroule sous mes yeux comme au ralenti en m'agrippant aux accoudoirs de mon siège. Une rumeur autour de moi me laisse percevoir que les autres parents commencent aussi à s'en rendre compte. Le visage de ma fille vire à l'écarlate, la dernière fois que je l'ai vue aussi rouge, elle était bébé. Elle prend la parole, mais elle hésite, s'interrompt, brandit la chouette devant elle, comme si elle était surprise, comme si elle se demandait : *Comment cette chouette a-t-elle fini entre mes mains ?* Ensuite, sa bouche se fripe, puis le reste de son visage, et elle jette encore un regard à la chouette, son humiliation croissante se lit clairement sur sa figure, avant qu'elle ne la jette loin d'elle. Le rapace empaillé roule tout droit sur la scène, au milieu d'un groupe de nymphes et de déesses, puis Robin se retourne et s'enfuit. Mais elle ne peut même pas courir, à cause du drap, de ce drap à fleurs si merdique. Il tombe autour de ses chevilles, elle s'y prend les pieds et, entre les nuages de plumes, les cris du public, la vision de ma fille qui s'étale de tout son long avant de se relever tant bien que mal et de sortir de scène en courant, en pull sans manches et short de sport, je ne sais où donner de la tête.

Avant que j'aie eu le temps de me lever et d'aller extirper ma fille de ce désastre, quelqu'un me passe devant. C'est Julia. Elle traverse la salle au pas de course en criant et en bousculant au passage les enseignants qui sont montés sur scène.

— Daisy a des allergies, me glisse Nicole d'une voix sombre. Elle est très allergique aux plumes. Ce pourrait être vraiment grave. Julia va péter un câble.

— Où est Daisy ?

J'espère sans trop y croire qu'elle sera restée en périphérie de l'action, ou même en coulisse.

Nicole lève la main et la pointe du doigt, en plein milieu du tumulte. Je scrute la scène. À cette distance, il est difficile de repérer de quelle enfant il s'agit. Je plisse les paupières et je finis par les distinguer les unes des autres. Je vois quelle fillette a été heurtée par la chouette : elle a des morceaux du volatile desséché partout sur la tête et le corps. C'est Méduse, son serpent est cassé et son maquillage vert a coulé. Julia se précipite vers cette enfant, lui retire des morceaux de volatile et la serre dans ses bras, et il devient tout à fait clair que Méduse n'est autre que Daisy. Une pierre se loge au creux de mon estomac.

Je me ressaisis et je m'approche de la scène, en espérant retrouver Robin et l'emmener loin d'ici. Elle erre à l'autre extrémité, le visage dégoulinant de larmes, et personne ne fait attention à elle car tout le monde entoure Daisy. Je suis presque aux côtés de ma fille quand Julia se met à vociférer.

— Vous ! Hé, vous, là-bas ! s'exclame-t-elle d'une voix forte. La nouvelle. Sadie.

Je tente de prendre un air interloqué – *Qui, moi ?* – mais cela ne trompe personne, pas même moi. Je tourne lentement le visage vers Julia.

— Votre stupide petite invention a failli tuer ma fille. Regardez dans quel état elle se trouve.

Je regarde. Ce n'est pas très brillant. Daisy semble en effet dans un état épouvantable. Mais elle n'a quand même pas l'air non plus à l'article de la mort.

— Je pense qu'il est inutile d'exagérer, dis-je. Nous sommes toutes les deux vraiment désolées de ce qui s'est passé, évidemment, mais il est non moins évident que personne n'a failli être tuée non plus.

— Comment osez-vous prendre cet incident à la légère ? Elle souffre d'une forme d'asthme sévère et elle est allergique aux oiseaux… elle pourrait faire une réaction plus tard. Et si ce… ce machin l'avait heurtée sous un autre angle, il aurait pu l'énucléer. Je sais que vous l'avez fait exprès, de causer du mal à Daisy comme ça. Votre triste petite fille est tellement pathétique. Elle est jalouse. Elle essaie de déstabiliser ma Daisy par tous les moyens.

Je suis à deux doigts de riposter en lui hurlant d'arrêter avec ces accusations si ridicules. Mais je garde juste assez de sang froid pour m'en empêcher, voyant l'état de Robin, le dos voûté, le visage brouillé de larmes, complètement dépenaillée. Je m'approche d'elle et je lui passe le bras autour des épaules, mais elle reste aussi raide qu'une planche, tout le corps parcouru de tremblements.

— Je considère cela comme un acte délibéré de sabotage, s'exclame Julia. (Elle se tient devant moi, les veines du cou saillantes, les tendons si contractés qu'ils semblent près de se déchirer.) Nous sommes vendredi, elles ont leur examen pratique aujourd'hui, vous le saviez, toutes les deux. Ce n'est rien d'autre qu'une tentative de perturber Daisy, de faire en sorte qu'elle ne soit pas au mieux de sa forme. Si les choses se dégradent, je vous attaque en justice.

Là-dessus, elle attrape Daisy par le bras et l'entraîne avec elle. J'essaie d'étreindre Robin, mais elle se dégage.

— Quels examens ? lui demandé-je.

— Des examens blancs pour s'entraîner aux épreuves d'entrée de l'année prochaine, me précise-t-elle. Elles y accordent toutes beaucoup trop d'importance.

— Tu ne m'as pas parlé de ces tests d'entraînement.

— Ce n'est pas important, c'est pour ça que je n'ai rien dit.

— Robin…

Elle se retourne et s'éloigne. Je n'ai pas d'autre choix que de la suivre.

15

Le reste se déroule dans un brouillard. Robin et moi descendons de la scène et nous sommes assaillies par Nicole qui prononce des paroles réconfortantes et tend à ma fille une jupe et un pull récupérés aux objets trouvés pour remplacer le drap qui est tombé. La directrice nous observe toutes les deux d'un air très sérieux avant de me prier de venir en fin d'après-midi discuter de l'incident. J'acquiesce. Je ne peux guère argumenter. Robin disparaît du hall d'entrée et, voyant Julia qui veut m'aborder, je l'imite. Je marche vite, je sors par la porte, je franchis le portail, mais dès que j'ai tourné au coin de la rue et que je suis hors de vue de l'école, je pique un sprint.

Lorsque j'arrive enfin au cabinet, David Phelps est à la réception, mais je suis trop à cran pour lui adresser la parole. Je souris, les commissures de mes lèvres se retroussent à peine, je traverse tout droit et je monte à l'étage, vers la salle de travail de Barbara, où je m'immerge dans le dossier, en lisant des pages et des pages de messages.

Au déjeuner, j'ai commencé à me faire une image claire de la plaignante. La langue acérée, elle est arrogante et susceptible. Beaucoup de contacts sur les réseaux sociaux. Peut-être pas tant d'amis que cela. Il émane une tension de ses échanges, sur le mode *rien à foutre de rien*. Je commence à l'apprécier. Elle est marrante. C'est aussi une menteuse, je ne l'oublie pas, à en croire les informations qui m'ont été transmises. En tout cas, il n'y a aucune trace de communication avec l'accusé. Pourvu que ça dure.

Je fais mon rapport à Barbara, qui a dû se rendre à l'improviste au palais ce matin pour une autre affaire.

— Bon, nous n'en attendions pas moins, me dit-elle en réaction. Et je suis convaincue qu'il n'y a rien à trouver non plus, mais ce sera une bonne chose d'en avoir confirmation. Quoi qu'il en soit, mettez cela de côté pour l'instant. Le client sera là dans quelques minutes.

Je vais aux toilettes et je m'arrange le visage, je me recoiffe. Sous la lumière crue du néon, je m'aperçois que ma veste est constellée de minuscules fragments de plumes, et je les époussète de la main, j'essaie de les retirer, mais au bout de quelques minutes Barbara pointe la tête par l'entrebâillement de la porte des lavabos et m'invite à la rejoindre. Au moins, j'ai nettoyé le plus gros.

— Par ici, fait-elle, en m'indiquant l'entrée de la salle de réunion, meublée d'une table ovale et de plusieurs chaises.

Il y a une console où sont disposées une machine à café, de l'eau et deux grandes assiettes de sandwiches.

— Ils seront combien ? dis-je.

— Jeremy, son avocate, Zora. Je crois que vous la connaissez ? Et sa mère.

Je hoche la tête.

— Sa mère ?

— Ses parents le soutiennent énormément, me répond-elle d'un ton sec. Entre eux, cela confine à la rivalité.

Je hausse le sourcil. Cette sécheresse de ton ne sort pas de nulle part.

Barbara ouvre la bouche, elle va ajouter quelque chose, mais elle est interrompue par un appel téléphonique.

— Faites-les monter, répond-elle à son interlocutrice. Nous sommes prêtes.

Elle se tourne vers moi.

— Oui. Le pauvre garçon, ses parents ne se parlent plus. Il y a eu un divorce très conflictuel voici quelques années. Le père paie les honoraires, la mère offre une épaule compatissante.

— Cela semble compliqué.

— Et légèrement infantilisant. Le client est tout à fait agréable, mais un peu pleurnichard. Ce n'est pas entièrement surprenant, commente-t-elle encore. Jeremy est leur seul enfant. Ils sont absolument gagas de lui. Cela rend leurs relations infernales. C'est en tout cas ce qu'ils me répètent. Sans arrêt. Ils suivront de près la manière dont est gérée la défense.

Je cligne encore des yeux.

— Oula, zut.

— En effet, ponctue Barbara.

On entend du bruit derrière la porte, et Kirsten fait son entrée, suivie des clients. Une femme d'âge mûr entre la première, juste derrière la secrétaire, puis Zora, impeccable en tailleur noir et, fermant la marche, un jeune homme qui doit être Jeremy. La femme âgée paraît sûre d'elle, ses gestes trahissent presque de l'arrogance, et elle prend immédiatement place dans un siège en tête de table. Elle est habillée très élégamment, tailleur pantalon noir, un foulard en soie noué autour du cou. Jeremy hésite à la porte, un peu voûté, l'air de s'excuser, en veste de tweed. Il semble encore plus jeune que je ne m'y attendais.

Barbara accueille Zora et Jeremy et leur fait signe de s'installer à la table. Kirsten prépare du café et sert des sandwiches. Dès qu'elle a quitté la pièce, Barbara commence.

— Jeremy, je suis ravie de vous revoir. Et vous aussi, Alexandra. Je vous remercie d'être venus. Je voudrais vous présenter Sadie. Sadie Roper, Alexandra Taylor, Jeremy Taylor. (Barbara les désigne chacun d'un signe de tête.) Sadie est ma nouvelle avocate junior sur ce dossier. Elle vient de rejoindre le cabinet après avoir vécu un certain temps à l'étranger.

— Un certain temps à l'étranger, ah bon ? J'espère que vous n'avez pas perdu la main, jette Alexandra d'une voix froide (elle me lance un regard noir).

Tâchant de ne pas réagir, je leur tends la main par-dessus la table, avec le sourire. La paume de Jeremy est plaisante, chaude, mais pas trop. Une poignée de main rassurante, pas du tout ce que j'imaginais. Quant à la main d'Alexandra, elle repose mollement et lourdement dans la mienne.

— Pas du tout, répond Barbara. Elle est très bien. Elle saisit très bien. Et elle a le physique qu'il faut. Il nous faut une équipe entièrement féminine, pour rendre Jeremy sympathique. N'est-ce pas ?

Non sans réticence, le regard noir d'Alexandra mue lentement, l'expression devient plus mesurée, moins hostile.

— Remarque judicieuse, acquiesce-t-elle. Vous venez de faire une remarque judicieuse. J'approuve. Bravo, Zora.

Zora me sourit, avec un clin d'œil.

— Bienvenue dans l'équipe, Sadie.

La réunion se poursuit, je reste en retrait et j'observe la scène. Barbara ne pose pas de questions au client, du moins pas encore, elle lui expose plutôt dans les grandes lignes l'état d'avancement de la préparation du dossier. Ils ont obtenu des témoignages de moralité de quelques personnalités tout à fait illustres, sans nul doute grâce aux relations de son père. Il y a même parmi eux un évêque, et l'aumônier d'une école qu'il a fréquentée, qui vantent ses vertus.

Tout cela semble trop beau pour être vrai. J'essaie de ne pas prendre la chose avec trop de cynisme. Naturellement il ne lui avait pas été difficile de réunir tous ces soutiens : c'est un pur produit de l'establishment. Tous les hauts lieux d'éducation, tous les insignes du privilège, il ne manque rien. D'ailleurs, il ne fait pas mauvaise impression, avec la transparence de son regard, il a quelque chose de candide. Ses cheveux bruns sont plaqués, mais une mèche retombe mollement et il l'écarte d'un geste automatique. Il est difficile de croire qu'il soit enseignant diplômé : il a l'air d'un étudiant. Sous un éclairage tamisé, il pourrait même passer pour un élève de terminale. Dans l'ensemble, il n'est pas dénué de charme.

Après avoir fini d'énumérer ces témoignages, Barbara se tourne vers Jeremy.

— Vous êtes absolument sûr de vouloir faire votre déposition ? lui demande-t-elle. Le contexte sera très difficile.

Je l'observe attentivement. La bouche est figée, mais le menton tremblote. Il toussote, se racle la gorge.

— Tout ce que je voulais, c'était lui venir en aide, affirme-t-il. Je n'aurais jamais cru qu'on en arriverait là. Pensez-vous vraiment que je vais devoir aller à la barre ?

Sa voix est posée, en harmonie avec le reste de sa personne. Ma réticence à son égard s'amenuise, même si j'éprouve le besoin de le sonder encore un moment. Il a l'air très esseulé. Il me semble déjà crédible qu'il soit plus malchanceux que prédateur.

— J'estime que ce sera tout à fait nécessaire, confirme Barbara, si nous ne parvenons pas à faire classer l'affaire après le dépôt des conclusions préliminaires.

— Bien sûr qu'à ce stade elle sera classée. Il n'existe aucune preuve nulle part, l'interrompt Alexandra.

Barbara opine, mais elle continue.

— Je ne conseille pas toujours à mes clients de déposer sous serment, mais dans ce cas vous serez sans aucun doute votre meilleur défenseur.

Alexandra sourit, avec une mimique dénuée de chaleur.

— C'est tout à fait vrai. Mais nous espérons surtout que ce sera vous le meilleur des défenseurs, vu ce que l'on vous paie.

Barbara ne cille pas, mais je sens l'air trembler.

— Comme vous le savez, poursuit-elle, nous avons obtenu gain de cause dans notre requête afin d'avoir accès au téléphone et à l'ordinateur portable de Freya. Sadie examine les comptes de réseaux sociaux de la jeune fille pour s'assurer qu'on n'y trouvera aucun échange entre elle et Jeremy.

— Enfin, bien sûr qu'il n'y en aura aucun, la coupe Alexandra avec force.

— C'est tout l'enjeu, souligne Barbara. Cela renforcera l'idée qu'il n'existe entre eux aucune autre relation que strictement professionnelle, entre élève et enseignant. Il est important que le jury le constate. Sachant le temps que les ados passent sur leurs appareils, l'absence de toute mention de Jeremy est en soi très éloquente.

— Il y a les e-mails, rappelle ce dernier d'une voix hésitante.

— Des e-mails ? reprend Barbara.

— Les e-mails entre moi et Freya. Bien que j'aie toujours mis sa mère en copie. Ils servaient à communiquer les devoirs, à discuter des cours, à convenir des horaires.

— Oui, ponctue Barbara, en parcourant un dossier. Je les ai.

— Puis-je les consulter ? dis-je.

Tous me regardent, l'air surpris que je sois même capable de parler.

— Oui, bien sûr, répond Barbara. Ils font partie des pièces inutilisées que l'accusation nous a communiquées. L'accusation ne mise pas dessus parce qu'ils ne contiennent rien qui serve leur cause. En revanche, ils nous sont utiles.

Zora ouvre un dossier et son doigt descend sur la page avant de s'arrêter à un certain emplacement, puis elle relève les yeux.

— Comme vous le savez aussi, nous serons bientôt convoqués à l'audience. Nous avons déposé une demande de renvoi pour nous laisser le temps d'examiner les contenus supplémentaires du téléphone, mais elle ne nous a pas été accordée. Cela explique pourquoi il est nécessaire de s'adjoindre les services d'un avocat junior dans cette affaire. (Elle me lance un regard.) Tu auras beaucoup de travail, à très brève échéance.

J'opine du chef.

— J'ai appris par Barbara que vous aviez des enfants, remarque Alexandra.

— Une seule.

Je suis surprise que le sujet arrive dans la conversation.

— J'espère que vous ne serez pas l'une de ces mères peu fiables qui ont sans arrêt besoin de prendre une journée de congé à cause d'un enfant malade. Vous êtes certaine d'être en mesure d'assumer tout cela ?

— Oui. Certaine. Je n'aurais pas accepté cette mission si je n'étais pas capable de remplir mes engagements.

— Bien, ponctue Alexandra, avec une moue qu'elle conserve un moment, le regard pensif. J'espère que ce sera le cas.

Je ne réponds pas. Je croise le regard de Zora et elle me glisse de nouveau un clin d'œil. Ma bouffée de colère passe et j'essaie de ne pas rire.

La réunion terminée, Zora et Alexandra tiennent un conciliabule avec Barbara. Je m'occupe de débarrasser les assiettes et de les replacer sur la console.

Jeremy attrape une assiette vide et me la tend. Il me sourit.

— Merci d'avoir accepté de vous charger de cette affaire dans un si court délai.

— Je vous en prie. J'étais tout à fait ravie d'accepter. Je suis revenue à Londres récemment, j'étais donc désireuse de me remettre à exercer.

— Revenue d'où ?

— Des États-Unis. De Brooklyn. Le métier de mon mari…

Jeremy hoche la tête comme si cela suffisait à tout expliquer.

— Depuis combien de temps êtes-vous rentrée ?

— Pas très longtemps. C'est long de s'installer, mais cela suit son cours.

— Donc votre mari est revenu travailler ici, alors ?

— Non, Robin et moi sommes venues seules.

— D'accord, dit-il. D'accord. Eh bien. Robin, c'est mignon, ce nom. (Je tressaille. Il met les mains en l'air, il rougit.) Voilà ce qui est épouvantable avec une pareille accusation, me confie-t-il. Elle déteint sur tout. Je ne peux même plus formuler une remarque sur le nom d'une enfant sans que cela paraisse plus ou moins déplacé.

Il a un rictus de dégoût.

Je me sens piteuse. Je n'avais pas l'intention de réagir ainsi.

— Non, c'est moi qui suis désolée. C'est gentil à vous de trouver ce nom mignon. Elle est mignonne. Mais pour l'instant elle essaie de s'adapter à une nouvelle classe de CM2, ce qui n'est pas facile. Il y a des examens d'entrée au collège qui s'annoncent en janvier, ce qui semble causer quelques tensions.

— Ah, mince. Le CM2. Vous avez toute ma compassion.

— Je commence à me rendre compte que je n'ai pas pris ces examens suffisamment au sérieux. Je veux dire, après la folie de l'admission à l'école depuis New York, je croyais avoir tout vu. On dirait que ça rend tout le monde complètement hystérique.

— Les parents deviennent dingues. Cela s'aggrave. D'après ce qu'on m'a dit, en tout cas. Je n'ai jamais enseigné à cette tranche d'âge, me confie-t-il. Mais de temps à autre, cela provoque de grosses tensions. De très fortes rivalités.

J'ouvre la bouche pour lui répondre, mais Alexandra interrompt notre conversation.

— Nous devons y aller, dit-elle à son fils. Ravie de vous avoir rencontrée.

Cela s'adresse à moi. Zora me fait un signe de la main et ils s'en vont. Barbara rassemble ses dossiers.

— Somme toute, tout s'est déroulé correctement, conclut-elle.

— Somme toute ? C'est-à-dire ?

— Alexandra peut être compliquée. Vous l'avez peut-être remarqué, dit-elle en haussant le sourcil. Le père ne l'est pas moins. Il est habitué à tout régenter. J'apprécierais de m'entretenir un moment avec mon client seule à seul, mais jusqu'à présent l'un ou l'autre s'est immiscé dans chacune de nos réunions. J'ai essayé de leur signifier qu'ils sont trop étroitement concernés pour prendre les bonnes décisions, mais c'est délicat. (Barbara prend un air songeur.) Quoi qu'il en soit, le mieux est de vous remettre au travail. N'hésitez pas à emporter des documents pour avancer le soir chez vous.

— D'accord. Merci. Cela simplifiera grandement les choses.

D'un signe de la main, elle me rend ma liberté.

16

En début d'après-midi, j'ai déjà fini d'éplucher une autre boîte d'impressions, et je ne trouve toujours aucun signe de correspondance entre la plaignante et Jeremy.

— Ses dépositions sont-elles vraiment les seuls éléments sur lesquels ils fondent leur dossier ? demandé-je à Barbara en la retrouvant dans son bureau.

— Apparemment. Et le témoignage de quelques amis affirmant qu'elle leur en a parlé, à l'époque. C'est très maigre. Je prévois d'introduire une demande de classement sans suite. Je veux dire, je répugne à accorder crédit à l'idée que cette procédure ne relève que d'une volonté de nuire, mais il faut bien se poser la question.

Je hoche la tête. Je rassemble les documents en une liasse pour la ranger dans mon sac.

— Je vais devoir y aller bientôt. Il faut que j'aille chercher Robin.

Toute l'attention de Barbara est maintenant centrée sur son écran d'ordinateur, mais d'un coup son regard revient vers moi.

— Tant que vous restez sur le coup. Je ne veux rien manquer. C'est compris ?

— Compris.

J'opine à nouveau de la tête.

Je suis en bas, à la réception, je dis au revoir à Kirsten, quand mon téléphone sonne. Je vérifie le numéro un instant, avant de répondre, non sans réticence.

— Oui… bien sûr… je comprends que ce soit nécessaire… à seize heures…

La voix à l'autre bout de la ligne était froide, dépassionnée. Une plainte reçue, quelques problèmes au démarrage, mieux vaut se rencontrer pour en parler, tout se règlera facilement. Je ne partage pas la confiance de la secrétaire de l'école. Si tout devait se régler si facilement, pourquoi suis-je tenue de rencontrer la directrice ? J'avais espéré que toute cette agitation retomberait d'elle-même. Je glisse le téléphone dans ma poche et je reste là, immobile, un moment, n'ayant aucune envie de quitter la sérénité du cabinet pour aller affronter ce mélodrame.

— Tout va bien ? s'enquiert Kirsten.

— Oui. Enfin, non. Pas vraiment. Il y a eu… un incident ce matin au rassemblement de l'école, et l'une des mères a déposé une plainte. Je dois aller voir la directrice.

Kirsten a une mimique compréhensive.

— L'une de ces mères professionnelles qui font toutes les sorties d'école ?

— Il y a peut-être un peu de ça.

— La directrice va calmer le jeu, m'assure-t-elle. Elle va donner l'impression d'écouter cette femme, fera tous les commentaires qu'il faut, mais ne décidera rien à votre encontre. Ne vous inquiétez pas.

— Vous croyez ?

— Nous avons eu notre lot de querelles à l'école, avec mes enfants. Les mères qui ne travaillent pas sont les pires… elles n'ont rien de mieux à faire que de monter en épingle le moindre petit événement pour le transformer en drame épouvantable, juste pour le plaisir. Je suis sûre que tout ira bien. Ne stressez pas.

Dès mon arrivée à l'école, on me conduit dans une salle d'attente. Je demande à la secrétaire où est Robin et si on a pris des dispositions la concernant, sachant que c'est l'heure de la sortie, mais elle balaie mes inquiétudes d'un revers de main.

— On s'en est occupé, affirme-t-elle, en sortant de la pièce.

Je reste assise, le regard fixé sur la porte de la directrice. Je suis une avocate tout à fait qualifiée, j'ai exercé dans bon nombre de cabinets, et je m'occupe d'un procès important ; je suis mère d'une fille de dix ans. Rien de tout cela n'a plus aucune importance. Je suis moi aussi une fillette de sept ans, qui s'attend à se faire gronder pour avoir volé un manuel dans l'armoire à fournitures. J'ai neuf ans, les phalanges encore endolories d'avoir frappé Carole parce qu'elle n'arrêtait pas de me harceler au sujet de mon père décédé. J'ai les paumes moites de sueur, mon cœur tambourine dans ma poitrine. L'attente me comprime la trachée, j'ai le fond de la gorge pétrifié. La lutte ou la fuite.

Le silence s'empare de l'antichambre, avec le tictac sonore d'une horloge sur le manteau de la cheminée du mur d'en face, un pétale qui tombe d'un vase juste à côté. Un leitmotiv se répète en cadence dans ma tête – *qu'on en finisse, qu'on en finisse* – et j'essaie de régler mon souffle sur le rythme de l'horloge. J'inspire en trois temps, j'expire en trois temps, quatre, cinq.

Ça marche, je me calme, mais l'attente se prolonge au-delà du supportable, la grande aiguille de l'horloge dépasse seize heures d'une minute, de deux, de trois. Aucun bruit derrière la porte du bureau. Aucun bruit nulle part dans le bâtiment. Aucun indice de la présence de centaines d'enfants juste derrière l'autre porte. *Bon sang, ils ne peuvent pas juste ouvrir cette putain de porte et QU'ON EN FINISSE*. Malgré ma respiration, la tension augmente dans ma tête, le silence devient presque intolérable, quand il est rompu par une exclamation impérieuse et grinçante.

— Il est absolument scandaleux que je doive me présenter moi aussi. Totalement inutile. Une complète perte de temps. Il suffit que vous disiez à cette petite nouvelle et à son épouvantable mère comment se tenir et il n'y aura plus de problème.

La secrétaire revient dans la salle d'attente, avec Julia sur ses talons. Pour la circonstance, elle s'est changée, elle n'est plus en sportswear, mais en jean sombre ajusté, chemisier blanc et ce qui ressemble à une veste Chanel. Elle manipule une longue chaîne en or montée de perles et ornée de *C* entrecroisés. C'est vraiment du Chanel. Je doute que ce soit de la contrefaçon. Une image me traverse l'esprit, de cette femme inspectant des étalages sur un marché en quête de faux articles de marque. Malgré la tension que je ressens (ou peut-être à cause de cette tension), un ricanement m'échappe.

— Et de quoi riez-vous, au juste ?

Julia s'approche à grandes enjambées de là où je suis assise. Son visage de porcelaine est marbré de rouge et le mouchetis des postillons qui s'envolent de ses lèvres atterrit sur ma joue.

En une fraction de seconde, cela pourrait basculer dans un sens ou dans un autre. Elle semble vraiment sur le point de me frapper. Je garde mon sang-froid. J'ai été confrontée à bien pire en descendant dans les cellules du tribunal d'instance. Attendre d'être reçue par la directrice peut sans doute raviver mon anxiété enfantine, mais pas cette femme qui a le sentiment que tout lui est dû, avec sa conviction d'être une privilégiée qui ressort par tous les pores de sa peau si soignée. Je me lève lentement, les mâchoires serrées, je carre les épaules.

Julia carre aussi les siennes. Je me tiens droit devant elle, les yeux dans les yeux, la détestation entre nous est palpable. Je suis résolue, impassible, telle un roc, je laisse le mépris de Julia ruisseler sur moi.

— Mesdames, s'écrie une voix.

Le charme est rompu. Julia change de position, recule. Je respire à fond.

— Mesdames, répète la voix. (À cet instant, la porte du saint des saints s'ouvre et voici la directrice, avec un sourire béat.) Merci d'être venues.

Dimanche, 11 h 09

— Quelle est l'adresse pour cette urgence ? Où êtes-vous ? demande l'opérateur du service.

— Je ne connais pas l'adresse, dis-je. Ce n'est pas ici. C'est ma fille.

— Je comprends, madame, mais j'ai besoin que vous me donniez une adresse et le numéro de téléphone d'où vous appelez.

— Peu importe mon adresse, dis-je. Elle n'est pas partie d'ici.

— J'ai quand même besoin d'un numéro de téléphone, je vous prie, insiste la voix à l'autre bout du fil.

Je lui débite mon adresse et mon numéro de téléphone. Je sais que l'opérateur se contente de faire son travail. Je comprends la nécessité de ces questions. Mais cela ne sert à rien. Peu importe où je suis. Ce qui importe, c'est où est ma fille, et c'est trop compliqué à expliquer. Je suis incapable de traduire mes peurs par des mots. Même pas pour moi-même.

— Quelle est la nature de votre urgence ?

— C'est ma fille. Elle dormait chez des amis hier soir. Et ils m'ont promis que quelqu'un allait la ramener, mais elle n'est toujours pas là.

— Avez-vous l'adresse de l'endroit où elle était ?

— Non, je ne l'ai pas. Mais jamais elle n'aurait fugué.

— Reprenons tout cela dans l'ordre. Pouvez-vous me dire exactement ce qui s'est passé ?

Je respire à fond. Je tente de me calmer. Je ne peux pas me mettre à crier sur l'opérateur, même si j'en meurs d'envie.

— Des amis ont emmené ma fille dans une maison de vacances. Il y a de ça plusieurs heures, ils m'ont dit que quelqu'un allait la raccompagner en voiture, mais elle n'est pas là et je n'arrive à joindre personne. Je me suis dit que je devais appeler le 999. Faire intervenir la police.

— Avez-vous l'adresse de l'endroit où se trouve votre fille ?

— Je vous l'ai déjà dit, non.

Avant de pouvoir me retenir, j'éclate en sanglots, et mes pleurs virent à l'hystérie. J'appuie sur le bouton rouge pour mettre fin à l'appel, accablée par la futilité de cette tentative d'expliquer ce que je suis incapable de comprendre, et je jette le téléphone loin de moi, d'exaspération.

Enfin, je retrouve la maîtrise de moi-même et je m'agenouille pour récupérer mon portable. Il y a une notification d'appel d'un numéro inconnu : ce doit être l'opérateur des urgences. Je la supprime : cela ne sert à rien. À rien du tout.

Je me lève et m'assois à la table quelques instants, j'inspire, j'expire, je retrouve un peu de calme. Ensuite, je me lève. Je vais dans la maison de Londres. Tout de suite. Voir s'ils sont là. Et si personne ne répond, j'enfoncerai la porte à main nue.

17

La directrice nous indique deux chaises face à un grand bureau en acajou, derrière lequel elle se pose dans son fauteuil. Je m'assieds aussitôt, après avoir calé mon sac de documents contre le mur près de la porte. Julia reste debout.

— Asseyez-vous donc, insiste la directrice, et ces mots tombent dans la pièce comme des pierres.

Je suis fascinée de constater l'effet de cette injonction sur Julia. Elle est visiblement partagée entre le désir de s'affirmer et la reconnaissance d'une autorité supérieure à la sienne. Si je n'étais pas aussi fébrile, j'en rirais.

La directrice réitère son geste.

— Asseyez-vous, je vous prie, madame Burnet.

Il y a dans sa voix une froideur qui n'y était pas auparavant. Toujours réticente, Julia reste encore un instant debout, avant de céder et de se laisser tomber sur la chaise derrière elle.

— Voilà qui est mieux, poursuit la directrice. Bien, madame Roper, nous ne nous sommes jamais rencontrées. Je suis Florence Grayson.

Elle me tend la main. Sa poigne est ferme et son regard posé. La fin de la cinquantaine, elle me semble raisonnable et, malgré les circonstances, je me sens rassurée. Elle se tourne vers Julia et la salue de la tête.

— Mme Burnet.

— Pouvons-nous aller droit au but ? s'écrie Julia. Nous savons toutes les trois pourquoi nous sommes ici. Cette petite nouvelle a fait tout son possible pour saboter la prestation de ma fille lors du rassemblement de ce matin. C'était une tentative délibérée de lui faire perdre ses moyens avant qu'elle n'ait à passer son examen blanc, aujourd'hui.

— Ce n'est pas vrai, éructé-je.

Mme Grayson lève la main pour m'interrompre.

— Madame Burnet, il faut vous calmer. L'incident de ce matin est l'une des raisons de cette entrevue, mais pas la seule.

— Quel autre motif pourrait-il y avoir ? s'exclame Julia avec une vive indignation.

— J'ai pensé que cela nous donnerait une bonne occasion de vous réunir, de voir si nous pouvons trouver un moyen d'apaiser les relations. (Elle nous parle sans nous regarder, ostensiblement.) Provoquer une telle altercation devant les enfants, c'est loin d'être l'idéal. J'ai conscience que les tensions sont fortes avant les examens d'entrée au collège, mais il n'est guère raisonnable de lancer à tort et à travers des accusations de sabotage.

Julia ne répond pas. Je tire avantage de son silence.

— Robin n'a aucun intérêt à saboter qui que ce soit, franchement. Elle ne comprend même pas à quoi riment ces examens. Et la chouette, c'était ma faute, pas la sienne : je n'avais pas pu m'organiser pour lui dénicher un costume pour ce matin, et j'ai dû arranger quelque chose à la dernière minute.

— C'est parce que vous êtes trop prise par votre travail pour vous occuper correctement de votre fille, lâche Julia.

— Je vous demande pardon, qu'avez-vous dit ?

Je me sens très en colère, mais une fois encore, Mme Grayson m'interrompt.

— Abstenons-nous de toute attaque personnelle, suggère-t-elle. Il n'y a pas de place pour le préjugé dans cette école, que ce soit à l'encontre des mères qui travaillent ou de celles qui sont au foyer. Nous nous soutenons toutes les unes les autres.

Julia a les lèvres pincées, ses yeux se réduisent à deux fentes. Pourtant, son visage est étrangement lisse et inexpressif, malgré son évidente émotion : un masque sans âge, rempli de Botox et de combleur de rides.

— Je ne comprends pas pourquoi l'école persévère avec cette procédure ? s'étonne Julia. Pourquoi continuez-vous d'admettre de nouvelles élèves si tard dans l'année ? Vous l'avez déjà fait, et vous savez ce qui est arrivé. Vous avez encore commis la même erreur, mais cette fois, nous sommes trop près des examens pour que nous n'en tenions aucun compte. Cela a gâché la dynamique de la classe. Daisy est vraiment malheureuse.

— Daisy est une brave fillette, elle est assez résiliente pour supporter une nouvelle arrivée dans sa classe, rectifie Mme Grayson avec fermeté. Et c'est pour cela que je voulais vous parler à toutes les deux. Vous ne devriez pas étaler vos différends devant les filles de la sorte. Pour elles, c'est déstabilisant. Elles attendent de nous que nous soyons des modèles positifs, pas des exemples de comportements qu'elles se doivent d'éviter.

— Comment osez-vous me parler sur ce ton ? crache Julia.

— Je ne vous parle sur aucun ton, riposte Mme Grayson. Je vous signale que Daisy va tout à fait bien. J'ai eu les résultats des épreuves de ce matin et elle a obtenu soixante-quinze points sur cent.

— Seulement soixante-quinze points ? réplique Julia. Vous voyez ! Comment pouvez-vous affirmer qu'elle n'est pas perturbée ? À ce stade, je me serais attendue à une note de plus de quatre-vingt points sur cent. Elle en est plus que capable.

— Eh bien, pas nous. Elle n'a aucun besoin d'un résultat supérieur à celui-là : c'est déjà une note très haute. Faites-nous confiance, ainsi qu'à Daisy. Nous savons ce que nous faisons. Vous savez pertinemment qu'elle entrera au collège sans aucune difficulté.

— Elle devrait obtenir une bourse. Vous savez qu'elle l'a méritée. Et je ne me fie à personne d'autre que moi, tranche Julia. Quelle note a obtenue sa fille ?

Mme Grayson me regarde. Je hausse les épaules. Elle parcourt les papiers sur son bureau et relève les yeux.

— Quatre-vingt-deux points sur cent. Son premier devoir sur table en maths. C'est une très bonne note. Ce sont deux très bonnes notes.

À présent, Julia est écarlate.

— Voilà. C'est ce que je veux dire. C'est scandaleux. Pour Daisy, il sera incroyablement perturbant d'être ainsi remise en question par une autre. Comment vais-je réussir à l'apaiser, maintenant ?

J'essaie de ne trahir aucune émotion, mais je suis atterrée de voir Julia se donner ainsi en spectacle. J'observe Mme Grayson et nos regards se croisent un instant. Pour la première fois depuis que j'ai quoi que ce soit à voir avec cette école, je me sens en parfait accord avec l'une de ses responsables. Ensuite, elle détourne les yeux et ce sentiment d'une entente entre nous s'estompe.

— Madame Burnet, je comprends que vous vous inquiétiez des résultats de ces examens, mais je peux vous assurer que vous n'avez pas à vous en soucier. Daisy a vraiment de très bonnes notes. Elle a juste besoin qu'on la laisse persévérer dans cette voie. Nous savons vraiment ce que nous faisons, vous comprenez.

— Au vu de ce résultat, j'en doute vraiment, réplique la mère, en se levant. Je suis extrêmement mécontente de cette situation. L'école n'avait pas le droit de faire entrer de nouvelles élèves si tard dans l'année, et si elle ne passe pas brillamment ces épreuves, je vous en tiendrai pour entièrement responsable. Elle devrait être au premier rang pour obtenir cette bourse. Et si cette… cette intruse l'en prive, vous pouvez vous attendre à recevoir des nouvelles de mon avocat.

— Nous n'avons déposé aucune demande de bourse, l'interromps-je. Je ne vois pas de quoi vous voulez parler.

— Il n'y a pas besoin de déposer sa demande, s'emporte Julia avec fureur. La bourse est attribuée à la première de la classe. La place qui revient de droit à Daisy.

Mme Grayson hausse le sourcil.

— Je vous recommande sérieusement de vous calmer et de cesser de crier de la sorte.

À cette repartie, Julia s'étrangle. Elle renverse la tête en arrière et sort de la pièce en trombe, en claquant la porte derrière elle. Mais une fraction de seconde plus tard, elle revient au pas de charge.

— Je vais m'assurer qu'elle devienne une paria pour le reste du temps qu'elle passera ici. (Elle me fusille du regard.) Quand j'en aurai fini avec vous, plus personne ne voudra vous adresser la parole. Personne ne saura plus que vous existez. (Elle pivote vers la directrice.) Et vous… vous devriez avoir honte, vous aussi, de laisser cette fille intégrer l'établissement si tard. Et de venir tout gâcher. Je ne comprends même pas comment vous osez vous regarder en face.

— C'est plus qu'assez, madame Burnet. Vous allez trop loin, cette fois. Je dois vous prier instamment de vous calmer, rétorque Mme Grayson.

Julia tourne les talons en ricanant, puis ressort rageusement de la pièce, et la porte claque encore dans un grand bruit.

Mme Grayson baisse un moment les yeux sur ses mains, puis les lève vers moi.

— J'espère que votre enfant commence à trouver ses marques, dit-elle, et qu'elle ne laissera pas cette malheureuse histoire la perturber. Nous ne permettrons en aucun cas qu'elle se sente isolée, je peux vous l'assurer.

— Est-ce que l'arrivée tardive d'une élève dans l'année gâche tout pour le reste de la classe ?

Il y a un très long silence.

— En l'occurrence, Mme Burnet a employé une formule très mal venue, dit-elle. Franchement, non. Les enfants peuvent très bien nous rejoindre à n'importe quel moment : la classe est complètement adaptable. Et, bien sûr, en plus, vous êtes une ancienne. Nous apprécions toujours de pouvoir ainsi assurer une sorte de continuité familiale.

Je me force à sourire.

— Cela ne ressemble plus à mon ancienne école, je dois dire. Tout a beaucoup changé.

— Pour le meilleur, j'espère, s'écrie Mme Grayson.

À cet instant, on frappe à la porte et la réceptionniste pointe le nez. La directrice lui fait un signe de la tête, se tourne vers moi.

— Bien, je regrette, mais je dois enchaîner. Tâchez de ne pas trop vous inquiéter de tout ceci. Ce n'est que de l'agitation, vous savez, dit-elle, en se penchant vers moi avec une expression de sincérité. Elles ne pensent pas le quart de ce qu'elles disent. Ce sont des propos lancés sous le coup de la colère. Elles se laissent emporter, c'est terrible et puis ça passe.

— Je n'avais encore rien vu de tel, dis-je.

J'ai envie de me sentir rassurée, mais je ne le suis pas. À part Nicole, chaque fois que j'ai été en relation avec d'autres mères, cela a viré au désastre, et maintenant Robin se retrouve encore plus ostracisée, comme si les choses n'étaient pas déjà assez pénibles comme ça.

— Dois-je m'inquiéter de l'examen d'entrée au collège ? demandé-je. Tout cela semble très stressant. J'ai besoin que ma fille soit en mesure de rester dans cet établissement.

Mme Grayson se penche à nouveau vers moi.

— Vous n'avez aucune raison de vous inquiéter du tout. Je peux vous l'assurer. Les notes de Robin parlent d'elles-mêmes : elle entrera au collège, c'est une certitude.

J'opine, rassurée au moins sur ce point.

— Si vous avez le moindre problème, n'hésitez pas à nous tenir informées, je vous prie, ajoute la directrice, mais je vous conseillerais de rester en retrait pendant un moment, et tout cela passera. Comme toujours.

Tout en me parlant, elle regarde une feuille de papier posée devant elle, et je sais qu'elle a cessé de me prêter attention. Le ventre lesté par une crainte diffuse, je sors de son bureau.

Robin est assise toute seule dans la salle d'attente. Elle a l'air fatigué mais son visage n'est pas trop maculé de larmes. Je vais auprès d'elle et je l'invite à se lever en la prenant par la main.

— Ça va ?

— On peut rentrer à la maison, maintenant ?

— Oui, allons-nous-en d'ici.

Nous partons. L'école est déserte à présent, tout le monde est rentré chez soi, en cette fin de vendredi après-midi. Mon sentiment de peur finit par refluer un peu. Au moins, nous pouvons partir sans risquer de confrontation supplémentaire, et avoir tout le week-end pour nous.

Je regarde Robin. Elle est encore dans l'uniforme que Nicole lui a trouvé.

— Je pense que nous allons devoir nettoyer cette tenue et la rendre, dis-je.

Elle hausse les épaules.

— Au moins, c'était mieux que passer la journée dans ce drap. J'aurais dû avoir mon uniforme avec moi dans un sac.

— Oh, mon cœur, je suis vraiment désolée. J'ai franchement fait n'importe quoi. Je pensais que cela donnerait un assez bon costume. Quelle journée ! Un peu la cata.

— Un peu, oui. Je suis désolée, maman, mais s'il te plaît, arrête les bonnes idées avec des chouettes. (Robin s'arrête et me reprend par le bras.) Quand même, c'était rigolo, d'une certaine manière. Tu as vu la tête de Daisy quand les plumes ont volé ?

— Robin…, dis-je, m'apprêtant à la chapitrer sur la gravité potentielle des allergies, mais son rire est contagieux, et la réaction de Julia était si ridicule que je me mets à rire, moi aussi.

Ensemble, nous franchissons le portail de l'école, bras dessus, bras dessous, deux journées de paix s'ouvrant à nous, jusqu'à lundi prochain.

18

Samedi matin, c'est le calme. Pas besoin de courir à l'école. Nous effectuons ensemble quelques travaux supplémentaires dans la maison, nous sortons des sacs de déchets dans le jardin à l'arrière, en dégageant enfin les étagères et les supports de tout le fatras accumulé depuis des décennies. Après cela, Robin s'attèle à ses devoirs, et pendant qu'elle est installée à la table de la cuisine, je lave la vaisselle qu'elle a découverte entassée dans le fond du buffet du salon.

— Celui-ci est joli, dis-je, en lui tendant un bol à fleurs, et elle sourit en le voyant. Je ne sais pas pourquoi ta grand-mère les accumulait.

— J'aime bien, dit-elle. On commence à se sentir chez nous. Mais j'aurais voulu que papa soit là.

Je n'ai aucune réponse à cela. Je continue la vaisselle et elle, ses devoirs. On déjeune de pizza et quand nous avons terminé, elle monte à l'étage avant de redescendre aussitôt.

— Je peux aller voir ton ancienne chambre ? demande-t-elle.

Je sursaute, en lâchant l'une des tasses à thé, qui soulève une giclée d'eau dans l'évier.

— Pourquoi veux-tu monter voir là-haut ? Ça va être lugubre.

— J'ai envie de voir où tu dormais quand tu avais mon âge. Et j'ai envie de voir les jouets qu'il y a dedans.

Je n'ai rien à répondre à cela. Malgré une forte envie de refuser, les mots de ma fille résonnent encore dans mes oreilles. « J'aurais voulu que papa soit là. » Je ne veux plus la décevoir.

— Je ne suis pas certaine qu'il y ait encore des jouets là-haut. Mais bon, d'accord. On peut monter. Laisse-moi juste finir ça.

Elle court à l'étage la première. Je la suis, d'un pas lent. Là encore, c'est comme revenir trente ans en arrière, un jour où j'ai couru au premier étage pour me cacher de Lydia, qui m'avait encore crié dessus parce que je n'avais pas assez bien réussi à l'école. J'arrive sur le palier et je lève les yeux vers la seconde volée de marches. La dernière fois que je l'ai montée, c'était il y a plus de dix ans, cet autre jour où Lydia m'a priée de choisir : avoir un bébé, ou rester avec elle. Ce choix-là n'était pas compliqué.

J'étais montée dans ma chambre, j'avais réuni les quelques affaires que j'avais apportées avec moi pour cette courte visite, et j'avais franchi la porte sans dire au revoir. Je savais que c'était la dernière fois que je verrais ma mère. Je pensais que ce serait aussi la dernière fois que je mettrais les pieds dans la maison. Et pourtant, me voici.

Robin est arrivée en haut de l'escalier. Je m'arrête un palier plus bas, et au fond de moi j'ai envie de faire demi-tour et de m'éloigner, mais elle ouvre la porte. J'entends la rotation de la poignée et le grincement du panneau qui pivote sur ses gonds, instantanément reconnaissables, des bruits familiers qui s'insinuent dans mon for intérieur. Je m'arme de courage. Mais ensuite, ce sont d'autres bruits auxquels je ne m'attendais pas. Un hoquet, des sanglots. Elle dévale les marches, et me rentre dedans. Je recule en titubant, je me retiens des deux mains à la rambarde.

— Mais enfin que se passe-t-il ?

— Ta chambre, maman. Ta chambre… (Les mots sortent avec difficulté, et puis elle pleure pour de bon.) C'est horrible.

Elle descend en courant et s'enferme dans la sienne. Je suis sur le point de la suivre mais quelque chose m'attire et m'incite à monter les dernières marches, en me remémorant d'instinct quelle lame grinçante éviter. Je reste sur le seuil de cette porte basse, en lisière, prise entre le passé et le présent, une enfant blessée, une adulte effrayée. Je regarde devant moi.

C'est un carnage. De la poussière recouvre tout, en couche épaisse. Il y a des toiles d'araignées dans les coins, des mouches mortes constellent le sol. Mais ce n'est pas cela qui me prend à la gorge, qui me glace les doigts, les poings serrés, les bras raidis le long du corps. Tout dans la pièce a été détruit. Chaque livre, chaque feuille de papier, chaque jouet ; tout, toute mon enfance, tout cela a été déchiqueté en lambeaux infimes, tous les bibelots fracassés, les vêtements déchirés.

Au sommet du tas, comme une parodie sinistre de ces jouets abandonnés sur les lieux des accidents mortels, il y a la tête de mon vieil ours en peluche préféré, le torse gît séparé du reste, et de la bourre s'est répandue de ses entrailles lacérées. Je voulais l'emporter, la dernière fois, avant de quitter la maison pour de bon, mais je n'avais pas de place dans mon sac. Je tends la main vers mon ourson, puis je me ravise, refusant de rien toucher de cet amoncellement.

L'atmosphère est épaisse et sent le moisi, rien n'a été aéré depuis des années, mais l'impression de méchanceté qui recouvre le tout, palpable dans cette pénombre oppressante, est encore plus lourde. Ma mère se tient derrière moi, son souffle pesant contre ma nuque. *Tu croyais t'en tirer, hein ? Pas question.*

Ce tas de destruction balafre d'une biffure rouge le manuscrit de mon passé : le bureau auquel j'ai travaillé, le lit sur lequel j'ai couché, la fenêtre par laquelle je regardais fixement pendant des heures. Mais la chambre originelle subsiste encore au-dessous de tout ça, malgré les efforts de Lydia pour totalement l'anéantir. Aussitôt, je me décide. Je vais déblayer les ruines de mon enfance, les fourrer dans des sacs-poubelle, récupérer cet espace et tout reprendre à zéro.

Je continue de mesurer les dégâts, et mes yeux s'habituent à la pénombre. Ma vieille maison de poupée est dans l'angle opposé de la pièce, encore intacte. Mon visage retrouve un peu de sa chaleur naturelle, un espoir surgit, peut-être reste-il quelque chose à sauver. Je m'en approche, je me fraie un passage au milieu des détritus qui jonchent le sol, et je m'agenouille devant. Quand j'étais petite, je jouais tout le temps avec, je plaçais et replaçais les figurines à l'intérieur, sur leurs meubles miniatures. La mère, le père, deux enfants et un chat, la cellule familiale qui me manquait tant.

Je tends la main vers la maison de poupée, prête à ouvrir le panneau qui révèle les pièces à l'intérieur. Mais dès l'instant où je pose la main dessus, la construction s'effondre. À l'intérieur, chaque élément de mobilier a été fracassé, et les têtes des quatre figurines humaines ont été arrachées.

La méchanceté est de retour, le souffle de Lydia est encore plus pesant, un courant d'air froid désormais trop fort pour que j'y résiste. Je détale de la pièce.

Robin est blottie sous sa couette, elle lit. Ou du moins elle fait semblant de lire, en tenant le bouquin devant son visage quand j'entre dans la chambre.

— C'était horrible, dit-elle. Pourquoi c'était comme ça ?

— Je ne sais pas. Mais ta grand-mère était capable de se mettre très en colère.

Je me suis un peu ressaisie, à présent, mais le frisson que m'a causé cette vision court encore dans mes os. Je prends la main de Robin, sa chaleur me réconforte.

— Pourquoi ?

— Ce n'était pas quelqu'un de très heureux. (Je choisis mes mots avec soin.) Elle voulait être avocate, tu vois, mais elle s'est mariée et à la place, elle m'a eue. Je ne crois pas qu'elle me l'ait jamais pardonné. Elle a dû renoncer à sa carrière… c'était comme ça, à l'époque. Elle espérait que je grimpe tous les échelons, que je devienne conseillère de la reine puis juge. Que j'accomplisse tout cela pour elle. Mais j'ai rencontré ton papa et nous avons décidé de nous marier, et puis nous t'avons eue et nous sommes partis nous installer aux États-Unis, alors ma carrière d'avocate s'est interrompue.

— Qu'est-ce qu'elle a fait ?

Je respire profondément. Je ne peux pas lui dire la pleine et entière vérité, que sa grand-mère était si furieuse de l'existence même de Robin qu'elle avait rompu toute relation quand je lui avais annoncé mon intention d'aller au bout de ma grossesse.

— Eh bien, quand je lui ai appris que j'allais épouser ton papa, elle m'a forcée à choisir. Elle m'a dit que si je me mariais avec lui, je ne pourrais plus jamais lui adresser la parole.

— Ouah.

— Oui, ouah. Alors j'imagine qu'elle a infligé ce traitement à ma chambre peu de temps après.

Robin a l'air accablé, le visage rouge.

— Je trouve que c'est horrible de faire une chose pareille, s'emporte-t-elle, presque en criant. Je trouve que c'est vraiment méchant.

— Oui, je suppose que ça l'est. Parfois, quand les gens sont malheureux, ils font de vilaines choses. Ils ne pensent pas à mal, mais ils sont tellement sous le coup de leurs émotions qu'ils sont incapables de s'en empêcher.

— Je m'en moque, dit Robin. Je trouve que c'est horrible.

— C'est vrai. Tu sais, ce n'est pas la première fois qu'elle a cassé des choses qui m'appartiennent. Il y avait une poupée russe, tu vois, ces poupées qui s'emboîtent ? Mon père me l'avait rapportée d'une visite à Moscou quand j'étais bébé. J'adorais cette poupée, l'une des rares choses qu'il m'ait offertes avant de mourir. Bref, j'ai échoué à un examen. Juste une épreuve ordinaire. Elle a pris la poupée et l'a brisée en morceaux, devant moi, avec un marteau… (Ma voix s'étrangle au souvenir de l'expression du visage de Lydia alors qu'elle maniait ce marteau, un mélange de satisfaction et de sombre détermination. Robin lève la main et m'effleure le genou, et il n'y a dans son visage que de la compassion.) C'est à ce moment-là qu'elle m'a demandé de l'appeler Lydia. Elle ne voulait plus que je l'appelle maman.

Je l'étreins, mon enfant bien présente dans mes bras. Pendant un moment, je hume l'odeur de son cuir chevelu, chaude et familière, et le nœud dans ma poitrine se dénoue, mes joues retrouvent leur chaleur, le sang y circule à nouveau. Mais ce n'est qu'un moment. Ce n'était peut-être pas au moment où je me suis mariée qu'elle a saccagé ma chambre. C'était peut-être quand elle a découvert que j'avais donné naissance à Robin, tous ses rêves pour ma carrière future s'étant alors brisés pour de bon.

19

J'appelle Zora.

— Pourquoi ne m'as-tu rien dit ?

— Pourquoi je ne t'ai pas dit quoi ?

— Ce qu'a fait Lydia.

— Qu'est-ce qu'elle a fait ?

— Ma… ma chambre. Elle est… elle est complètement saccagée. Je pense que c'est Lydia.

— Mon Dieu. Je suis désolée. Je ne suis jamais montée voir là-haut. Tu veux que je vienne ?

Nous convenons d'un déjeuner le lendemain. Je décide de travailler un peu, pour me changer les idées, mais c'est compliqué, des images de destruction ne cessent de ressurgir involontairement dans ma tête. Creuser dans la vie de Freya commence à me taper sur les nerfs, et j'ai les mains noires d'encre à force de passer ses messages en revue.

Je ne comprends même pas correctement cette langue, toutes ces abréviations étranges, l'incapacité de ponctuer proprement ou d'utiliser des majuscules, et ces emojis criblant les pages comme de la chevrotine sur les captures d'écran des messages Facebook que contient l'un des dossiers. Il doit y avoir une clef à ce langage adolescent, un moyen de comprendre. Je serre les dents et je poursuis.

Je me plonge davantage dans les dossiers, mes nerfs se calment, et la sensation d'être trop intrusive s'estompe. Au bout d'un certain temps, je suis venue à bout de deux autres dossiers ; toujours rien qui lie Jeremy à la jeune fille, toujours rien qui relie Freya à quelque homme ou garçon que ce soit. Je bâille. Je devrais m'accorder une pause, préparer le dîner de Robin… j'ai pas mal avancé, il ne serait pas déraisonnable de s'arrêter, mais maintenant que j'ai commencé… J'ouvre un troisième dossier et j'entame la lecture.

À sept heures et demie, j'ai les yeux secs et qui piquent. Cinquante mille messages imprimés sur plus de deux mille pages. Page après page, je parcours le texte devant moi, les mots dansent et s'entremêlent. Je suis sur le point de renoncer pour ce soir, quand quelque chose attire véritablement mon attention. J'ai décroché le gros lot. Je marque cette partie avec des Post-it, je note soigneusement le numéro de la page, et le soulagement me gagne. Je n'en sais peut-être pas beaucoup sur l'emploi des acronymes chez les ados, mais je sais lire un échange qui en fera beaucoup pour saper la crédibilité de Freya.

Je me prépare un café et je continue ma lecture, j'en ai oublié l'heure, jusqu'à ce que Robin descende se plaindre : elle a faim, et je me rends compte en sursautant qu'il est presque neuf heures. Je lui cuisine l'un de ses plats préférés, des pâtes au pesto et aux petits pois, et nous mangeons devant une rediffusion de *Friends* sur Netflix, sans beaucoup faire la conversation ni l'une ni l'autre, laissant simplement la tension de la journée se dissiper.

Pendant toute la journée de dimanche, nous nous comportons toutes deux comme si lundi n'arriverait jamais, et nous ne mentionnons pas la porte fermée au premier étage. Nous allons au supermarché acheter de quoi cuisiner un rôti pour Zora au déjeuner. Je soigne tout particulièrement mon plat, en mettant les patates à blanchir et en préparant la pâte pour le Yorkshire pudding.

En même temps, je lave puis mets au sèche-linge l'uniforme de Robin. Quand c'est terminé, je le plie et je le lui apporte. Elle est allongée sur son lit, elle regarde son téléphone. Quand elle voit sa tenue dans mes mains, elle fait grise mine.

— Je ne veux pas y aller demain. Je déteste.

— Ça va s'arranger. Je te le promets.

— Tu ne peux pas promettre ça, proteste-t-elle. Je sais que ça n'arrivera jamais. C'est un endroit horrible, et les gens aussi sont horribles.

— Accorde-toi encore un peu de temps, ma chérie. Cela pourrait s'arranger, dis-je, mais je ne m'attends pas à ce qu'elle me croit, je n'y crois pas moi-même.

Elle a le visage pâle, triste, et une bouffée de colère monte en moi.

— OK, dis-je, d'un ton si décidé que Robin se redresse d'un coup en position assise. OK. Jusqu'à la fin de cette année scolaire. Et si ça reste aussi pénible, alors nous te sortirons de là. Cela m'est égal que ce soit une si bonne école. Il y en a des tas d'autres. Et en attendant, je peux te donner des cours à la maison. Nous allons nous occuper de toi.

— Mais, et ce testament ? Cette maison ? Je croyais que nous ne pouvions pas vivre ici si je n'allais pas dans cette école.

— J'attaquerai ce testament en justice s'il le faut. Et si on nous met dehors, nous pouvons toujours aller chez Zora. Mais personne ne nous mettra dehors.

— Vraiment ?

— Je ferai absolument de mon mieux, je te le promets. Je ne supporterais pas que tu sois aussi malheureuse… c'est épouvantable de voir ça. Je ne peux pas te promettre que ça ira mieux, mais je peux te promettre que si ça ne s'arrange pas d'ici la fin de l'année scolaire, je te sors de là. D'accord ?

Le visage de Robin s'illumine, le rose lui revient aux joues.

— Merci, maman.

À ce moment-là, Zora arrive et nous la conduisons au premier, afin qu'elle constate le massacre dans mon ancienne chambre.

— Je n'ai jamais voulu aller voir là-haut, frémit-elle. Une fois, j'ai monté deux marches, et puis j'ai ressenti quelque chose qui m'a forcée à redescendre.

Je lève les yeux au ciel.

— N'écoute pas un mot de ce qu'elle raconte, dis-je à Robin. Zora a toujours eu un penchant pour le mélodrame.

— D'accord, c'est peut-être un peu exagéré, mais je n'ai pas aimé l'atmosphère. On ne se sentait pas très bien dans cette maison, tu vois ?

— On ne s'y sent toujours pas très bien. Même si ça s'améliore. Nous faisons en sorte d'arriver à nous sentir chez nous, n'est-ce pas, Robin ?, dis-je.

Elle rit, presque convaincue, puis la conversation passe directement à l'incident de la chouette, que Zora trouve amusant.

Robin l'emmène ensuite dans sa chambre, pour lui montrer ses récents aménagements : un nouveau tapis et quelques grands autocollants à motifs floraux sur le mur.

Zora redescend au rez-de-chaussée, elle se veut encourageante.

— Ça commence à prendre forme, constate-t-elle. Au moins, Robin apprécie sa chambre. Je suis si contente qu'elle ait encore ce suricate que j'avais tricoté pour elle… jamais je n'aurais cru qu'il tiendrait aussi longtemps.

— Ce suricate, elle l'adore. Impossible de l'en séparer, dis-je. Cette chambre a toujours été la plus agréable… je pense que c'est parce qu'à la différence des autres, elle n'a jamais été remplie d'affaires de ma mère.

— Ça doit être dur pour toi d'occuper son ancienne chambre.

— Ça va, en réalité. Je crois que je m'y suis habituée. Ou que j'évite d'y penser. C'est sans doute plus proche de la vérité.

— Je n'arrive pas à croire que tu aies pris une telle décision, tu sais, me confie Zora, en s'asseyant lourdement.

— L'autre soir, tu as déjà clairement exprimé ce que tu ressentais. Assez clairement. Je n'ai pas besoin que tu me le répètes.

— Je n'avais pas l'intention de te le répéter. Je m'inquiète juste à ton sujet. Tu n'as pas revu ta mère, pendant les dernières années de sa vie… tu n'es même pas venue à son enterrement. (Elle croise mon regard, lève la main.) Désolée. Je sais que c'est elle qui a décidé de te rejeter. Je sais qu'elle t'a interdite d'enterrement. Mais maintenant te voilà de retour, tu dors dans son lit, tu envoies ta fille dans ton ancienne école. Comment en es-tu arrivée là ? C'était si invivable que cela, avec Andrew ?

Je hoche la tête, je la dévisage. Je soutiens son regard, jusqu'à ce qu'elle baisse les yeux.

— D'accord, souffle Zora. D'accord. Mais écoute, tu as là-haut une petite fille qui est malheureuse, et son papa lui manque. Tu ne crois pas que tu pourrais essayer de lui reparler ? Voir si tu peux arranger les choses ?

Je suis à deux doigts d'en rire.

— Pas moyen. Cela ne dépend que de lui, Zora. C'est ce qu'il souhaite.

Zora me lance un regard. Elle a un moment d'hésitation.

— Ça, tu ne peux pas le savoir.

— Tu ne peux pas me croire sur parole ? Je sais de quoi je parle. C'est très exactement ce qu'il veut, et il n'y a pas moyen d'agir autrement. Quoi qu'il en soit, c'est bon pour ma carrière, non ? Tu m'as suffisamment sermonnée à ce sujet. Toutes ces années auxquelles j'ai renoncées après avoir eu Robin, en vivant dans un pays où je ne pouvais rien tirer de mes qualifications, tout ça pour la carrière d'Andrew. Au moins, je suis de retour au palais de justice… grâce à toi. Une école pour ma fille, un endroit où vivre, assez d'argent, grâce à la succession, pour nous permettre de vivre, le temps que je me recrée une clientèle. Nous allons nous en sortir.

— Il n'empêche, je pense tout de même que tu as tort concernant Andrew. D'après moi, il y a autre chose, et sans aucun rapport avec toi. Autrement, ce serait juste trop bizarre, insiste Zora.

Je fais non de la tête.

— Tu n'en sais rien, Zora. Arrête de le défendre. Il est ailleurs. C'est fini.

— Je ne crois pas que ce soit vrai. Tu ne peux pas juste renoncer à lui comme ça. Pense à Robin.

— Ils se parlent. Et c'est lui qui a voulu tout ça.

À cet instant, je me sens traversée d'un éclair de colère, de la furie dans mes yeux, avant que cela ne retombe, et je hausse les épaules, désemparée. Zora saisit le message. Nous changeons de sujet et discutons des pièces du dossier que j'ai examinées, nous ne reparlons plus d'Andrew.

20

Je suis en plein milieu d'un rêve d'accident, avec ma voiture qui fait des tonneaux sur trois voies à contresens, quand l'alarme de mon réveil l'interrompt net juste à l'instant où je suis éjectée du véhicule. Je me réveille, et je m'aperçois que je suis emberlificotée dans mes draps, en nage et brûlante, le cœur battant. Alors que le rythme de ma respiration ralentit, je consulte mon téléphone : 6 h 30. Lundi matin. Je ne me suis endormie qu'à quatre heures et maintenant c'est l'heure d'y aller.

Le jour de la rentrée, je trouvais Robin tendue. Ce n'était encore rien. Aujourd'hui, la pauvre enfant est pâle, léthargique. Je dois lui répéter trois fois de se lever avant qu'elle émerge, et son visage en proie à la désolation ferait fondre un cœur de pierre.

— J'ai mal au ventre, se plaint-elle. Je me sens vraiment malade.

— Robin.

— Sérieusement, maman. Je crois que je vais vomir partout.

Je contourne la table et je serre ma petite contre moi, avant de m'asseoir à côté d'elle, ma main sur son bras.

— La fuite ne règlera rien.

Son air léthargique cède la place à l'indignation.

— Je ne fuis pas. Je n'y peux rien si je suis malade.

— Hier, tu ne te sentais pas malade quand tu as avalé cet énorme Yorkshire pudding.

— C'est peut-être parce que j'ai avalé trop de saletés dans la soirée ? J'ai mangé tous ces bonbons. Tu m'as prévenue que j'allais me rendre malade, me rappelle-t-elle, assise bien droite avec une expression de triomphe après cette repartie.

Aussitôt, elle se remémore son numéro de petit oiseau moribond en pleine tempête, et sa tête retombe contre mon épaule.

— Je sais que tu n'as pas envie d'aller à l'école. Je comprends complètement. Je n'ai aucune envie de me retrouver en face d'elles, moi non plus. Mais tu n'as rien fait de mal. Daisy et sa maman sont complètement déraisonnables.

— Je déteste que personne ne veuille me parler. C'est nul. Je reste assise dans mon coin, et c'est comme si je n'existais pas.

— Pippa n'a pas essayé de se montrer un peu amicale, elle, au moins ? Sa maman compte s'organiser pour qu'on aille chez elle, tu te souviens ?

— Je crois. Même Pippa, elle ne veut bien me parler que si personne ne regarde. Je déteste ça.

— Je sais que tu détestes ça. Et je comprends totalement. Juste encore un petit peu. Le temps de voir comment ça se passe. Et ensuite, nous te sortirons de là.

Elle ronchonne en soufflant par le nez, mais elle se redresse et mord dans son toast.

— Tu peux y arriver, lui dis-je. Je sais que tu en es capable. Cette école pourrait finalement devenir la meilleure que tu aies jamais fréquentée.

Elle croque sa dernière bouchée de toast avant de me regarder d'un air cinglant, je lève une main et lâche l'affaire, en riant.

Quand nous descendons du bus près de l'école, je ne ris plus. Plus du tout, car trois mères au moins, que je reconnais de la matinée café, me passent devant en se détournant. Robin, le visage pincé, rentre la tête dans ses épaules et il me faut tout ce que je possède de maîtrise de moi-même pour continuer de marcher en direction du portail, pour ne pas la tirer par la main et l'emmener loin de cet endroit épouvantable.

Le temps non plus n'est pas à la fête : un mélange déprimant de gros nuages gris et de lumière moribonde.

— Et voilà, fait Robin, à notre arrivée devant l'entrée. Souhaite-moi bonne chance.

— Bonne chance, dis-je. Tu tentes juste le coup.

Je la regarde monter les marches à pas lourds, avant de tourner les talons. Je m'éloigne de l'école, j'aperçois Julia sur le trottoir d'en face et je baisse la tête, bien déterminée à éviter toute confrontation supplémentaire. Malheureusement, je ne suis pas assez rapide. Elle traverse la rue à toute vitesse et me barre le passage.

— Votre fille n'a pas intérêt à s'approcher de la mienne, me lance-t-elle. (Je recule d'un pas, je n'ai aucune envie de voir encore la situation dégénérer, mais elle me suit et me bloque contre la grille.) Si j'entends encore Daisy se plaindre une seule fois du comportement de votre gosse, je vous jure que je ne réponds plus de mes actes.

Elle est si près que je distingue les capillaires rouges dans le blanc de ses yeux, les pores de son nez, là où le maquillage est trop épais. Des fissures dans le masque. Ces défauts m'insufflent un sursaut de courage et au lieu d'obéir à mon réflexe initial et de m'écarter, je serre les dents, je rapproche mon visage du sien.

— Je ne sais pas pour qui vous vous prenez, bordel, mais j'en ai assez de tout ça. Vous vous conduisez comme une grosse conne, et votre petit trésor aussi. Elle a intérêt à se tenir loin de Robin, sifflé-je. Sinon, vous ne serez pas la seule à passer à l'action.

— Pour qui je me prends ? Je suis la présidente de l'association des parents d'élèves, voilà pour qui je me prends, me rétorque-t-elle. Et je suis une ancienne de l'école. Je connais cette école. Cette école, ici, c'est chez moi.

— Et alors, putain ? Moi aussi, je suis une ancienne. Et vous savez quoi ? Je détestais cet endroit, à l'époque, et ça ne s'est pas arrangé, bordel de merde, à cause de gens comme vous.

Nous restons là, nez à nez, sans un geste, un long moment.

— Maman ! s'écrie une voix, et le sortilège est rompu.

Je desserre le poing et je recule.

Ce n'est pas Robin, même si cette exclamation de panique aurait pu émaner d'elle. C'est Daisy, la fille de Julia. Elle a couru vers nous et s'agrippe maintenant au bras de sa mère.

— Laissez ma fille tranquille, et c'est tout, siffle Julia.

Puis elle me tourne le dos, dans un mouvement si brusque qu'elle fait presque tomber Daisy. La fille lâche la mère et titube avant de retrouver son équilibre. Julia est déjà plusieurs mètres devant elle, et s'éloigne dans la rue à grandes enjambées en direction du portail. Daisy me regarde un court instant, avec une expression presque suppliante, avant de se retourner et de courir après sa mère, son sac de classe se balançant dans son dos.

Je marche vers le métro d'un pas lourd, et le cœur encore plus lourd. La semaine n'aurait pas pu commencer plus mal.

21

Chaque jour de cette semaine se déroule de manière identique. Nous ne recevons plus de menaces de violence, mais je sens de la tension chaque fois que je m'approche de l'école. Sur mon passage, des groupes de mères se resserrent ou s'écartent comme la mer Rouge. Je fais de mon mieux pour ne pas sombrer dans la paranoïa, mais je suis certaine que cela ne relève pas de ma seule imagination. Je pourrais aussi bien agiter une clochette devant moi en m'exclamant : « Impure ! Impure ! »

Et encore, ce n'est pas le pire. Le pire, c'est Robin. Elle est de plus en plus blême, à mesure que l'ostracisme resserre sur elle son étau. Elle se ronge les ongles au point de les réduire à des moignons sanglants. Une gerçure s'étend au coin de sa bouche. Mais elle n'en parle pas.

— Ça s'est bien passé, me dit-elle mercredi soir, en attaquant sa pizza, quand je l'interroge sur sa journée.

Elle évite de me regarder.

— Quelqu'un t'a adressé la parole ?

Un long silence. Elle soulève le rebord d'un gros morceau de fromage et le décolle de la pâte d'un coup. Elle ouvre la bouche comme si elle allait répondre quelque chose, et la referme. Elle secoue la tête.

— Et au netball ?

Je vais persévérer jusqu'à ce que j'obtienne d'elle une réponse. Elle garde encore le silence un moment, avant de secouer à nouveau la tête, un mouvement léger, mais suffisant.

— Elles refusent de me faire des passes, maman. J'étais pile à la bonne position pour que Daisy me passe la balle et elle a fait exprès de laisser l'autre équipe la prendre au lieu de me la donner. Elle a juste rigolé.

— Sa maman était au match ?

— Oui, elle aime bien assister aux entraînements aussi. Elle a tout le temps plein de conseils à nous donner, comme un entraîneur.

— Au netball ?

Je n'arrive pas à dissimuler l'incrédulité dans ma voix.

— Les adultes jouent aussi, maman. (Il y a encore un silence.) Enfin, elle hurle beaucoup. Elle avait déjà fait pleurer Daisy, un peu avant.

— Comment ça, elle l'a fait pleurer ?

— Daisy a manqué un tir au filet et sa maman s'est vraiment mise en colère contre elle. Elle n'arrêtait pas de lui répéter qu'elle ne servait à rien et qu'elle n'entrerait jamais en équipe A.

— C'est horrible. Quelle bêtise d'attacher autant d'importance à un match de netball à l'école primaire.

— Maman. C'est important.

— Oh, je sais que c'est important, mais tu vois ce que je veux dire. Ce n'est pas si important que ça, pas au point de faire pleurer une enfant. Je n'avais même pas compris que les parents pouvaient venir suivre les entraînements.

— La maman de Daisy est la seule qui vient.

— Quand elle hurle, le professeur n'essaie pas de l'en empêcher ?

Robin me regarde comme si j'avais perdu l'esprit.

— Le professeur aussi a peur d'elle. Elle hurle beaucoup.

Elle repousse le reste de sa pizza et monte à l'étage d'un pas lourd. J'ai envie de la suivre et de la convaincre de parler davantage, mais je me retiens, je reste assise sur le canapé, au rez-de-chaussée, essayant de lire un livre, tournant les pages sans saisir un traître mot de ce que je lis, des images des violences que j'aimerais infliger à Julia me grouillent devant les yeux.

Il est presque huit heures quand je décide de monter à l'étage m'assurer que Robin s'apprête à se mettre au lit. Je suis au milieu de l'escalier quand j'entends un cri étouffé provenant de sa chambre. Je monte le reste des marches, quatre à quatre, en courant.

Elle est assise par terre à côté de son lit, le contenu de son sac de classe étalé autour d'elle. Elle a dans la main une boîte que je ne reconnais pas, carrée, bleue, de la couleur d'un œuf de canard. Cela ressemble à une boîte Tiffany et, lorsque je m'approche, j'entrevois le logo sur le couvercle, à côté d'elle. C'est exactement de cela qu'il s'agit.

Elle lève les yeux vers moi, la boîte entre ses doigts. Je me rends compte qu'elle est incapable de bouger.

Je m'approche doucement et je la lui retire des mains. Ensuite, je regarde à l'intérieur. J'entrevois d'abord une masse indistincte de brun et de blanc dans le fond, sans parvenir à distinguer ce que c'est. J'observe plus attentivement. Cela ressemble à des grains de riz. Mais ils remuent. Sur le moment, je reste pétrifiée, comme Robin, je contemple la chose sans complètement saisir ce que j'ai dans la main. Ensuite, je réalise vraiment.

— Des vers ! C'est rempli de vers !

Je hurle et jette la boîte loin de moi, avant de voir avec horreur les bestioles se déverser sur Robin tandis que la boîte atterrit sur son lit. Elle se met à crier et se précipite comme une folle vers la salle de bains. J'entends l'eau couler dans la douche, et ses cris continuent jusqu'à ce qu'ils se muent en sanglots.

Je suis en train de crier, moi aussi, en train de me frotter les mains sur les cuisses, tâchant de me débarrasser de tout ce qui a pu ramper sur moi, jusqu'à ce que je me souvienne subitement que c'est de Robin que je dois m'occuper. Je vais à la salle de bains, et à travers la porte fermée, je lui demande, d'une voix forte, si elle va bien. Elle ne pleure plus à présent, et la seule chose que j'entende c'est l'eau de la douche. Je la laisse à sa toilette, je cours en bas pour prendre un sac-poubelle et de quoi nettoyer.

Gants en caoutchouc à portée de main, je serre les dents et m'agenouille pour tout nettoyer. Au début, je répugne à ramasser les vers, même avec des gants, mais penser à ma fille me donne du cran et aussitôt je m'y attaque, je les attrape un par un avec une détermination farouche.

Elle a fini, à présent, et elle est à la porte de sa chambre, enveloppée dans une serviette. Le choc semble s'être un peu atténué, mais elle paraît encore très secouée, elle refuse d'approcher de l'endroit où les vers se sont répandus. Je nettoie le sol du mieux que je peux et je vais vers le lit, là où la boîte est retombée, sur le côté. Je la fais basculer pour la remettre d'aplomb. Je m'efforce de surmonter mon dégoût, mais j'ai du mal. Je regarde Robin, son malheur, et cela m'aiguillonne. Je scrute de nouveau l'intérieur de la boîte, j'en sonde prudemment le contenu, je tente d'écarter les vers pour voir ce qu'elle renferme, au-dessous. J'aperçois un petit corps, dont il ne reste maintenant plus grand-chose, et quelques plumes. Des plumes brunes. Et rouges.

C'est un robin, cet oiseau qui ressemble au rouge-gorge. Les restes d'un robin mort.

— Qu'est-ce que c'est, maman ? me demande Robin depuis la porte, et je repousse autant que possible ces restes au fond de la boîte, avant de rabattre le couvercle. Elle n'a pas besoin de voir ça.

— C'est un oiseau mort, dis-je. Où as-tu trouvé cette boîte ?

— Quelqu'un a dû la glisser dans le fond de mon sac. Je viens seulement de la trouver.

— Où était-il, ton sac ?

— Dans le vestiaire, au netball. N'importe qui aurait pu faire ça.

J'acquiesce. N'importe qui aurait pu.

J'ai ramassé tous les vers que j'ai pu repérer. Je fourre la boîte dans un sac plastique que je noue fermement. Ensuite, je retire les draps du lit : je vais les laver à l'eau bouillante.

— Je peux dormir dans ta chambre ? me demande-t-elle.

— Bien sûr que tu peux.

Elle s'y rend à pas feutrés. Je descends, tenant le sac hermétiquement clos et les draps, que j'enfourne directement dans le lave-linge, en ajoutant de l'eau de Javel à la lessive. Ensuite, je retourne vérifier que je me suis bien débarrassée de toute cette saleté. Je ramasse tout ce qui est étalé par terre, les livres scolaires et la trousse, que j'empile soigneusement. Ensuite, j'attrape le sac de Robin et j'en inspecte l'intérieur avant de le retourner pour m'assurer qu'aucune vermine ne reste tapi au fond.

Plus aucun vers. Mais il en tombe un bout de papier plié. Je le ramasse de ma main gantée et je le déplie. C'est un feuillet A4 de cahier à spirale, au bord déchiré. Et ces mots y sont griffonnés en lettres capitales irrégulières :

UN ROBIN POUR ROBIN. J'ESPÈRE QUE MA PLACE TE PLAIRA.

J'en ai des picotements sur le cuir chevelu. Je replie soigneusement le mot, et je vais dans ma chambre où je trouve Robin recroquevillée dans mon lit.

— Quelqu'un t'a dit que tu prenais la place d'une autre fille à l'école ? lui demandé-je.

Je n'ai pas envie de lui révéler ce qui est écrit sur cette feuille. Elle s'assoit et se frotte les yeux.

— Non. Il y en a une qui m'a traitée de vampire, qui a dit que je mangeais des morts. Je ne voulais pas t'en parler, mais maintenant elles n'arrêtent plus avec ça. Aujourd'hui, Daisy avait apporté de l'ail : elle n'arrêtait pas de l'agiter dans ma direction dès que je m'approchais d'elle. Mais, je ne sais pas pourquoi.

— Oh, mon cœur…

— Je sais que c'est idiot. Mais je n'aime pas ça.

— Je n'aime pas ça non plus. Tu sais que je vais devoir en parler à Mme Grayson, n'est-ce pas ?

D'un coup, elle se redresse, le visage défait.

— Maman, non. S'il te plaît. S'il te plaît, on peut juste oublier ? Ça va juste encore plus compliquer les choses. S'il te plaît. Il faut que tu me promettes de ne rien raconter à personne.

Elle fond en larmes, et ses sanglots s'intensifient jusqu'à ce que j'accepte, à contrecœur.

Je me penche vers elle et je la serre contre moi jusqu'à ce qu'elle se calme, puis je m'allonge à côté d'elle jusqu'à ce qu'elle s'endorme. Je meurs d'envie d'envoyer un mail à l'école et de signaler ce qu'il s'est passé, mais j'ai promis à Robin de m'abstenir… En plus, je ne sais même pas qui accuser. Julia semble la suspecte la plus plausible, ou alors sa fille, mais ça a pu être n'importe qui d'autre ayant eu accès au vestiaire. Ce n'est sûrement qu'une provocation, un geste malveillant, mais rien de plus inquiétant. Celui ou celle qui a commis cet acte voulait peut-être juste donner cet oiseau à Robin, sans se rendre compte que des vers pouvaient y éclore, l'intention prenant ainsi un tour macabre.

Je suis secouée. Je reste éveillée presque toute la nuit, à regretter d'avoir fait cette promesse à ma fille, et j'ai le cerveau qui bourdonne à force d'essayer de trouver la meilleure manière de procéder. J'essaye de ne pas me remémorer la sensation de ces vers grouillant entre mes gants lorsque je les ramassais sur le sol, un par un.

Dimanche 12 h 15

Je suis sortie de la maison et je cours, ma clef dans une main, le téléphone dans l'autre. Je n'arrête pas de vérifier au cas où quelqu'un appellerait, mais non, rien. Je jette encore un œil à l'écran au moment où je tourne au coin de ma rue en direction de la route principale, quand mon pied bute contre le bord du trottoir. Je trébuche et je tombe à terre la tête la première, je cogne la monture de mes lunettes contre l'arcade de mon sourcil droit.

Mon téléphone m'échappe, il tombe avec un bruit sourd, tout juste hors de portée. Je me relève et tends la main pour le récupérer, mais ma tête me fait mal, j'ai un vertige et je manque de trébucher à nouveau. Mon crâne me lance, je sens une douleur aiguë à l'endroit où la monture des lunettes s'est enfoncée dans mon visage.

Je n'ai pas le temps de m'en soucier. Peu importe : je me laisserai avoir mal, mais plus tard. Pour l'instant, je dois trouver un taxi, arriver là-bas aussi vite que possible. Je me baisse lentement, prudemment, pour ramasser mon téléphone. Avant de pouvoir à nouveau consulter l'écran, je vois un bus approcher et je cours dans sa direction, en levant la main. Il pourrait s'écouler une éternité avant qu'un taxi n'arrive et je ne supporte pas de rester inactive. Le bus s'immobilise et je grimpe dedans, en plaquant ma carte d'abonnement contre le lecteur.

Il n'est qu'à moitié plein et je trouve facilement un siège. Une fois assise, je retourne mon téléphone. Il est salement endommagé. Pire que je ne croyais. L'écran est entièrement fendu, de petits éclats de verre se détachent au centre de la partie éclatée.

J'ai envie de le jeter loin de moi. J'ai envie de crier à pleins poumons, de supplier le chauffeur du bus de rouler plus vite, de se bouger, merde. Malgré mes efforts pour me contrôler, un sanglot s'échappe de mes lèvres serrées. Je vois des passagers se tourner vers moi, et je baisse la tête, peu désireuse d'entrer en contact avec qui que ce soit. Si je dois leur parler, je sais que je vais perdre toute maîtrise.

Trop tard, une femme coiffée d'un foulard s'est approchée de moi. Elle pose la main sur mon bras, le visage soucieux.

— Est-ce que ça va ?

— Très bien, dis-je, les épaules voûtées, lui tournant à moitié le dos.

— Apparemment, vous vous êtes fait mal, insiste-t-elle.

— Ça va. S'il vous plaît, pouvez-vous me laisser tranquille ?

— Je peux appeler quelqu'un ? Avez-vous besoin d'aide ?

— S'il vous plaît, laissez-moi tranquille. Je vous promets que ça va. Merci, mais franchement, tout va bien.

Elle m'observe, l'air troublé, mais au bout d'un moment elle s'éloigne de moi. Elle voulait se montrer aimable, mais je préférerais que les gens s'occupent de leurs affaires. Le bus n'avance pas assez vite.

Quelque chose dégouline de ma figure dans mon cou, et je l'essuie de la main. Le bus roule sur un nid de poule, vacille sous la secousse, je m'appuie contre le dossier du siège devant moi pour garder l'équilibre. Le chauffeur finit par s'arrêter à l'arrêt suivant, et je retire ma main. J'ai laissé une marque. Une empreinte rouge. Une empreinte sanguinolente.

Ma tête me lance à nouveau, mais l'adrénaline me pousse à avancer. Je serre les dents. Je dois arriver là-bas. C'est tout ce qui compte, maintenant.

22

Quand il est l'heure de se lever, le lendemain matin, aucune bonne solution ne m'est encore apparue. Robin semble un peu plus enjouée, après avoir un peu dormi, pas la moindre suggestion qu'elle ne devrait pas aller à l'école, bien que je me prépare à ce qu'elle se plaigne de maux de ventre, ou pire. Elle n'a aucune envie d'entrer dans sa chambre, mais je lui assure que je me suis débarrassée de tous les vers, elle finit par y consentir, et s'habille sans encombre.

Je suis partagée quant à la meilleure manière d'aborder la questions de l'oiseau mort. Dois-je m'abstenir de le mentionner ? Je n'ai pas envie de l'effrayer. Mais je ne veux pas non plus qu'elle reste sur ses gardes. Avant que je réussisse à trouver quoi dire, elle aborde le sujet elle-même.

— J'ai envoyé un SMS à papa ce matin et je lui ai raconté pour l'oiseau. Il m'a répondu que je devais être courageuse et tenir tête à toutes ces sales petites brutes. Alors c'est ce que je vais faire.

C'est si ironique que je lui dise ça que j'en rirais presque, avant qu'une vague de fureur ne me gagne, et je dois sortir de sa chambre pour éviter de lui dévoiler que je ressens. Tenir tête aux sales petites brutes ? J'aurais voulu du fond du cœur lui tenir tête, à lui ainsi qu'à ses manipulations, à ce qu'il a manigancé pour se débarrasser de moi, et de Robin aussi. Andrew est la plus sale des petites brutes que je connaisse, il a tué notre mariage, et nous a contraintes à l'exil ici, avec ses menaces.

Je suis incapable de résister. Pour la première fois depuis notre arrivée ici, ma résolution se lézarde. J'ai besoin de dire à Andrew ce que je ressens.

Tenir tête aux sales petites brutes ? C'est une putain de plaisanterie. Espèce de salopard.

Je pourrais en ajouter beaucoup plus. Je m'abstiens. J'appuie sur « Envoyer », puis j'éteins mon téléphone. J'en ai assez. Nous effectuons le trajet jusqu'à l'école en silence, et je regarde Robin franchir le portail, un nœud au creux de la poitrine.

Le trajet jusqu'au cabinet me change les idées. Je dois montrer à Barbara les pièces que j'ai exhumées au cours du week-end.

— C'est du beau travail, me félicite-t-elle quand j'étale ces éléments sous ses yeux. Cela met sa crédibilité en miettes.

Il y a une telle jubilation dans sa voix que cela m'alarmerait presque.

— J'ai pensé que ces pièces pouvaient être dignes d'intérêt, dis-je, mais pensez-vous que cela va beaucoup influer sur le résultat ?

— Oui, bien sûr. Ces pièces contiennent toute cette affaire en miniature ; cela démontre une bonne fois pour toutes quelle petite menteuse elle est.

Je retourne ça dans ma tête. Je me sens face à un dilemme. D'un côté, je suis ravie d'avoir trouvé des éléments à l'appui de la défense. J'ai prouvé que j'avais ma place dans l'équipe. Cela me mènera à des dossiers plus intéressants à l'avenir, et ma place au cabinet est d'autant plus assurée. Mais d'un autre côté, un sentiment de culpabilité s'insinue au creux de mon ventre. Ce que Freya avance pourrait gâcher la vie de Jeremy, bien sûr, mais ce faisant elle a aussi ruiné sa propre existence, en exposant toutes ses petites hontes et peurs à des yeux hostiles.

Je repasse le tout en revue, et ce qui s'étale sur ces pages devant moi me fait frémir.

C'était à peu près un an plus tôt, au vu des dates sur les messages, une conversation par SMS entre Freya et une autre jeune femme prénommée Susie. Ces messages s'étendaient sur plus ou moins deux semaines et commençaient par le récit haletant que livrait Freya de sa rencontre avec un jeune homme lors d'une soirée, ils s'étaient embrassés et avaient échangé leurs numéros. Il fréquentait l'une des grandes écoles privées du sud de Londres, dont les élèves sortaient souvent avec les filles de l'établissement de Freya, situé au centre de la capitale.

Ils s'étaient retrouvés le week-end suivant, et c'était alors que leur relation (dont la nature demeurait imprécise) aurait viré à l'aigre, jusqu'aux confidences de Freya à son amie Susie : il aurait essayé de se la faire. Cela avait entraîné un flot de messages, un emploi excessif des acronymes OMG et OMFG, ainsi que beaucoup d'expression de soutien, puis Susie s'était subitement tue. Une longue série de messages de Freya étaient restés sans réponse, avant que Susie ne la contacte de nouveau, une semaine plus tard. Elle disait avoir parlé aux garçons de l'autre établissement, les allégations de Freya prétendant que le garçon était allé « trop loin » se révélaient complètement fausses, en fait Susie savait que Freya avait tenté de séduire ce garçon et, ayant essuyé une rebuffade, elle inventait maintenant cette histoire à seule fin de masquer sa honte et son embarras d'avoir été éconduite. Freya devait faire plus attention à ce qu'elle disait. *Tu ne peux pas lancer des accusations mensongères dans tous les sens.*

Freya avait écrit un message en réponse – lugubre.

Il m'a étranglée, et il voulait un rapport anal, et moi j'ai dit non. Il m'a forcée à le sucer. Je pleurais. Ça ne l'a pas arrêté.

Malheureusement pour elle, Susie avait refusé de s'engager dans la voie de la solidarité féminine. *On sait tous que tu ne dis jamais non à personne. Arrête de raconter des mensonges. Il n'avait pas envie parce que tu es une vraie salope et maintenant tu inventes des conneries pour te venger de lui. Ne m'envoie plus de messages.*

— Je n'arrive pas à croire que les policiers ne soient pas tombés dessus plus tôt, dis-je à Barbara. Si elle a déjà eu ce genre d'agissements précédemment, cela remet forcément en cause sa crédibilité. Et cet échange de messages, elle l'a aussi montré à la police ?

— Pas à notre connaissance. Et, en règle générale, les services sont surchargés, en manque de ressources et de personnel. C'est pourquoi tant de procédures pour viol s'enlisent : une jeune fille lance des allégations, la défense finit par avoir accès à son téléphone et, boum ! En tout état de cause, ce qu'elle montre ici, c'est qu'elle n'est pas blanche comme neige. Le jury ne prononcera pas de condamnation.

— Vous semblez prendre cela avec beaucoup de philosophie, dis-je.

— Pour un avocat, c'est une manne, me répond Barbara. Et vous connaissez notre position là-dessus : mieux vaut dix coupables en liberté plutôt qu'un innocent condamné à tort. Et puis, considérez la chose sous un angle rationnel. Jeremy a tout son avenir devant lui. Il ne mérite pas de voir sa carrière compromise par une histoire aussi futile.

— Vous pensez qu'il l'a fait ? dis-je, ces mots m'échappant avant que j'aie pu les retenir.

Barbara me regarde avec dédain, et la maladresse de ma question me remplit de honte. La pire de toutes les questions que l'on puisse poser à un avocat. Je le sais mieux que quiconque, mais j'ai été trop longtemps hors-jeu, j'ai perdu mon sang-froid. Au bout d'un long moment, Barbara lâche un rire.

— Je n'ai certainement pas besoin de vous le rappeler : ce que je pense n'a aucune importance. La seule question dont nous devons nous soucier, c'est de savoir si l'accusation est capable de le prouver.

Je ris à mon tour, je m'excuse. C'est la seule question pertinente, bien sûr. Mais cette façon de penser sans nuance me dépasse, un vague sentiment de culpabilité grandit en moi à l'idée d'être complice d'une manœuvre indigne, la sensation nébuleuse de mal agir, dont il est difficile de se débarrasser.

Je ne devrais éprouver aucun sentiment envers la plaignante. Il vaudrait mieux me contenter de faire mon travail. Mais Freya n'est pas beaucoup plus âgée que Robin : songer que dans quelques brèves années ma fille devra naviguer dans ces eaux agitées me terrifie, et qu'elle puisse elle aussi faire l'objet d'un tel manque d'empathie m'attriste encore davantage.

La carrière de Jeremy peut être en péril, et sa réputation aussi.

Mais qu'en est-il de celles de Freya ?

23

Les derniers jours de la semaine obéissent au même schéma. Robin se rend à l'école à reculons, et je m'endurcis pour ne pas céder et la ramener tout droit à la maison. Jeudi matin, j'aperçois Julia sur le trottoir d'en face, et je presse le pas pour repartir avant toute nouvelle confrontation. Jeudi après-midi, je vois Jessica au loin. Elle semble me faire un signe de la main. Je détourne la tête, je tente de chasser l'image du robin mort qui me flottait devant les yeux.

Mais alors que nous nous éloignons de l'école, j'entends quelqu'un m'appeler par mon nom, et je me retourne. C'est Jessica, et Portia est à ses côtés.

— Coucou, dit-elle.

— Coucou.

Je la regarde d'un œil vide, attendant qu'elle parle. Je suis sur le point de m'éloigner quand elle se met enfin à parler, et les mots se bousculent.

— Apparemment, vous avez dit que vous êtes une ancienne élève… vous avez affirmé avoir fréquenté cette école ?

— Oui, j'ai dit ça.

— C'est vrai ?

Je la dévisage avec le plus complet mépris.

— Vous croyez vraiment que je mentirais à ce sujet ? Ce n'est pas un souvenir dont je suis vraiment fière. Je n'étais pas heureuse, ici.

— C'est juste que… Enfin. Nous ne nous souvenons pas de vous. Nous en avons parlé entre nous, et nous ne nous souvenons pas du tout de vous. Donc…

Je la regarde, en secouant la tête. Je n'arrive franchement pas à croire qu'elle mette ma parole en doute de la sorte.

Robin me tire par la main.

— Montre-lui le panneau. Celui avec ton nom dessus.

— Quel panneau ? fait Jessica.

Il y a dans sa voix une inflexion de mépris, ou quelque chose de cet ordre, et le fait qu'elle ose s'adresser à ma fille sur ce ton me met en colère.

— OK, d'accord. C'est une bonne idée, Robin. Une très bonne idée. Mon nom est inscrit sur le panneau, à l'intérieur de l'école. La liste des déléguées de classe et de leurs suppléantes. Je figure sur ce foutu panneau et je vais tout de suite vous le montrer.

Je me dirige droit vers l'école, au pas de charge, sans prendre la peine de me retourner pour voir si elles suivent, bien que des bruits de pas rapides me laissent entendre que si. Je pousse la porte d'entrée du bâtiment et je m'arrête devant la réception.

— J'aimerais jeter un œil aux écussons au-dessus des portes du couloir, je vous prie.

La réceptionniste me toise d'un œil éteint. Jessica se trouve maintenant derrière moi, Robin et Portia un peu en retrait.

— Je suis désolée, que voulez-vous…

— Je veux aller à l'entrée du couloir et montrer à cette dame que mon nom figure sur la liste des anciennes cheffes de classe. Elle ne semble pas vouloir croire que je sois une ancienne élève.

Je fais volte-face et je vais droit devant moi, Jessica sur mes talons. Je m'arrête sous le panneau et repère immédiatement mon nom.

— Regardez. C'est moi, là. Regardez. Sadie Roper, déléguée suppléante. Juste là, là-haut.

— Enfin, ce n'est pas votre nom. Votre nom, ce n'est pas Sadie Spence ?

— Oh, putain de merde, vous n'avez jamais entendu dire que les femmes mariées prenaient le nom de leur époux ? Spence, c'est le nom de mon mari. Roper, c'est mon nom de jeune fille. Mon nom d'usage.

— C'est inutile de jurer, proteste-t-elle, mais sans conviction.

Elle paraît mal à l'aise.

— Il est au contraire parfaitement utile de jurer. J'en ai assez de ces histoires. Vous vous conduisez toutes de manière épouvantable depuis des semaines. Ça ne va pas. Et d'ailleurs, où sont-ils, vos foutus noms, à vous ? Moi non plus, je n'ai aucun souvenir de vous.

D'un geste, elle désigne l'écusson de droite. Je lève les yeux et je lis de haut en bas la liste des années suivantes, au-dessous de ma ligne. Quatre années après la mienne, je vois le nom de Jessica Morton, sous-cheffe. Je me retourne et je la dévisage.

— Vous étiez quatre années après moi, alors, dis-je. Cela étant, je ne vois pas Julia.

— Vous n'avez jamais entendu dire que les femmes mariées prenaient le nom de leur époux ? me rétorque-t-elle, narquoise, sans grande conviction néanmoins, avant de pointer le doigt au-dessus de son nom.

Je plisse les yeux et je discerne celui de Julia Brumfitt, trois années au-dessous du mien.

— C'est donc cette Julia ? dis-je. (Jessica opine.) Vous étiez toutes les deux beaucoup plus petites que moi. Pas étonnant que vous ne me reconnaissiez pas. Moi non plus, je ne me souviens de rien vous concernant l'une ou l'autre.

Elle a toujours l'air mal à l'aise. Je scrute son visage pour voir si je suis capable de la resituer, après tout ce temps. Mais j'en suis incapable. Même son nom ne me dit rien.

Finalement, elle s'exprime.

— Je vous dois des excuses. (Elle n'a pas l'air si désolée que cela. Elle a surtout l'air irritée.) Je n'aurais pas dû vous accuser de mentir.

— Non, vous n'auriez pas dû. Je ne conserve pas le moindre souvenir de vous deux non plus. Je dois avouer que je suis surprise. Ce n'était pas franchement ce qu'il y avait de plus cool, d'être déléguée de classe : on ne confiait pas le titre qu'à celles qui faisaient de la peine, qui n'avaient pas d'amies ? Ou à celles dont on essayait de modifier le comportement ?

Jessica fait non de la tête.

— Oh, non, pas du tout. C'était vraiment une distinction. Seules les filles les plus appréciées étaient retenues. À l'époque où j'occupais la fonction, en tout cas, c'est une certitude.

Je l'observe avec scepticisme.

— Ils ont pu changer de politique. Enfin, c'était certainement vrai pour moi, dis-je. Et regardez, rien n'a changé. En tout cas, cela me fait franchement assez de souvenirs pour aujourd'hui. Débrouillez-vous pour que le message soit transmis au reste de votre petite bande, je vous prie. Puisque cela semble si important pour vous toutes, Dieu seul sait pourquoi.

Je file sans rien ajouter d'autre, Robin à mes côtés. Comme par un accord tacite, nous marchons sans parler jusqu'à ce que nous soyons en sécurité, dans le bus, et à ce moment-là, nous éclatons de rire. La déconfiture de Jessica me donne de l'énergie pour le reste de la journée. J'en oublie même l'histoire de l'oiseau mort.

Plus tard dans la soirée, j'envoie un message à Zora. *Tu te souviens de Julia Brumfitt ou de Jessica Morton, à l'école ? Trois ou quatre années après nous ?* Ensuite je vais dormir, sans cesser de sourire en repensant à la tête que faisait Jessica.

24

Enfin, on est vendredi, il est trois heures. Aujourd'hui, j'ai télétravaillé, une liste de demandes formulées par Barbara bien en vue. Malgré les progrès que j'ai réalisés pour étayer le dossier de la défense, elle devient irritable car la date du procès approche. Je consulte la liste, je coche ce que j'ai réussi à traiter jusqu'à présent, et je pose les yeux sur les quatre autres classeurs avec un soupir.

En matière d'informations, j'ai trouvé d'autres pépites. D'autres épisodes où Freya a lancé des accusations auprès de ses interlocutrices, laissant même entendre, ici, que l'une d'entre elles aurait dragué un garçon qui lui plaisait, et, là, affirmant qu'une fille, une certaine Priya, lui avait volé sa trousse de maquillage dans son casier. Chaque fois, elle avait provoqué de fortes réactions, et des contre-accusations présentant Freya comme une comédienne, une fille qui invente des histoires pour attirer l'attention sur elle.

Mes scrupules se sont estompés. Plus j'étudie ce schéma de comportement, plus je finis par douter de la crédibilité de la plaignante. C'est le but de l'exercice, après tout. Je crée un document dans mon ordinateur, que j'enregistre sous le titre : *Les mensonges de Freya*. Jusqu'à présent, il n'y en a que trois, mais avec l'équivalent de six autres mois de messages à éplucher, je suis assez convaincue que nous allons encore trouver de la matière à y ajouter, et ce sera autant d'armes pour le contre-interrogatoire de la jeune fille, que conduira Barbara. Je vais devoir travailler pendant le week-end.

Zora m'envoie un message juste au moment où j'arrête de travailler.

Je ne me souviens pas de Jessica. Il n'y avait pas eu une histoire autour de cette Julia ? Qui avait quelque chose à voir avec du harcèlement ? Je vais poser des questions autour de moi, voir si quelqu'un se souvient. Biz

Malgré ma ferme intention de ne me donner aucun mal, de ne consentir aucun effort, je me douche quand même avant d'aller chercher Robin. Ensuite, je m'habille et me maquille avec un peu plus de soin que d'habitude. J'en ai marre de me sentir merdeuse chaque fois que j'approche de la grille de l'école. Elles m'ont toujours vue dans mon vieux tailleur noir, mon uniforme de travail : il est temps de sortir des tenues moins formelles. Je mets du rouge à lèvres, que j'essuie, et je recommence, puis je sors de la maison en claquant la porte sans me regarder dans le miroir.

Je vois Nicole qui sort du métro. La jeune femme se retourne une fois, deux fois, avant de venir vers moi.

— Coucou, dit-elle. J'ai failli ne pas vous reconnaître. Vous avez l'air… différente.

— Ah oui ?

— En bien, je veux dire. Vous avez belle allure. L'air plus jeune. Désolée, je ne voulais pas…

Elle rougit. Je ne réponds pas tout de suite, je la laisse se débattre. Ensuite, je me radoucis, un peu. Au moins, Nicole consent à quelques efforts.

— Merci, dis-je.

C'est une petite concession. Je ne lui facilite toujours pas la tâche.

— Euh, je me demandais. Je sais, je vous avais dit que je vous appellerais pour que l'on se voit avec les enfants. Désolée de ne pas l'avoir fait, c'est…

Elle ne termine pas sa phrase.

— Compliqué ? dis-je, avec vivacité.

— Oui. Compliqué. (Un long silence avant que les mots ne sortent précipitamment, en se bousculant les uns les autres.) Écoutez, je sais quel effet peut faire Julia. Mais en réalité, c'est quelqu'un de bien. Elle a été si attentionnée avec moi quand mon mari m'a quittée. Elle ne se rend pas compte de l'impression qu'elle donne, elle est tellement centrée sur Daisy. Je veux dire, son mari l'a quittée, elle aussi. C'est vraiment difficile pour elle. Cela peut la rendre très… dure, en apparence. Mais une fois qu'on apprend à la connaître…

— Elle m'a très clairement signifié qu'elle ne voulait pas apprendre à me connaître, l'interromps-je.

— Elle y viendra, affirme Nicole. Accordez-lui juste un peu de temps. Surtout maintenant qu'elle sait que vous êtes une ancienne élève. Sincèrement, elle est vraiment délicieuse, au fond. Je lui dois tant.

Sa voix se brise. Elle semble au bord des larmes, le blanc des yeux tout rose. Je reste muette, j'entends mes oreilles tinter. Nicole essaie de se montrer prévenante, d'aider, mais je ne vais pas baisser la garde comme cela. Je n'ose pas, pas après tout ce qui s'est passé. Je respire à fond, je me calme. Je souris.

— Je suis sûre que tout va s'arranger, dis-je.

Elle me renvoie mon sourire, et nous faisons le reste du trajet vers l'école ensemble.

— Tu es jolie, me complimente Robin, et elle me fait un câlin.

Mes doutes sur l'éclat de mon rouge à lèvres se dissipent. Je l'attire contre moi un instant, puis je l'écarte, en la tenant par les épaules.

— C'était comment ? dis-je.

Elle lève les yeux au ciel.

— Pas drôle du tout. Mais j'ai vraiment bien réussi le test de compréhension de lecture.

— Je suis désolée, j'ai complètement oublié de te souhaiter bonne chance.

— C'est pas grave. Ces trucs ne m'inquiètent pas trop. Même si c'est bien de réussir.

— Comment ça s'est passé avec les autres ?

Je la prends par la main et nous nous éloignons de l'école, mon rouge à lèvres agissant comme un bouclier contre les messes basses et les regards mauvais.

Elle rit.

— Normalement, on ne se dit pas nos notes entre nous. Mais Daisy m'a volé ma copie quand on me l'a rendue. Quand elle a vu la note que j'avais obtenue, elle est devenue toute rouge et elle a fondu en larmes.

— Oh non, pourquoi ? Elle a tout raté ?

— Pas du tout. Cette fois, elle a eu soixante-seize points sur cent. Mais sa maman veut qu'elle ait plus de quatre-vingts points à chaque fois.

Je secoue la tête.

— Dingue. Je ne comprends pas ça. Mais, elle t'a adressé la parole, alors ?

— Non. Je l'ai entendue en parler à Pippa. Elles continuent à m'ignorer.

À ce moment, le bus arrive et nous montons dedans, ce qui met fin à la conversation. Il est temps de se consacrer au week-end qui nous attend.

25

Des lasagnes frémissent et dorent au four, leur arôme est alléchant. Sous un éclairage tamisé, entre chien et loup, la maison paraît presque accueillante. On revient de loin. Robin est vraiment contente : c'est l'effet combiné de son plat préféré et du week-end qui s'annonce.

Je taille en dés les ingrédients de la salade et le couteau tranche net les tomates et le concombre. Je me délecte de ce calme. C'est agréable, que pour une fois, elle ne soit pas malheureuse. Nous sommes sur le point de nous attabler quand on frappe à la porte.

Elle court ouvrir. Je m'attends à ce qu'elle revienne, mais il n'y a pas un bruit. Soudain, je panique… est-ce que quelqu'un s'est emparé d'elle ? Un intrus l'aurait-il ceinturée sur le seuil ? Je fonce vers l'entrée, et je me fige. Andrew se tient dans l'encadrement et il serre Robin dans ses bras. Elle a les siens agrippés autour de sa taille… on dirait qu'elle pourrait ne plus jamais le lâcher. Ils ne remarquent pas que je suis là.

Je me ressaisis.

— Je ne m'attendais pas à te voir, dis-je non sans effort.

J'ai envie de crier. Dès qu'il m'entend, il sursaute comme un chat et lâche notre fille.

— Entre, papa. Viens dîner. Maman a préparé des lasagnes. Il y en a plein. Pourquoi tu ne m'as pas dit que tu venais ? Tu m'as tellement manqué, lui déclare Robin, en le tirant à l'intérieur avant que je puisse rien ajouter.

Pendant tout le repas, ma fille parle sans interruption, Andrew se contenant d'émettre de temps à autre un son pour l'encourager, tandis qu'elle l'informe en détail sur ces dernières semaines. La chouette, le climat d'ostracisme, toutes les blessures et les souillures qu'elle a subies. Les vers. Il y a tout de même quelques oasis de lumière : elle apprécie les enseignants, le cours d'arts plastiques. Mais dans l'ensemble, c'est une litanie de maux. J'ai du mal à avaler mes lasagnes, je fais passer les morceaux en prenant des gorgées de vin et d'eau. J'essaie de ne pas m'enivrer non plus, par crainte de craquer, de crier des insanités à Andrew et de ne plus réussir à me retenir.

— Maman déteste aussi, continue-t-elle. Les autres mamans sont toutes horribles.

— Ça va bientôt s'arranger, lui assure Andrew, sa première phrase complète depuis un bon moment.

Il se penche plus ou moins vers moi, mais son regard glisse derrière mon oreille, par-dessus mon épaule.

— Maman dit que sinon, je peux partir à la fin de l'année scolaire.

— Je ne crois pas que ce soit la meilleure attitude, réagit-il. Qu'est devenue ma petite battante ? Tu te souviens quand tu te faisais harceler à l'école élémentaire, tu as tenu tête à ce garçon et tu lui as dit de te laisser tranquille ? Il faut que tu refasses la même chose.

Sous la table, mes doigts se sont refermés, mes poings se sont resserrés, mes ongles se sont plantés dans mes paumes. Je ne vais pas me mettre à hurler. Ce ne serait pas juste pour Robin.

— Papa, se lamente-t-elle. C'est horrible.

— Je parie que tu es capable renverser la situation, dit-il. Tu as le don de te faire des amis. Ne lâche rien. Ce n'est pas comme ça qu'il faut s'y prendre.

Je suis incapable de le regarder. J'ai envie de le cogner, lui qui est assis à ma table, qui mange ma nourriture, alors que c'est sa putain de faute si nous sommes là.

— Bon, ce n'est pas le pire. Tu devrais voir ce que grand-mère a fait à l'ancienne chambre de maman, s'exclame-t-elle, manifestement pas prête à cesser de se plaindre.

Je proteste, j'essaie d'arrêter le mouvement, mais il est trop tard, Robin conduit Andrew hors de la cuisine et dans l'escalier. Je reste assise, la tête baissée, je tire sur les peaux autour de mes ongles, je me représente la scène, Andrew contemplant la destruction semée par Lydia. Éprouvera-t-il de la compassion ? Ou considérera-t-il que c'est sans surprise, que ça confirme que je ne suis foncièrement pas digne d'être aimée, moi qui ai été rejetée à la fois par ma mère et par lui.

Au bout d'un moment, je les entends redescendre. Robin la première, le pas léger. Et celui d'Andrew, lourd et lent. Va-t-il même repasser par la cuisine ou va-t-il s'en aller tout de suite ?

Mais il revient jusqu'à la cuisine, s'arrête sur le seuil. Elle n'est pas avec lui. Je lève les yeux vers lui, et pour la première fois depuis des mois, il croise véritablement mon regard. Nous nous fixons quelques longues secondes, et sans en être sûre, je discerne l'étincelle de quelque chose, un lien qui se crée ou qui se recrée.

— J'emmène Robin avec moi pour le week-end. Je suis dans un hôtel ; c'est une chambre à deux lits. Je suis sûr que cela te permettra de souffler. Je l'emmènerai à l'école lundi, comme ça je verrai l'endroit. Tu pourras aller la chercher, l'après-midi.

Le lien s'est rompu.

— Et si je n'en ai pas envie ?

— Alors demandons à Robin de quoi elle a envie, non ? Tu comptes lui expliquer qu'elle n'a pas le droit de passer du temps avec moi ?

J'inspire profondément. Il me tient.

— Comment pourrais-je me fier à toi, être certaine que tu la conduiras à l'école ? Comment puis-je être certaine que tu ne vas pas plutôt la ramener avec toi aux États-Unis ?

Il me regarde d'un air surpris.

— Pourquoi ferais-je cela ?

— Je ne sais plus de quoi tu es capable. Je ne sais même pas qui tu es. Je ne vais pas m'emmerder à tourner autour du pot. Qu'est-ce que tu fous ici, Andrew ?

— Je voulais voir Robin. Bien sûr. Et je voulais…

— Quoi ? Qu'est-ce que tu voulais ?

— Je voulais voir si tu te débrouillais sans moi. Et tu te débrouilles.

Nous nous regardons. Le message que je lui ai envoyé se tient pesamment entre nous, dans la sphère du non-dit, comme tant d'autres choses. Je ne peux plus supporter ça.

— Et qu'est-ce que ça peut te faire ? C'est toi qui m'as imposé cette situation. Va te faire foutre, Andrew. Sors d'ici. Je ne veux plus jamais te revoir.

Il reste planté là un moment, il regarde par terre, avant d'aller chercher Robin. J'entends ses pas quand il monte l'escalier, sa voix, à distance. Elle doit préparer son sac, ses vêtements pour le week-end, son uniforme. D'une minute à l'autre, elle va descendre me demander mon aide. Elle n'arrive jamais à trouver tout ce dont elle a besoin. Je m'apprête à l'entendre m'appeler, mais ça ne vient pas. Je suis assise dans la cuisine et j'attends qu'elle entre me dire au revoir, un adieu distrait, si excitée par la perspective d'un week-end avec son papa qu'elle fait quasiment un bond à chaque pas. Andrew repart sans revenir me voir, Robin le suit en sautillant. La suite du week-end est sombre.

26

C'est le premier jour du procès. Je me douche pour me laver de ce week-end et je m'habille de mon tailleur noir. Au moins, je n'ai pas à affronter la course jusqu'à l'école. Je me demande si je ne devrais pas appeler le secrétariat, m'assurer qu'Andrew l'ait bien déposée et n'a pas pris la fuite avec elle, mais je me réfrène. Si elle n'est pas arrivée, ils me le feront savoir bien assez tôt. Et si jamais il revient un jour s'installer au Royaume-Uni, je vais devoir m'habituer à tout ça.

Après avoir franchi le portique de la sécurité, je vois Barbara dans le vestiaire des avocats et je lui tends mon travail du week-end.

— Comme nous le pensions, aucune preuve de communication entre le client et la plaignante, dis-je. Et il y a quelques autres épisodes où elle a inventé des histoires pour essayer d'impressionner ses amis. J'ai dressé une liste. Elle ment comme elle respire.

— Excellent, réagit Barbara. Bon travail. Il en reste encore beaucoup ?

— Encore un classeur. C'est tout.

Nous sommes l'une à côté de l'autre, devant le miroir, nous ajustons nos collets et tirons sur nos perruques. Barbara a facilement vingt-cinq ans de plus que moi, et cela se voit, mais pas trop. Bien conservée, je trouve. Ce qui trahit surtout son âge, c'est le faisceau de petites rides verticales autour de sa bouche, la preuve d'une vie entière passée à fumer. Elle sent la cigarette, l'arôme fort d'une fumée ancienne, des strates et des strates accumulées avec les années, et la femme, en dessous, est fumée comme un hareng.

Et puis sa perruque a jauni, au-dessus du front. À l'inverse de la mienne, qui est encore fraîche, tout juste sortie de sa boîte, encore blanche, à l'évidence à peine portée. Dans le miroir, Barbara la regarde du coin de l'œil ; je croise son regard.

— Je ne plaidais que depuis quelques années quand je suis partie, dis-je. Je ne l'ai pas beaucoup utilisée.

— Nous allons veiller à ce que cette perruque soit dûment culottée, m'assure-t-elle. Jusqu'à présent, dans cette affaire, vous avez effectué un excellent travail. Je ferai en sorte de vous remettre sur les rails.

Enfin prêtes, nous sortons ensemble du vestiaire, nos robes noires flottant derrière nous. Jeremy attend dans le vestibule du palais, l'air aux abois. Il est en veste sombre et chemise blanche, prêt pour le box des accusés. Il semble moins à son aise que dans sa veste de tweed, un peu comme s'il avait emprunté les vêtements de son père pour cette grande occasion.

— Je crois que ce type est journaliste, dit-il, en désignant derrière lui un homme en costume mal coupé.

Je le reconnais, il traînait autour de mon appartement la semaine dernière.

Barbara regarde derrière lui, hausse les épaules.

— Très vraisemblablement. Cette affaire attirera forcément l'attention des médias d'une façon ou d'une autre. Nous en avons déjà discuté.

Jeremy en a visiblement davantage à dire sur le sujet, mais il serre les lèvres.

— Zora devrait nous rejoindre d'une minute à l'autre, reprend Barbara. Ensuite, nous allons trouver une salle de réunion et vous expliquer ce qui va se passer. Je vais déjà aller chercher un café. Vous voulez quelque chose ?

Jeremy et moi secouons la tête, et tandis que Barbara s'éloigne vers la cafétéria, nous nous dirigeons vers le fond du hall d'entrée. Il continue de jeter des coups d'œil par-dessus son épaule, manifestement à cran.

— Nous devrions déjà trouver une salle de réunion, s'il y en a une de libre, dis-je. Je peux toujours envoyer un message à Barbara pour lui indiquer où nous sommes.

Nous nous enfonçons dans un long couloir lambrissé, nous essayons des portes. Nous sommes à mi-chemin quand une exclamation retentit.

— Monsieur, monsieur, regardez, il est ici !

C'est un groupe d'adolescentes au maquillage chargé, qui ont eu la main lourde sur le mascara. J'observe leur bronzage artificiel et je tique, subitement consciente de mon teint pâle et cireux. Les jeunes filles s'attroupent autour de lui, elles lui touchent le bras et lâchent quelques gazouillis chacune leur tour.

— Monsieur, nous sommes venues vous soutenir, monsieur. Nous ne voulons pas vous voir aller en prison, monsieur. Nous sommes ici pour montrer à tout le monde quel grand prof vous êtes, monsieur, et combien on vous apprécie.

Jeremy a l'air d'un animal pris au piège. Il croise mon regard, il a l'air si désemparé, il semble avoir un tel besoin d'être secouru que j'en ris presque, alors que j'ai bien conscience de la gravité de la situation. Je sais quelles sont les conditions de sa liberté sous caution. Entre autres, il est censé n'entretenir aucun contact avec les élèves de l'ancienne école de Freya. Bon, techniquement, ce n'est pas lui qui est allé les chercher, mais elles font très clairement de leur mieux pour avoir le plus de contacts corporels possible avec lui. Si l'accusation le découvre dans cette situation, cela pourrait rendre sa liberté conditionnelle pour le moins problématique.

Il y a une salle de réunion inoccupée juste derrière moi. D'un geste, j'invite Jeremy à entrer, et comme il ne bouge pas, je plonge au milieu de l'attroupement et je le prends par le bras, je l'entraîne dans la salle, après quoi je claque la porte et je cale une chaise contre, pour que personne ne réussisse à entrer.

Il reste debout près de la table, gris de peur. Je me poste face à lui et je pose à nouveau la main sur son bras, mais plus délicatement cette fois. Il inspire une fois, deux fois, puis s'approche un peu plus de moi, laisse retomber sa tête sur mon épaule. Je me sens hésitante, je me raidis un moment avant de lui passer le bras autour de l'épaule et de le tapoter dans le dos. Sa respiration se calme. Ensuite, il s'écarte.

— Désolé, murmure-t-il. Désolé. Cela m'a vraiment effrayé.

— C'est bon. Je comprends. C'était assez intrusif.

Je souris, une petite tape rassurante sur la main. Je me détourne, je sors mon téléphone de mon sac, sur le point d'envoyer un SMS à Barbara pour lui expliquer, quand elle m'appelle.

Je la tiens rapidement informée, et au bout de quelques minutes seulement quelqu'un essaie d'ouvrir la porte, et la chaise que j'ai calée dans le passage bascule par terre. Je m'empresse d'aller dégager la voie et Barbara entre dans la salle. Elle me regarde, lève les yeux au ciel, sans autre commentaire au sujet des filles dehors.

Après que nous sommes assis autour de la table, elle se racle la gorge, prend la parole.

Elle expose à Jeremy ce à quoi il doit s'attendre pour cette première journée d'audience, où il sera assis, et le peu d'influence qu'ils auront sur le choix des jurés. Sachant que son père est juge, il est très vraisemblablement au courant de tout ça, j'imagine, mais pendant que Barbara lui parle, il semble se calmer, et ses joues reprennent lentement des couleurs.

— Est-ce que l'un ou l'autre de vos parents assistera à l'audience ? lui demande-t-elle.

— Oui, répond-il avec un très net manque d'enthousiasme. Ma mère sera présente du début à la fin, je pense. Elle sera là d'une minute à l'autre. Mon père nous rejoindra dès que nous saurons à quelle heure nous commençons. Il ne voulait pas attendre des heures, et ils ont du mal à supporter d'être tous les deux au même endroit. (Il se tait un instant.) Pourtant, ils me soutiennent bien, tous les deux, continue-t-il, comme pour parer à toute critique.

* * *

Nous restons terrés dans la salle de réunion. Alexandra arrive peu après, guidée par son fils, elle le serre dans ses bras et s'accroche à sa main. Il a de plus en plus l'air d'un écolier dans un costume d'emprunt. Il est difficile de le prendre pour un prédateur.

Le père a sagement décidé de ne pas arriver en avance : à l'heure du déjeuner, nous ne sommes toujours pas en audience. Barbara lui envoie un SMS pour l'avertir de ce retard, il répond qu'étant donné le peu de temps restant, il ne se produira rien de substantiel, et il est inutile qu'il vienne. Elle transmet le message au fils, qui accueille l'information avec un haussement d'épaules.

— Ça, si ce n'est pas typique de ton père, commente Alexandra, en ouvrant brusquement de grands yeux furieux.

Jeremy ne répond pas.

Je n'arrête pas de consulter mon téléphone afin de m'assurer que l'école ne m'a pas contactée pour me demander où est Robin, au cas où Andrew ne l'aurait pas déposée. Rien. Pas de nouvelles, bonnes nouvelles, après tout. Au moins, ce retard nous donne le temps d'avoir toutes les discussions nécessaires : Jeremy et Alexandra sont satisfaits des découvertes que j'ai faites dans l'ordinateur de Freya. Elle va jusqu'à marmonner « beau travail », et Barbara se déclare prête au contre-interrogatoire, en promettant de « réduire cette fille en miettes », à la barre des témoins. J'imagine à quel point Freya doit redouter sa comparution devant la cour, et je réprime un frisson, bien que je sois de plus en plus curieuse de la voir en chair et en os, après avoir passé tant de temps sur ses réseaux sociaux. L'angoisse de Jeremy ne faiblit pas, et tout au long de la matinée, l'atmosphère est de plus en plus tendue, en particulier quand nous devons quitter la salle de réunion à l'heure du déjeuner : nous sommes de nouveau assaillis par les adolescentes qui, chose inexplicable à mes yeux, sont restées à attendre pour apercevoir leur idole.

— Ce n'est quand même pas les Beatles, grommelle Barbara, mais elle le prend par le bras et le dirige vers la cafétéria du tribunal.

L'équipe de l'accusation occupe une autre table dans la salle, et Barbara leur adresse un geste amical de la main, mais les deux camps n'ont pas d'interaction.

Lorsque nous sommes enfin appelés en salle d'audience, à deux heures et demie, je serais prête à étrangler Alexandra. C'est l'une des femmes les plus entêtées que j'aie jamais eu l'infortune de rencontrer, râlant sur à peu près tout, qu'il s'agisse de la manière dont la défense devrait gagner ou de sa désapprobation envers les mères qui travaillent. Je tiens ma langue, je me réfrène, mais lorsque nous la laissons dans les rangs du public, alors que Jeremy est appelé sur le banc des accusés, mon soulagement est perceptible. La juge entre nous annoncer que, de son point de vue, nous n'avancerons pas très loin dans la procédure aujourd'hui. Elle s'excuse du retard, et ajoute qu'elle fera en sorte de veiller à l'avancement des débats, dès demain matin.

— Donc ça s'arrête là ? s'étonne Jeremy après que nous sommes ressortis du tribunal.

— Quelle perte de temps. Et d'argent, s'agace Alexandra. Tous ces gens qui restent plantés là sans rien faire. Il faudrait y changer quelque chose.

— C'est le résultat d'années d'austérité, dis-je.

Elle me décoche un regard courroucé, incendiaire.

Barbara lève la main.

— Les réflexions désagréables sont inutiles. Cela arrive quelquefois. Plus souvent que nous ne voulons l'admettre. Mais demain tout devrait rentrer dans l'ordre.

Nous nous disons au revoir, en nous serrant la main. Si je suis assez rapide, j'arriverai à temps pour récupérer Robin à la fin des cours, avant qu'elle doive aller à l'étude.

Pendant le trajet jusqu'à l'école, pour la première fois de la journée, j'ai le temps de repenser à tout cela. Je suis furieuse envers Andrew, cette façon qu'il a eue de débarquer comme si de rien n'était, d'escamoter à nouveau Robin. Toute la journée, j'ai redouté qu'il n'ait emmené ma fille, que, cette fois, il ne la ramène pas. Si je la récupère… non, quand je la récupère, je vais solliciter un conseil juridique, engager une procédure de divorce. Je vais le priver de toute possibilité de ressurgir et de l'emmener quand ça lui chante. Cela ne peut plus se reproduire.

La colère monte en moi, brûlante et forte. L'école peut aller se faire foutre, aussi. Ces femmes ne veulent pas apprendre à me connaître, et alors ? Je n'ai aucune envie d'avoir affaire à elles non plus. Je sors du métro, le feu au ventre, à la place de la boule d'angoisse froide et humide d'ordinaire logée dans mes entrailles. Je l'ai expulsée – une pincée de sel sur la queue de l'oiseau. Je vais les ratatiner, toutes autant qu'elles sont.

Mais quelque chose a changé. Je suis arrivée en m'attendant à un affrontement. Rien de tel, je ne comprends pas.

— Coucou, Sadie, dit une maman.

— Coucou, fait une autre.

Quand je passe devant elles, un groupe de mères me sourit, elles me sourient réellement, elles me font un signe de la main, le visage ouvert et chaleureux.

C'est quoi, ce bordel ? Je ne saisis pas.

— Bon après-midi, me dit une troisième.

Je suis perplexe. C'est comme si j'étais entrée dans une réalité alternative.

— Sadie, me dit Julia, en marchant vers moi. J'espérais vous voir. Pensez-vous que nous puissions nous parler ?

Nous venons de virer de l'étrange au totalement incompréhensible, je suis confrontée à des fissures dans le continuum de l'espace-temps.

— Julia, réponds-je, en m'efforçant de conserver un ton de voix neutre. De quoi voulez-vous parler ?

— Nous avons eu des débuts effarants, reprend-elle. Je pense que nous devrions essayer de prendre un nouveau départ.

Je ne sais pas du tout quoi répondre.

— Jessica m'a tout raconté à propos de la semaine dernière, votre nom sur le panneau. Les déléguées de classe toutes unies !

Je cligne des yeux.

— Oh, allons. Cela ne change rien. Certainement pas.

— Cela change tout. Vous méritez cet endroit, ou plutôt, Robin le mérite. Tout cela tombe sous le sens, maintenant. Mais sincèrement, vous auriez dû nous le dire d'emblée. Cela aurait évité tellement de tracas.

— Tellement de tracas ? m'écrié-je.

Je glapis presque. Je suis tellement interloquée.

— Si j'avais su, voyez-vous, j'aurais compris que vous n'aviez rien d'une intruse. Bien sûr qu'elle a le droit d'être ici. Même si elle n'a pas entamé sa scolarité ici plus tôt. Vous faites partie de la famille de l'école, ajoute-t-elle, avec un geste ample autour d'elle.

Je reste à court de mots, mais Nicole s'approche et nous rejoint.

— Je vous ai dit que Julia était charmante, n'est-ce pas ? me dit-elle. Tout ira très bien. Vous allez voir.

— Sincèrement, oui, ajoute Julia. J'espère vraiment que vous accepterez mes excuses. Je peux être très possessive, attachée à la défense de mon territoire, parfois. Et naturellement, nous sommes tellement sous pression, avec cet examen. C'est une année si importante. Mais bien sûr, vous n'en ignorez rien, n'est-ce pas ? Vous avez vous-même traversé tout cela.

Est-il possible que tout ceci soit bien réel, toute cette hostilité depuis des semaines se dégonflant en de simples excuses ? Personne ne peut basculer aussi rapidement : ce doit être une espèce de piège. Mais avant que je puisse rien répondre, Robin franchit le portail. Au début, elle ne me voit pas, elle est visiblement abattue, les épaules tombantes et la bouche boudeuse. Elle s'immobilise, regarde autour d'elle un moment, et quand elle me voit, son visage s'éclaire un peu, mais un peu seulement.

Elle s'avance vers moi d'un pas traînant. Je la serre brièvement dans mes bras, et nous nous éloignons. Julia nous arrête.

— Attendez, attendez une minute, dit-elle. Je crois que nous devrions toutes aller prendre un thé. Une petite fête de bienvenue. Pour s'assurer d'avoir dépassé tous les malentendus.

— Que se passe-t-il, maman ? fait Robin, et elle se raidit dans mes bras.

— Julia pense que nous devrions devenir amies.

Avant que ma fille ait pu répliquer, Julia s'immisce.

— Je suis convaincue que Daisy et toi allez vraiment bien vous entendre. Ce sera une bonne chose pour ma fille d'être amie avec quelqu'un d'aussi intelligent qu'elle. Il lui faut de la compétition.

Je croise le regard de Nicole par-dessus la tête de Robin. Elle hausse le sourcil.

— Je sais que tu penses que Pippa n'est pas à la hauteur de Daisy, dit-elle d'une voix sèche.

— Ce n'est pas ce que je voulais dire, se défend Julia.

Nicole rit.

— C'est bon, Julia. Je comprends ce que tu voulais dire.

À ce moment-là, Daisy et Pippa font leur apparition. Elles paraissent surprises de nous voir Robin et moi avec leurs mamans, mais Julia ne perd pas de temps à expliquer le contexte.

— Nous allons toutes sortir boire un thé, annonce-t-elle.

— Et nos devoirs ? s'interroge Daisy.

— Ne nous embêtons pas avec cela ce soir, décrète Julia. Tu en fais déjà un tas, de devoirs. Le thé, ce sera bien plus amusant.

Ma fille et moi sommes entraînées par une force irrésistible. Je la regarde, en me demandant si nous ne devrions pas prendre la poudre d'escampette, mais elle parle à Daisy et Pippa. Un peu hésitante, craignant peut-être le ridicule, mais alors que je les observe, les deux autres filles rient en chœur à quelque chose qu'elle vient de dire, rien de méchant, mais qui paraît très à propos, et quand Robin se rend compte qu'elles ne se moquent pas d'elle, la joie se dessine sur son visage, l'ébauche timide d'un sourire.

— Vous venez ? fait Julia, et je regarde encore une fois Robin.

Je meurs d'envie de la ramener à la maison et de savoir comment s'est déroulé le week-end. Je meurs aussi d'envie de ne rien en entendre, de faire comme s'il n'était rien arrivé. Elle me regarde d'un œil implorant.

— On peut y aller, maman ? Pippa dit que c'est le meilleur chocolat chaud du monde.

Je devrais refuser, mais je n'ai pas le cœur de dire non. Je n'ai pas vu Robin aussi heureuse depuis des semaines. J'oublie mes réticences. Ce n'est qu'une tasse de thé. Quel mal cela peut-il faire ?

— Oui. Allons-y, dis-je. Ce sera amusant.

27

Le reste de l'après-midi se déroule dans un tourbillon. Julia est une force de la nature, elle nous entraîne au bout de la rue et nous conduit dans l'arrière-salle d'un café à proximité, commande en un clin d'œil des gâteaux, du thé et des chocolats chauds.

— Maintenant, les filles, vous vous asseyez et vous bavardez gentiment, dit-elle, quand toutes les assiettes et les tasses ont été disposées devant elles. Je vais avoir une charmante conversation avec ta maman, Robin. Pour apprendre à la connaître comme il convient.

Ma fille a l'air aussi stupéfaite que je le suis moi-même. Je ne saisis pas clairement quel rôle je suis censée jouer dans ce nouveau psychodrame, mais je bois du thé et je mange du gâteau, j'écoute les conversations, je regarde Robin agir de même, les autres filles lui adressent la parole et son visage se détend de plus en plus. Enfin, elle rit et, voyant cela, je sens un nœud de tension au fond de moi se dissoudre.

— Je regrette vraiment que vous n'ayez pas signalé que vous étiez une ancienne de l'école, me répète Julia. Cela aurait tout changé.

— Je ne vois pas en quoi cela aurait fait la moindre différence. Nous ne devrions pas avoir à prouver notre appartenance.

La bouche de Julia se tend. Nicole change de position sur sa chaise et les enfants cessent de bavarder, regardent en direction des adultes avec une expression inquiète. Cela me serre la gorge de voir l'inquiétude se lire à nouveau sur le visage de Robin. Je voudrais reprendre ces mots, annuler le défi que je viens de lancer à Julia. En même temps, je refuse de passer tout cela sous silence.

— Ça a été très difficile, continué-je, résolue. C'est déjà assez dur pour nous de nous installer dans un nouvel endroit, en tout cas nouveau pour Robin, sans être confrontées à une telle hostilité. Il s'est produit des choses vraiment pénibles.

Je pense au robin mort, sans le mentionner explicitement.

Julia pince encore plus les lèvres, les yeux fixés un peu plus au loin, comme si elle pesait tout cela. Je lance un coup d'œil à ma fille, qui regarde fixement droit devant elle, avec un regard de chien battu – *Ne gâche pas tout, ne te dispute pas, fais que ça se passe bien, s'il te plaît*. Tout dépend de Julia, maintenant. Le silence s'étire, chaque seconde dure de plus en plus longtemps, le temps décrit des boucles et des spirales alors que nous attendons sa réponse.

Enfin, elle se concentre de nouveau sur moi, ouvre la bouche. Je ferme mon esprit aux plaintes que j'imagine

Robin m'adresser, je relève le menton. Je vais affronter cela en face, quelle que soit l'issue.

— Vous avez raison, reconnaît Julia. J'ai été trop hostile. Je suis désolée. Pouvons-nous repartir de zéro ?

Je devrais mentionner les vers. Ils subsistent dans mon esprit. Mais autour de la table, la tension a disparu. Le visage de Robin se détend, elle se retourne vers les autres filles. Je sais que si je continue comme ça, maintenant, si je refuse les excuses de Julia, Robin sera furieuse contre moi. Je suis incapable de la perturber davantage.

— Bien sûr, dis-je. Nous pouvons repartir de zéro.

Robin rit, Daisy et Pippa rient, et ma colère reflue en partie. Je veux qu'elle soit acceptée. Je devrais peut-être avoir le courage moral de dire à Julia combien elle est méprisable. Je n'en fais rien. Même si j'ai accepté ses excuses, cela ne signifie pas que je me fie à elle. Je vais continuer à la tenir à l'œil.

Je souris.

— Ce doit être très étrange de voir une nouvelle arriver en CM2. Surtout avec ces examens épouvantables qui s'annoncent. Je comprends que ce soit difficile.

— Merci, dit Julia. J'apprécie vraiment. Je veux dire, regardez comme les filles s'entendent bien. C'est tellement plus agréable quand on peut toutes être amies. (Elle se redresse, avec un grand geste vers Nicole.) Tu n'es pas d'accord, Nic ?

Nicole hoche la tête, sourit, avec une expression sereine. Elle s'adresse à moi.

— Je vous avais dit que tout irait bien, non ?

— En effet.

— C'est juste si amusant de penser que nous étions à l'école ensemble, continue Julia. C'est dommage que nous ayons eu tant d'années d'écart. J'imagine que vous ne vous souvenez pas du tout de moi, non ?

— Pas le moins du monde, je regrette… ni de Jessica. Quatre ans d'écart, c'est juste un peu trop.

— Oui, bien sûr, admet Julia. Nous n'avons aucun souvenir de vous non plus. Je suppose que les classes ne se mélangeaient jamais. Ce n'est pas tellement le cas aujourd'hui non plus.

À ce moment, mon téléphone émet une alerte. Je lis le message de Barbara. *On commence tôt demain : la juge indique que nous pouvons être en audience à partir de 9 h 30. On se retrouve à 9 h.*

— Le travail ? s'enquiert Julia.

— Le travail. Mon procès. Ils siègent tôt demain.

— Ce doit être tellement captivant. Sur quoi travaillez-vous en ce moment ? Un métier si intéressant, avocate pénaliste, commente Julia. (Je les regarde, surprise qu'elle sache ce que je fais. Quelqu'un a dû le mentionner. Robin, peut-être.) Travaillez-vous sur une affaire importante en ce moment ?

Je ne peux résister à cette occasion de me mettre en valeur.

— Eh bien, je pense que c'est un assez gros procès. Mais je n'y tiens aucun rôle de premier plan. Je suis juste avocate junior. Et je prends le dossier très tard… l'essentiel du travail a déjà été fait. C'est un enseignant qui est accusé d'avoir eu des relations sexuelles avec une élève.

— Ai-je lu quelque chose à ce sujet ? Il n'y a pas eu un article dans l'*Evening Standard* hier ? s'écrie Nicole avec grand enthousiasme. Il y avait une photo de lui. C'est cette école de filles dans le centre de Londres, n'est-ce pas ? Ce garçon est superbe.

— Oh, je sais tout sur cette histoire, renchérit Julia. La fille d'une amie d'une amie est là-bas. La fille en question est un peu… dirons-nous, médisante. Il paraît qu'elle aime bien inventer des histoires sur les autres. Le sentiment que l'on a, c'est qu'il est honteux que l'affaire soit allée aussi loin. C'est le fils d'un juge, ou je ne sais quoi. C'est très curieux.

Je dois rapidement mettre bout à bout leurs remarques pour décider de ce que je peux répondre et de ce que je ne peux pas dire. J'ai envie de questionner davantage Julia sur son commentaire, « Elle aime bien inventer des histoires sur les autres », mais je n'ai pas envie d'attirer trop ouvertement l'attention là-dessus, ou de rien confier de trop précis sur l'affaire.

— Eh bien, je fais partie de sa défense. Et l'avocate senior qui le représente est très bonne. Je suis sûre qu'elle a déjà creusé tout cela.

— Est-il aussi beau garçon que sur la photo ? demande Nicole.

— Je ne peux pas dire que j'y ai fait attention. C'est mon client. Il est très jeune, en plus. Je ne l'ai pas réellement observé sous cet angle. Qui plus est, il a les yeux très rapprochés. Mais je suppose que l'on peut dire de lui qu'il est beau garçon, oui.

Nicole rit.

— Quelle chance vous avez. J'ai trouvé qu'il avait un regard très gentil, d'après la photographie… ses yeux ne m'ont pas du tout donné l'impression d'être rapprochés. Et puis quel mal y a-t-il à être attirée par un homme plus jeune ? Regardez les Macron.

Je préfère en rire, mais les taquineries de Nicole ne cessent pas, bien que Julia reste distante. Ce ne sont pas des remarques déplaisantes, de simples piques et des sourires narquois. Cela me plaît de faire de nouveau partie d'un groupe de femmes. Mes amies, parmi les autres mamans de l'ancienne école de Sadie, me manquent tellement, depuis que je suis de retour à Londres.

Avant que je ne me sois rendu compte du temps écoulé, il est déjà six heures et demie. Le groupe se disperse : c'est l'heure des devoirs et des exercices de solfège. Robin s'est amusée, elle aussi, et nous nous mettons en route vers la maison, de meilleure humeur que nous ne l'avons été depuis une éternité.

— Alors, ça t'a plu ? dis-je.

— Oui. C'était sympa, cet après-midi. J'ai aimé que les autres me parlent vraiment.

— Je vois exactement ce que tu veux dire.

Robin court à l'étage, et je devrais lui poser des questions sur son week-end avec Andrew, si elle s'est amusée, mais cela me convient très bien de ne pas aborder le sujet.

28

Emportées comme nous le sommes dans le tsunami de notre acceptation dans le réseau de Julia, il devient vite clair qu'à partir de maintenant, l'expérience scolaire de Robin sera complètement différente. La nouvelle s'est répandue du jour au lendemain. Au réveil, je trouve plusieurs messages de mamans qui me demandent si elle aimerait venir jouer chez elles. Je les montre à Robin qui lève les yeux au ciel devant cette terminologie infantile, mais est tout de même contente de recevoir tant d'attention. Je suis invitée à un certain nombre de verres et de matinées café et, dans un e-mail plus formel, on me demande si j'aimerais me joindre à un comité de composition florale. Pour répondre à celui-là, je sèche. Je suis sur le point de poser mon téléphone et de m'apprêter pour la journée qui m'attend quand un autre message arrive. Cette fois, il vient de Zora.

Reçu des infos potentielles sur cette Julia : j'ai parlé à Sophie et elle pense avoir d'autres souvenirs, une Julia qui s'est fait salement charrier : elle avait les dents en avant et elle sentait fort. Plus tard elle a développé une vilaine acné, en plus. J'imagine qu'elle compense xxx

Sur le moment, cette information ne cadre pas. Julia n'a pas du tout l'air d'une victime. Elle n'a certainement pas le sens de l'empathie. À bien réfléchir, les pièces du puzzle commencent à se mettre en place. Ses dents parfaites, son teint parfait, sa perfection en tout. Son espoir que je ne me souvienne pas d'elle, quand nous étions élèves. Malgré tout ce qu'elle a fait, je commence à éprouver un tout petit peu de sympathie pour elle. Nous ne sommes peut-être pas si différentes, au fond : pour moi aussi, ça a été une période assez malheureuse. Même si ma réaction à moi a consisté à m'enfuir le plus loin possible, il n'est peut-être pas si étrange que Julia veuille reconquérir son passé, le réinventer. Je ne dirai rien. Elle se montre amicale, désormais ; cela facilitera immensément la vie de Robin. Mais je n'ai pas oublié ce qui s'est passé, et je ne compte pas le faire.

Lorsque nous arrivons à l'école, Robin fait quasiment des bonds, en sautillant un peu plus haut chaque fois que nous croisons une fille qui lui dit bonjour. Maintenant que nous sommes à l'intérieur, je mesure combien nous étions isolées. Je suis accueillie au portail par Julia et Nicole, presque comme si elles m'attendaient, et elles m'attirent à elles dans de chaleureuses embrassades avant de me convaincre de me joindre à elles pour un café.

— Je ne peux pas, je dois aller au tribunal, dis-je. Une autre fois, quand tout sera terminé.

— Bien sûr, en route pour défendre M. Sexy, s'écrie Julia, avec un clin d'œil.

— À peine, fais-je en riant.

— À quelle heure finissez-vous ? demande Nicole.

— Vers quatre heures, je pense.

— Vous ne serez pas ici à temps pour récupérer votre fille ? s'enquiert Nicole.

— Non. Robin va à l'étude. Nous avons tout organisé.

— Je pense que nous avons une meilleure solution, me suggère Julia. (Elle se tourne vers ma fille.) Tu aimerais venir chez nous, cet après-midi ? Daisy et toi, vous pourrez faire vos devoirs ensemble.

Robin hoche la tête avec enthousiasme. Je proteste… c'est trop, trop tôt. Mais Daisy se met immédiatement à lui expliquer ce qu'elles pourront faire dès qu'elles auront terminé leurs devoirs et, une fois encore, je n'ai pas le cœur de dire non.

— Alors c'est réglé, dit Julia. Elle va rentrer avec nous, et vous viendrez la chercher. Cela vous soulagera un peu, jusqu'à la fin du procès. Nicole, tu n'es pas d'accord ?

— Oui, super idée. Et elle est la bienvenue aussi chez nous. Je sais que Pippa adorerait qu'elle vienne.

J'éprouve une certaine réticence, mais Robin est si emballée que je la tais. Il est indéniable que cela nous facilitera la vie. L'étude ne dure que jusqu'à cinq heures et demie, et si le procès déborde, je serai en retard.

— C'est vraiment gentil à vous deux, dis-je. Cela facilitera beaucoup les chose. Je sais que je dois mieux m'organiser, mais en attendant…

J'effectue le trajet jusqu'au palais de justice d'un cœur plus léger. Je garde un regard cynique sur le fait que notre acceptation au sein du groupe repose sur des fondements aussi superficiels, mais à ce stade je ne vais pas m'insurger contre cela. Je suis juste heureuse que Robin ait enfin des amies. Le ver du doute rampe dans mon esprit, mais je l'écrase. Je reste aux aguets : elles ne sont pas devenues nos meilleures amies pour autant. Pas encore.

À la sortie de la station Elephant and Castle, je tombe sur Jeremy, qui s'attarde sur un pas de porte, avec la tête d'un homme traqué.

— J'en ai revu certaines dans le métro, me dit-il (il n'a pas besoin de m'expliquer qui).

— Nous allons passer au travers et trouver de nouveau une salle de réunion.

Et en effet, les adolescentes l'attendent au tribunal. Nous tentons de passer au travers de leur groupe, elles me fouettent de leurs mèches et je suis presque asphyxiée par l'odeur prenante des nuages de parfum bon marché qui flottent autour d'elles. Au moins, cette fois, je suis prête à essuyer leur assaut et, le menton volontaire, je me démène pour franchir leur barrage. Nous retrouvons la même salle de réunion que la veille, fermons la porte et nous barricadons. La tension levée, nous éclatons de rire.

— Enfin, pourquoi donc sont-elles là ? dis-je.

Il prend un air solennel. Nos rires s'interrompent aussitôt.

— C'est un établissement réservé aux filles, me répond-il. Les enseignants de sexe masculin les rendent folles. Et vous savez comment l'hystérie peut se propager chez les jeunes filles. Je les rends tout simplement dingues. Elles ne se rendent pas compte que c'est de ma vie qu'il s'agit.

Sa solennité va croissant à chaque mot qu'il prononce, et l'atmosphère dans la pièce devient de plus en plus chargée.

— Mais elles n'ont pas cours ?

— Ce serait crédible. Mais elles sont en terminale. Le matin, elles ont des moments de liberté. Au moins, à l'heure du déjeuner, elles seront parties. Et de toute manière, elles finiront bientôt par se lasser. Dès qu'elles se rendront compte que je les ignore.

— Bien.

— Merci de m'avoir accompagné. Sans vous, je ne pense pas que j'aurais pu y arriver.

Il sourit.

— Pas de problème, dis-je. Tout cela fait partie du service.

Sans poser mon sac, je fouille dedans, je cherche l'un des dossiers, mais je suis maladroite, je le laisse tomber, et tout le contenu s'en répand par terre. Je m'agenouille pour ramasser et Jeremy aussi, pour m'aider. Il est près, maintenant, tout près. Sur le moment, je sens sa chaleur, et les plaisanteries de Nicole résonnent dans mon esprit. Je ne suis absolument pas attirée par mon client. Je me relève en vitesse, un peu décontenancée.

Mon téléphone tinte, et d'un coup je redeviens moi-même. C'est Barbara, elle est à cinq minutes d'ici.

— Je dois aller enfiler ma robe d'avocat, dis-je, en lissant ma jupe. Barbara sera là d'une minute à l'autre. Et l'audience débute à neuf heures et demie, n'oubliez pas. Aujourd'hui, on commence tôt.

J'ouvre la porte et je sors de la salle à une telle rapidité que je prends les adolescentes au dépourvu, et j'en cogne une à la cheville au passage avec mon sac à roulettes.

— Ouille, s'écrie la fille, je me retourne et lui adresse un « Désolée » silencieux – mais je ne le pense pas.

Dimanche, 12 h 30

Enfin, c'est mon arrêt. Je me lève et passe entre les passagers debout, tête baissée, ignorant leurs commentaires inquiets, leurs protestations, je me fraye un chemin vers la porte du bus, pour être la première à sortir. Je cours sur le trottoir, mes pieds martèlent le sol – un, deux, un, deux –, je ferais n'importe quoi pour arriver là-bas à la seconde.

Mais je ne peux pas courir, je ne cours jamais, et une douleur aiguë, insistante, se déclare au côté gauche. J'essaie de ne pas en tenir compte, mais je ne peux pas. Je dois m'arrêter. Je m'appuie contre un mur de jardin, j'essaie de retrouver mon souffle, et la douleur finit par se calmer.

Mon téléphone bipe et j'y jette un œil. Après avoir apparemment rendu l'âme, il revient à la vie, façon Lazare. L'écran est presque entièrement noir à cause de la fissure, mais j'arrive tout juste à déchiffrer le message. Zora.

Ils sont arrivés ? Elle est à la maison ?

Je ne peux pas répondre. C'est trop. Je me remets à courir, mais je dois m'arrêter, le point de côté se refait sentir, je m'appuie contre le mur et je gémis NON, NON, NON, ILS NE SONT PAS RENTRÉS.

Une main sur mon épaule. Je sursaute, je recule avant de m'apercevoir que c'est un policier de quartier, son gilet de sécurité d'un jaune éclatant juste devant mes yeux.

— Est-ce que tout va bien ? me demande-t-il. Vous vous sentez bien ?

Je n'ai pas le temps pour ça. Je ne peux pas gaspiller mon souffle à le rassurer, alors que tout ne va pas bien, pas bien du tout. Je secoue la tête.

— Elle a disparu, dis-je. Elle a disparu. Je dois la retrouver.

Je respire à fond et le point de côté a disparu, alors je me débarrasse du policier – « Ça va, je vais bien » – et me voilà repartie, vers le bout de la rue je tourne à l'angle avant qu'il ait eu l'occasion de réagir.

29

Enfin, l'audience débute. Jeremy prend place dans le box des accusés, les avocats de l'accusation et de la défense respectivement à sa gauche et à sa droite, Barbara devant, moi au milieu et Zora derrière, la plus proche de Jeremy au cas où il aurait besoin de la consulter au cours des débats. De l'autre côté, le procureur, Edward Kayode. Il est tout seul, sans avocat junior, sans représentant du Crown Prosecution Service, le CPS, ou Service des poursuites judiciaires de la Couronne. Mais je sais que le manque de renfort dans le camp de l'accusation ne constituera pas pour lui un problème. Fort de près de vingt années d'expérience et extrêmement compétent, il est décrit dans le classement Legal 500 comme un « avocat doué d'un grand charisme, et possédant une connaissance approfondie et sans égale de ses dossiers ».

À l'entrée de la juge, nous nous levons tous. Nous nous inclinons devant la cour. La juge s'incline à son tour et nous prenons tous place. La séance débute, la rumeur qui parcourt le public remonte par vagues vers la cour. J'observe autour de moi les adolescentes, qui ont pris les meilleures places aux premières rangées des tribunes réservées au public. Alexandra est assise à l'autre bout du premier rang, son visage comme un masque de désapprobation. Pour l'instant, je ne vois personne qui pourrait être le père de Jeremy.

Jeremy lui-même semble perturbé, toute son attention attirée par le remue-ménage dans le fond, au lieu d'être concentrée sur ce sur quoi elle devrait l'être, la juge. Je me demande s'il ne serait pas en train de chercher son père. Le greffier du tribunal doit l'appeler par son nom à deux reprises avant qu'il ne réagisse en se levant d'un coup pour confirmer son nom et son adresse.

Zora ouvre son cahier, rédige une note, arrache la page et me la tend. *Je trouve le père impossible*, est-il écrit. *Il n'arrête pas de m'envoyer des e-mails, de me dire quoi faire. Ensuite, il n'est même pas capable d'être à l'heure pour soutenir son propre fils*.

Je lis le mot, je me retourne et croise son regard. Nous haussons les sourcils. Je sais que ce sera bien plus facile pour la défense si le père n'est pas là pour nous abreuver de son expertise, mais je redoute que l'effet sur Jeremy ne soit négatif. Je jette encore un coup d'œil dans sa direction. Il a les yeux baissés devant lui, pâle, les traits tirés.

Une idée surgie de nulle part me vient à l'esprit : il est vraiment beau garçon. Dans son costume, il a quelque chose d'attirant. Et il est jeune. Très jeune. En le regardant, il me vient aussi peu à peu la sensation très étrange de l'avoir déjà rencontré, ce visage qui se détache sur son col de chemise blanc et sa veste sombre, avec ses cheveux soigneusement plaqués sur le côté, m'est soudain familier. Il lève les yeux et me surprend l'observant, la commissure de ses lèvres se relève en un sourire. La sensation de familiarité s'estompe. Je lui souris à mon tour, et me replonge dans mes notes.

Les jurés entrent à la queue leu leu. Il est temps de prêter attention aux débats. On lit leurs noms à voix haute et ils prennent place chacun leur tour. Zora regarde en direction de Jeremy pour vérifier s'il réagit à l'un des jurés : il a un petit haussement d'épaules à chacun d'eux. À l'évidence, il ne les connaît pas. Les membres du jury s'entendent ensuite signifier que le procès durera un peu moins de deux semaines, et qu'il concerne une école du centre de Londres, dont on leur communique le nom et la localisation précise. Si l'un d'eux a le moindre lien avec cet établissement, il doit le déclarer maintenant. Ils font tous non de la tête. Le jury est donc composé.

Alors qu'ils prêtent serment, j'observe attentivement chacun de leurs visages. C'est le bon mélange pour un procès de ce type. Huit femmes, couvrant plusieurs tranches d'âge et origines ethniques, quatre hommes. Sachant que tout dépend de la crédibilité de la plaignante, c'est un juste équilibre ; les femmes sont plus dures avec les plaignantes, du moins dans mon expérience. Plus dures avec les autres femmes en général, un point c'est tout.

Une fois la mise en état administrative réglée, Edward Kayode, le procureur, se lève et expose aux jurés ce que sera, dit-il, le dossier de l'accusation. Ils paraissent alertes, attentifs, excepté un homme à l'extrême gauche du deuxième rang, qui n'a pas l'air particulièrement passionné. Il se réveille visiblement quand Kayode en vient aux chefs d'accusation et répète à trois reprises que l'accusation apportera la preuve que l'accusé a eu des rapports sexuels avec la plaignante. Le ton dépassionné sur lequel ces précisions sont exposées, dans une terminologie clinique, ne suffit pas à rassasier la voracité qui se lit sur le visage de ce juré.

Ma gorge se serre et je regarde ailleurs, en tâchant de ne pas montrer la répulsion que ce visage m'inspire. Cela profitera à Jeremy. « Bien joué, fiston », ce sont les mots que j'entends ce juré prononcer au moment où Freya se présente à la barre des témoins. C'est horrible. Mais si cela peut aider la défense…

Je continue de prendre des notes.

La séance est levée pour aujourd'hui. Jeremy est encore plus pâle.

— Cela me semble atterrant, dit-il lorsque nous sortons du palais de justice. Ils vont me condamner dans l'instant.

— Ne paniquez pas, dis-je. C'est destiné à donner cette impression. Ils sont obligés de formuler les choses dans les termes les plus forts. Ils doivent procéder à l'exposé des faits de leur point de vue. C'est probablement leur moment le plus favorable, avant que des témoins ne viennent gâcher leur petit récit bien ficelé.

— Je suppose, admet-il.

— Et le jury n'est pas contre vous, je peux vous l'assurer.

— Je ne voulais surtout pas les regarder, avoue-t-il.

— Eh bien, vous devriez. Deux dames âgées vous souriaient. Et le type dans le fond est tout à fait de votre côté. Il a presque l'air d'approuver les actes que vous auriez commis, du moins selon l'accusation.

— Mon Dieu, les gens sont épouvantables, soupire-t-il. Mais si Freya est convaincante ? La police la croit, c'est évident… autrement, on ne m'aurait pas inculpé. Et si le jury la croit aussi ?

— Ayez confiance, dis-je. D'accord, le procureur est sacrément bon. Mais Barbara est forte, elle aussi. C'est l'une des meilleures. Elle fait ça depuis bien plus longtemps que moi, des années d'expérience. Quand elle procède à un contre-interrogatoire, c'est un vrai pitbull. Vous verrez.

Cela fait rire Jeremy, puis son rire cesse, son visage redevient solennel.

— C'est très triste. Je suis effaré qu'on en arrive là. Cela m'horrifie de songer à ce que Freya doit endurer.

— C'est un sentiment louable, admet Barbara en nous rejoignant. Mais songez à ce qu'elle vous fait subir. C'est assez impardonnable.

— Rien ne devrait être impardonnable, rectifie-t-il. Nous devrions nous efforcer de considérer les deux facettes de cette histoire.

Je suis frappée de tant de compréhension de sa part, mais Barbara n'a pas l'air convaincue. Elle hausse le sourcil. Elle va dire quelque chose, mais elle s'interrompt.

— Voyons quelle tournure ça prend, suggère-t-elle finalement. Ensuite, nous pourrons songer à pardonner.

Il hoche la tête. À ce moment, nous sommes à la porte du vestiaire des avocats. Zora fait son apparition et nous formons un cercle étroit, près du mur, dans le couloir. Au moins, nous ne sommes pas assaillis par des adolescentes gorgées d'hormones. Elles sont toutes parties, ainsi que l'avait prédit Jeremy.

— Votre père a téléphoné, lui annonce Zora. Je lui ai expliqué où nous en étions.

Son visage se tend. Il sort son téléphone et consulte l'écran.

— Il ne m'a pas contacté. J'imagine qu'il devait être occupé. Et je suppose qu'il n'y avait pas grand-chose à voir pour l'instant.

— Non, confirme Zora. C'était juste les préliminaires, et nous savions tous plus ou moins ce qui se dirait. Puisque c'est lui qui finance votre défense, je suis sûre qu'il viendra vérifier que son argent est correctement utilisé. (Elle marque un temps d'arrêt, avant de continuer.) Et qu'il sera aussi présent pour vous.

Il s'adosse contre le mur tout proche, ferme brièvement les yeux avant de les lever au plafond.

— J'en suis sûr, dit-il. Il doit subir une forte pression. Pour lui, que son fils soit poursuivi en justice pour un motif de ce genre, ce n'est pas une position idéale.

— Au moins, la presse n'a pas encore fait le lien, se félicite Zora. À certains égards, il vaudrait même mieux qu'il ne vienne pas du tout au tribunal. Il y a déjà suffisamment de publicité autour de toute cette histoire.

Jeremy opine. Zora et lui nous disent au revoir, Alexandra aussi, et Barbara et moi entrons dans le vestiaire. Nous ne discutons pas de l'affaire. Il n'y a pas grand-chose à en dire. Pas encore de surprises. J'espère qu'il n'y en aura aucune.

Barbara s'en va la première. Je la suis quelques minutes plus tard. J'envoie à Julia un message pour savoir comment ça se passe et reçois une réponse presque immédiatement. *Ici tout va bien : on avance dans les devoirs et on est sur le point de faire des pâtes. Quelle petite fille délicieuse ! Elle est la bienvenue quand elle veut J Biz biz biz.* Je lui réponds pour la remercier avant de rassembler mes affaires.

Le palais de justice ferme pour la soirée, les couloirs sont à présent déserts, seul subsiste un vague relent du ragoût que la cantine a servi au déjeuner. Je suis ailleurs, je pense à Robin, en espérant qu'elle ait passé une meilleure journée, quand quelqu'un derrière moi me prend par le bras et mon cœur fait un bond. Une voix d'homme s'adresse à moi.

— Sadie.

Sur l'instant, je ne le reconnais pas : mes cheveux me sont retombés devant les yeux, me bloquant la vue, lorsque je me retourne vers lui.

— Sadie, répète-t-il, et je me rends compte à présent que c'est Jeremy.

Même si je devrais me sentir soulagée, la frayeur qu'il m'a causée persiste. Je ramène mes cheveux en arrière et je souffle.

— Seigneur, vous m'avez flanqué une de ces frousses.

— Désolé. (Il recule.) Désolé. Ce n'était pas mon intention.

Je ris, un peu mal à l'aise à présent que la peur est passée.

— Je voulais vous parler, dit-il. Je voulais savoir comment s'était déroulée la journée, selon vous.

— Barbara serait ravie de vous en parler. Ou Zora.

— Je sais. (Il se tait un instant, puis il rit.) Je dois être sincère avec vous, Barbara m'effraie un peu.

Je n'aime pas lui poser des questions, j'ai peur qu'elle me trouve stupide. Et puis, je pense qu'elle en ferait part à mon père.

Je souris.

— Elle peut paraître un peu impressionnante, j'imagine. Mais elle répondra sans aucun doute à toutes vos questions, stupides ou non. Et elle respectera les règles de la confidentialité.

Je me dirige vers la sortie du bâtiment.

Les épaules de Jeremy se voûtent.

— Je suppose que je devrais lui demander à elle, fait-il, et sa voix n'a plus rien de rieur. Enfin, c'est compliqué. Elle se montre très professionnelle, mais elle doit me prendre pour un idiot de m'être mis dans cette situation.

— Je suis convaincue que non, dis-je. Vous avez tendance à vous figurer le pire parce que tout cela est très stressant. Mais au moins, le procès a commencé. C'est préférable à cette attente épouvantable. Forcément.

— En effet, reconnaît-il. J'ai juste envie que tout soit fini. Quelle que soit l'issue, pour être franc.

Nous sortons du bâtiment et descendons les marches du parvis. Je me demande s'il a envie d'aller boire un verre. J'imagine d'ici la soirée, une discussion autour de l'affaire, au sujet de l'examen d'entrée dans le secondaire, de son père et de ma mère, et de la difficulté d'être à la hauteur de parents tels que ceux-là. Jeremy paraît éprouver la même sensation que j'ai toujours ressentie, celle d'être un motif de déception pour sa famille. Je sens déjà presque le goût du vin sur mes lèvres, le sentiment de camaraderie qu'inspire un bon bordeaux. Mais je me retiens.

— Je dois y aller, dis-je. Il faut que je récupère ma fille.

Malgré le jour qui tombe, je vois son sourire s'effacer.

— Bien sûr, dit-il. Il est tard.

— En effet. Cela permet au moins d'être sûr que le journaliste est allé voir ailleurs.

Il opine.

— Dieu merci. Et il n'était pas là ce matin non plus.

— Ne vous emballez pas trop à ce sujet, dis-je. Il y avait un correspondant de la Press Association en salle d'audience. Barbara me l'a désigné de loin. Il y aura un compte rendu.

— Je sais. Au moins, ils ne campent pas devant ma porte… pas encore. Cela pourrait être pire.

— Effectivement. En tout cas, je dois filer. Je vous revois demain. N'oubliez pas que la cour siège à dix heures, pas à neuf heures et demie. Enfin, plus vous viendrez tôt, plus vous aurez de chance d'éviter la presse.

— Exact, dit-il.

Je suis sur le point de m'éloigner quand il se jette subitement sur moi et me serre dans ses bras, sa joue contre mon cou, peau contre peau. Je ne me laisse pas aller à cette étreinte ; je reste sur mes gardes, j'approche mes mains, qui se font lourdes et maladroites, de son dos et je le tapote fermement, une fois, deux fois, trois fois, jusqu'à ce qu'il me lâche. Je recule, un bras levé comme pour un salut, et je tourne rapidement au coin de la rue en direction du métro.

Plus tard ce soir-là, alors que Robin est endormie, j'appelle Zora. Nous avions échangé des messages au sujet de Julia, mais jusqu'à présent je n'avais pas eu l'occasion de lui parler de la visite d'Andrew. C'est maintenant que je l'en informe.

— Que voulait-il ?

— Je n'en ai aucune idée, dis-je. Il voulait voir comment on se débrouillait sans lui.

— Ça n'a aucun sens.

— Aucun. En tout cas, au moins, le procès est engagé.

— Oui, c'est une bonne chose. Tu bosses bien. Barbara est contente de toi.

— C'est déjà ça. Peut-être que les choses vont s'améliorer. À propos de l'école, tu te trompes, tu sais. Je pense que ça va bien se passer. On a franchi un cap. Les mères ont fini par se montrer amicales. Robin est heureuse.

— Je te demande pardon ? Quoi ? Les mères se montrent amicales ? Tu disais qu'elles étaient épouvantables.

À cet instant, je suis contente de ne pas lui avoir parlé du robin mort. Elle n'aurait de cesse de me pousser à prendre l'école d'assaut et à provoquer encore plus de tracas.

— Pour Robin, c'était assez épouvantable. Je suis juste rassurée qu'elle soit un peu plus heureuse, maintenant.

— D'accord, compris. Mais fais attention. Tu n'as aucun besoin de ces femmes, tu le sais.

— J'aimerais que ce soit vrai. J'aimerais vraiment. Mais j'ai quand même besoin d'elles. Épouvantables ou non, je dois faire avec. C'est important pour ma fille qu'on s'entende à peu près avec elles. Même si c'est juste superficiel, tu le sais bien.

— J'imagine. Mais je pense que tu ne dois pas te fier à ces femmes, pas après le traitement qu'elles vous ont infligé.

— Je sais. Je reste prudente. Mais elles font des efforts, maintenant, alors je dois suivre le mouvement.

Je mets fin à l'appel. Je sais que Zora n'a pas tort, mais je n'ai pas envie de crever la première bulle de bonheur que je connaisse depuis des semaines. Je me mets au lit, soucieuse, mais mon anxiété reflue, ma résolution se raffermit. Ce que j'ai dit à Zora est vrai. C'est comme ça. Je ne vais pas pardonner à Julia son hostilité passée, mais je vais lui accorder une chance et cesser de les considérer toutes avec autant de suspicion.

Je n'ai pas trop le choix, de toute façon.

30

Robin est toujours heureuse, le lendemain matin au réveil, et mon humeur s'est améliorée pendant la nuit. Il n'y a eu ni drame ni désagrément au domicile de Julia hier, et voir ma fille si joyeuse me confirme dans ma résolution de profiter au maximum de ce nouveau départ. Je vais au tribunal d'un pas léger, que je n'avais plus depuis des semaines. Même la vision du photographe aux aguets sur le parking devant le palais de justice ne me dérange pas. Du moins pas avant qu'il braque son appareil sur moi, son objectif à longue focale scrutant le masque de solennité que j'arbore.

C'est un soulagement de franchir l'entrée principale. Je prends deux grandes respirations en attendant que la sécurité contrôle mon sac et me fasse passer par les portiques détecteurs de métaux. Je m'attends à voir Jeremy dans le vestibule, mais il n'est pas là. Je me rends directement au vestiaire. Barbara est en retard et n'arrive que quelques minutes avant l'heure où nous sommes attendues.

— Reçu un SMS d'Edward Kayode ce matin, m'annonce-t-elle. Il va déposer une requête d'ajournement.

— Pourquoi ?

— La plaignante est malade. Apparemment.

Elle lève les yeux au ciel.

— Qu'est-ce qu'elle a ?

— Une migraine. Il y a un certificat de son médecin, ajoute Barbara.

— D'accord. Et il ne peut pas poursuivre avec l'un des autres témoins, entretemps ?

— C'est ce que j'ai proposé. C'est ce que je vais soumettre à la juge.

Je me tais. Je connais ce ton.

— J'entends d'ici votre « mais ».

— En effet. Mais je pense que la juge va accorder l'ajournement. Je demanderais la même chose. Tout leur dossier repose sur sa déposition. Il faut bien montrer que c'est le clou du spectacle, rappelle Barbara, en se plaquant sa perruque sur la tête et en redressant ses lunettes.

— Vous allez quand même formuler une objection ? dis-je, en me pressant pour suivre ses longues enjambées en direction de la salle d'audience.

— Pour qui me prenez-vous ? s'écrie-t-elle avec un rire étranglé. Je lui ai répliqué que c'était la demande la plus scandaleuse que j'avais jamais entendue, et que tout devrait être mis en œuvre pour mettre un terme au supplice de mon client.

— A-t-il répondu ?

Barbara s'immobilise.

— Il a été d'une extrême impertinence, me répond-elle, mais elle a le sourire. (Elle fouille dans son sac, en sort un téléphone et affiche un message à l'écran.) Voilà ce qu'il m'a envoyé.

Je jette un œil. La réponse est un simple emoji, un petit visage jaune levant les yeux au ciel. Je ris.

— Exactement, acquiesce Barbara, et nous entrons dans le palais de justice quelques secondes avant que Madame la juge Chynoweth, ne fasse son apparition.

L'affaire est ajournée, exactement comme Barbara l'avait prédit. Alors qu'elle expose ses arguments contre la requête, il est clair que la juge, dont le visage se ferme, n'est guère convaincue. D'un geste, elle invite Barbara à s'asseoir.

— J'en ai assez entendu, mademoiselle Carlisle. L'affaire est ajournée. Nous savons tous l'importance de la déposition de la plaignante. Il serait toutefois préférable qu'elle soit en mesure d'être présente demain, ajoute la magistrate, ou il me faudra une lettre supplémentaire de son docteur. Il faut que cette affaire avance.

Edward Kayode acquiesce pour signifier son accord, et nous sommes tous remerciés jusqu'au lendemain. Je prends le large, contente d'avoir la journée pour moi et aussi d'être en mesure d'arriver à l'école à l'heure pour la sortie.

Je décide de surprendre Robin au portail, mais à mon arrivée, je suis décontenancée de voir le visage de Nicole se décomposer quand elle me voit. Toutefois, cette expression s'efface aussitôt, laissant place à un sourire.

— Que c'est charmant ! Robin va être si contente, s'écrie-t-elle. Nous ne pensions vous revoir que beaucoup plus tard.

— J'ai fini plus tôt, aujourd'hui. Alors j'ai eu envie de venir. Je peux la ramener à la maison maintenant.

— Ah, c'est bien ce que je craignais. Pippa va être tellement déçue si votre fille ne nous accompagne pas… elle se faisait une telle joie. Pourquoi ne venez-vous pas, vous aussi ? Je pourrais aussi voir ce que fait Julia. On s'organiserait une soirée entre filles !

Je souris, mais je reste un peu interloquée de l'insistance de Nicole. Et des autres mères aussi. Les dernières semaines ont été un cauchemar dont je me suis réveillée, mais pas encore pleinement. « Salut », dit l'une. « Coucou, ravie de vous voir », dit une autre. « Il faut que Robin vienne à la maison, un après-midi, elle est si délicieuse. » J'entrevois Julia au milieu d'un groupe de femmes, et dès qu'elle m'aperçoit, elle me fait signe, toutes les autres me font signe aussi, en se réglant sur elle, leur marionnettiste. J'ai été enfin touchée par la baguette magique de Julia.

Cette dernière s'approche et approuve le programme. Je suis emportée par elle, par Nicole, par les flèches de jalousie de toutes celles qui sont exclues de ce carré de privilégiées qui tombent, inoffensives, à mes pieds, tenues en respect par les sortilèges de Julia. Robin et moi marchons dans la rue en direction de la maison de Nicole, main dans la main, et je vois à son sourire qu'elle ressent la même euphorie.

Dès que nous entrons chez elle, elle débouche une bouteille de prosecco et les filles disparaissent à l'étage dans une bouffée de gloussements et de chuchotements.

Je prends le verre que la maîtresse de maison me tend, le froid se condensant un peu au bout de mes doigts. Les bulles me titillent la gorge, et je tousse, me croyant encore sur le point de m'humilier en m'étouffant à nouveau. Mais Nicole se met à rire, et Julia aussi. La toux passe et je bois une autre gorgée, puis une autre, ivre non pas d'alcool mais de la griserie des débuts de l'amitié, de toutes les promesses de soirées à venir semblables à celle-ci.

Une heure plus tard, nous avons vidé deux bouteilles. Elles m'ont rapporté les rumeurs au sujet des enseignants et d'autres mamans, m'ont raconté comment leurs mariages respectifs ont pris fin, mais qu'elles ont survécu. J'absorbe tout cela, mais je ne partage pas grand-chose au sujet d'Andrew, excepté que nous sommes séparés. Je leur dis que j'ai été invitée à faire partie du comité de composition florale et elles rient, en me conseillant de ne pas y toucher, même du bout d'une longue perche.

— Elles n'ont aucune idée de ce qu'elles fabriquent, m'explique Julia. L'une d'elles a suivi un cours chez un fleuriste de Marylebone et depuis elles s'écharpent pour la moindre rose à disposer.

Nicole s'étrangle de rire.

— Ce que Julia veut dire, c'est qu'elle a elle-même très bien animé ce comité, du cours préparatoire jusqu'au CE1, mais ensuite, cette année-là, de nouveaux parents se sont pointés et ont pris la main, en revendiquant de plus grandes compétences. Elles allaient saboter nos compositions. Cela n'en valait plus la peine.

Je regarde Julia avec étonnement.

— Je ne m'imagine personne capable de vous surpasser, dis-je.

— Je ne m'encombre pas de combats inutiles, fait Julia, en prenant une gorgée de prosecco. Tout cela a fini par devenir assez désagréable à peu près au moment où Paul et moi allions nous séparer. Je prenais mon implication dans l'école très au sérieux, mais je n'allais pas gâcher mon énergie à me disputer à propos d'hortensias. (Elle se redresse, comme si elle se remémorait subitement quelque chose.) Elles n'avaient pas une évaluation de maths, aujourd'hui ?

Nicole hoche la tête.

— Les filles ! s'écrie Julia. (Elle se lève, se dirige vers l'escalier, et les appelle de nouveau.) Les filles, vous pouvez descendre ? J'ai besoin de vous parler.

Un tonnerre de bruits de pas descend de l'étage, puis les trois filles font leur apparition. Daisy est au deuxième rang, c'est la plus grande, l'air sérieux, les sourcils froncés, la mine inquiète. Pippa aussi semble tendue. Seule Robin paraît à l'aise. La pièce s'est en quelque sorte désaxée, l'atmosphère a changé.

— Comment vous en êtes-vous sorties de votre évaluation de maths, aujourd'hui ? demande Julia.

L'expression de ma fille demeure inchangée. Pippa se dandine et Daisy vire au rouge brique, le cou marbré. Personne ne répond.

— Sérieusement, les filles. Comment vous en êtes-vous sorties ?

Robin me regarde, la tête penchée, avec une mimique interrogatrice. Je hausse les épaules, j'acquiesce.

— Quatre-vingt-deux points sur cent, dit-elle. Mais nous avions déjà fait des fractions l'an dernier à mon ancienne école.

Daisy rougit encore un peu plus et Pippa saute presque d'un pied sur l'autre, maintenant, de plus en plus agitée.

— C'est très impressionnant, fait Julia. Et toi, Pippa ?

Pippa se tortille et marmonne.

— Soixante-neuf points sur cent.

— Mais toi, tu n'es pas à l'aise avec les fractions, n'est-ce pas ? commente Julia. Ce n'est donc pas si mal.

Le visage de Pippa se détend un peu. Elle se dirige vers la place où Nicole est assise, se tient embarrassée à côté d'elle, et au bout d'un moment Nicole lui passe un bras autour de l'épaule et la serre contre elle.

— Et toi, Daisy ? s'enquiert Julia.

Elle sourit, mais le fond du regard est glacial. Je me sens nerveuse alors que je n'ai même pas passé la moindre évaluation de maths.

— Soixante-dix-sept points sur cent, lâche Daisy, en regardant par terre.

— Désolée, ma chérie. Combien as-tu dit ? insiste Julia, en mettant fortement l'accent sur le mot « chérie ».

— Soixante-dix-sept points sur cent, répète-t-elle, plus fort. (Elle écarte ses cheveux de sa figure, s'approche de sa mère.) Soixante-dix-sept sur cent ! Pas quatre-vingts. OK ? Tu es contente maintenant ?

La mère et la fille se tiennent nez à nez, puis Daisy fond en larmes et sort de la pièce en courant, suivie de près par Pippa. Robin semble flotter un instant, me regarde, visiblement confuse, avant de suivre ses amies.

— Ce n'est quand même pas si mal, remarque Nicole, plus fort. C'était mieux que la note de Pippa.

— Ce n'est pas la question, répond Julia. Bien sûr que c'est mieux que la note de Pippa. Mais elle devrait obtenir quatre-vingts points sur cent, facilement.

Je me rassois sur ma chaise, spectatrice de ces deux femmes éméchées qui se lancent des regards furibonds, toute leur amitié apparemment oubliée. Je retiens mon souffle, et c'est seulement quand Nicole rit que je laisse échapper un long soupir silencieux.

— Tu prends tout cela bien trop au sérieux, tu sais, glisse Nicole à Julia. Tout ira bien.

— Tu ne peux pas en avoir la certitude, rétorque Julia. Je ne veux rien considérer comme acquis.

— Oh, allons, insiste Nicole, sur un ton qui laisse entendre qu'elles ont déjà eu cette conversation maintes fois auparavant. Tu sais qu'elle va très bien s'en sortir. Elle a toujours été en tête de classe. Il est sûr et certain qu'elle va passer, nous le savons toutes.

Je crois pouvoir intervenir sans risque.

— C'est vraiment si dur que ça ?

Les deux femmes me regardent avec surprise.

— Vous ne connaissez rien de la procédure ? s'étonne Nicole.

— Pas encore, dis-je. J'imagine que j'aurais pu me renseigner, mais j'ai été tellement débordée avec le déménagement, ce procès et le reste.

Elles rient, mais avec une note d'incrédulité un peu incisive sur les bords.

— Ah, votre fameuse insouciance, lâche Julia.

Nicole rit encore.

— Julia a toujours abordé la vie comme une campagne militaire. Elle a soumis Daisy à un véritable camp d'entraînement depuis le CE2, au moins.

Julia hausse les épaules.

— La vie est une guerre, rappelle-t-elle. Et c'est une bataille que j'ai l'intention de gagner. Il faut penser sur le long terme. Les résultats du brevet des collèges et des examens de fin d'études secondaires. Oxford et Cambridge. La compétition est très rude. (Elle s'interrompt avec un soupir.) Je sais que vous me prenez pour une folle, mais je ferai n'importe quoi pour m'assurer qu'elle entre au lycée. Cela peut sembler couru d'avance avec les notes qu'elle a, mais c'est si important. Daisy adore tellement Ashams.

Elle s'exprime comme si elle allait éclater en sanglots.

— Et il y a la bourse, marmonne Nicole. Daisy a toujours été la première de la classe.

Julia sourit pudiquement.

— Si elle entre au lycée, je m'en satisferai, vous savez. C'est la seule chose qui compte. La bourse, ce n'est pas réellement important.

Je bats des paupières, me souvenant de la véhémence avec laquelle elle a évoqué la question dans le bureau de la directrice, mais je ne vais pas de nouveau soulever le sujet, pas maintenant que tout va si bien.

— Je suis surprise que vous l'ayez envoyée à Ashams, vous savez, dis-je. L'une de mes amies m'a rappelé toutes ces situations de harcèlement.

À peine ai-je dit cela que je le regrette. C'est le prosecco qui émousse mes défenses. J'écarte mon verre.

— Quel harcèlement ? réplique Julia, d'une voix presque égale.

— Je parlais à quelqu'un qui était dans ma classe. Elle m'a dit que l'on vous avait méchamment harcelée. Désolée, je n'avais pas l'intention d'évoquer ces souvenirs…

J'aurais préféré tenir ma langue.

— Je n'aime pas parler de ce genre de choses, admet Julia avec un profond soupir. (Nicole se penche et lui pose la main sur le bras.) J'ai surmonté tout cela. Mais oui, ça a été une époque très difficile et mes notes en ont souffert. Je ne veux pas voir Daisy traverser les mêmes épreuves. Je veux juste qu'elle soit heureuse. Je veux dire, vraiment, la bourse n'a aucune importance, vraiment aucune. Tant qu'elle entre au lycée, cela me convient tout à fait.

Je croise le regard de Nicole. Nous pensons clairement la même chose. Nous n'en croyons pas un mot. Daisy doit être la meilleure, sans quoi elle va souffrir.

31

Le lendemain matin, je suis en tenue pour le tribunal et sur le point de quitter la maison avec Robin quand je reçois un message de Barbara. L'accusation a fourni une seconde lettre du médecin, et la plaignante est encore malade. La séance est ajournée jusqu'au lundi suivant. Je ne vais pas bouder mon plaisir devant ce bonus inattendu d'un long week-end où je vais passer du temps avec ma fille, après le précédent qu'elle a passé avec Andrew. Je me demande s'il ne risquerait pas de se présenter encore à l'improviste, et je me sens frissonner de peur, mais ensuite je me souviens de ses derniers propos avant de repartir, il voulait juste vérifier si l'on se débrouillait sans lui. Il n'a donné aucun signe de son intention de revenir prochainement. Je vais me le sortir de l'esprit, au moins ces deux prochains jours.

La météo est favorable, et j'ai envie de m'attaquer au jardin et au lierre qui prolifère sur la façade de la maison, et de planter les bulbes que j'ai prévus. Robin n'a pas cessé de se plaindre des araignées qui s'insinuent dans sa chambre, en quête de chaleur : tailler le feuillage autour de sa fenêtre pourrait être un moyen de régler le problème.

J'enfile rapidement un jean avant de la conduire à l'école. Elle est plus silencieuse que d'habitude.

— Ça va ? demandé-je.

— Je pensais juste à hier soir, me dit-elle. C'est un peu bizarre comme la maman de Daisy était autoritaire avec elle.

— Cela ne m'a pas beaucoup plu. Je sais que c'est important que vous fassiez de votre mieux, mais cela m'a semblé franchement excessif.

— Daisy est vraiment stressée à cause de tout ça, souligne ma fille. On en parlait au café, au début de la semaine.

— Eh bien, je promets de ne pas me rendre dingue avec ça. Comme je le disais, on fait de son mieux.

Avant que j'aie rien pu ajouter, Nicole et Pippa nous ont rejointes. Les filles détalent ensemble.

— Merci de nous avoir reçues hier soir, dis-je. C'était agréable de bavarder autour d'une table.

— Je suis tellement ravie que vous ayez pu venir, me dit Nicole. Je suis désolée qu'il y ait un peu de tension. Julia s'inquiète vraiment des examens. Trop. J'essaie de lui conseiller de se calmer, mais elle ne m'écoute jamais.

Je la regarde parler, en essayant de ne pas la comparer mentalement à Julia. Nicole est petite, effacée, elle se tient un peu voûtée, trop prompte à rire des plaisanteries de Julia. Julia, elle, est pour ainsi dire en quatre dimensions, crépitante d'énergie. Je ne suis pas surprise qu'elle refuse d'écouter Nicole.

— C'est pour Daisy que je m'inquiète, en réalité. Elle doit être sous une pression terrible. Pippa m'a dit qu'elle a souvent été en larmes cette année, continue Nicole. Julia est l'une de mes meilleures amies, mais je pense qu'elle devrait calmer un peu le jeu.

— Vous avez donc bien essayé de lui en parler ?

Elle lâche un rire, un bref jappement.

— J'ai tenté, une fois, au début de l'année. Elle a failli m'arracher la tête. Et ensuite Robin et vous avez fait votre apparition… Vous pourriez essayer, vous aussi, éventuellement ? Elle vous apprécie vraiment ; elle me l'a dit après votre départ.

Cela me surprend, mais je ne vais pas discuter. Qu'elle m'apprécie ou non, je ne suis pas emballée par l'idée de lui parler, de la reprendre sur la manière qu'elle a eue de s'adresser à Daisy la veille au soir.

Juste à cet instant, Julia surgit, avec Daisy derrière elle. Elle nous salue en nous embrassant toutes les deux, et Daisy reste en retrait. Elle n'a pas l'air bien, les yeux cernés, le visage pâle, les traits tirés. Elle se balance d'une jambe sur l'autre. Julia se retourne et la regarde.

— Tu devrais y aller, dit-elle, entre, sinon tu vas être en retard. Et souviens-toi, aujourd'hui, il faut que tu fasses mieux.

Daisy opine sans un mot, puis elle fait volte-face et entre dans l'école en courant.

Je me ressaisis, j'ouvre la bouche, prête à dire quelque chose, n'importe quoi, pour défendre la pauvre petite, mais Julia me devance.

— Vous me trouvez épouvantable, je parie, dit-elle, mais cette petite fille a vraiment besoin qu'on la pousse. Nous avons chacune notre façon de faire les choses.

Elle n'est pas comme votre Robin… elle n'a aucun élan propre. Je dois avoir la certitude qu'elle maintienne le niveau.

— Elle avait l'air très secouée, hier soir, dis-je.

Julia me regarde, ses yeux sont très bleus et froids.

— Chaque famille est différente, remarque-t-elle, sur un ton qui coupe court à toute repartie supplémentaire.

— Tu te débrouilles très bien, dit Nicole, clairement décidée à calmer la situation.

Julia garde un air furibond pendant un moment, puis son visage se radoucit.

— Vous venez d'arriver ici, me rappelle-t-elle. Vous n'avez pas encore saisi toutes les pressions liées à l'examen d'entrée dans le secondaire. Cela ne se passe plus comme à votre époque. Quand vous aurez saisi, vous comprendrez pourquoi il nous faut les pousser à ce point.

— Je sais que tout cela est encore très nouveau pour nous, admets-je.

— En effet. Mais vous comprendrez assez vite. Écoutez, pourquoi ne venez-vous pas chez moi, ce soir ? Les filles auraient la possibilité de faire leurs devoirs ensemble, et ensuite de regarder un film ; nous pourrions discuter, en évitant les sujets qui fâchent. Pas comme hier soir.

Je devrais être ravie de cette invitation. De retour dans le saint des saints, une occasion pour moi de me racheter entièrement après l'humiliation de ma première visite au domicile de Julia, un moment qui me paraît à des années-lumière. Mais je suis incapable de m'y contraindre. La soirée que j'ai prévue se limite à une pizza et à un film, et je n'ai aucune intention de renoncer à cette idée.

— Je suis vraiment navrée, dis-je. C'est très alléchant, mais Robin et moi avons déjà des projets pour ce soir. Une autre fois, sans hésitation.

— Quels projets ? s'étonne Julia, mais son téléphone sonne et elle doit répondre, brailler des instructions dans son portable à la malheureuse qui se trouve à l'autre bout du fil.

Je profite de cette occasion pour m'échapper.

Après une journée réjouissante consacrée à tailler des plantes, j'arrive tôt pour aller chercher Robin, prévoyant de la récupérer et de filer avant que Julia ne puisse à nouveau insister avec son invitation. Dès que j'aperçois Nicole au loin, mon cœur se serre, songeant que c'est peine perdue, mais je fais semblant d'être absorbée dans mon téléphone. Heureusement, je vois Robin sortir toute seule, elle est l'une des premières à franchir la porte. Je l'attrape par la main et nous rejoignons l'arrêt de bus aussi vite que possible. En marchant, un peu essoufflée, je lui expose nos projets pour la soirée.

— Ça te plaît ? lui demandé-je alors que nous prenons place dans le bus. (Elle ne répond pas, appuie la tête contre mon épaule.) Je vais prendre ça pour un oui.

32

Samedi matin.

Je me réveille, entortillée dans ma couette. Brûlante, en nage. Le téléphone sonne. Je fouille dans les draps et je le retrouve. Je l'attrape, il cesse de sonner, puis retentit à nouveau. Nicole.

— Mon Dieu, il faut vous réveiller, je vous en prie, réveillez-vous. Quelque chose de terrible s'est produit, quelque chose de terrible.

Elle vocifère dans l'appareil, ses propos sont presque incohérents, elle parle si vite, en sanglotant, d'une voix tremblante.

— Que se passe-t-il ? dis-je, en me redressant en position assise dans mon lit.

— C'est Daisy, ajoute Nicole dans une plainte.

— C'est quoi, Daisy ?

— Elle ne se réveille plus. Julia a essayé, j'ai essayé. Mais elle ne se réveille plus. L'ambulance est en route. Venez, je vous en prie. Il faut que vous veniez. Je ne sais pas ce qui va se passer.

L'appel s'achève. Je suis tout à fait réveillée, à présent. Il est plus tard que je ne pensais… presque huit heures. Je sors de mon lit d'un bond et j'enfile mes vêtements. La détresse de Nicole est contagieuse : toutes mes réserves au sujet de Julia sont levées ; elle a besoin de mon aide, et je vais la lui apporter. Robin est profondément endormie et, pendant un court instant, je me demande s'il ne serait pas plus sûr de la laisser dormir, de la protéger de cette situation, mais je me sors cette idée de la tête. Elle a beau être raisonnable, elle est bien trop jeune pour que je la laisse seule. Et puis je pense aussi à Andrew : s'il revenait pendant que je ne suis pas là ? Je la réveille et je lui dis de s'habiller, puis nous sortons de la maison en courant.

Avant d'atteindre l'arrêt de bus, j'entrevois un taxi, libre. Je le hèle et nous montons dedans. Je plaque mes mains avec force contre le siège pour reprendre une certaine maîtrise de moi-même, en m'efforçant de ne pas crier « plus vite plus vite plus vite » au chauffeur. Je consulte constamment mon téléphone, je rappelle Nicole à plusieurs reprises, en vain.

Enfin, nous arrivons dans la rue de Julia, un trajet qui semble avoir duré des heures, alors qu'en réalité il n'a pas excédé une quinzaine de minutes. Nous nous arrêtons le long du trottoir d'en face, à l'endroit où le taxi m'a déposée plusieurs semaines auparavant, le soir où je me suis rendue à ce cocktail. Je me souviens de Daisy à la porte d'entrée, si pointilleuse, fermement décidée à vérifier que j'étais bien invitée, et la pensée de cette petite fille zélée, de son sourire pincé, me serre le cœur.

Une ambulance est stationnée juste devant la maison de Julia. La porte d'entrée est grande ouverte. Je tends la main à Robin, ses doigts sont froids, agrippés à la mienne. Nous traversons la rue ensemble. Des gens font peu à peu leur apparition à la porte. Deux ambulanciers portant une civière, un homme en tête, une femme derrière. Pendant un instant, la civière semble vide, et l'étau de la peur autour de mes tempes relâche son étreinte, mais il se resserre au décuple quand j'aperçois le petit visage pâle sortant de la couverture qui enveloppe le corps. Le visage de Daisy. Au moins, ce n'est pas un cadavre. Son visage serait recouvert. Son visage serait sûrement recouvert.

Robin voit Daisy au même moment que moi et elle pousse un cri. Je l'attire contre moi et nous regardons ensemble la civière que l'on introduit à l'intérieur de l'ambulance. Dès qu'elle est en place, l'ambulancier referme la portière, laissant la femme à l'intérieur aux côtés de Daisy. Ensuite, il s'installe au volant et démarre, sirène mugissante.

— Où est la maman de Daisy ? me demande ma fille. Pourquoi elle n'est pas avec elle ?

— Je ne sais pas, mon cœur. Elle va la rejoindre dans peu de temps, j'en suis sûre, dis-je, en essayant de me faire rassurante, bien que ce soit loin de ce que je ressens.

Je reste pétrifiée à la vue du véhicule garé devant la maison de Julia, révélé par le départ de l'ambulance. Un véhicule de police. Sans personne à bord. Je ne sais peut-être pas avec certitude pourquoi Julia n'a pas été en mesure de partir avec Daisy, mais j'ai le sombre pressentiment que cela pourrait constituer l'explication.

Lentement, nous montons les marches du perron. Je m'immobilise, Robin vissée à moi. Il y a de la noirceur dans cette maison, je la sens palpiter et s'en échapper. Nous pourrions tout de suite nous en aller.

— Sadie, Sadie ! s'exclame la voix de Nicole de l'intérieur. Sadie, Dieu merci, vous êtes ici. C'est terrible. Entrez.

Mon désir de m'en aller s'estompe. Elle est en pleurs, des larmes dégoulinent sur son visage. Je ne peux pas la laisser affronter tout cela toute seule. Quoi qu'il en soit. Ma main relâche celle de Robin.

Ensemble, nous entrons dans la maison.

Nicole hésite à la porte du salon, Pippa près d'elle. L'endroit semble différent, à présent, l'éclat en est terni. La porte est fermée, et on entend la rumeur sourde des voix.

— C'est la police, annonce Nicole, en parlant si doucement que je peine à l'entendre. (Elle répète, en articulant les mots de manière exagérée.) La police.

Je m'avance.

— Pourquoi la police est-elle ici ? Pourquoi Julia ne va-t-elle pas aussi à l'hôpital ?

Nicole prie les filles d'aller dans la cuisine prendre un petit truc à manger et m'entraîne vers le salon. Des murs verts, du mobilier en bois foncé : un intérieur déjà lugubre.

— C'est épouvantable, fait Nicole. Tellement épouvantable. Je suis si contente que vous soyez ici. Je ne savais pas qui appeler.

Je la serre dans mes bras. Elle s'affaisse contre moi, en sanglotant dans mon cou. Elle s'écarte, se redresse, renifle et essuie le filet de morve de sa manche. Elle s'assoit dans l'un des fauteuils ornés et prend une profonde inspiration.

— Nous sommes venues ici, hier soir, vous voyez ? Vous étiez invitée, vous aussi ?

Je hoche la tête.

— Nous pensions que cela ferait plaisir aux filles de faire une soirée pyjama, elles avaient travaillé si dur. Une occasion pour Julia et moi de passer un moment ensemble, en plus. Nous ne nous étions pas beaucoup vues, cette année, pas autant que nous l'aurions voulu.

Nicole parle à voix basse. Je dois me pencher tout près d'elle.

— Nous avons commandé des pizzas. Les filles ont mangé les leurs devant la télé. Nous nous sommes installées dans la cuisine et nous avons bu deux bouteilles de vin.

— Comme jeudi, donc, dis-je.

— Eh bien, oui. Comme jeudi. Mais Julia était bien plus détendue. Du moins, c'est ce que je croyais. Elle m'a dit qu'elle avait parlé à Daisy et qu'elles avaient élaboré un plan. Tout irait bien. Daisy allait se ressaisir et, à partir de maintenant, elle obtiendrait de meilleures notes.

Je hausse le sourcil. Nicole s'en aperçoit.

— Vous avez raison, dit-elle, en répondant à ma question implicite. Vous avez raison. Elle a déjà d'excellentes notes, de toute façon.

— Comment allait Daisy ?

Je veux absolument que Nicole en vienne à ce qui a pu se passer pour que Daisy, ce matin, finisse dans une ambulance, mais je n'ai pas non plus envie de la bousculer en la forçant à me débiter son récit.

— Quand j'y repense, elle n'allait pas bien. Vraiment sur les nerfs, elle se plaignait d'un mal au ventre, d'un mal de tête. Elles regardaient *Lolita malgré moi*, mais elle ne tenait pas en place. Elle descendait tout le temps, elle voulait parler à Julia. Je crois qu'elle s'inquiétait de quelque chose.

— De quoi ?

— Des évaluations. De Julia qui était en colère contre elle. Je ne sais pas. Mais je regrette de n'avoir pas su percevoir à quel point elle se sentait mal. (Nicole respire encore à fond. Le volume de sa voix baisse de plus en plus, à mesure qu'elle approche de la fin de son récit.) En fin de compte, elle s'est couchée tôt. Pippa est restée debout un peu plus longtemps, à bavarder avec nous, avant de monter elle aussi. J'ai bien suggéré qu'on rentre, mais à ce stade j'avais un peu trop bu. (Elle me regarde, comme en quête de mon absolution.) Vous voyez ce que je veux dire ?

J'opine encore.

— Je vois tout à fait. Comme un vendredi soir.

— Nous aurions pu prendre un taxi pour rentrer, mais Julia m'a préparé une chambre. Nous sommes allées dormir. Il n'était pas vraiment tard, d'ailleurs. À peu près onze heures, j'imagine. Pippa s'est réveillée tôt et elle est venue me voir. Elle m'a dit que Daisy était encore dans les vapes. Nous sommes descendues prendre un petit déjeuner, et Julia est allée chercher Daisy.

Il y a un long silence.
— Et ensuite, Nicole, que s'est-il passé ?
Elle me regarde, blanche comme un linge.
— C'est là que les cris ont commencé.

33

Nicole n'en dit pas davantage, elle reste assise, en silence, le visage creusé, en état de choc. J'ai envie de lui demander ce qui s'est passé ensuite, mais chaque fois que je vais prendre la parole, elle lève la main pour me faire taire, comme si elle tentait désespérément d'entendre ce qui se passe dans le reste de la maison. Julia s'entretient avec les policiers, cela semble durer des heures, alors que ça ne fait que vingt minutes. Elle sort du salon et vient vers nous, le visage maculé de larmes, les mains nouées. J'entends des pas lourds monter l'escalier : les policiers ne sont pas encore partis. Julia ne nous adresse pas la parole, ni à Nicole, ni à moi. Nous passons dans la cuisine et Nicole prépare une tasse de thé pour Julia et tente de la convaincre de boire, mais elle refuse et repousse la tasse.

Finalement, Nicole lui demande :

— Veux-tu que je t'accompagne à l'hôpital ?

Julia consulte son téléphone. Elle lève les yeux vers Nicole, le visage vide.

— Ils ont prévenu le papa de Daisy. Il sera là-bas. Je sais qu'il est déjà sûrement en route. Je ne veux pas le voir.

— Mais Daisy…

— Elle est inconsciente, Nicole. Tu l'as vue. Ils n'arrivent pas à la réveiller. Que je sois là ou non, elle n'en saura rien. Pour elle, cela ne fera aucune différence.

— Elle pourrait peut-être t'entendre, proteste Nicole. Tu n'as pas envie de la voir ?

— J'ai dit non !

Julia s'est levée. J'ai les ongles fermement plantés dans les paumes de mes mains, je tente de surmonter le choc que me fait la réaction de Julia. Pendant un moment, personne ne dit un mot, le silence est palpable, il vibre entre nous, avant d'être brisé par l'entrée de Pippa, Robin derrière elle. Elle va tout de suite à côté de Nicole, la tension se lit aussi sur son visage.

— Tout cela, c'est ta faute, s'écrie Julia en se tournant vers la fille de Nicole. (Il y a tant de venin dans sa voix qu'il pourrait écraser Pippa au sol sous son poids.) Tu aurais dû te réveiller. Comme cela, nous l'aurions trouvée plus tôt. Si elle meurt, ce sera entièrement ta faute.

Pippa éclate en sanglots. Nicole s'avance, les yeux en feu, avant de consentir un effort visible pour se maîtriser.

— Tu dis ça à cause du choc, lâche-t-elle. Tu sais que ce n'est pas vrai.

— Mais enfin, merde, comment saurais-je ce qui est vrai et ce qui ne l'est pas ? Quand elles se sont toutes les deux mises au lit, elles allaient parfaitement bien. Et maintenant ta fille va bien et la mienne est dans un putain de coma. Qui d'autre devrais-je rendre responsable, bordel ?

Chaque fois que Julia lâche un juron, je reçois une décharge. Pippa chancelle visiblement sous l'assaut. Nicole la prend par l'épaule.

— Je sais que tu as vécu un choc épouvantable, dit Nicole, mais c'est dingue. Tu ne peux pas accuser Pippa. Dieu seul sait ce qui s'est passé… l'hôpital va réaliser des examens. Cela pourrait être n'importe quoi. Tu ne dois pas tirer de conclusion hâtive.

— Et pourquoi pas ? Les policiers tirent bien des conclusions hâtives, eux. Cette policière, elle a parlé d'une possible overdose, d'analyses toxicologiques. Ils vont fouiller la maison.

Brusquement, Julia s'assoit, se couvre le visage des deux mains.

— Que cherchent-ils, Julia ? s'enquiert Nicole, d'un ton froid et insistant.

Elle relève la tête.

— Je ne sais pas, d'accord ? éructe-t-elle. Je n'en sais rien, merde ! Ma fille est inconsciente, à l'hôpital, et ils ne m'autorisent même pas à aller la voir. Je dois rester ici sous une espèce de surveillance, pendant qu'ils démontent mon appartement, et au lieu que moi, sa mère, je sois avec elle, ils laissent ce salopard de Paul y aller à ma place.

Nicole a le visage grave.

— Tu n'as vraiment aucune idée de ce qu'ils cherchent ?

— Bien sûr que non ! Juste parce qu'ils ont trouvé une boîte de pilules près du lit… Ce sont des vitamines, d'accord ?

Julia hurle, à présent. Elle se lève et se dirige à grands pas vers Nicole, se plante tout près de son visage. Pippa s'écarte. Nicole lui tient tête et Julia finit par reculer, se rassoit à la table, s'affaisse.

— Tu veux que j'aille à l'hôpital ? demande Nicole. Je pourrai te faire des rapports.

Julia secoue la tête. Sa colère semble s'être éteinte.

— Cela ne sert à rien. Ils ne te laisseront pas t'approcher d'elle. Ils l'auront admise en soins intensifs. Les ambulanciers ont promis que l'hôpital m'appellerait.

Une policière entre dans la pièce.

— Madame Burnet, dit-elle, nous allons commencer par votre chambre. Cela vous convient ?

Elle enfile une paire de gants jetables.

— Je ne peux rien faire pour vous en empêcher, n'est-ce pas ? lance Julia. (Puis elle me dévisage, avec un regard plus acéré.) C'est vous, l'avocate. Puis-je les en empêcher ?

Je suis saisie par son regard, tel un lapin pris dans les phares d'une voiture.

— Je ne m'occupe pas vraiment des affaires à ce stade… Je pense que si vous refusez, ils seront contraints de se procurer un mandat de perquisition. Il n'est pas complètement certain qu'ils l'obtiennent, mais il y a des chances pour que ce soit le cas. Vu les circonstances, il vaudrait peut-être mieux contacter un avocat ?

Julia balaie cette suggestion d'un revers de main dédaigneux.

— Qu'ils fouillent. Je m'en moque. Et je n'ai aucune envie de consulter un avocat. Ils verront bien que je n'ai rien fait de mal. (Elle me regarde à nouveau, avec une expression encore plus tranchante.) D'ailleurs, que faites-vous ici ?

— Nicole m'a demandé de venir, dis-je.

— Comme c'est étrange, réagit Julia. Eh bien, le spectacle est fini. Vous feriez mieux d'y aller.

Je lance un regard à Nicole qui hausse les épaules, le visage neutre, malgré quelques auréoles roses dans le cou.

— Je pensais que Sadie pourrait aider, dit-elle.

— Je ne sais même pas ce que je fais. Je ne pense pas que quiconque puisse m'aider à ce stade, dit Julia. Vous devriez vous en aller. Vous toutes. Je suis peut-être obligée de supporter la présence de la police dans ma maison, mais je n'ai pas à tolérer la vôtre. Allez-vous-en d'ici. S'il vous plaît.

Elle sort de la pièce, en claquant la porte derrière elle.

Je me tourne vers Nicole.

— Nous ferions mieux d'y aller.

— Je n'aime pas l'idée de la laisser dans cet état.

Il n'empêche, elle se lève et ramasse son sac. Pippa a déjà ses affaires avec elle et nous sortons toutes de la maison l'une après l'autre. Robin est tout près de moi, les yeux écarquillés.

— Au moins, la police est ici. Ils garderont un œil sur elle, dis-je.

Elles sont près de l'escalier. Je me tourne vers la maison. La matinée est sombre, les nuages bas, et la lumière est allumée au sous-sol. Depuis la rue, j'entrevois distinctement Julia, qui effectue une série de salutations au soleil. Je tire Nicole par le bras, en lui désignant le sous-sol. Nous regardons Julia se pencher en avant dans la posture du chien tête en bas. Un policier sort de la maison. Il nous demande nos noms à toutes les deux et nos coordonnées, que nous lui communiquons. Après qu'il a tout noté, je me retourne pour voir si Julia continue sa séance. Elle se tient maintenant en équilibre sur la tête, les pieds tendus perpendiculairement au sol.

— Je n'avais encore jamais vu ça, marmonne le policier.

— Quelqu'un qui fait du yoga ? demande Nicole.

— Quelqu'un qui se tient sur la tête pendant que sa gamine est dans le coma, répond-il.

Il fixe les yeux sur la scène une seconde supplémentaire, avant de rentrer dans la maison.

34

Je garde Robin près de moi tout le reste du week-end. Je résiste à la tentation d'appeler Nicole ou Julia pour leur demander comment va Daisy, estimant qu'elles me contacteront s'il y a du nouveau. Tout cet épisode m'a perturbée, et je m'inquiète de l'effet qu'il peut avoir sur Robin.

Nous travaillons ensemble au jardin, nous regardons des films. Dans la nuit de samedi, Robin est prise de cauchemars, elle me rejoint dans ma chambre, mais dimanche soir elle est plus calme, épuisée de tout le travail qu'on a abattu à tailler des plantes, les élaguer. Les fenêtres côté rue sont moins assombries par le lierre, à présent, davantage de lumière entre dans les pièces, mais au prix d'un désavantage : cela révèle encore plus clairement l'état épouvantable de la peinture et les taches sur le papier peint.

— Cela pourrait devenir une maison très agréable quand même, me dit-elle, en regardant le salon autour d'elle, tôt dans la soirée de dimanche. Elle me plaît plus que la maison de Julia. Elle est plus accueillante.

Je regarde les taches, la gazinière, le manteau de cheminée miteux qui est vide depuis que j'en ai retiré les figurines.

— Vraiment ? m'étonné-je.

— Vraiment, maman. Nous en faisons notre chez-nous. Juste, si on la décorait un peu plus, elle aurait l'air super. On pourrait même arranger ton ancienne chambre.

— Nous verrons, mon cœur. Nous verrons. De toute façon, c'est l'heure d'aller se coucher. (Je lui fais un câlin.) Demain, ça pourrait être assez difficile, tu sais. Nous n'avons pas encore reçu de nouvelles de Daisy. Nous en aurons probablement à ce moment-là.

Robin se serre à son tour contre moi.

Le lendemain matin, je passe à l'école en coup de vent. J'ai beau avoir très envie de savoir ce qui se passe avec Daisy, et avec Julia aussi, j'ai reçu un SMS de Barbara me confirmant que l'audience reprend aujourd'hui. La plaignante, Freya, est complètement rétablie de sa « migraine » (dans son message, les guillemets sont lourds de sens) et la cour va sûrement siéger. Même si nous arrivons tôt à l'entrée de l'école, j'espère réussir à voir Nicole, mais elle n'est pas au portail. Il y a des groupes de parents qui murmurent. C'est très discret. Manifestement, il y a eu des fuites.

Je dis au revoir à Robin, je lui conseille de n'échanger de ragots avec personne et je file vers le métro, ne voulant pas être en retard pour une journée aussi importante dans ce procès. En route, j'écris un message à Nicole, pour lui demander si elle peut toujours prendre Robin après l'école. *Je comprends totalement si vous ne vous en sentez pas*, dis-je, *mais pourriez-vous me le faire savoir pour que je puisse l'inscrire à l'étude ?* Au moment où j'entre dans la station, Nicole me répond : *Oui bien sûr, je vous tiendrai au courant, à ce moment-là. J'espère aller à l'hôpital aujourd'hui. Pas de nouvelles de Julia.*

Je descends par l'escalator et je n'ai plus de réseau. Si soucieuse que je sois pour Daisy, je vais devoir mettre ce drame de côté pour le moment, me concentrer sur le procès. Barbara aura besoin de notes circonstanciées de ma part, et je vais devoir réexaminer toutes les pièces à conviction du contre-interrogatoire que j'ai trouvées dans les messages des réseaux sociaux. Il va me falloir connecter mon cerveau : pas de distraction.

* * *

— Sadie, s'écrie Jeremy dès qu'il me voit.

Il me prend la main, la serre dans la sienne. Alexandra se tient à côté de lui, et elle me sourit elle aussi, un sourire qui n'éclaire toutefois pas ses yeux. La journée s'annonce stressante.

— Est-ce que ça va ? lui dis-je, et il hoche la tête, une seule fois, le visage fermé.

À ce moment-là, Barbara fait son apparition.

— Nous allons enfiler nos robes, dit-elle, et vous retrouver devant la salle d'audience.

Jeremy acquiesce.

— Voyons un peu ce qui nous attend, ajoute Barbara, alors que nous nous dirigeons vers le vestiaire. S'ils lui ont choisi une tenue sage, nous aurons un problème. Si elle a choisi elle-même sa tenue, nous pourrions nous en tirer.

L'entrée de Freya dans le tribunal est accueillie par une rumeur qui parcourt la galerie. Sa tenue est assez stricte, un haut noir et une jupe, mais elle a eu la main lourde sur le maquillage, un fond de teint et de l'eye-liner si chargés qu'aucune trace de son teint juvénile n'est plus visible.

Je l'observe attentivement lorsqu'elle tend la main pour la poser sur la bible, jurant de dire la vérité, rien que la vérité. Mon regard glisse de son visage à la main qui tient le livre. Vu les efforts qu'elle a consacrés à son apparence, je me serais attendue à une manucure, de faux ongles en gel ou quelque chose dans ce genre. Pourtant, ses ongles sont rongés presque jusqu'au sang, les cuticules sont rouges et enflées. Et quand j'observe de nouveau le visage de Freya, je vois à présent ce qu'il y a derrière la peinture de guerre, sous le masque, que je reconnais, car c'est celui que je mets moi-même quand j'ai besoin de renfort, quoique d'une main plus légère. Je vois ses yeux rougis, eux aussi, et sa lèvre qui frémit quand elle prête serment, sa main qui tremble quand elle rend la bible à l'huissier.

Je penche la tête en avant, je parcours le rapport, gagnée par la pitié envers cette jeune fille.

Une fois que je me suis reprise, je regarde le jury. Ils n'ont pas l'air bienveillant. Ils se tournent vers Jeremy, dans le box des accusés, et vers Freya, à la barre des témoins, leurs visages glissent de l'un à l'autre, s'adoucissant face au jeune homme impeccable dans sa tenue de bon goût, aujourd'hui un chino défraîchi et un blazer usé. C'est le client idéal : inutile de lui conseiller de s'habiller de manière sage. Du point de vue de la défense, le cadre est idéal, l'opinion, du moins pour le moment, penche fermement en faveur de notre client, et la procédure est pour ainsi dire gagnée. Mais si l'on songe à ce que Freya est sur le point de subir, et à la boue dans laquelle a été traîné le nom de Jeremy, il est difficile de penser que quiconque puisse sortir vainqueur de cette situation.

Dimanche, 12 h 48

Au coin de la rue, en bas de la pente. Ce n'est pourtant pas une chasse à l'ours. Je ne sais pas si je vais arriver au bout.

Un pas après l'autre. J'avance, moitié en courant, moitié en marchant, avec encore un point de côté. Et plus je me rapproche, plus je vais lentement, pour finalement m'arrêter. Je suis tellement concentrée sur la nécessité d'arriver là-bas, de forcer la porte, de la trouver et de la faire sortir de là. Et si elle n'était pas là ? Et si je m'étais trompée ?

Peut-être qu'il la détient. Il a pu revenir et l'emmener avec lui. Il a pu trouver un moyen de les joindre et ils ont comploté ensemble, et il la détient, il va l'emmener et je ne la reverrai jamais et...

Stop ! Je dois arrêter ça.

Un pas après l'autre.

Un pied devant l'autre.

Je vois la maison, juste là, pile là, et je vais arriver là-bas, je vais sonner à la porte, je vais frapper à la porte, et elle va sortir en courant, elle va me serrer dans ses bras et tout sera pour le mieux, tout ira bien.

Tout sera pour le mieux.
Tout sera pour le mieux.
Et toute chose sera pour le mieux.
J'y suis presque. Encore quelques pas de plus.
Ensuite, je vais la trouver.

35

Le procureur recueille la déposition de Freya avec délicatesse. Au début, elle s'exprime à voix basse, mais après que la juge lui a demandé de parler un peu plus fort, elle devient plus audible. De temps à autre, elle regarde Jeremy droit dans les yeux en évoquant les premiers temps de ce qu'elle décrit comme sa relation avec lui. Je dois admirer son courage : l'accusation aurait eu toute latitude de déposer une requête en disposition spéciale, ce qui aurait permis à cette jeune fille d'éviter toute confrontation directe avec lui et d'effectuer sa déposition derrière un écran ou même au moyen d'un lien vidéo, mais Barbara m'a appris ce matin que, d'après le ministère public, Freya ne voulait pas. Elle voulait que Jeremy voit l'effet que son comportement avait eu sur elle.

Ils se sont rencontrés quand elle avait quatorze ans, raconte Freya, il avait alors commencé à lui donner des cours d'histoire. L'histoire était devenue l'une de ses matières préférées, car il la rendait vivante. Edward

Kayode la prie d'expliciter ce qu'elle entend par là, et elle précise l'une des méthodes qu'il employait et qu'elle appréciait vraiment : il lui recommandait des romans de la période qu'ils étudiaient, parce que lire ces histoires lui plaisait. Le procureur lui demande si elle avait remarqué quelque chose de particulier dans ces romans.

— Il y avait beaucoup de sexe dans ces livres, répond-elle, en baissant les yeux sur ses mains.

— Vous pourriez approfondir à ce sujet ?

— Les premiers qu'il m'a recommandés, c'étaient des récits ordinaires, mais ensuite cela ressemblait plus à des histoires d'amour, avec pas mal de scènes de sexe.

— Qu'est-ce que cela vous inspirait ?

— Je n'avais pas compris que l'histoire pouvait ressembler à cela… je croyais que c'était une matière franchement ennuyeuse. Des rois, des reines et des batailles. Je ne savais pas que ça pouvait ressembler à la vraie vie, qu'un personnage comme Élisabeth Ire pouvait avoir pensé au sexe, elle aussi.

Cet accompagnement scolaire continue pendant deux ans, d'après ce que décrit Freya. La tonalité légèrement érotique de la fiction historique populaire cède la place à un contenu plus explicite, des livres que Jeremy conseille à Freya d'acheter ou d'emprunter à la bibliothèque. Elle lui écrivait des comptes rendus de lecture, des devoirs supplémentaires à la maison pour la toute première fois. Ce n'était pas seulement la première fois qu'elle trouvait l'histoire intéressante, précise Freya, mais aussi la première fois qu'un enseignant la prenait au sérieux, en arrivant à voir au-delà de son apparence superficielle pour lui reconnaître une vraie valeur en tant qu'élève dont elle ignorait jusqu'alors l'existence.

— Comment M. Taylor vous formulait-il ces recommandations ? s'enquiert le procureur.

— Il venait me parler à la fin des cours. Parfois, il me retrouvait dans ma salle de classe ou alors nous discutions dans le couloir.

— À quels horaires ces conversations avaient-elle lieu ?

— Pendant la journée de cours. Jusqu'au jour où nous avons pris le thé en salle des professeurs, après la classe. C'était la première fois.

— Pouvez-vous expliquer à la cour ce qui s'est produit là-bas ? Quelle était la date, vous vous en souvenez ?

— Bien sûr que je m'en souviens, réplique-t-elle, et pour la première fois sa voix se brise. C'est le jour où j'ai perdu ma virginité. Je pense que ça ne s'oublie pas, vous ne croyez pas ?

Edward Kayode marque un temps de silence, laissant à Freya l'occasion de se reprendre.

— Vous disiez que vous vous souvenez de la date… quelle est cette date ?

— C'était en juin l'an dernier, c'était la première fois qu'on se voyait en dehors des heures de cours. Le 16 juin.

— En vous exprimant avec vos propres mots, pouvez-vous expliquer à la cour ce qui s'est passé ?

La date renvoie au premier chef d'accusation. Ils se sont retrouvés devant le portail de l'école par hasard, affirme Freya. Jeremy lui avait donné un livre, le roman *Mémoires de Fanny Hill, femme de plaisir*. Le procureur attrape une pochette en plastique scellée contenant un livre et demande qu'on la lui tende : elle l'observe et hoche la tête.

Reprenant sa déposition, elle ajoute que Jeremy lui a demandé ce qu'elle avait pensé de cette dernière recommandation de lecture. Elle l'avait trouvée très explicite.

— Qu'entendez-vous par là ? insiste le procureur.

Le sang-froid de Freya finit par s'effriter, ses joues virent au rose vif. Elle prend le verre d'eau qui lui a été apporté et en boit une gorgée qu'elle avale bruyamment. Sous l'effet de la tension, j'ai les poings serrés. Freya, elle, tente de se calmer avant d'aborder la partie la plus difficile.

— Je veux dire que c'était grossier, poursuit-elle. Vraiment grossier. (Elle semble reprendre des forces.) Je veux dire, évidemment, on voit tout le temps des trucs sur Internet. On ne peut pas y échapper. Des garçons vous en envoient, vous en voyez sur votre téléphone. Du hardcore, ou je ne sais quoi. Mais le fait qu'il m'ait recommandé ce livre, le sexe qui était décrit dedans. Cela me semblait adressé à moi personnellement. Comme s'il essayait de me souffler quelque chose.

— Quel genre de chose ?

Tous les membres du jury observent la jeune fille avec attention. Elle se tait un instant, des rougeurs réapparaissent dans son cou, elle en a les joues marbrées.

— J'ai fini par me demander s'il n'essayait pas de me dire qu'il m'aimait bien.

— Qu'il vous aimait de quelle façon ?

— D'une manière… sexuelle. Que je lui plaisais.

Elle revient sur leur rencontre survenue par hasard. Elle avait quitté le lycée un peu tard, se souvenait-elle, parce qu'elle avait voulu se dépêcher de terminer quelques exercices de géographie. Au moment où elle avait franchi le portail, elle était tombée sur Jeremy. Il rentrait dans l'établissement, en lui expliquant qu'il avait oublié quelque chose. Il lui avait posé des questions sur le livre, elle avait rougi et répondu que son contenu était cru, mais il avait insisté, et elle avait admis que ce livre lui avait plu. Elle était retournée dans l'enceinte de l'établissement avec lui, il avait récupéré ce dont il avait besoin, et ils avaient découvert que les locaux étaient déserts. Il l'avait conduite en salle des professeurs et lui avait proposé une tasse de thé, puis il l'avait priée de lui montrer son passage préféré du livre. Elle avait rechigné, il lui avait donc pris le livre des mains et cherché ce qu'il lui avait présenté comme étant son passage favori, avant de le lui lire à voix haute.

Après avoir fini sa lecture, il lui avait demandé si elle voulait qu'il lui fasse ce qui avait été décrit dans ce passage. Elle n'était pas exactement enthousiaste, mais elle n'était pas réticente non plus. Elle l'avait autorisé à l'embrasser, à la déshabiller, à lui faire un cunnilingus (après avoir hésité un instant, elle déclara avoir aimé ça), après quoi il y avait eu pénétration. Il avait mis un préservatif et avait été très doux.

La voix de Freya se fait de plus en plus sourde à mesure qu'elle poursuit son récit, et la juge doit en plus d'une occasion lui demander, sur un ton prévenant, mais ferme, de parler plus fort. Je m'efforce de ne pas réagir, mais je sens sa gêne. J'essaie de ne pas m'imaginer Robin à sa place. J'observe les membres du jury, pour tenter de déchiffrer leurs réactions : leurs visages restent neutres, comme s'ils souhaitaient faciliter les choses pour la jeune fille, eux aussi. Il y a un profond hiatus entre l'apparence brute de Freya, le maquillage de ses yeux qui semble mettre en garde – ne venez pas m'emmerder – et le tremblement dans sa voix, audible de tout le tribunal. Quand elle achève cette partie de son témoignage, la juge ordonne une suspension de séance pour une pause de vingt minutes, et le soulagement est visible sur le visage de la jeune fille lorsqu'elle sort de la salle d'audience avec le représentant du service de soutien aux témoins.

— Elle s'en sort mieux que je ne l'aurais cru, admet Barbara, mais je ne pense pas que nous aurons beaucoup de mal à la déstabiliser. Ça sent les réponses trop cousues de fil blanc… on est dans le cliché de la prédation sexuelle. Elle a évidemment lu des blogs en ligne.

Je hoche la tête. Ça paraît cousu de fil blanc. Mais ce pourrait être aussi parce que c'est vrai. Je me sors cette idée de la tête… ce n'est pas ainsi que je dois réfléchir.

— Allez vérifier comment va Jeremy, me demande Barbara. Voir ce qu'il en dit jusqu'à présent.

Je retourne vers le box des accusés. L'officier de sécurité me laisse entrer dans la section de détention à l'arrière du palais de justice, où Jeremy attend que la séance reprenne. Il est pâle, la mâchoire crispée.

— Est-ce que ça va ?

— C'est juste que c'est si perturbant d'entendre ça, dit-il. J'ai vraiment agi de mon mieux pour cette fille. Et elle déforme tout, rien que pour m'atteindre. Parler de ces livres, c'est ridicule.

— Vous ne les lui avez pas donnés, dis-je.

— Internet est rempli de pornographie. Pourquoi diable aurais-je recours à un lot de vieux ouvrages pleins d'un érotisme ampoulé et désuet pour séduire une adolescente ? Cela n'a aucun sens.

Il n'a pas tort, me dis-je.

— C'est vrai, j'imagine. (Avant que je puisse rien ajouter d'autre, je sens mon téléphone vibrer dans la poche de ma veste.) Désolée, je dois juste vérifier ce que…

C'est un message de Nicole. *Daisy est encore inconsciente*, écrit-elle. *Examens toxicologiques imminents. Suspicion d'overdose*.

Overdose. À ce mot, je souffle d'un coup sec.

— Est-ce que tout va bien ?

Je lève les yeux, un peu surprise qu'en dépit du stress qu'il affronte, il ait remarqué mon inquiétude. J'hésite un instant avant de répondre à sa question.

— C'est l'une des amies de ma fille. Elle est tombée malade vendredi soir… depuis, elle a perdu connaissance. Son état présente toutes les apparences d'une overdose.

— C'est épouvantable.

— Vous avez assez de souci comme ça. Je ne devrais pas vous en parler.

— C'est grave, pourtant, ajoute-t-il. Je comprends que vous soyez très inquiète. (Il s'interrompt un instant.) Votre fille est scolarisée à Ashams, n'est-ce pas ?

— Oui, c'est exact.

— En CM2 ?

— Oui.

Il observe à nouveau un temps de silence, puis il continue.

— Écoutez, je ne devrais probablement rien vous répéter. Ce sont juste des bruits qui courent, je ne sais rien de concret. Mais on entend raconter de ces choses… je suis encore en contact avec des enseignants de mon établissement. Nous parlons de certains sujets.

— Quels sujets ? m'écrié-je vivement.

— C'est un établissement où règnent beaucoup de rivalités, n'est-ce pas ?

— Oui, c'est ce que j'ai cru comprendre.

— Et ce sont des endroits où il est très difficile d'entrer ?

— Oui. C'est certainement l'impression que l'on m'a donnée.

Il y a un long silence.

— Ce que j'ai entendu… et, écoutez… j'ignore si c'est vrai. J'ai entendu dire qu'il y avait des problèmes de tous ordres. Les parents sont incroyablement exigeants et même si l'école agit au mieux de l'intérêt des enfants, elle ne peut pas les protéger contre tout.

Je sens une frayeur monter en moi.

— Je dirais que c'est assez juste… jusqu'à présent, j'ai trouvé l'équipe pédagogique excellente. Les parents, bon, c'est une autre histoire. Mais ça s'arrange un peu, maintenant.

— Ah, c'est une bonne chose. (Un autre temps de silence.) Écoutez, ce n'était pas tout. C'est juste… j'en ai parlé à quelqu'un encore la semaine dernière. Cela m'a frappé que votre fille soit inscrite là-bas.

Maintenant, il a l'air soucieux.

— Et donc ?

J'essaie de paraître calme, mais mes mains se mettent à trembler.

— Je n'y ai pas plus réfléchi que cela sur le moment, poursuit-il. Un accident peut arriver. Mais maintenant en voilà une autre…

— Une autre quoi ?

— Une autre enfant à l'hôpital, fait-il.

— Qui était la précédente ?

— C'était l'an dernier. Je ne sais pas précisément ce qui s'est passé, mais…

Il est interrompu par le vigile.

— Il est l'heure de retourner en salle d'audience, monsieur.

Je dois le laisser, mais j'ai besoin d'entendre la fin.

— Quoi ? Que s'est-il passé ? lui lancé-je d'une voix stridente.

Jeremy se lève, rajuste sa cravate, prêt à retourner devant la cour.

— Elle est morte, dit-il. Je ne sais pas comment, mais elle est morte.

Je suis parcourue d'un frisson. Je regagne la salle d'audience, en suivant Jeremy. Ses mots résonnent dans mes oreilles.

Une peur froide s'est logée au fond de ma gorge.

36

La partie suivante de la déposition de Freya se déroule dans un brouillard. Lentement, je rentre dans la salle. Elle raconte les deux autres circonstances où, prétend-elle, Jeremy et elle ont eu des rapports sexuels : un jour dans une salle de classe déserte, et une autre fois en salle des professeurs, après les cours. Elle se sentait spéciale d'être ainsi choisie parmi toutes les autres, elle aimait parler de livres avec lui. Il lui avait suggéré la lecture de *Cinquante nuances de Grey*, un livre plus moderne qu'elle pourrait apprécier. Ils s'échangeaient des messages dans l'esprit des deux personnages principaux du roman. Il avait même essayé de persuader Freya de lui envoyer des photos d'elle posant nue pour lui, mais elle avait refusé.

Je suis maintenant complètement mobilisée. D'un coup, je perds toute sympathie envers Freya. Après tout, s'il y a une chose dont je suis familière, c'est le contenu de ses comptes de réseaux sociaux et de messageries instantanées. Et il n'y a de trace de ces échanges nulle part. Le procureur, Edward Kayode, en a clairement conscience lui aussi.

— Par quels canaux échangiez-vous des messages ? demande-t-il, après qu'elle a décrit un échange auquel les membres du jury ont réagi les lèvres pincées.

— On utilisait une app qui s'appelle Viber, répond-elle. Je l'avais installée sur mon iPad.

— Êtes-vous en mesure de montrer ces messages à la cour ?

Elle baisse les yeux, secoue la tête.

— Je suis désolée, mais je vais devoir vous demander de formuler une réponse, insiste le procureur.

— Non, admet-elle. Je ne peux pas les montrer à la cour. L'app était sur mon iPad, nulle part ailleurs, et je l'ai perdu l'été dernier.

— Qu'entendez-vous par « perdu » ?

— J'ai dû le laisser à l'école ou dans le bus. Je ne l'ai plus retrouvé. Et puis, nous ne communiquions que par des *chats* secrets.

— Pouvez-vous indiquer à la cour ce qu'est un *chat* secret ?

— Ça détruit les messages dès qu'ils sont lus. Jeremy… M. Taylor…, il était vraiment strict là-dessus. Nous ne pouvions pas échanger de messages par d'autres moyens.

Elle lance un regard vers le box où Jeremy est assis. Je me retourne pour constater qu'il ne croise pas son regard, et reste la tête baissée. Cela me stupéfie qu'elle l'appelle M. Taylor. Cela la fait paraître si jeune. Je regarde autour de moi dans la salle d'audience, en me demandant où ses parents sont assis. Si c'était Robin, je serais furibonde de voir ma fille devoir endurer tout cela. Si c'était Robin, j'aurais envie de tuer Jeremy de mes propres mains. Au moins, à cet instant, elle est en sécurité, à l'école. Comme aurait dû l'être Freya…

— Avez-vous communiqué par d'autres moyens ? s'enquiert Edward Kayode.

— Non. Uniquement comme ça. Et de temps à autre un e-mail sur les devoirs, sur le mail de l'école. Mais ils ne contenaient rien… ils étaient juste normaux.

— Comment envoyiez-vous ces e-mails ?

— Sur mon ordinateur portable.

— Des messages transitaient-ils par votre téléphone ?

— Non. C'est juste un Nokia bas de gamme, pas un smartphone. Il ne m'envoyait pas de SMS dessus, parce qu'il ne voulait pas laisser de trace électronique. Il appelait cela comme ça.

— Je voudrais clarifier ce point pour la cour : vous aviez un ordinateur portable, un téléphone cellulaire et un iPad, c'est exact ?

— Oui.

— N'est-il pas inhabituel d'avoir un vieux Nokia au lieu d'un smartphone ?

— Dites-le à ma mère ! (Une vague de rires parcourt la salle, une éclaircie au milieu de cette tension. Freya elle-même sourit.) J'ai longtemps eu un iPhone, mais je l'ai cassé trop de fois. Ma mère a décidé que je devrais me contenter du Nokia jusqu'à ce que je lui prouve que j'étais capable d'en prendre soin. J'étais sur le point de recevoir un nouveau téléphone quand j'ai perdu l'iPad.

— Quand dites-vous avoir perdu l'iPad ?

— L'été dernier.

— Et vous n'avez pas essayé de télécharger Viber, l'app de communication, sur votre ordinateur portable ?

— Il m'a demandé de ne pas le faire. Il m'a affirmé que c'était plus sûr de ne l'avoir que sur un seul appareil.

Le procureur consulte ses documents.

— Il est arrivé quelque chose à ce téléphone et à cet ordinateur ?

— La police les a emportés. Je ne les ai plus. Ma mère m'a pris un autre Nokia, parce qu'elle était vraiment fâchée de tout ça.

Edward Kayode signale qu'il en a terminé avec cette série de questions, et la cour se lève pour la pause-déjeuner. Nous mangeons des sandwiches au réfectoire. Jeremy est tendu, mais Barbara est sereine.

— Ne vous tracassez pas, dit-elle. Sincèrement, vous concernant, c'est le pire moment. Dès que j'aurai entamé le contre-interrogatoire, tout ira bien. Et le jury n'a pas l'air très convaincu. Vous n'êtes pas d'accord, Sadie ?

— C'est vrai, dis-je. Je ne pense pas qu'ils aient apprécié du tout l'idée qu'elle ait perdu son iPad. Ou ce service d'autodestruction de messages. Tout cela est un peu trop commode.

Jeremy hoche la tête. Il semble au moins en partie rassuré.

— Je vais démolir toute cette histoire, Jeremy, lui assure Barbara. Vous avez ma parole. Nous n'allons pas la laisser s'en tirer à si bon compte.

Je pars un peu avant les autres pour aller au petit coin. Les adolescentes se sont encore agglutinées dans le couloir. Elles sont restées pour assister à toute la déposition de Freya. Lorsque je passe devant leur groupe, elles cessent de parler, et reprennent dès que je me suis dirigée vers les toilettes.

— C'est tellement une menteuse, dit l'une d'elles. (Je m'immobilise, incapable de résister à la tentation de tendre l'oreille.) Je sais qu'elle avait baisé avec trois autres types avant qu'il ne lui soit arrivé ce qu'elle raconte.

— Par contre, ça, tu n'en sais rien, corrige une autre. C'était juste des rumeurs.

— Ce n'était pas juste des rumeurs. Emma me l'a raconté. Son frère connaît ces garçons.

— Emma ragote tout le temps. Elle invente sans cesse des trucs.

— Je n'arrive pas à croire que tu défendes Freya. Regarde ce qu'elle a fait à M. Taylor.

L'autre fille ne veut rien entendre.

— Je la crois, et alors ? Tu me cherches tout le temps là-dessus. Nous sommes censées croire la victime. Lui, tu le défends uniquement parce qu'il te plaît.

— Pas du tout.

— Mais si. Et c'est dégoûtant. Il est carrément plus vieux que toi.

Cette dernière réflexion lâchée d'une voix forte est accueillie par des vociférations incohérentes et des bruits de mouvement rapide. Une bagarre semble éclater entre les filles, qui se rapprochent encore un peu plus de l'endroit où je me suis cachée, tout oreilles. Je baisse la tête et j'avance, la cervelle à plein régime.

* * *

Dès que nous sommes de retour en salle d'audience, avant que la juge revienne, je sors mon téléphone et j'envoie un message à Nicole pour lui demander s'il y a des nouvelles. *Rien*, répond-elle presque immédiatement. *Je suis tellement inquiète. Je vais passer faire un saut à l'hôpital cet après-midi en allant chercher Pippa. Vous voulez que je prenne Robin ?*

Je me tourne vers Barbara.

— Aurez-vous besoin de moi après le tribunal ?

— Non. Je veux juste m'assurer que vous ayez passé au peigne fin tous les messages dont nous disposons.

— Je crois avoir tout consigné dans le document que je vous ai communiqué. Ils ne contiennent rien qui évoque Jeremy, ou qui lui soit adressé. Aucune preuve concordante. Et qu'il n'y ait rien, cela semble presque incroyable. Je n'avale pas cette histoire d'iPad.

— Moi non plus, fait Barbara. Et lorsque j'en aurai terminé avec ce contre-interrogatoire, personne d'autre dans ce tribunal n'y croira non plus.

Je réponds par message à Nicole. *Si cela ne vous ennuie pas de ramener Robin chez vous, ce serait super. Je ne serai pas là tard*, tapé-je juste au moment où Madame la juge Chynoweth, revient en salle d'audience.

Edward Kayode semble revigoré par cette courte pause. Dès que l'heure est venue pour lui de reprendre son interrogatoire, il se lève d'un bond. Freya n'a pas l'air si ravie. Son maquillage est plus ou moins resté en place, mais elle a des traces autour des yeux, comme si elle avait oublié le masque qu'elle porte et s'était frotté les paupières, étalant ainsi l'eyeliner. Elle paraît fatiguée, elle se lève, le dos voûté. La juge le remarque elle aussi et lui demande si elle préfèrerait effectuer sa déposition en restant assise, mais elle fait non de la tête.

Le procureur reprend.

— Vous avez décrit les trois occasions où vous avez été en situation d'intimité avec l'accusé et une série de messages très personnels que vous avez échangés. Vous avez déclaré que le dernier de ces incidents a eu lieu la première semaine de juillet, juste avant la fin de l'année scolaire.

Il observe un temps de silence, Freya hoche la tête et dit oui.

— Avez-vous eu des discussions avec l'accusé au sujet de la poursuite de vos relations pendant les vacances d'été ?

— Oui, répond-elle. Je pensais que ça continuerait. J'avais envie d'aller dans son appartement.

— Et l'avez-vous vu pendant vos vacances ?

— Une fois seulement.

Freya a l'air contrarié, à présent, les épaules rentrées.

— Pouvez-vous indiquer à la cour en quelle occasion ?

Elle incline la tête, avant de laisser échapper un long soupir.

— Nous avions échangé beaucoup de messages, la première semaine de vacances. Il disait que nous devrions nous organiser pour nous voir bientôt. Nous devions faire attention, mais nous nous arrangerions. Ensuite, j'ai perdu mon iPad. Je n'ai jamais pu le retrouver. Donc je ne pouvais lui envoyer de messages.

— Avez-vous essayé d'entrer en contact avec lui par d'autres moyens ?

De nouveau, un long silence. De nouveau, un profond soupir.

— Oui. J'ai essayé. Je suis allée à son appartement.

— L'accusé vous avait-il communiqué son adresse ?

— Non, je me la suis procurée, dit-elle, à voix basse.

— Vous vous l'êtes procurée ?

— La dernière fois que nous… que j'étais avec lui, il est allé aux toilettes pour retirer sa capote et la jeter dans la cuvette. Il avait laissé son portefeuille sur le bureau. J'ai pris une photo de son permis de conduire. Donc j'avais son adresse.

À cet instant, elle s'exprime d'une voix très tendue.

— Pourquoi avez-vous pris une photo de son permis de conduire ?

— Parce qu'il y avait sa photo dessus. J'avais envie de l'avoir. Et je crois que je voulais avoir son adresse. Juste au cas où. (Elle se redresse.) Ce n'était pas intentionnel, mais je n'ai pas pu m'en empêcher.

— Et avez-vous fait quelque chose de cette adresse ?

— Oui. Je suis allée sur place. Je voulais lui demander si je pouvais avoir son numéro de téléphone pour lui envoyer des messages, maintenant que j'avais perdu mon iPad. Ma mère était vraiment fâchée, et elle ne m'autoriserait pas à en avoir un autre, donc je n'avais plus rien pour utiliser l'appli.

— Revenons-en au jour où vous vous êtes rendue à son adresse. Était-il là ?

Freya tarde à répondre.

— Il était là. Mais il était vraiment furieux contre moi d'être venue. Il m'a dit que c'était stupide et immature de ma part. Donc je suis partie.

Elle paraît mécontente, comme si ce souvenir était encore vif.

— Comment vous êtes-vous sentie ?

— C'était horrible. Je croyais que nous avions une relation très particulière.

Il y a un temps de silence, pendant lequel Edward Kayode consulte ses papiers. Je note tout frénétiquement. Je vois, à la position de la tête de Barbara, le menton haut, qu'elle accorde de l'importance à ce témoignage et je veux être minutieuse dans ma transcription.

Il reprend.

— L'avez-vous revu, cet été-là ?

Pour la première fois, elle se met véritablement à pleurer, elle laisse échapper deux sanglots avant de mettre la main sur sa bouche. Elle se frotte les yeux du revers de l'autre main. À cet instant, elle ressemble à l'écolière qu'elle est en réalité. Pourtant, cela ne rend apparemment pas les jurés plus compréhensifs à son égard. Ils changent de position sur leur chaise, et une femme consulte sa montre.

L'huissier tend à Freya un deuxième verre d'eau et elle boit. La juge lui demande si elle se sent capable de poursuivre ou si elle a besoin d'une courte pause.

— Ça va, répond-elle. Je peux continuer. (Elle relève le menton.) Je l'ai revu, en effet. C'était en août. J'étais chez mon père, dans le Surrey, mais je m'ennuyais et il n'était jamais là. Alors j'ai décidé de retourner chez ma mère. Je suis partie un matin tôt, parce que l'idiote de petite amie de mon père était revenue et que je ne l'apprécie pas. J'ai pris un train pour repartir à Londres, mais au lieu de rentrer chez moi en métro, j'ai décidé de retourner à son appartement, voir si je ne pourrais pas tomber sur lui. Je lui avais commandé un livre, une édition spéciale des *Mémoires de Fanny Hill*, et je voulais le lui apporter. J'ai cru que si je lui apportais un cadeau, il retrouverait de l'affection pour moi.

— Je vois, ponctue Edward Kayode. Donc, quand vous êtes arrivée à son domicile, quelle heure était-il ?

— À peu près neuf heures.

— Vous n'étiez pas attendue chez vous ?

— Non. Je n'avais pas prévenu ma maman. Je suis juste allée directement chez Jeremy.

— Une fois là-bas, qu'avez-vous fait ? insiste le procureur.

— J'allais sonner à sa porte, mais je me sentais trop nerveuse. Alors je me suis assise sur le muret en face de son appart et j'ai attendu de voir s'il sortait.

— Et quelqu'un est-il sorti ?

— Oui. Jeremy est sorti.

— Était-il seul ou avec quelqu'un d'autre ?

Freya regarde l'accusé droit dans les yeux.

— Il était avec quelqu'un d'autre. Une fille. Je ne sais pas qui c'était.

Je lance un regard vers notre client, mais il garde la tête baissée, comme toujours.

— Que faisaient-ils ?

— Il lui disait au revoir. Apparemment, elle avait passé la nuit chez lui : il était en robe de chambre. Il l'a embrassée pendant une éternité et ensuite elle est partie.

Elle a presque une expression de triomphe, qui cède vite la place à de la tristesse.

— Et qu'avez-vous fait ?

— Je suis restée tête baissée. Dès qu'il a refermé la porte, j'ai couru et je suis allée glisser le livre dans sa boîte aux lettres, et puis je suis partie.

— Vous aviez encore envie de lui faire un cadeau, même après l'avoir vu embrasser quelqu'un d'autre ?

— Je pensais que cela le culpabiliserait peut-être, avoue-t-elle, avec une profonde tristesse dans la voix.

— Est-ce peu après cet épisode que vous avez parlé à quelqu'un de ce qui s'était passé entre l'accusé et vous ?

— Oui. J'en ai parlé à ma mère, mais elle m'a répondu que j'inventais. Alors j'ai moi-même appelé la police. C'est ce qui a tout déclenché.

Elle a un geste autour d'elle, et sa tête retombe, comme si elle se sentait écrasée par cette pensée.

37

Peu après, la cour ajourne les débats. La déposition de Freya pour le compte de l'accusation est arrivée à son terme.

Barbara est fin prête pour son contre-interrogatoire. Elle me répète ses instructions, de vérifier à nouveau les messages imprimés. Maintenant que ce témoignage a été recueilli, Jeremy paraît calme. Il s'en va presque aussitôt après que le tribunal nous a tous libérés. Je leur dis au revoir à tous et je pars, moi aussi. J'ai envie de l'interroger sur les rumeurs qu'il a entendues au sujet de l'école de Robin, mais ce n'est pas le moment.

Nicole n'a pas encore envoyé de message, et je me dirige donc vers le nord de Londres aussi rapidement que possible, les tensions du tribunal cédant la place à d'autres, relatives à Daisy, à Julia, à Robin.

J'atteins la maison de Nicole et elle vient m'ouvrir. J'entends les enfants rire à l'étage. Au moins, ma fille est heureuse, elle ne pense pas trop à Daisy ou à ce qui pourrait advenir. Il flotte des odeurs de cuisine, capiteuses et alléchantes. La maison est chaude, les rideaux tirés sur le crépuscule automnal, et quand Nicole se penche vers moi pour m'embrasser, je me sens étreinte par sa maison tout entière.

Elle a le visage écarlate d'avoir cuisiné, une légère odeur d'oignon frit dans les cheveux. Quand elle s'écarte de moi, la pression qu'elle subit m'apparaît clairement. Son pull est taché et elle ne s'est pas coiffée depuis un moment.

— Il y a des nouvelles ?

— Rien. Daisy est dans le coma, avec une pneumonie par aspiration : d'après eux, elle a dû perdre connaissance à cause des drogues avant de vomir et de s'étouffer avec ses vomissures. Quand Julia a découvert dans quel état elle se trouvait, elle était proche de la mort. Elle a manqué d'oxygène, ce qui a provoqué des lésions cérébrales par hypoxie et, en plus de ça, elle a inspiré une partie de ses régurgitations quand elle était inconsciente, ce qui a provoqué une infection pulmonaire. Les prochains jours seront critiques. Ils ne savent pas dans quel état elle sera à son réveil, quelles fonctions cérébrales elle aura préservées. Si jamais elle se réveille de son coma…

Elle a prononcé ces derniers mots dans un souffle.

Je sens ce mot se répercuter en moi. *Coma*.

— Je ne m'étais pas rendu compte que c'était si grave.

— Ce n'est pas vraiment le genre de chose qu'on peut mentionner dans un SMS, me confie Nicole. Je voulais vous le dire de vive voix.

Elle m'invite à la suivre au salon et s'assoit dans le canapé, en tapotant la place à côté d'elle du plat de la main.

— Je ne sais pas du tout comment c'est arrivé, ou ce que Daisy a pu prendre, mais ils semblent laisser entendre qu'il s'agirait d'une overdose.

— Où se serait-elle procuré la drogue ? Quel genre de drogue ?

Je ne peux m'empêcher de poser ces questions.

— Ils ne le savent pas encore. Ils procèdent à des analyses. Et quant à l'endroit d'où ça vient… Bon, c'est pour ça que la police a fouillé la maison de Julia.

Je poursuis.

— Depuis combien de temps a-t-elle perdu connaissance ?

— Pippa ne s'est pas aperçue que quelque chose n'allait pas… elle s'est réveillée très tôt et elle est venue directement dans ma chambre. Elle a juste cru que Daisy dormait. C'est quand Julia est allée la réveiller, plus tard, qu'elle s'est rendu compte qu'il y avait un problème, que Daisy n'allait pas bien. Elle était inconsciente, et elle avait des vomissures autour de la bouche. Elle ne respirait pas. J'ai essayé une réanimation cardio-pulmonaire, et l'ambulance est arrivée très vite, ils l'ont prise en charge. Son cerveau a manqué d'oxygène pendant un certain laps de temps… ils ignorent combien de temps. C'est vraiment grave.

— Vous disiez qu'elle n'était pas bien, dans la soirée de vendredi ?

— Elle était… agitée. Elle s'est plainte d'avoir mal au ventre et au crâne, mais je pensais juste que c'était passager. (Ma nouvelle amie semble sur les nerfs.) Sa dernière évaluation de maths ne s'était pas si bien déroulée, et elle était encore contrariée de la note trop basse qu'elle avait eue.

— Quand elle a obtenu ses soixante-seize points sur cent ?

Nicole me dévisage.

— La note que Julia trouvait basse. Cette note-là.

— Daisy semble soumise à beaucoup de pression.

— En effet, admet Nicole. Je veux dire, Julia l'aime vraiment, mais elle lui impose un niveau d'exigence incroyablement élevé. (Elle se lève du sofa, arpente la pièce dans un sens, dans l'autre, s'arrête devant le miroir au-dessus du manteau de cheminée et tire ses cheveux en arrière.) Tous ces trucs que nous leur répétons, vous et moi, fais de ton mieux, ne cherche pas à être la meilleure. Je ne suis pas sûre que Julia ait capté l'idée.

Je ris, mais c'est un rire dénué d'humour.

— C'est ça, la compétition.

— Bien sûr. (Nicole reprend place à côté de moi sur le canapé.) C'est pour ça que je vous ai appelée. Je sais que ça doit paraître bizarre, parce que nous ne nous adressons la parole que depuis très peu de temps. Mais vous semblez beaucoup plus normale que les autres. Je suis devenue un peu dingue. En particulier cette année, avec toute cette pression autour de l'entrée dans le secondaire…

Nous restons un moment silencieuses. Malgré mon inquiétude, je suis un peu flattée que Nicole ait vu en moi une source de normalité.

— J'imagine que nous avons évité le pire, en arrivant si tard dans l'école, dis-je.

— Eh bien, c'est une manière de voir les choses. Franchement, vous ne voyez aucune de nous sous son meilleur jour. Tout se passait de façon si plaisante, mais tout s'est tellement dégradé…

J'avais presque oublié ce que m'a précédemment appris Jeremy au tribunal, mais cette dernière remarque me le remet en mémoire.

— J'ai entendu raconter quelque chose. De quelqu'un d'extérieur à l'établissement.

— Oui, continuez, fait-elle.

— Quelqu'un est mort ?

Elle entortille les pointes de ses cheveux.

— Je ne suis pas vraiment sûre de…

— Non, je n'en suis pas sûre non plus. Et il a ajouté que c'était sûrement des fausses rumeurs, mais…

Nicole ouvre la bouche comme pour en dire davantage, avant d'être interrompue par un coup de sonnette à la porte. Elle se lève et se précipite pour aller ouvrir. J'entends des voix murmurer. C'est Julia, et je vais les rejoindre dans le hall d'entrée. Elle est pâle, des cernes sombres autour des yeux. Dès qu'elle me voit, elle me glisse un demi-sourire avant de retirer son manteau.

— Je donnerais n'importe quoi pour boire un verre.

Nous passons dans la cuisine, Nicole débouche une bouteille de vin blanc, pose trois verres sur la table, et verse le vin qui glougloute.

— Alors, comment va-t-elle ? s'enquiert Nicole.

— Pareil. (Julia boit la moitié de son verre d'une seule gorgée.) Exactement pareil. Elle est là-bas, étendue, toute blanche, l'air fatigué, avec un tuyau au fond de la gorge. On ne la reconnaît même plus.

— J'aimerais que tu me permettes d'aller la voir, fait Nicole.

— Je sais à quel point cela va te bouleverser, lui réplique Julia. J'essaie juste de te protéger. (Elle boit un autre verre, bien rempli.) Et ils ne souhaitent pas qu'il y ait trop de visiteurs. C'est très perturbant. Je veux dire, ce sont les soins intensifs…

Nicole lui pose la main sur le bras.

— C'est tellement épouvantable, dit-elle. Tu affrontes tout cela avant tant de force.

— Est-ce que j'ai le choix ? Paul est venu la voir, aujourd'hui. Il était vraiment secoué.

— Ça s'est bien passé ? De le voir, je veux dire ? demande Nicole.

Julia pince les lèvres, fait non de la tête.

— C'est toujours le même sale égoïste. Il s'en est carrément pris à moi, m'a accusée de n'avoir pas veillé correctement sur elle, m'a menacée de réclamer la garde dès qu'elle irait assez bien pour rentrer à la maison.

— Qu'as-tu répondu ? demande Nicole.

— Que ce n'était ni le moment ni le lieu. La seule chose qui compte, c'est que Daisy s'en sorte saine et sauve.

— Il était d'accord ?

Julia boit encore une gorgée, repose son verre.

— Il m'a dit d'arrêter de me comporter en sale hypocrite. Que je jouais encore le rôle de la mère parfaite et que ça l'écœurait parce qu'en réalité, j'étais loin d'être une mère parfaite.

Elle se prend le visage dans les mains, ses épaules se mettent à trembler. Nicole se précipite vers elle et l'attire à elle dans une étreinte où Julia demeure quelques instants silencieuse, et puis le seul bruit qui émane d'elle n'est qu'un sanglot étouffé. Je les observe, pleine de compassion pour Julia. Elle a beau être épouvantable, c'est une situation si horrible qu'il est impossible de ne pas se sentir désolé pour elle.

— C'est un tel salopard, marmonne Nicole dans les cheveux de son amie.

Andrew me vient à l'esprit, sa méchanceté à mon égard, et ma sympathie envers Julia se renforce encore davantage.

Une minuterie se déclenche sur le four. Nicole relâche Julia et va l'éteindre, avant d'en sortir une énorme tourte au poisson frémissante, à la croûte au fromage dorée. J'en ai l'eau à la bouche.

— Je me suis dit que nous pourrions avoir besoin d'un peu de réconfort ce soir.

Julia va vers elle et la serre dans ses bras.

— Tu es vraiment incroyable, dit-elle. Tu es d'un soutien tellement immense, Nicole. Vous aussi, Sadie. (Elle se tourne vers moi. Je perçois une émotion authentique, sous le Botox.) Nous ne sommes pas parties du bon pied, mais je sais que je peux compter sur vous.

— Et Robin a été si merveilleuse avec Pippa, ajoute Nicole. Cela a été un tel réconfort de les entendre rire, en haut. Elle a su si merveilleusement la distraire.

— J'aurais aimé pouvoir me laisser distraire aussi facilement, murmure Julia.

J'essaie de ne pas m'en offenser.

Les filles descendent et Nicole sert des parts de tourte. Nous prenons toutes place à la table de la cuisine. Je mange avec voracité – j'ai l'impression que des heures se sont écoulées depuis le déjeuner à la cantine du palais avec Jeremy – et Robin et Pippa en font autant, mais Nicole et Julia touchent à peine au contenu de leur assiette, du bout de leur fourchette.

— Daisy aurait déjà mangé le plat entier, à ce stade, fait Julia avec un soupir.

— Elle a un tel appétit, admet Nicole.

— Pas si gros, rectifie Julia, le soupir laissant place à une réaction plus acide. Pas autant que Pippa… qui en est déjà à sa deuxième assiette.

— Pippa…, s'écrie Nicole, tu sais que tu dois demander avant de te resservir.

Elle retire l'assiette de sa fille, alors qu'elle n'a pas terminé sa bouchée.

— Désolée, marmonne la fillette, en rougissant.

— Ce n'est pas grave, ma chérie. Souviens-toi juste que tu n'as vraiment pas besoin de manger autant.

Robin me regarde comme pour vérifier qu'elle peut continuer de manger, et je lui fais un signe de tête avant de prendre la cuillère et de me servir moi aussi une autre ration.

— Oh, que je vous envie, de ne pas avoir à vous soucier de ce que vous mangez, me dit Julia, et je cligne des yeux. J'aimerais pouvoir me laisser un peu plus aller. Mais vous savez, même dans un moment de stress aussi écrasant, je ne peux me permettre d'engloutir de la nourriture comme cela.

Je tiens une fourchette pleine devant mes lèvres. Je croise le regard de Nicole, avant de l'abaisser lentement.

— Oh, Julia, tu es si courageuse, s'écrie Nicole. Tu es simplement merveilleuse. À ta place, je serais en morceaux à l'heure qu'il est.

J'acquiesce dans un murmure, je débarrasse mon assiette et celle de Robin, je les empile à côté du lave-vaisselle.

— Nous ferions mieux d'y aller, dis-je. Je ne veux pas m'imposer davantage. Et j'ai du travail qui m'attend.

— Vraiment ravie d'avoir votre fille demain, m'assure Nicole. Comme toujours.

Elle nous raccompagne à la porte. Alors qu'elle me dit au revoir en me serrant dans ses bras, elle se penche tout près.

— Je me répète, mais je vous en prie, ne prêtez pas attention à ce que dit Julia. Elle subit un tel stress. C'est très dur.

— Je n'ose même pas imaginer.

La pensée de Daisy gisant inconsciente à l'hôpital n'est pas loin de mon esprit. Sur tout le trajet du retour, je serre la main de Robin dans la mienne.

38

Le lendemain matin, rien de nouveau non plus. *Situation inchangée*, m'écrit Nicole dans son message. *Robin est la bienvenue ce soir comme toujours*.

J'envoie une brève réponse pour la remercier de m'avoir tenue au courant. Repensant à la conversation avec Jeremy la veille, j'effectue une recherche sur Internet : *Mort d'une élève à Ashams*. Rien d'autre dans les premières pages de recherche Google que des résultats évoquant l'école sur un ton positif. Aucune information négative, aucune mention d'une fillette décédée, juste une série d'articles au sujet de leur régime de bourses et de leurs interventions philanthropiques au sein de la collectivité, et de nombreux autres relatifs à leurs excellents résultats aux examens. Je continue d'explorer mais Robin entre et je dois me préparer à partir avec elle.

— Tu es sûre d'avoir envie de retourner chez elles ? lui demandé-je sur le chemin de l'école.

— Oui, je les aime bien, me dit-elle. Ça se passe bien, maman, je te promets.

Je ne discute pas. Je ne peux pas, en réalité, sachant que je n'ai aucune autre solution sous la main pour la faire garder après les cours.

— Quand ce procès sera fini, dis-je lorsque nous atteignons le portail de l'école, je te promets que nous nous organiserons convenablement. Je te trouverai une nounou l'après-midi, pour les jours où j'aurai une audience. Je vais arranger ça.

— Peut-être que papa se sera installé pas loin, d'ici là, me répond-elle, l'air de rien.

Je cligne des yeux.

— Il y pense ?

— Je ne suis pas sûre. Il a dit quelque chose quand il est venu. Je ne sais pas. De toute façon, ne t'inquiète pas. J'aime bien Pippa et Nicole.

Et elle m'embrasse avant de filer.

Je vois Nicole au loin mais elle est collée à son téléphone et ne lève pas les yeux dans ma direction, je me dirige donc vers le métro, heureuse de ne pas avoir à bavarder. Je songe à ce que Robin m'a glissé au sujet d'Andrew, qu'il pourrait se réinstaller à Londres. Ce n'est pas un problème que j'ai envie d'affronter maintenant : cela me convient tout à fait qu'il reste loin des yeux, loin du cœur. Je sais que je vais devoir affronter tout cela, à un certain stade. Mais pas maintenant, c'est tout.

Le trajet en métro exerce son effet magique, comme d'habitude, en compartimentant mes inquiétudes au sujet de Daisy et en substituant à ces tensions les préoccupations relatives au procès et au déroulement du contre-interrogatoire de Barbara. Lorsque la rame traverse la Tamise, j'ai relégué Daisy, Julia et Nicole dans un coin de mon esprit. À présent, je parcours mentalement mes dossiers. Je sais que j'ai épluché soigneusement tous les messages, et il n'y a absolument aucun signe de l'app Viber mentionnée hier par Freya à l'audience, mais je redoute encore d'avoir pu manquer quelque chose. Pourtant, je ne vois pas quoi. Il n'y a aucune trace de cette liaison prétendue entre Freya et Jeremy, que ce soit dans l'ordinateur portable qu'elle utilisait pour ses messages et ses posts sur les réseaux sociaux, ou dans son Nokia basique.

L'iPad disparu, Viber… tout cela semble trop cousu de fil blanc, comme l'a dit Barbara. Freya peut raconter ce qu'elle veut, mais sans élément de preuve pour appuyer ses dires, cela ne vaut rien. Le dossier de l'accusation ne tient donc qu'à un fil. Bien que Freya se soit présentée sous un jour meilleur que je ne m'y attendais, le jury n'a toujours pas l'air convaincu.

La rame s'arrête à Elephant and Castle, et je prends la direction du palais de justice.

Au bout de quinze minutes du contre-interrogatoire de Barbara, le jury paraît encore moins convaincu. J'observe attentivement les deux rangs des jurés d'un bout à l'autre, ne les quittant des yeux que pour noter les points saillants des réponses que suscite Barbara. Derrière moi, Zora noircit elle aussi sa page sans relâche, pour s'assurer d'avoir consigné très complètement le contenu de la déposition.

Cela ne tient pas tant à ce que Freya répond, mais davantage au récit que Barbara réussit à façonner à travers ses questions. Je vois bien pourquoi c'est une avocate si demandée. Elle adopte un ton compréhensif, sans jamais émettre de jugement. Elle met Freya à l'aise. Il est clair que la jeune fille n'était pas en bons termes avec sa famille : oui. C'est dur quand les parents divorcent : oui. Freya en voulait à sa mère d'avoir mis son père à la porte après avoir découvert sa liaison : oui. Freya estimait que sa mère aurait dû lui accorder une seconde chance : oui. Freya trouvait sa mère parfois difficile à vivre : oui. Cela étant, son père n'était pas non plus si facile à vivre : non.

La jeune fille est sur ses gardes, les doigts fermement agrippés à la rambarde du box des témoins, mais alors que Barbara l'entraîne vers des questions qui l'éloignent de Jeremy, elle semble se détendre un peu, une pointe d'émotion perçant la carapace de maquillage qu'elle s'est encore appliquée sur le visage.

Elle a dû se sentir quelquefois très seule : oui.

Elle avait du mal à attirer l'attention : oui.

Elle en voulait à sa mère de passer du temps avec d'autres au lieu de se consacrer à sa fille. Un long silence. Oui.

Et, inversement, elle était heureuse que sa mère lui prête attention : un oui véhément.

Dès que quelque chose perturbait Freya, sa mère était très gentille : oui.

Elle pouvait se révéler d'un grand soutien quand il y avait un problème : un autre oui énergique.

Mais à part cela elle était surtout très soucieuse de sa propre existence : oui.

Il n'est pas exagéré d'affirmer que Freya avait des problèmes scolaires : oui.

Elle avait perdu quelques amis, au fil des ans : oui.

Elle avait aussi posé quantité de problèmes à son établissement, au fil des ans : un oui penaud, et ses yeux s'égarent dans le public.

Mais l'accusé – M. Taylor – avait voulu se montrer secourable. Oui. En effet. Très secourable. Freya opine de la tête.

En conséquence, elle a développé des sentiments très forts envers M. Taylor. Oui, mais pas…

— Oui ou non, je vous prie, l'interrompt Barbara.

— Oui.

Et ça continue dans cette veine. Je sais quel portrait est en train de dresser Barbara. Cela ne lui prendra guère de temps. Freya l'enfant solitaire, perturbée par le divorce de ses parents, qui joue la comédie pour attirer l'attention. Dès qu'un enseignant lui en accorde un peu, elle s'accroche à lui. Et quand les choses tournent mal…

Barbara se lance dans une petite digression. Elle tient la liste que j'ai préparée des mensonges proférés par Freya. Elle se tait un instant avant de continuer.

— La police vous a-t-elle confisqué un ordinateur portable, en l'occurrence de marque Hewlett-Packard ?

— Oui.

— Contenait-il un accès à un compte Facebook à votre nom ?

— Oui.

— Avez-vous envoyé des messages à une amie dénommée Susie ?

Un long silence, un hochement de tête.

— Oui.

Barbara se racle la gorge.

— Avez-vous envoyé un message à Susie pour lui parler d'un garçon d'une autre école qui vous avait agressée sexuellement ?

Edward Kayode se lève d'un bond.

— Votre Honneur, je dois interrompre cette série de questions de ma très estimée consœur…

La juge lève la main.

— Restez mesurée, mademoiselle Carlisle.

— Oui, Votre Honneur, répond Barbara. Il y a une raison d'être à ma question. (Elle se tourne de nouveau vers Freya.) Avez-vous envoyé à votre amie Susie un message à ce sujet ?

— Oui.

— Quand vous vous êtes plainte de ce garçon auprès d'elle, pensiez-vous vraiment ce que vous disiez ?

Un silence vraiment très long. Freya baisse les yeux, observe ses mains, relève les yeux quand Barbara pose à nouveau la question. Elle semble très vulnérable. Je me tourne vers Jeremy. Pour une fois, il regarde en direction de Freya, l'air très attentif.

— Non, avoue Freya. Non, je ne le pensais pas vraiment.

— Avez-vous raconté cela pour attirer l'attention ?

— Non, dit Freya. (Je l'observe attentivement. Sa voix dit non, mais son visage dit tout autre chose.)

— Avez-vous dit cela pour vous venger ?

— Non, se défend-elle, mais elle semble encore plus troublée.

— En êtes-vous sûre ? insiste Barbara.

Elle a beau passer à l'attaque, son abord reste aimable. Elle pose ses questions d'un ton compréhensif, la tête inclinée.

Freya la regarde, hérissée, avec un air de défi. Les deux se dévisagent, la femme et la jeune fille, mais c'est Freya qui baisse les yeux la première.

— Oui, je l'ai dit pour me venger.

— Parce qu'il ne voulait pas d'une liaison avec vous ?

Un silence. Encore une autre guerre d'usure livrée et perdue.

— Oui, parce que je ne lui plaisais pas.

Un téléphone sonne dans les rangs du public, la juge interpelle l'importun et c'est seulement à cet instant que je m'aperçois combien la tension a monté dans la salle d'audience. Barbara se tourne vers moi. Une veine palpite dans son cou. Peu de mots ont été prononcés, mais cette bataille a sans conteste été remportée par la conseillère de la reine. Le jury le sent aussi, manifestement : pour une fois, les jurés sont pleinement absorbés, certains prennent des notes. Quand ils regardent Freya, leur expression a changé, elle est désormais empreinte d'un calcul froid. *Elle l'a fait une fois, comment peut-on être sûr qu'elle n'est pas en train de recommencer...*

Barbara sort une autre feuille. Elle passe à autre chose que ce que j'ai exhumé. Elle a obtenu exactement ce qu'il lui faut concernant le témoin – tout élément supplémentaire viendrait nuire à l'effet qu'elle a obtenu.

— Vous avez déclaré à la cour que M. Taylor vous donnait des livres à lire ?

— Oui.

— Et vous avez mentionné certains de ces livres, l'un d'eux s'intitulait *Mémoires de Fanny Hill, femme de plaisir* ?

— Oui.

— M. Taylor ne vous a pas recommandé ce livre, n'est-ce pas ?

— Si. Il me l'a recommandé, insiste Freya, l'indignation montant dans sa voix.

— Il vous a recommandé certains livres au sujet des Tudors, si je ne me trompe.

— Oui.

— Et quand on lui a fait observer que ces ouvrages contenaient quelques scènes à caractère sexuel, il a modifié sa recommandation, n'est-ce pas ?

— Non, pas du tout. Il a commencé par des livres de Philippa Gregory, et ensuite ça s'est dégradé. Encore plus de sexe.

— Vous avez trouvé l'ouvrage *Fanny Hill* ailleurs, si je ne me trompe ?

— Non, proteste-t-elle, en criant presque.

— Et vous avez considéré que cela ferait un bon accessoire pour fabriquer cette histoire de toutes pièces, non ?

— Je ne fabrique rien !

Barbara opine, comme satisfaite de cette réponse.

— Laissons de côté ce livre un moment. Vous avez craqué pour M. Taylor, n'est-ce pas ?

— Je… non. Oui. Je veux dire…

— Permettez-moi de clarifier ce que j'entends par là. Il vous prodiguait toute son attention en tant qu'enseignant, et vous avez éprouvé des sentiments déplacés à son endroit.

— Non ! Cela ne s'est pas passé comme ça. Vous déformez !

Le rouge lui monte aux joues, ainsi qu'une rougeur plus terne dans le cou.

— Mais ces sentiments n'étaient pas partagés, n'est-ce pas ?

— Si !

— Vous avez essayé d'attirer l'attention de M. Taylor, mais il vous a clairement signifié qu'il n'éprouvait aucune attirance de cet ordre.

— Ce n'est pas ce qui s'est passé.

— Et la douleur de ce rejet a été envenimée par votre découverte : il avait déjà une autre relation.

Freya se met à pleurer à présent, de petits reniflements, et elle s'essuie le visage du revers de sa manche.

— Il m'a larguée. Oui, ça fait mal, lâche-t-elle, à voix très basse.

— Et c'est à ce moment que vous avez déclaré à la police qu'il avait eu une liaison avec vous ?

— Oui.

Un long silence de Barbara, comme si elle voulait s'assurer que le jury saisisse bien sa démonstration.

Je me dois d'accorder cela à Barbara : c'était très efficace. Elle démontre clairement qu'il n'y a pas d'iPad à retrouver, et que seule la parole de Freya permettrait d'affirmer qu'il existait une correspondance entre elle et Jeremy. Finalement, Barbara pose encore deux questions dans lesquelles elle formule un peu plus clairement ce qu'elle suggère : Freya a entièrement inventé cette histoire pour se venger d'avoir été rejetée par Jeremy. La bulle de confiance en soi de Freya a complètement éclaté. Au moment où elle quitte le box des témoins, elle pleure de manière incontrôlée, et les lambeaux de sa déposition jonchent le sol autour d'elle.

Et tout cela a été fait avec doigté. Jamais il n'a été suggéré que Freya serait une débauchée sexuelle, personne n'a tenté de faire le procès de ses valeurs morales. On a adroitement dressé le portrait d'une relation brisée entre des parents et leur fille, d'une jeune fille qui a désespérément besoin d'amour et d'attention, mais qui est incapable de trouver l'un et l'autre sans jouer la comédie et sans mentir. Le visage d'Edward Kayode est sombre quand il sort du tribunal pour la pause-déjeuner, à la fin du contre-interrogatoire.

Il mesure le dommage infligé à l'accusation.

39

Dès que nous sommes sortis du tribunal, je consulte mon téléphone, mais il n'y a rien, aucun message de Nicole ou de Julia me tenant informée au sujet de Daisy. Plus longtemps elle reste inconsciente, pire sera le pronostic.

Assise à la table de la cantine avec mon café, je parcours les applications de mon téléphone, pas certaine de savoir si je dois demander des nouvelles ou si je dois attendre.

— Je pense que l'accusation aura fini sa plaidoirie aujourd'hui, déclare Barbara, assise en face de moi. Demain au plus tard.

— Vous pensez ? fait Jeremy. (Il est à ma gauche. Il pose un regard sur mon café.) Vous ne mangez rien ?

— Je n'ai pas très faim.

— Oh, c'est cette pauvre fillette, c'est cela ? dit-il. Il n'y a toujours pas de nouvelles ?

— Aucune, dis-je, en cliquant de nouveau sur mon téléphone.

— De quoi s'agit-il ? s'enquiert Barbara.

— C'est l'une des filles de la classe de la fille de Sadie, explique Jeremy. Elle est dans le coma. C'est très préoccupant.

Barbara hausse le sourcil.

— Elle est à Ashams, vous savez, ajoute Jeremy.

— Oui. Les parents sont épouvantables, là-bas, d'après tous les avis. Enfin, ils le sont tous, non ? (Elle engloutit le reste de son sandwich.) Je dois passer un appel. Je vous retrouve à l'audience.

Le reste de l'après-midi se déroule sans que rien n'intervienne au détriment de la défense. Edward Kayode appelle à la barre une jeune fille, une dénommée Asha, qui est censée être une amie de Freya, mais sa déposition ne fait pas vraiment beaucoup avancer le dossier de l'accusation. Freya avait fait quelques allusions à une relation secrète sans beaucoup entrer dans les détails. Je consulte la déclaration de la jeune fille et je constate que, pour une raison ou une autre, elle minimise. Quand elle a effectué sa déposition à la police, elle était catégorique : Freya avait vraiment discuté de Jeremy avec elle, en le nommant, mais elle soutient maintenant qu'elle est incapable de s'en souvenir. Edward Kayode s'en irrite visiblement, mais il ne peut pousser les choses trop loin.

Barbara procède au contre-interrogatoire, très brièvement, à seule fin d'établir que Freya n'a jamais mentionné avec qui elle vivait cette relation secrète. Elle demande également si Asha avait émis des conjectures à ce sujet, et quand la jeune fille répond que Freya avait la réputation de s'inventer des petits copains et des situations pénibles pour se rendre intéressante, Edward

Kayode fait visiblement le dos rond. Il n'y a pas de question supplémentaire.

À la fin de la journée, toute l'équipe de la défense, hormis la mère de Jeremy, a pris place dans la salle de réunion où Barbara se charge de définir les prochaines étapes. Elle propose de déposer une demande de classement sans suite, car de son point de vue le dossier s'avère plus que mince.

— Vous pensez que cela peut marcher ? s'enquiert Jeremy. Ce serait enfin terminé ?

— Cela devrait, affirme Barbara. Mais la juge peut être d'avis que, tout dépendant de la crédibilité du témoin, il revient au jury d'en décider, et le procès irait donc à son terme. Nous verrons comme cela se présente.

Elle se lève, signifiant que la réunion est terminée, et Zora et elle sortent de la salle. Jeremy me prend par le bras, alors que je suis sur le point de les suivre.

— Vous avez le temps de boire un verre en vitesse ? me propose-t-il. Je sais que tout cela paraît positif, mais je suis complètement terrorisé. Cela m'aiderait vraiment, juste pour me calmer.

Je ne suis pas sûre. Je n'ai pas envie que Barbara s'imagine que j'agis de manière inappropriée. Je m'inquiète aussi au sujet de Robin, mais quelque chose dans sa manière de poser la question me pousse à accepter. Il fait de son mieux pour sembler calme, je le vois bien, mais il y a de la tension qui vibre sous la surface, et en l'observant plus attentivement, je vois ses yeux ourlés de rouge, un profond sillon qui se creuse près de son sourcil gauche.

— Laissez-moi vérifier une ou deux choses, dis-je. Je risque de devoir rentrer chez moi. Accordez-moi quelques minutes et je vous dirai ce qu'il en est. D'accord ?

— D'accord. Je sais que vous avez beaucoup de contraintes, mais cela m'aiderait vraiment.

Je me dirige vers le vestiaire et je me change. Barbara consulte ses e-mails.

— Jeremy m'a proposé de prendre une verre, lui dis-je. Je crois qu'il est très inquiet.

— Il n'a pas à l'être, me répond-elle. Mais je suppose que tout cela est stressant. (Elle lève les yeux au ciel.) Bonne idée. Allez-y et calmez-le. Tout cela fait partie du service.

J'envoie un message à Nicole. *Des nouvelles de Daisy ? Tout va bien avec les filles ? J'ai été invitée à prendre un verre avec le client : ça va si je passe la chercher un peu plus tard ce soir ? Biz*

Aucun problème, répond-elle. *Et pas de nouvelles. Robin distrait Pippa de ses inquiétudes donc c'est parfait Biz*

Nous marchons ensemble vers Blackfriars, pour finalement nous arrêter dans un pub du côté de The Cut. Je choisis un verre de vin blanc et Jeremy va commander au bar pendant que je m'assieds à une table vers le fond de la salle. L'endroit se remplit, des employés de bureau fatigués en costume fripé. Pas d'enfants ici, pas de groupes de mères. Je regarde autour de moi avec l'impression que le temps m'a filé entre les doigts : les dix dernières années que j'ai passées en Amérique à élever Robin se sont évaporées, et j'ai renoué aisément avec les habitudes du tribunal et d'un verre après le travail.

Jeremy a pris place en face de moi et il pose une bouteille de vin sur la table avec deux verres.

— C'était moins cher qu'au verre, dit-il. C'était plus logique.

— Merci.

Il remplit les verres et je bois une gorgée, puis une autre, l'alcool me déliant l'esprit.

— Est-ce que la petite va bien ?

— Je ne sais pas, dis-je. Je ne sais vraiment pas. C'est tellement étrange. Sa mère est un peu bizarre, elle aussi.

Jeremy hoche la tête.

— Je vois exactement ce que vous voulez dire. J'ai rencontré à peu près toutes les sortes de parents, en exerçant ce métier. Certains d'entre eux sont complètement cinglés. Je fais toujours de mon mieux pour garder mes distances. Je me sens vraiment navré pour certaines de ces jeunes filles, vu le comportement de leurs parents.

— C'est pour ça que vous avez essayé d'aider Freya ? dis-je, avant de réfléchir à ce que je dis. (Je marque un silence et bois une autre gorgée de vin.) Désolée. Nous ne devrions pas discuter de cela.

— Ça va. Freya avait des problèmes dans l'établissement, et il y a eu quantité de rendez-vous. Elle ne recevait aucun soutien parental. Cela ne les intéressait pas, ni la mère ni le père, surtout pas après leur séparation. J'ai essayé d'entrer en relation avec la mère, mais ce n'est pas allé très loin. C'était comme s'ils avaient renoncé à Freya. Le divorce, pour les enfants, c'est toujours dur, j'imagine.

— C'est ce qui m'inquiète, l'effet sur Robin.

Je n'ai plus l'impression de parler à un client. Je baisse les yeux sur la table, je prends le sous-verre dans ma main et je le déchiquète en minuscules morceaux.

— Les parents de Freya ont connu un divorce très conflictuel, d'après ce que j'ai compris. Je pensais que mes parents étaient pénibles, mais les siens étaient épouvantables, à ce qu'elle en disait. Rien n'oblige à ce que les choses se passent ainsi, cela étant. Je n'avais pas compris que vous alliez divorcer.

Il regarde ma main gauche. Je suis son regard, je fais tourner mon alliance.

— Nous ne nous sommes séparés que récemment, dis-je. C'est pour ça que Robin a entamé cette année à Ashams. Ça a été… difficile.

Le bar est plein à présent, toutes les tables sont occupées. Jeremy parle à voix plus basse et je dois me pencher plus près pour l'entendre. Un homme se faufile contre le dossier de ma chaise et cela me pousse brusquement en avant. Je me cogne au front de Jeremy et il recule d'un coup. Je frotte ma bosse et nous nous mettons à rire.

— Ne parlons plus de Freya, suggère-t-il. Prenons un autre verre et vous pourrez me raconter toute cette histoire.

Nous avons brisé la glace, à présent. Je commence à me détendre. Je n'ai peut-être pas désiré ce changement dans ma vie, mais j'ai maintenant un véritable procès, une carrière devant moi. Ma fille commence à se faire des amis, j'entame le dialogue avec certaines personnes. Et Jeremy finit par se détendre, lui aussi : il sait que l'affaire n'est pas dans le sac, mais que tout pourrait être fini d'ici demain.

La soirée a presque une tonalité festive, la conversation passe rapidement d'Andrew à des sujets plus légers, plus drôles. La première bouteille est vite vide, une autre est demandée. Nous commandons à dîner et avant que je me sois rendu compte de l'heure, il est huit heures passées. Je vérifie mon téléphone. Nicole m'a envoyé un SMS – *Robin peut rester si vous voulez – nous avons un uniforme en rab pour demain. Elles s'amusent bien. N. Biz*

— Je devrais y aller, dis-je à Jeremy. Je dois aller chercher Robin. Même si Nicole m'a proposé qu'elle reste dormir chez elle.

— Alors restez, propose-t-il. Prenez encore un peu de vin. Vous méritez de vous détendre un peu. Ce ne doit pas être facile de tout faire toute seule.

Je regarde mon téléphone, le vin, Jeremy. J'envoie un message à Nicole, *Merci Biz*, et je me réinstalle, jusqu'à la fermeture du pub, à onze heures, quand on nous prie de partir.

— Merci, me fait Jeremy lorsque nous nous arrêtons à l'entrée de la station de métro pour nous dire bonsoir. Je me sens beaucoup mieux.

— J'ai passé une charmante soirée, moi aussi.

Il se penche vers moi pour m'embrasser sur la joue. Je tourne la tête et nos regards se croisent. C'est seulement quand je sens le contact de ses lèvres contre moi que je suis prise d'un mouvement de recul, soudain trop consciente qu'il s'agit de mon client. Je m'écarte non sans mal, lui fais au revoir de la main en courant pour héler un taxi libre, il me répond de la main et disparaît dans le métro. Je suis assise dans le taxi, je sonde ma conscience. Ce n'était peut-être pas strictement approprié, mais Barbara m'a encouragée à passer cette soirée, et le client est rentré chez lui heureux. Tout comme moi, malgré tout ce qui se passe par ailleurs. Je l'ai à nouveau interrogé au sujet de ce qu'il m'a confié sur l'élève décédée à Ashams, mais il n'en savait pas plus, et cela a été un soulagement de passer la soirée à parler de livres, de films et de musique, en oubliant tous mes soucis pendant un moment. J'effectue le trajet de retour à la maison avec un sourire, et je m'endors dès que ma tête repose sur l'oreiller.

40

Au matin, ma bonne humeur s'est effacée. Sans Robin, la maison est trop vide.

Je me lave et m'habille en vitesse, impatiente de sortir, avant de me rappeler que ce matin, sans trajet scolaire, il est inutile de partir aussi tôt pour le tribunal. Je me prépare encore un café et je m'affaire, incapable de rester en place. Je ne vois que les défauts, les fissures dans les murs, les trous dans le plancher. J'ai fait quantité de choses dans cet endroit depuis que nous sommes ici, mais cela ne suffit pas. Cela ne suffira jamais.

Tout comme je n'en faisais jamais assez aux yeux de Lydia. En général, je m'abstiens de penser au tas de choses détruites dans mon ancienne chambre, tout en haut de la maison, mais à cet instant, cela me pèse fortement. J'essaie de ne pas imaginer le triomphe qu'aurait forcément ressenti Lydia si elle apprenait que mon mariage qu'elle avait tant décrié a pris fin.

Je prends la photographie de mon père sur l'étagère et je le regarde, en me demandant si tout aurait été différent s'il avait survécu au-delà de ma petite enfance. Lydia parlait rarement de lui, et encore, uniquement pour se plaindre du manque d'égard dont il avait fait preuve en *mourant comme ça et en la laissant seule à s'occuper de tout alors que c'était lui qui avait voulu un bébé*. Tant de ressentiment, tant de reproches. Sur la photographie, il sourit, les cheveux soigneusement séparés par une raie sur le côté, et je lui souris à mon tour. Au moins, lui m'a voulue, même si Lydia, elle, ne voulait pas de moi.

Je n'arrive toujours pas à comprendre la motivation de ce legs de Lydia à Robin, de grand-mère à petite-fille. Était-ce purement pour affirmer son contrôle sur nous ? Cela ne me surprendrait pas. Mais au lieu d'être destructeur, cela nous a procuré ce dont j'avais désespérément besoin, la voie pour échapper à Andrew. Robin est contente, elle aussi. Si ma mère espérait autre chose, elle serait déçue.

Je viens de reposer la photographie quand mon téléphone sonne.

C'est Andrew. La dernière personne dont j'aurais attendu un appel. Ne serait-ce que parce qu'à New York, c'est le milieu de la nuit. Il me faut un moment pour répondre, tant cela me met les nerfs en boule. Avec de la colère aussi, qu'il s'imagine pouvoir me contacter comme ça, à l'improviste. Il y a un temps de latence sur la ligne, un silence de quelques secondes avant des crachotements de parasites. Ensuite, le son est entrecoupé, avant que la communication ne soit totalement interrompue. J'essaie de le rappeler, une fois, deux fois, mais pas de réponse. Toute la tranquillité d'esprit que j'avais recouvrée s'effondre.

J'envoie un message : *Qu'est-ce que tu veux ?*, et j'attends vainement une réponse. Diverses réponses à ma question dansent dans ma tête, aucune n'étant une bonne nouvelle. Andrew s'installant ici, engageant une procédure de divorce, réclamant la garde de Robin.

Je repousse toutes ces pensées et me dirige vers le palais de justice, mais j'ai beau essayer, les interrogations relatives à cet appel continuent de me perturber. Presque toute la journée, les débats auxquels j'assiste sans changer de place dans la salle d'audience me passent complètement au-dessus de la tête. Edward Kayode et l'officier de police judiciaire chargé de l'affaire lisent la retranscription des interrogatoires de police d'une voix monotone. « Pas de commentaire » étant la formulée répétée comme un mantra. À un moment, je pique presque du nez, et me réveille en sursaut avec la sensation de tomber.

La seule fois où je me montre pleinement attentive, c'est quand le policier est interrogé sur la saisie de l'ordinateur portable et sur le fait qu'aucun iPad n'a été retrouvé. Il confirme à Barbara que le téléphone de Freya est un Nokia basique, sans accès Internet, et que son ordinateur portable est un PC qui tourne avec une version obsolète de Windows.

— Beaucoup d'adolescents sont très doués pour la technologie, observe-t-il, mais ce n'a pas été mon impression avec la plaignante. Ses appareils sont très dépassés.

— L'ordinateur portable contenait-il quoi que ce soit indiquant qu'un iPad aurait pu y être connecté ?

— Rien du tout. Je veux dire, cela n'aurait pas été nécessaire… il n'est plus indispensable de se synchroniser avec un ordinateur.

— Mais rien ne laisse entrevoir qu'elle possédait bel et bien un iPad, n'est-ce pas ?

Il réfléchit un instant, hausse les épaules.

— Rien d'autre que sa parole.

— Et contenait-il quoi que ce soit qui montre qu'elle se servait de l'app Viber pour communiquer avec l'accusé, ainsi qu'elle le prétend ?

— Rien du tout, répond le policier.

— Donc rien n'étaye son affirmation, que c'est une app dont elle faisait usage ?

L'officier de police hausse à nouveau les épaules.

— Non. Rien, à part sa version des faits.

Barbara n'a plus que deux questions avant de clore ce contre-interrogatoire.

— Avez-vous saisi tous les appareils électroniques que vous avez trouvés en la possession de l'accusé ?

— Oui.

— Et avez-vous trouvé des messages de l'accusé à la plaignante ?

— Non. Nous n'en avons trouvé aucun.

Cela referme le volet de l'accusation. Je scrute les visages des jurés et ils n'ont pas l'air bouleversé, du moins pas à mes yeux. Trois femmes au premier rang, les lèvres serrées, je peux presque me les représenter tricotant au pied de la guillotine. Edward Kayode semble blasé, lui aussi. Il sait qu'à partir de là, les choses ne peuvent que s'aggraver.

L'après-midi s'est éternisée et je me sens raide d'être restée assise toute la journée – j'essaie de m'étirer le cou sans me faire trop remarquer. Barbara se lève.

— Votre Honneur, il reste quelques questions de procédure que j'aimerais aborder en l'absence du jury. Vu l'heure, puis-je suggérer que les jurés soient libérés pour aujourd'hui ?

La juge accepte, en priant les membres du jury de revenir demain, à l'heure habituelle. Ils sortent en groupe, en lançant un coup d'œil au passage vers Jeremy et à la galerie du public. Je suis leur regard et je vois Freya assise là, au premier rang.

Elle est toute seule.

L'excitation dans le camp de Jeremy s'est calmée et il ne reste plus que deux adolescentes dans la salle d'audience, qui jettent un regard courroucé à Freya. Elle est appuyée contre la balustrade de la galerie du public, les phalanges serrées, blanches. Je me retourne, je penche la tête.

— Votre Honneur, continue Barbara après le départ des jurés, j'aimerais déposer une demande de classement sans suite. (La juge opine du chef, l'invitant ainsi à poursuivre.) J'ai l'intention de vous l'exposer ici brièvement. Vous êtes évidemment au courant du critère énoncé dans le jugement *La reine VS Galbraith*. Je ne suis pas en train de dire qu'il n'existe aucune preuve que l'accusé ait commis les délits tels qu'exposés dans l'acte d'accusation. Ma requête repose sur le fait que les rares preuves qui existent s'avèrent d'une faiblesse intrinsèque telle que cela les rend inexistantes. Au fond, nous n'avons entendu que la plaignante, et je souhaiterais vous exposer que sa version des événements est tout à fait vague et ne s'appuie sur aucune confirmation extérieure.

» Il n'y a absolument aucune preuve émanant d'une autre source qui vienne étayer la réalité de cette prétendue relation. Malgré son affirmation concernant l'existence d'une correspondance entre elle et l'accusé, aucune trace n'en a été retrouvée, sur aucun de ses appareils ni sur le téléphone de l'accusé, qui a aussi été examiné en détail par la police. J'ai conscience que mon distingué confrère avancera que Votre Honneur devrait être d'avis que la crédibilité de la plaignante constitue le cœur de cette affaire, et donc qu'il faudrait soumettre cette question au jury pour qu'il tranche, mais si je dépose cette requête, c'est qu'il n'y a tout simplement pas assez de matière à soumettre à l'examen des jurés. Il s'agit en somme d'un cas limite dans lequel je voudrais vous inviter à exercer votre pouvoir d'appréciation afin de classer la plainte sans suite.

Pendant toute son intervention, Edward Kayode secoue la tête, et lorsque Barbara a terminé, il se lève.

— Je serai encore plus bref, dit-il. Je suis reconnaissant à mon estimée consœur d'avoir formulé d'avance ma réponse à cette requête. La crédibilité de la plaignante est en effet au cœur de l'affaire, et il serait tout à fait approprié qu'elle soit soumise à la délibération du jury, au terme des conclusions de la défense, et non pas classée sans suite dès maintenant.

— J'aurais tendance à être d'accord, maître Kayode, répond la juge. Toutefois, l'affirmation de Mlle Carlisle selon laquelle il n'existe aucune autre preuve à l'appui dans cette affaire n'est pas non plus dénuée de fondement. (Elle lève les yeux vers la pendule.) Il est désormais trois heures et demie. Vu l'heure, je suis d'avis d'examiner cette requête demain.

Elle rassemble ses papiers et se lève. L'audience est levée pour aujourd'hui.

Barbara et Zora sont en conciliabule à l'entrée du vestiaire. Je m'approche d'elles, et elles paraissent toutes les deux préoccupées.

— Nous discutons de la meilleure manière de jouer cette partie, me confie Barbara. Comme je l'indiquais au début, Jeremy a beaucoup de témoins de moralité. Nous en avons deux qui sont prêts à se présenter devant la cour. Nous avions initialement prévu d'organiser leur venue à l'audience de lundi, mais l'évêque m'a envoyé un e-mail pour me dire qu'il ne peut se présenter que demain. Je compte demander à l'autre témoin s'il peut nous rejoindre demain aussi.

— Et si l'affaire est classée sans suite ? demandé-je.

— Mieux vaut se tenir prêt.

— Vous les appelleriez à témoigner avant qu'il n'ait effectué sa déposition ? s'étonne Zora.

Barbara hoche la tête.

— Pas très orthodoxe, je vous l'accorde. Mais cela donnera le ton.

— La juge pourrait ne pas apprécier, objecte Zora.

— Peut-être, mais si l'évêque n'est disponible que demain, quel choix avons-nous ? réplique Barbara.

Je l'observe attentivement, perplexe quant au timing, mais son visage et son ton de voix sont parfaitement candides, et son sourire est inoffensif.

J'ai le sentiment que Jeremy pourrait s'attarder dans l'espoir d'un autre verre, mais je m'en vais aussi vite que je le peux, impatiente de récupérer Robin. J'ai hâte que le métro arrive ; j'atteins les portes de l'école avec quelques minutes d'avance. Il me faut un moment pour me rendre compte du degré de tension qui règne dans l'air, entre les parents qui forment des groupes encore plus serrés que d'habitude. Je regarde autour de moi pour voir si je reconnais quelqu'un, et je finis par trouver Nicole, à l'épicentre d'un cercle de femmes inquiètes. Je me dirige vers elle et lui pose la main sur l'épaule. Elle me serre brièvement dans ses bras.

— Il y a un photographe, là-bas, me souffle-t-elle à l'oreille.

— Où ?

— Là.

Elle le pointe discrètement du doigt. Il me faut un moment pour repérer l'homme. Il est posté sur le trottoir d'en face, appareil équipé d'un zoom à la main.

— Pourquoi est-il ici ?

— Il y a eu une fuite, m'explique Nicole. Cela vire au scandale. Regardez.

Elle me met un exemplaire du journal du soir entre les mains.

CETTE ÉCOLE ULTRA-INTELLIGENTE TUE-T-ELLE LES ENFANTS ?, interroge le gros titre, qui s'étale au-dessus d'une photo de l'établissement. Je parcours l'article. *Des questions commencent à se poser au sujet de la pression imposée aux élèves dans la très prestigieuse Ashams School, après l'hospitalisation d'une élève de CM2 dans des circonstances encore inexpliquées. L'affaire fait actuellement l'objet d'une enquête de police. Cela suit la mort par noyade l'an dernier de Zoe Leonard, dont...*

Nicole me retire le journal des mains avant que j'aie pu finir de lire. Je la regarde.

— C'est épouvantable qu'ils ressortent encore cette histoire. La pauvre famille. C'était une petite de la classe de Pippa, l'an dernier, me précise Nicole. C'était un accident épouvantable… Elle s'est noyée alors qu'elle était en vacances avec sa famille. Leur unique enfant. Absolument accablant.

— Cela semble horrible, dis-je. Pourquoi personne ne m'en a parlé avant ?

Nicole détourne un instant le regard, le repose sur moi.

— Il faut comprendre, ça a été épouvantable. Ils viennent de l'étranger… Son père est quelqu'un de haut placé dans la carrière diplomatique, et après que c'est arrivé, ils sont directement rentrés chez eux. Cela a tellement bouleversé tout le monde, en particulier les enfants…

— Salut, maman, me fait Robin.

Elle arrive dans le dos de Nicole, qui cesse immédiatement de parler et s'écarte pour la laisser s'approcher.

— Ça va, mon cœur ?

— Oui, répond-elle. (Elle n'en a pas l'air tout à fait certaine.) On peut rentrer à la maison, maintenant ?

— Tu ne veux pas venir boire un chocolat chaud avec Pippa et moi ? s'étonne Nicole.

Je regarde Robin, qui fait non de la tête.

— J'aimerais rentrer à la maison, répète-t-elle.

— Je crois qu'on ferait mieux d'y aller, dis-je. Merci beaucoup de l'avoir accueillie.

Pippa marche devant avec ma fille, et nous nous éloignons de l'école. Elles ont une courte conversation avant qu'elle s'arrête pour attendre Nicole. Elle paraît fatiguée, les yeux creusés et les cheveux gras, ce qui ne lui ressemble pas.

— Elle s'inquiète vraiment pour Daisy, me confie Robin après leur départ. J'ai essayé de lui remonter le moral, mais elle se sent vraiment triste.

— Tu as entendu parler d'une fille qui s'appelait Zoe ?

— Celle qui est morte ? Oui, elles en ont parlé, avant. Ça m'a un peu fichu la frousse.

Je m'arrête, je me tourne vers ma fille. Elle est pâle, un peu tremblante.

— Pourquoi ça t'a fichu la frousse ?

— Je crois que c'est sa place que j'ai prise. Son casier. Elles m'ont dit que personne n'avait été admis à l'école avant moi. J'ai pris la place d'une fille morte…

Je ne sais que répondre à cela. Je l'attire à moi et je la serre longuement dans mes bras, ne la lâchant pas avant qu'elle se soit enfin calmée.

41

Dès que Robin est au lit et endormie, j'ouvre mon ordinateur pour mener quelques recherches supplémentaires au sujet de Zoe. Je ne trouve pas grand-chose de plus. Des vacances qui ont mal tourné, un bref communiqué d'Associated Press, aucun nom de journaliste n'est mentionné, que je pourrais contacter. C'est peut-être parce que les parents sont des ressortissants étrangers, peut-être parce que cela s'est produit hors d'Angleterre, mais l'accident n'a même pas eu droit à un court paragraphe, hormis la mention dans le communiqué des défis auxquels l'école est confrontée. Dans cet article, l'accent est mis bien plus fortement sur le coma prolongé de Daisy et sur les conjectures autour des causes, avec quelques détails superflus à propos de Julia et son mari Paul, divorcés deux ans auparavant après une séparation pleine d'acrimonie, qui s'était achevée au tribunal sur la répartition des actifs.

J'envoie un message à Nicole pour lui demander si elle en sait davantage, mais je ne reçois aucune réponse.

Je songe à en envoyer un à Julia, mais je me demande si elle ne jugera pas cela intrusif. Je suis assise seule dans le salon, la maison autour de moi est silencieuse, et je sais que si je monte à l'étage, devant la porte de la chambre de Robin, je vais entendre sa respiration, les quelques bruits du sommeil et le grincement du matelas quand elle se retourne. Sans que je le veuille, l'image de Daisy sur sa civière me revient en tête, et mon imagination me conduit plus loin, vers un lit d'hôpital où est couchée la fillette, entourée de tubes et d'appareils qui clignotent. Et de là mes pensées me conduisent encore plus loin, vers une villa inconnue dans un pays anonyme, une piscine sombre et le corps flottant encore à la surface, les cris de la mère quand on trouve l'enfant.

Je serre les genoux, je me protège contre l'intrusion de ces pensées, leur horreur, jusqu'à ce que mon téléphone bipe et rompe cet état second.

Nicole. *Je vous en parlerai la prochaine fois que nous nous verrons vraiment. Je ne peux pas envoyer de message. Je suis tellement désolée pour Julia. C'est déjà assez pénible sans que la presse vienne aussi fouiner.*

Comment va Daisy ? réponds-je.

Nicole prend un moment pour taper sa réponse. Je vois les points gris danser en bas de mon écran. *Toujours pareil. Tout ça est très inquiétant.*

Nous en restons là et je me mets au lit, sans trouver le sommeil avant des heures, mes pensées inquiètes qui s'éloignent de Daisy pour s'attacher à ce qu'Andrew pourrait mijoter, avant de revenir de nouveau à Daisy. À la fin, j'emporte ma couette et des coussins dans la chambre de ma fille, je m'aménage un nid par terre, en réglant ma respiration sur le va-et-vient de la sienne, et, enfin, je m'endors.

Le lendemain matin, Robin est lente à s'habiller et à avaler son petit déjeuner. Elle traîne volontairement les pieds, mais je fais de mon mieux pour faire mine de ne rien remarquer. C'est seulement quand elle se plaint d'un mal de ventre que je dis quelque chose.

— Ça t'inquiète d'aller là-bas ?

— Non, me répond-elle immédiatement. (Un long silence.) Si, un peu. C'est juste qu'avec tout ça, et en plus avec l'évaluation d'anglais…

— Essaie de ne pas trop t'inquiéter pour cette évaluation, dis-je. Tant que tu fais de ton mieux.

— Mais je ne pense pas pouvoir faire de mon mieux, déplore-t-elle. Pas en sachant que j'ai pris la place d'une fille qui est morte. J'utilise sûrement son casier. Il est peut-être hanté.

Je ne sais pas si je dois rire ou pleurer.

— Essaie juste de dépasser ça. Et n'aie pas ce genre de pensées. Même si c'était son casier, cela n'aurait aucune importance. Tu sais que les fantômes, ça n'existe pas.

— J'imagine.

Elle hausse les épaules.

— Ah voilà. C'est bien. Et Daisy ira bien, elle aussi. Je te le promets.

Elle m'embrasse et finit son petit déjeuner plus gaiement. Je bois quelques gorgées de mon café, en priant Dieu d'avoir formulé une promesse qui pourra être tenue.

Déposer Robin à l'école se déroule plutôt sans accroc. Nous arrivons en même temps que Nicole et Pippa, les filles rentrent donc ensemble en courant. Je prévoyais de questionner encore la mère de Pippa au sujet de Zoe, mais elle semble fatiguée, pâle et je n'ai pas envie de l'assaillir.

— Est-ce que ça va ?

— Je n'ai pas bien dormi, me répond-elle. Ça m'a tout fait ressurgir. Pippa a été vraiment perturbée, elle aussi. Dieu sait quel effet cela aura sur ses évaluations.

— Cela ne compte pas réellement, pour l'instant, non ?

Nicole secoue la tête.

— Non, je suppose. Mais elles ont travaillé si dur. J'espère que tout cela ne va pas se déliter.

— Je suis sûre que tout ira bien.

Nicole me prend la main et nous restons ainsi, ensemble, une longue minute.

— Vous avez raison, dit-elle. Je ne dois pas tant me laisser aller. Les filles vont bien, c'est le principal. Imaginez être à la place de la pauvre Julia…

— Il y a des nouvelles ?

— Aucune, me répond Nicole en retirant sa main. L'état de Daisy n'empire pas, mais elle ne va pas mieux non plus. Et tant qu'elle ne se réveille pas, il n'y aura aucun moyen de connaître l'ampleur des dégâts.

Je secoue la tête. Des flots de gens passent devant nous, des parents et des enfants qui entrent dans l'école, mais nous sommes comme sur notre île, isolées de tous les autres.

— Je vous l'ai déjà dit, ajoute Nicole, mais je ne sais vraiment pas ce que je ferais si vous n'étiez pas là.

Je sais que nous ne sommes amies que depuis quelques semaines mais j'ai l'impression que ça fait beaucoup plus. J'ai toujours trouvé cela compliqué de se lier d'amitié avec les autres mamans. C'est donc agréable d'avoir rencontré une âme sœur. Cela a tout changé, de recevoir votre soutien. Et Robin est si bénéfique pour Pippa aussi.

— Vous avez été pour moi d'un grand soutien également, dis-je. Je ne sais pas comment j'aurais géré ce procès. Ma fille apprécie vraiment son amitié avec Pippa. Quand je repense au début de l'année scolaire, à quel point tout a changé…

— Il faut simplement nous serrer les coudes et surmonter tout cela, admet Nicole. Mais vous ne devez pas vous rendre au palais ?

Je ris, je lui dis au revoir. Je suis encore préoccupée, mais Nicole a raison, je dois maintenant me concentrer sur le procès, et sur rien d'autre. Le temps que j'atteigne l'Inner London Crown Court, mes inquiétudes au sujet de Daisy sont reléguées, refoulées. Je suis prête pour la journée qui m'attend.

Dimanche, 12 h 57

La maison est bardée de volets, sa façade fermée à toute invasion. Je tambourine à la porte jusqu'à en avoir les phalanges en sang. Chaque partie de mon corps est endolorie, mes bras, mes genoux à cause du choc de la chute, ma tête me lance. Je crie : « Laissez-moi entrer, laissez-moi entrer ! », à tue-tête, mais personne ne vient à la porte. Tout est silencieux, mort à l'intérieur.

J'ai besoin de me calmer, de me reprendre. De planifier ce qui vient après. Je recule et j'examine attentivement le bâtiment. Pas de faille, pas d'ouverture. Toutes les fenêtres sont couvertes. Il y a une porte latérale qui conduit au jardin et je m'en approche, j'essaie la poignée, j'appuie dessus à plusieurs reprises, mais en vain.

— Puis-je vous aider ? me demande une femme depuis le trottoir, et je me retourne, traversée d'un éclair d'espoir et de soulagement.

Mais ce n'est pas elle : c'est une autre femme plus âgée, qui me lance un regard courroucé.

— Je suis une amie, dis-je, en m'approchant en vitesse de cette inconnue. Vous savez où elle est ?

— Je suis sûre que si elle voulait que vous sachiez où elle est, elle vous le dirait, me rétorque-t-elle d'un ton très hautain. Cogner à sa porte de la sorte et faire autant de vacarme, ce n'est pas une façon de se conduire.

— Je cherche ma fille, dis-je. Je pense qu'elle a ma fille avec elle.

Tout en parlant à cette femme, je m'efforce de me maîtriser. Je sais que j'ai l'air d'une folle. Mais à présent je suis incapable de retenir mes larmes, de grands paquets de sanglots, de la morve coulant de mon nez : c'est le stress, l'inquiétude quant à l'endroit où se trouve ma fille, l'émotion si incontrôlable qu'elle ne peut que filtrer de la sorte. Tout ça en même temps, qui éclate à cause des paroles glaciales de cette femme.

Elle recule d'un pas.

— Si vous ne vous éloignez pas de cette maison, j'appelle la police, menace-t-elle. Je fais partie de l'initiative de surveillance du quartier pour cette rue et vous vous comportez de manière très suspecte.

Je la regarde, je cherche en elle une trace d'humanité, un quelconque soutien, mais je ne vois rien : froide, dure, la bouche fermement pincée. La femme plonge la main dans son sac comme pour en sortir un téléphone, alors je tourne les talons et je m'éloigne, la tête basse, me maîtrisant non sans effort.

Je vais revenir, de toute façon. Quoi que j'aie à faire, je le ferai.

Je vais retrouver ma fille.

Coûte que coûte.

42

À mon arrivée au palais, Jeremy et sa mère sont tous les deux sur les nerfs. Ils forment un cercle avec Zora et Barbara.

— C'est l'espoir qui nous tue, se plaint Alexandra. Vous pensez réellement qu'il y a une chance pour que l'affaire soit close ?

Barbara hausse les épaules.

— C'est possible. Mais il vaut mieux procéder en considérant que nous aurons à monter une défense.

Nous sommes approchés par deux messieurs qui semblent avoir la soixantaine, tous les deux en costume. Le premier porte une tenue impeccable, la veste de son costume parfaitement ajustée, la cravate en soie d'un bleu raffiné ; l'allure est formelle, les manières assurées, mais le menton est rentré et la bouche a un rictus irascible. L'autre est moins soigné, mais il a un air plus austère. Un air ecclésiastique, deviné-je. Ce doit être l'évêque. Les témoins de moralité sont arrivés.

Zora me les présente. Le moins soigné est bien l'évêque, comme je l'avais supposé, et le plus élégant, le directeur, récemment à la retraite, d'une école privée de l'Oxfordshire. Ils embrassent tous deux Jeremy, et le saluent sur un ton plein d'empressement.

— Je suis désolé que mon père ne puisse pas être là, s'excuse le jeune homme, mais il vous transmet ses salutations.

— Quel pauvre inutile, éructe Alexandra. Son fils unique est traduit en justice et il ne s'est pas une fois montré.

— Je t'en prie, l'interrompt Jeremy. Tu sais qu'il est lui-même retenu par une autre affaire. (Il se tourne vers les deux hommes.) Je sais qu'il vous est très reconnaissant d'avoir pu prendre le temps de venir. Je vous en suis reconnaissant aussi.

— Cela va de soi, mon cher garçon. Très heureux de prononcer quelques mots en votre faveur, répond l'évêque.

L'ancien directeur d'école hoche la tête en signe d'assentiment.

— Je vais devoir vous demander de patienter hors de la salle d'audience, prévient Barbara. Et avec un peu de chance, votre intervention ne sera même pas utile. Mais si cela ne vous ennuie pas de vous asseoir ici, je vais informer la cour de votre présence, afin que l'on puisse vous appeler si nécessaire.

Les deux hommes acquiescent et s'assoient. Nous entrons en salle d'audience. Zora et moi restons debout côte à côte dans le fond pendant que les autres prennent place.

— Tu as l'air fatigué, me dit-elle. Comment ça va, dans l'ensemble ? L'amie de Robin s'en sort ?

— Je ne sais vraiment pas. Il ne semble y avoir aucune amélioration. Robin tâche de faire bonne figure, mais je vois bien que ça la contrarie.

— Je t'avais dit que cette école était une mauvaise idée…

Je lui décoche un regard perçant, et elle lève la main pour s'excuser.

— Désolée, je sais. J'ai pigé. D'ailleurs, quand on parle de parents redoutables…

— C'est drôle que le père ne se soit jamais présenté au tribunal, dis-je. Cela étant, s'il est du même genre que la mère, c'est probablement aussi bien.

Zora lève les yeux au ciel et rit. Je prends mon siège derrière Barbara, prête pour le début de l'audience.

— Votre Honneur, avez-vous l'intention de rendre une décision sur la demande de classement sans suite que j'ai déposée hier au nom de l'accusé ?

— Oui, j'allais y venir.

Barbara murmure des excuses, mais la juge poursuit néanmoins.

— J'ai examiné attentivement votre requête, et bien que je mesure le bien-fondé de vos arguments, il est indéniable que cette affaire repose sur la crédibilité de la plaignante. De mon point de vue, c'est une question qui doit par conséquent être examinée par le jury, et sur cette base, je rejette votre demande. L'affaire sera jugée. (Elle marque un temps de silence.) Toutefois, je suis au regret d'informer la cour qu'en raison d'un engagement personnel imprévu, je vais devoir lever la séance à l'heure du déjeuner, pour reprendre lundi matin.

Barbara se lève.

— Au vu de votre décision, Votre Honneur, il serait peut-être logique d'appeler à la barre les deux témoins de moralité qui sont présents aujourd'hui, et d'attendre lundi pour appeler l'accusé à faire sa déposition.

Edward Kayode se lève à son tour.

— Je n'ai aucune objection à cette ligne de conduite, Votre Honneur.

La juge hoche la tête en signe d'acquiescement. Le premier des deux témoins est introduit dans la salle, et Barbara se tourne vers moi pour me marmonner :

— Je ne peux pas dire que cela me surprenne outre mesure. C'est dommage, tout de même. J'espérais que nous pourrions mettre un terme à son calvaire dès aujourd'hui. Je suis convaincue qu'il sera acquitté, mais je suppose qu'ils doivent obéir aux règles de procédure.

J'opine de la tête. Elle a raison. Je jette un regard vers Jeremy. Il regarde droit devant lui, le visage vide, un simple tressaillement d'un côté du visage laissant entrevoir la déception qu'il doit éprouver.

Barbara recueille tout d'abord le témoignage du directeur de l'école, chaque réponse qu'il prononce est mesurée, lisse, ajustée à la perfection. Ce sont des louanges, mais pas une hagiographie, avec une légère critique du caractère impétueux de Jeremy dans sa jeunesse, afin de tempérer son portrait et de le rendre encore plus impressionnant. Les jurés opinent du chef tout du long, l'approbation se lisant sur presque tous les visages. Edward Kayode réussit assez bien à maîtriser les expressions de son visage… j'imagine très bien que sinon, il lèverait les yeux au ciel.

Quand on lui demande s'il aimerait procéder à un contre-interrogatoire, il se lève.

— Juste quelques questions, fait-il. Vous connaissez l'accusé depuis sa naissance ?

— Oui.

— Un ami de la famille, disiez-vous ?

— Oui.

— Est-ce une amitié qui vous lie à la mère de l'accusé, ou au père ?

Le directeur d'école semble contrarié.

— Son père. Nous étions à l'école ensemble. Je le connais depuis presque toujours. Je n'hésiterais pas à me porter garant pour lui ou pour son fils.

Edward Kayode opine.

— Mais je n'en doute pas. Quel âge aviez-vous quand vous vous êtes connus ?

— Treize ans.

— Donc cela signifierait que votre amitié dure depuis plus de cinquante ans, si je ne me trompe ?

— Oui.

— Un camarade d'école ?

— Oui. Comme je vous l'ai dit.

— Était-ce un établissement privé ?

— En quoi est-ce important ?

— Oui ou non, je vous prie, insiste le procureur.

— Oui, un établissement privé.

— De belles loyautés se nouent dans un établissement privé, n'est-ce pas ?

— Enfin, je veux dire, si vous laissez entendre que je placerais la loyauté envers mon ami au-dessus de l'obligation de dire la vérité au sujet de son fils, alors…

— J'établis simplement les faits de votre relation avec l'accusé, conclut Kayode. (Il se tourne vers la juge.) Pas d'autres questions, votre honneur.

L'évêque est tout aussi impressionnant, la voix est onctueuse et apaisante. Ce qu'il lui manque de soin dans l'allure est aisément compensé par sa sérénité. Quand le procureur procède à son contre-interrogatoire dans la même veine, cela apparaît presque comme un affront que cet homme d'église soit ainsi mis en question. Il dissimule son irritation mieux que le chef d'établissement, mais l'effet positif de son témoignage est terni, une petite tache sur le cristal de la piété. En quelques mots, le procureur a suscité l'impression d'une coterie, d'une faction qui s'est constituée sur les terrains de jeu, d'une loyauté réciproque envers et contre tout. Il est convaincant. Mais l'est-il assez ?

Il n'est qu'onze heures et demie quand les deux témoins ont terminé. Barbara lit à voix haute deux autres lettres de témoins de moralité : l'une d'un aumônier de Jeremy dans son ancienne école et l'autre d'un dirigeant d'entreprise qui déclare être ami du père de Jeremy depuis l'école. À l'évidence, Edward Kayode souhaite épingler le fait, mais il est trop professionnel pour grimacer devant un jury. Il se borne à hocher la tête à la conclusion de chaque déposition, et j'observe deux jurés qui prennent des notes. La séance est levée jusqu'à lundi, quand Jeremy livrera sa version des faits.

Nous nous rassemblons à l'extérieur : Barbara, moi, Alexandra, Jeremy et Zora. Jeremy semble tendu, sa mère furieuse à côté de lui.

— C'est un scandale que cette affaire se poursuive, proteste-t-elle. Vous auriez dû argumenter plus fermement.

— J'étais convaincu qu'elle allait classer l'affaire, se lamente Jeremy. La déposition de Freya était une vraie plaisanterie.

— Je pense que le jury ira dans ce sens, estime Barbara, mais la juge a raison d'affirmer que tout l'enjeu réside dans sa crédibilité. Il faut encore maîtriser vos nerfs quelques jours.

— Est-ce que cela signifie que je vais devoir effectuer une déposition ? demande-t-il.

— Nous en avons déjà débattu, répond-elle. Cela relève entièrement de votre décision, mais vous connaissez mon opinion : vous ferez extrêmement bonne impression sur le jury.

— Je n'en ai vraiment aucune envie. Mais papa pense que je devrais, lui aussi. Enfin, avant, il serait vraiment utile de revenir sur tout cela avec l'une de vous, quand même.

— Bien sûr. Pourquoi ne pas le faire tout de suite ? propose Barbara. Nous pouvons retourner au cabinet.

— Oui, acquiesce Alexandra. Il faut s'assurer que tu aies convenablement répété. Je pense que je devrais venir, moi aussi. Après le désastre de cette soi-disant requête, j'ai perdu beaucoup de ma confiance en vous, Barbara. Vous avez manifestement besoin d'être suivie de près.

Jeremy se dandine un peu, la panique se lit dans ses yeux.

— Je suis désolé, dit-il. Je ne peux pas. J'ai prévenu papa que l'affaire s'était clôturée tôt aujourd'hui, donc nous nous retrouvons pour déjeuner.

— Je croyais que nous allions déjeuner, toi et moi, proteste Alexandra. Cela changerait un peu de déjeuner ailleurs qu'ici avec toi. (Elle montre ce qui l'entoure avec une expression de dégoût.) J'en ai assez pour la vie, de cette rive sud.

— Je suis vraiment désolé, maman. Je ne peux pas. J'ai promis à papa.

L'angoisse pointe dans sa voix.

— Comme si les promesses possédaient le moindre sens aux yeux de cet homme, s'étrangle Alexandra. Enfin, puisque tu préfères manifestement l'idée de sa compagnie à la mienne.

Avec un geste théâtral, elle tourne les talons et s'éloigne d'un pas hautain. Nous restons tous les yeux fixés sur elle, un peu éberlués. Au bout d'un moment, Jeremy se ressaisit.

— Papa pense vraiment que je devrais répéter ma déposition, lui aussi. Y a-t-il une possibilité de faire ça demain matin, par hasard ?

Zora secoue la tête.

— Je suis désolée, j'ai déjà d'autres engagements.

— Je ne suis pas libre non plus, s'excuse Barbara. Et vous, Sadie ?

Je songe à Robin, mais je refoule mon premier mouvement de réticence. Pour Robin, je vais me débrouiller, d'une manière ou d'une autre. Ce ne sera pas long.

— Bien sûr, réponds-je. Je peux y consacrer deux heures dans l'après-midi. Nous pourrions éventuellement nous retrouver au cabinet.

— Je vous remercie, dit Jeremy. Échangeons nos numéros pour se confirmer l'heure exacte dans la matinée.

Zora et Barbara me sourient toutes deux, ravies que j'aie résolu le problème pour elles, et je ne veux pas les décevoir. Je tape le numéro de Jeremy dans mon téléphone, sous sa dictée, lui envoie un *Bonjour*, pour qu'il ait le mien, et nous nous disons tous au revoir.

43

Je suis assise dans le métro, les yeux fermés, tâchant de rationaliser mes peurs, de mettre un peu d'ordre dans tout ça. Au moins, Robin va bien, je peux me raccrocher à cela. Mais l'ai-je mise en danger, en l'inscrivant dans cette école ? Un incident menaçant la vie d'un enfant pourrait être considéré comme un malheureux coup du sort, mais deux ? La rame approche d'une station, je prends une décision soudaine, je me lève. Je change de ligne et je me dirige vers un arrêt où je ne me rends pas d'habitude.

Une fois sortie de la station, j'envoie un message à Nicole. *Je comptais rendre visite à Daisy. Vous pensez que c'est possible ?*

Sa réponse me parvient presque immédiatement. *Oui, allez-y. C'est au 7ᵉ étage, chambre 20. Je suis sûre que Julia sera heureuse de vous voir.*

Je me rapproche de l'hôpital, mes pas ralentissent, le gris du béton de l'édifice se dresse au-dessus de moi. Je tourne presque les talons, mais je me réfrène. Pour moi, tout va bien : je peux échapper au malheur de la chose, me dérober à la réalité que Julia affronte pour sa fille. Mais ce n'est pas une façon de se conduire. Je serre les dents et franchis la porte d'entrée, puis me dirige vers le septième étage.

C'est une section privée de l'hôpital, avec un comptoir d'accueil juste après les portes. J'approche et demande à un membre du personnel où je dois me rendre. Il m'indique la direction. J'explique à qui je rends visite mais cela ne l'intéresse pas, il se contente de hocher la tête en souriant. Vous pouvez tout à fait y aller, ne vous inquiétez pas, tel est clairement son message, et il retourne à son écran d'ordinateur. Je m'avance, respire à fond et frappe à la porte.

Personne ne répond. La porte est entrouverte et je la pousse sans un bruit. La pièce est dans l'obscurité et je m'avance lentement vers un petit vestibule qui communique avec la chambre. Une petite lampe rougeoie au chevet du lit, les volets sont baissés sur la fenêtre du fond. La seule autre source de lumière est le clignotement des appareils qui, j'imagine, doivent maintenir Daisy en vie.

Je suis maintenant debout près du lit, je vois une petite silhouette enveloppée sous les couvertures, comme sous un linceul. Une femme est assise à côté du lit, la tête baissée, les mains à plat sur le drap.

Julia.

— Coucou, dis-je, d'une voix douce. (Aucune réaction.) Coucou, dis-je encore, plus fort cette fois. (Toujours rien.)

Je contourne le lit jusqu'à l'endroit où Julia est assise et je pose ma main sur son épaule, un contact léger d'abord, qui devient ensuite plus ferme, mais elle ne réagit pas. Enfin, alors que je vais renoncer, elle se tourne vers moi, le visage tiré.

— Sadie, souffle-t-elle, d'une voix qui semble venir de loin. Sadie.

— Je voulais venir voir Daisy. Je peux ?

— Oui, répond Julia. Vous pouvez la voir.

Je regarde le lit. Daisy n'est pas très visible. La moindre partie de son corps qui n'est pas recouverte par des draps est reliée à un appareil. Son visage est oblitéré par un masque respiratoire en plastique, et on entend la pulsation cadencée d'une pompe venant d'un des appareils installés à proximité.

— Est-ce que ça va s'arranger ? soufflé-je, ces mots m'échappant avant que j'aie pu les retenir.

Le visage de Julia se tend, un éclair de ce qui pourrait être de la peur, ou de la colère face à ma maladresse. Elle détourne le regard, revient vers sa fille.

— Je ne sais pas, dit-elle. Je ne sais vraiment pas.

Elle n'ajoute rien. Je reste seulement quelques minutes de plus et, avec une dernière étreinte de la main sur l'épaule osseuse de Julia, je me retire, écrasée par le poids de cette chambre alors que je sors de l'hôpital et rentre chez moi, secouée au tréfonds de moi-même d'avoir vu Daisy si souffrante.

Bien que j'aie consacré l'après-midi à récurer la maison et à retaper les meubles fatigués, une part de ce poids demeure en suspens au-dessus de moi lorsque je pars à l'école chercher Robin. J'ai envoyé un message à Nicole pour l'avertir que je serai là, en lui proposant de prendre un café avant la sortie des enfants, mais elle n'a pas répondu. Quand je l'aperçois devant la porte de l'établissement, je me demande si elle voudra me parler, mais elle se montre toujours aussi amicale, s'excuse de n'avoir pas répondu et se montre soucieuse après ce que je lui rapporte de ma visite à l'hôpital.

— C'est sinistre, fait Nicole. J'ai tant de peine pour elles. Et pourtant, nous n'y pouvons rien. Juste soutenir Julia quand elle nous le demande, c'est tout. Quand elle sortira, il y aura plus à faire.

— Je suppose, oui, dis-je.

Je suis sur le point de poursuivre, de l'interroger sur ce qu'elle pense réellement des chances de rétablissement de Daisy, mais nous sommes interrompues par un groupe d'autres mères, qui se pressent autour de Nicole pour lui demander quelles sont les nouvelles les plus récentes. Je recule, laissant Nicole les informer jusqu'à ce que les filles sortent de l'école. Le visage de Robin s'illumine dès qu'elle me voit.

— Comment s'est passée ta journée, mon cœur ? dis-je.

— Pas mal. J'ai bien réussi mon évaluation.

— C'est bien, dis-je.

Je tourne les talons, prête à m'en aller, quand je vois Pippa et Nicole en pleine conversation très intense, à l'écart, sur le trottoir. Nicole agite les mains et Pippa semble en larmes.

— Est-ce que Pippa va bien ?

— Elle a vraiment raté son évaluation, me répond-elle. Genre, au-dessous de cinquante pour cent. Elle est terriblement stressée.

Je les regarde à nouveau, non sans compassion. Nous nous retournons pour nous en aller quand Nicole m'appelle.

— Sadie ! Attendez. Je veux vous demander quelque chose.

Nous faisons volte-face et attendons qu'elles nous rejoignent : Pippa a le visage maculé de larmes, les yeux rouges, mais Nicole paraît survoltée.

— J'ai eu une idée formidable, dit-elle. Je pense que c'est d'une pause que ces petites filles ont besoin. Une petite excursion au bord de la mer.

Pippa a déjà l'air un peu plus réjouie. Nicole continue.

— J'ai une maison de vacances à Aldeburgh, sur la côte du Suffolk. Je viens juste de me dire : Pourquoi je n'emmènerais pas les enfants pour le week-end ? Vous pourriez venir aussi ?

— J'adorerais, dis-je, mais j'ai du travail demain.

— Oh, maman, proteste Robin, laissant échapper sa déception.

— Je suis désolée, répété-je, mais je dois aller à une réunion.

— Pas de problème, fait Nicole. Je serais ravie de l'emmener. Franchement, cela ne m'ennuie pas du tout.

Les filles disent toutes les deux « oui » en même temps. Robin me regarde, avec des yeux suppliants. Et Nicole aussi.

— Vous me rendriez un grand service, ajoute-t-elle. Robin a une si bonne influence sur Pippa. Elle est si apaisante. Pouvez-vous vous passer d'elle deux nuits ?

— Je ne pense pas que…, commencé-je à répondre.

Je n'ai pas envie de laisser Robin partir, je tiens à la garder près de moi.

— S'il te plaît, maman. Ça va être tellement amusant. S'il te plaît.

— S'il vous plaît, insiste Pippa à son tour. (Elle s'est arrêtée de pleurer, le visage tendu, plein d'attente.) J'adorerais que Robin vienne aussi. Je l'aime beaucoup.

C'est trop, je suis incapable de soutenir la pression qu'elles me font subir. Je n'ai pas le cœur de provoquer une telle déception.

— Si vous en êtes sûre, dis-je à Nicole. Vous l'avez beaucoup eue, ces derniers temps. Je ne veux rien vous imposer.

— Vous ne m'imposez rien, je vous le promets, m'assure Nicole, en tendant la main pour attraper la mienne. Merci.

Au moment où elle prononce ces mots, sa voix se brise, et j'entrevois des larmes dans ses yeux.

Je souris.

— Ce sera un plaisir pour Robin de voir la mer. Un peu d'air pur, c'est exactement ce dont elles ont besoin.

44

Après une petite discussion, nous décidons que Nicole emmènera les filles demain matin. Robin et moi passons une soirée tranquille : pizza-télé. Elle sort les vêtements dont elle aura besoin pour cette sortie au bord de la mer. Elle est très paisible.

Le lendemain, nous nous levons et sommes dehors avant huit heures. Nicole et Pippa sont toutes les deux enchantées de nous voir, et je leur fais un signe de la main quand la voiture s'éloigne dans la rue. J'ai tout mon week-end libre à présent, aucune autre obligation que la réunion avec Jeremy cet après-midi. Je devrais être contente.

Je m'éloigne de la maison de Nicole, en consultant mon téléphone pour vérifier mes messages, quand je me prends le pied dans une aspérité du trottoir. Je tombe en avant, et ne me rattrape qu'au dernier instant, mais même alors que je me redresse, j'ai encore l'impression de tomber. Sans Robin avec moi, c'est comme si j'étais sans attache, et comme si ma perception de la gravité était faussée, d'une certaine manière. J'essaie de reprendre mes esprits, ma main racle la surface rugueuse du mur de pierres contre lequel je m'appuie à présent, cette sensation me permet de m'ancrer au sol, et j'inspire, une fois, deux fois, pour me recentrer.

Ça va. Je vais bien. Robin va bien. Nous allons toutes les deux bien. Je me dirige vers la maison d'un pas énergique, en inspirant par le nez et en expirant par la bouche, au rythme de mes pas.

Plus tard dans la matinée, j'envoie un message à Jeremy, pour lui suggérer que nous nous retrouvions au cabinet à deux heures. Il me répond peu de temps après, en m'expliquant qu'il s'est blessé au genou pendant son footing tôt ce matin, et me demandant si je ne viendrais pas plutôt à son appartement – *Je peux à peine rester debout et encore moins marcher*. Je ne suis franchement pas emballée à l'idée de traverser tout Londres au lieu de simplement me rendre au cabinet. Enfin, je n'ai pas de meilleure solution, et je lui réponds par message en lui demandant son adresse.

Après avoir un peu réfléchi, je choisis une tenue qui convienne à peu près pour une réunion de week-end : relax, mais pas trop, noir ton sur ton avec un foulard coloré. Barbara m'a envoyé un SMS avec quelques toutes dernières recommandations à transmettre à Jeremy : garder son calme, prendre une minute pour répondre aux questions. Je suis archiprête. Je prends la direction du sud de Londres en métro, pour me rendre à son appartement, un quartier de la capitale où je ne suis plus allée depuis des années.

En sortant de la station, il me faut un moment pour m'orienter dans ces rues que je ne connais pas. Je sors mon téléphone de mon sac pour vérifier la direction sur Google Maps, et je m'aperçois que la batterie est presque à plat : j'ai oublié de le charger cette nuit. Je me concentre, afin de mémoriser l'itinéraire.

Pendant que j'étudie le plan, un message arrive de Zora, promptement suivi d'un second. *Ce n'est pas le cabinet d'Andrew ? J'espère que tout va bien*, dit le premier. Le second contient un lien vers un article de presse. Je jette un œil au titre, mais ensuite la batterie tombe de 2 % à 1 %, alors je reviens directement au plan. Pas de temps à perdre.

Le téléphone conserve 1 % de batterie presque jusque là-bas. J'essaie de ne pas le consulter trop fréquemment, mais les rues sont identiques, des rangées de maisons mitoyennes similaires. Lorsque je m'engage dans celle de Jeremy, mon portable rend son dernier soupir. J'avance jusqu'au milieu de la rue, je sonne au 74B. J'y suis arrivée.

Il lui faut un moment pour atteindre la porte. J'entends des pas lents et lourds à l'intérieur, comme si quelqu'un tentait de descendre des marches avec difficulté. Quand il m'ouvre enfin, il a le visage écarlate du fait de l'effort qu'il a fourni, il s'appuie contre l'encadrement, des plis de douleur aux coins de la bouche.

— Désolé de n'avoir pu venir ouvrir plus vite, s'excuse-t-il en désignant l'attelle qu'il porte au genou, par-dessus un pantalon de pyjama.

— Il n'y a aucun problème, dis-je. Navrée de vous obliger à descendre cet escalier.

— Entrez.

D'un geste, il m'invite à le précéder, et je monte l'escalier en bois jusqu'à l'appartement du premier étage. Il monte derrière moi, en se tenant fermement à la rambarde. Je me retourne, je le vois marquer un temps d'arrêt, comme si c'était trop pour lui, avant de serrer les dents et de continuer. Je m'écarte, je le laisse entrer le premier dans la pièce côté rue, un salon rempli de plantes, de livres et de lumière qui filtre par les deux hautes fenêtres. C'est une pièce où je me sens immédiatement à l'aise.

Il se pose dans un ample canapé, et je m'assois dans un fauteuil placé perpendiculairement à lui, en ouvrant mon sac pour en sortir le texte de sa déposition.

— Attendez, fait-il. Nous ne sommes pas obligés de nous y mettre directement. Laissez-moi d'abord vous servir un verre.

Il se relève, très lentement, et se dirige vers l'arrière de la maison en boitillant.

— Vraiment, ça va, dis-je, franchement. Je n'ai besoin de rien. Je pense que nous devrions nous y mettre.

— Eh bien, moi, j'ai besoin d'un verre, surtout si je dois réfléchir à tout ça.

Il continue, il sort du salon. J'entends des objets tinter, s'entrechoquer, comme s'il essayait de trouver quelque chose dans un placard. Par réflexe, j'attrape mon téléphone, mais cela me rappelle qu'il est déchargé. Je me dirige vers la porte.

— Vous avez un chargeur que je pourrais vous emprunter ? Mon téléphone est mort.

Il y a un moment de silence, avant qu'il ne réponde.

— Il y en a un branché dans la prise murale.

Je le trouve mais ce n'est pas le bon modèle.

— Le mien, c'est un iPhone, m'écrié-je. Vous avez un chargeur Apple ?

Encore un silence avant sa réponse.

— Je ne crois pas.

— Vous êtes sûr ? Mon téléphone est complètement à plat.

Il soupire, sa longue expiration est audible, depuis la cuisine, puis il répond.

— Essayez le tiroir de la table basse. Sur le devant.

Je retourne à la table basse, un grand meuble dont presque toute la largeur est occupée par un tiroir. Je l'ouvre, mais je ne vois pas de chargeur. Je farfouille. Il y a des piles de papiers et de reçus, de vieux billets de spectacle. J'essaie de tirer le tiroir autant que possible, mais il reste bloqué par quelque chose et je ne réussis à l'ouvrir qu'à moitié. Je glisse la main dedans et je fouille, sidérée de la quantité de trucs qu'il contient. Enfin, je sens l'extrémité d'un chargeur, un câble. Je tire dessus pour le dégager, mais il est coincé par quelque chose. Je tire plus fort, je fouille plus au fond. Le bout du câble est bloqué, alors je tire encore dessus et sur le tiroir, en même temps, avec une telle force que ce dernier coulisse complètement hors de la table, et son contenu s'éparpille sur le sol, le chargeur sur le dessus de la pile.

Je le ramasse et le branche dans l'angle du mur, je connecte mon téléphone. Jeremy revient dans la pièce, un tire-bouchon dans la bouche, une bouteille de vin calée sous le bras, et deux verres pincés dans une main. De l'autre, il s'appuie au mur. Je l'aide en lui prenant les verres et la bouteille pour les poser sur la table basse. Il lance un regard interrogateur sur le fouillis étalé par terre.

— Désolée. C'était coincé.

Je me dirige vers l'amoncellement d'objets que j'ai répandus au sol, mais d'un geste il m'en dissuade.

— Laissez tout ça, grogne-t-il, en prenant son temps pour s'asseoir dans le canapé.

Dès qu'il s'est posé, il retire le tire-bouchon de sa bouche et tend la main vers la bouteille pour l'ouvrir.

— Je ne prends rien, merci. C'est un peu tôt dans la journée pour moi.

— Et vous vous dites avocate pénaliste ? s'écrie-t-il, en riant. Allons, ne soyez pas rasoir.

Il sert du vin dans les deux verres, le liquide rouge se déverse et clapote presque à ras bord. Ce sont de grands verres, en plus : plus de la moitié de la bouteille s'y trouve. Il en fait glisser un vers moi, et ce faisant, il en fait déborder une goutte, qui coule sur la table. Prenant le sien, il en avale une longue gorgée, le vin rougissant ses lèvres.

— Allez, répète-t-il. Ça ne va pas vous tuer.

Son ton est agressif. Il s'efforce d'afficher un sourire, mais qui n'illumine pas ses yeux. Et en l'observant plus attentivement, je vois qu'ils sont injectés de sang, le pourtour écarlate. Il fait encore glisser le verre un peu plus vers moi, avec plus d'insistance, en faisant déborder encore un peu plus de vin. Je commence à me demander si c'est son premier de la journée. Je ne l'ai encore jamais vu ainsi. Je prends mon verre et j'en bois une petite gorgée, puis je le repose.

— Si nous commencions ? dis-je.

— Commencions quoi ?

— À discuter de votre déposition. J'ai un exemplaire de votre déclaration ici, si vous voulez y jeter un œil.

J'essaie de le lui remettre, mais il l'écarte d'un revers de main.

— Pas maintenant. Je ne suis vraiment pas d'humeur. C'est trop stressant.

— Néanmoins, nous devons passer tout cela en revue.

— Néanmoins. *Néanmoins*, grince-t-il, avec encore plus de sarcasme dans la voix. Là, maintenant, vous vous exprimez comme une juriste. Laissez tomber le boulot pour une fois dans votre putain d'existence et buvez un verre, merde.

Cette fois, il me met en rogne. Je réunis mes papiers, je les range dans mon sac, et je me lève.

— Je vais y aller. Vous ne me paraissez pas dans le meilleur état, à l'instant.

Il se renfonce dans le canapé, sa tête retombe dans ses mains.

— Ne partez pas, marmonne-t-il. Je suis désolé.

La colère monte en moi. J'ai renoncé à un week-end avec Robin, pour ça. Mais sa posture est tellement lamentable que j'en ai le cœur qui se serre de compassion.

— Vous vivez une période très difficile, dis-je. Je le comprends. Mais vous devez essayer de vous calmer. Vous stresser à ce point ne vous aidera pas. Et si je préparais un thé ? Ou un peu de café ?

— Rien à foutre du thé. Rien à foutre du café.

Mais toute volonté d'en découdre a disparu de sa voix. On croirait qu'il va pleurer. Je me perche sur la table basse, près de là où il est assis, je repose mon sac par terre. Je suis partagée, j'hésite à tendre la main vers lui pour lui tapoter le bras, peut-être, ou lui faire une pression sur l'épaule. Je suis sur le point d'avoir un geste de réconfort sur son genou valide quand il se rue vers moi et m'enlace fermement, sa barbe naissante me râpant le cou.

Aussitôt je me raidis, choquée de la brusquerie de son mouvement. J'essaie de me dégager mais il ne me lâche pas, au contraire, de la table basse où j'étais assise, il m'attire sur son genou valide. Je repousse ses bras, je lui lance des coups de pied dans les jambes, mais il est fort, bien plus fort qu'il n'y paraît. Beaucoup plus fort que moi. Mon cœur cogne violemment dans ma poitrine, la fureur monte vite en moi, et je m'arc-boute sur ses bras.

— Lâchez-moi, hurlé-je. Lâchez-moi !

J'arrive à trouver un appui au sol et je pousse fort sur mes pieds pour me lever, mon crâne lui heurtant brutalement le menton, assez pour que sa tête se renverse en arrière. Il me lâche, tout à coup, et je me relève d'un bond. M'arrêtant uniquement pour me saisir de mon sac, je me dirige très vite vers la porte.

Maintenant, Jeremy est vraiment en larmes.

— Je suis désolé, je suis désolé, se lamente-t-il. Je suis désolé. Je n'avais pas l'intention de vous effrayer.

Il tente de se redresser, mais s'effondre de nouveau, son genou le faisant visiblement souffrir.

— Vous ne pouvez vous comporter de la sorte, dis-je. Je ne suis pas ici pour jouer à l'assistante sociale. Je devais examiner votre déposition avec vous.

— Je pensais juste…

— Vous pensiez quoi ?

— Je pensais que vous étiez peut-être intéressée, fait Jeremy. Vous êtes venue prendre un verre avec moi. Et vous êtes gentille. Tout le monde me hurle dessus sans arrêt. Me rabâche ce que je dois faire.

— Je suis désolée si je vous ai induit en erreur, dis-je. Avant toute chose, je n'aurais jamais dû sortir boire ce verre avec vous. Mais en réalité, cela ne concerne que le travail.

Il sanglote, les épaules secouées.

— Je n'ai pas envie d'être livré à moi-même, gémit-il. Je n'arrête pas de faire des cauchemars où je suis enfermé, en prison. Je suis terrorisé.

— Vous n'irez pas en prison. Il est plus que probable que vous serez acquitté.

— Vous ne pouvez pas me le promettre, malgré tout, répond-il.

— Non, je ne peux pas. Cela dépend du jury. Mais les jurés n'aiment pas condamner les gens comme vous.

— Que voulez-vous dire, les gens comme moi ?

Je regarde l'appartement autour de moi, tous ces signes d'opulence. Rideaux de velours, parquet véritable. Fauteuils de designer scandinave. Rien de tout cela n'est à la portée d'un salaire d'enseignant. Je reviens sur Jeremy, avec ses épaules voûtées, suintant l'apitoiement sur lui-même autant que l'alcool.

— Des hommes blancs bien élevés, de la classe moyenne, comme vous. Un regard sur vous leur suffira pour décider qu'ils n'ont aucune envie de détruire votre vie. Peut-être avez-vous commis cet acte, mais ils n'en auront rien à faire. Nous savons l'un et l'autre que Freya n'a pas été très fameuse comme témoin, et même si elle s'était montrée brillante, ils n'aiment quand même pas condamner en l'absence de preuve.

Il se penche en avant, prend son verre de vin et le boit complètement. Il plonge le regard dans son verre vide, avec une expression tout aussi vide. Il flanque un violent coup de pied dans la pile d'objets tombés du tiroir, qui est à ses pieds. Elle s'effondre, et tout s'éparpille sur le tapis.

— Peut-être qu'ils feraient mieux d'en avoir quelque chose à faire. Je me sentais vraiment désolé pour elle, là-bas, avoue-t-il. Quand Barbara l'a soumise à son contre-interrogatoire.

Je cligne des yeux. Je ne m'attendais pas à cela. Je l'observe pour voir ce qu'il fixe des yeux, au sol, le visage fermé, d'un regard intense, presque craintif. C'est comme s'il avait vu un prédateur, un serpent sur le point de mordre. Je suis son regard.

Il y a un livre sur le plancher. Relié. Retourné, on n'en voit que le dos. Jeremy esquisse un geste vers le livre, mais, mue par un instinct puissant, je m'en saisis d'un geste rapide, juste avant qu'il ne soit à sa portée. Je me rapproche de la porte, avant de le retourner pour voir de quoi il s'agit.

Mémoires de Fanny Hill, femme de plaisir. Un petit livre rouge, au titre imprimé en lettres d'or. Je l'ouvre et je découvre la page de garde. *Impatiente de rejouer à ça. Avec tout mon amour, Baisers F.*

Mon regard passe du livre à Jeremy, avant de revenir au livre.

Il se tasse dans le canapé.

— Ce n'est pas ce que vous pensez, souffle-t-il.

Je suis immobile. Aussi immobile que le serpent que je pensais qu'il avait vu.

— Je pense à quoi, Jeremy ? sifflé-je.

Il reste silencieux.

Sous le choc, j'ai la peau parcourue de petits picotements, mes cheveux se dressent sur ma tête.

Je songe à Freya, au dénigrement qu'elle a dû subir. Je songe au regard que le jury a posé sur elle, les lèvres pincées. Je songe à moi-même fillette, privée de toute attention de la part de ma mère, et combien il aurait été facile pour quelqu'un comme Jeremy de s'immiscer sournoisement, quelqu'un se faisant passer pour un être gentil et compréhensif, toutes ces qualités qui m'ont tant manqué dans ma vie. J'ai eu de la chance. Bien plus de chance que Freya.

Jeremy s'est avancé, les coudes plantés sur les genoux, ses mains fermement entrecroisées. Son visage est tendu.

— Elle avait quinze ans quand vous avez commencé à l'appâter, Jeremy. Quinze ans, reprends-je. Cela ne signifie rien pour vous ? Êtes-vous incapable de honte au point de pouvoir être là, assis, et de me soutenir que selon vous, c'est acceptable ? Cela ne vous empêche pas de dormir la nuit, la pensée de ce que vous avez fait, vos mensonges ? Vous mentez comme vous respirez.

— Ne dites pas…, proteste-t-il.

— Ah, et pourquoi pas, bordel ? Il est grand temps que quelqu'un le dise. Vous avez détruit la vie de cette fille, deux fois, d'abord pour vous faire plaisir, ensuite pour vous protéger. C'est un comportement répugnant.

Il pleure, à présent. C'est comme si je le voyais pour la première fois, lui et toutes ses manières charmantes enfin perçues à travers le prisme de la vérité.

— Vous êtes un immonde pleutre. C'est atterrant.

Il lève une main comme pour m'interrompre, l'abaisse.

— Vous ne comprenez pas.

— Je n'ai pas envie de comprendre.

Mon téléphone sonne, une sonnerie stridente, insistante. Cela me remet les pieds sur terre, pour la première fois depuis que j'ai repris mes esprits après avoir dit au revoir à Robin, ce matin. Je secoue la tête et je vais prendre mon téléphone, que je débranche du chargeur. Je me retourne et me mets face à lui.

— Si vous ne leur dites rien, je le ferai. Vous m'avez mise dans une situation impossible.

— Ne pensez-vous pas qu'ils le sachent déjà ?

Je suis sidérée. Je le regarde, m'attendant à voir se dessiner un sourire suffisant sur ses lèvres, mais son visage demeure un masque de mystère.

— Qui le sait ?

— À votre avis ? Mon père, Barbara. Tout ça, c'est du cousu main, magnifique. Impossible que je noircisse le nom de la famille. Au moins, ce n'est pas le nom de mon père… j'y ai renoncé quand il nous a abandonnés. J'aimerais ne pas l'avoir fait, à présent : personne ne saurait accuser Votre Honneur d'avoir un fils pédophile.

— Zora ? dis-je, presque dans un chuchotement.

— Oh, non. Nous avons tenu l'avocate qui instruit le dossier hors de tout ça. Sur la base stricte du « besoin d'en connaître », vous savez, cette vieille notion.

Il rit, mais son rire se mue en sanglot.

Ses larmes me laissent froide. J'ai envie de lui lancer ce livre à la tête, de lui fracasser le visage avec, mais à la place je le glisse dans mon sac. Il se lève d'un bond, il semble avoir oublié sa blessure, il me barre la porte, agrippe mon sac et en arrache le livre. Je reste immobile et Jeremy s'effondre à nouveau dans le sofa, en lâchant un cri de douleur à l'instant où il plie le genou. Je me retourne et je le regarde. Il peut en faire ce qu'il veut, nier autant qu'il veut : je l'ai vu, à présent. Il sait que je sais. Puis, je sors de la pièce, je descends l'escalier, je claque la porte derrière moi.

45

Je tourne et retourne cela dans ma tête sur tout le trajet vers chez moi. Ce ne sont pas des aveux, pas à proprement parler. Mais cela constitue une preuve matérielle que je ne dois pas dissimuler au tribunal. Il n'empêche, je ne sais pas comment aborder Zora, lui apprendre qu'elle a été induite en erreur par la conseillère de la reine pour le compte de laquelle elle instruit le dossier. Je devrais en parler à l'ordre des avocats, leur demander leur avis quant à l'attitude la plus appropriée. À cette idée, mon cœur se serre. Je me sens déjà fatiguée.

J'attends d'être à la maison et de m'être préparé un café avant de consulter de nouveau mon téléphone. Il y a plusieurs appels manqués. Quatre de Jeremy – il a dû essayer de me joindre pendant que j'étais dans le métro – et je bloque aussitôt son numéro. Je ne lui reparlerai plus. Et un autre d'un numéro américain, que je ne reconnais pas. Pendant que j'examine ce numéro, mon téléphone sonne encore, et je réponds. C'est Andrew.

— Sadie, me dit-il. Il y a quelque chose qu'il faut que je te dise.

À cet instant, je suis submergée de fatigue.

— Tu sais quoi, Andrew ? Tu ne vas pas faire ça maintenant. Je suis fatiguée. Je suis vraiment claquée. J'ai un énorme problème au boulot et l'une des amies de Robin est dans le coma. J'ai largement de quoi m'occuper.

— D'accord. D'accord. Je comprends. Je voulais juste te dire ceci. (Il poursuit, laborieusement.) Je sais que j'ai beaucoup d'explications à te fournir. Je sais que tout ça a été très difficile. Mais ce n'est pas ce que tu crois. Je veux que tu aies foi en moi, quoi qu'on dise. Et je vais m'expliquer. Mais je ne peux pas, pas encore.

— Non, dis-je. Non. Pas maintenant. Je suis trop fatiguée.

Je mets un terme à l'appel.

Je consulte encore mon téléphone, je me remémore le SMS de Zora, pour la première fois depuis que je suis allée à l'appartement de Jeremy. La question qu'elle me pose au sujet du cabinet d'Andrew n'a aucun sens en soi, alors j'ouvre le lien qu'elle m'a envoyé. Cela provient du site de Reuters.

Le département de la Justice accuse le fondateur et les anciens dirigeants d'une société d'investissement immobilier d'avoir monté une pyramide de Ponzi

(Reuters). Les procureurs fédéraux ont inculpé jeudi le propriétaire et d'autres dirigeants de

Seacliff Securities d'avoir orchestré une pyramide de Ponzi de 250 millions de dollars impliquant 2 000 victimes.

Seacliff Securities. La société d'investissement d'Andrew. Je parcours le reste de l'article, mais ils ne nomment pas les dirigeants incriminés. J'essaie de le rappeler, impatiente d'avoir une explication, mais le numéro sonne dans le vide, et quand j'essaie son portable, il est coupé.

Je rappelle sa ligne fixe, mais alors que j'essaie, on frappe des coups sourds à la porte d'entrée. Je repose le téléphone et je vais ouvrir. Je suis en pilote automatique, mes pensées sont à des kilomètres de là.

Julia entre dans la maison, tremblante, en pleurs. En n'importe quelle autre circonstance, j'aurais été gênée par l'état de la maison, comparée à sa demeure, mais elle ne remarque rien, tant elle est bouleversée.

— Je ne voyais nulle part où aller, à part chez vous, commence-t-elle. Ils m'ont chassée de la chambre de Daisy pour que son père puisse lui rendre visite. Je ne pouvais pas supporter de rester seule.

Je la conduis à la cuisine. J'essaie de réfléchir à ce que je pourrais lui dire pour me débarrasser d'elle, et pourtant je sais que je devrais me montrer plus compatissante.

— Vous ne pouvez pas faire des visites ensemble ?

— Pas possible, me rétorque-t-elle. Nous ne pouvons pas être au même endroit. Pas depuis le divorce. Vous savez que c'est allé jusqu'au tribunal.

J'opine de la tête. J'observe Julia à la lumière, il est clair qu'elle va très, très mal, et j'éprouve encore plus de compassion, mes réflexions au sujet d'Andrew disparaissant face à son malheur à elle. Elle a les cheveux gras, pas coiffés, le visage cireux sous l'éclairage cru du plafonnier. Tout son maintien habituel s'est évaporé. Elle a perdu du poids, elle a le visage hagard. Ses bagues tournent autour de ses doigts et comme elle se tord les mains sans relâche, l'une d'elles tombe et roule au sol. Elle ne s'en rend pas compte, mais je la ramasse. Elle est lourde, c'est un anneau en or rutilant, simple, avec deux T inclinés au milieu, l'un face à l'autre. Je la fais rouler dans ma paume.

— Je suis incapable d'expliquer ce qui se passe, reprend-elle, mais ils essaient de me piéger. Je le sais.

Elle parle d'un ton pressant, en se penchant vers moi, au-dessus de la table. Elle a l'haleine chargée, fétide, après des nuits d'angoisse, sans sommeil.

— De vous piéger ? Qui essaie de vous piéger ? Dans quel but ?

— Ils vont raconter que tout est ma faute. Mais je n'ai rien fait de mal. Je le jure. J'ai fait de mon mieux.

Je contourne la table et la serre dans mes bras. Sur le moment, elle se raidit, mais ensuite elle se laisse aller contre moi, avant de se raidir à nouveau, en s'écartant si brusquement qu'elle repousse mon bras.

— Il faut me croire, Sadie. Je n'ai rien fait pour causer du mal à Daisy. Franchement.

J'essaie de croiser son regard, sans y parvenir. Je voudrais essayer d'établir un échange véritable, de retenir toute son attention, de la rassurer, mais elle est trop à bout.

— Je le sais. Bien sûr que vous ne lui avez fait aucun mal.

— Je suis sûre qu'ils vont me rendre responsable de tout. C'est pour ça qu'ils m'empêchent de la voir, continue-t-elle, comme si je n'avais pas parlé.

— Je croyais que c'était parce que votre ex était là-bas.

Cette fois, elle me regarde, les yeux enflammés.

— C'est la raison qu'ils donnent. Mais ils raconteraient n'importe quoi, n'est-ce pas ?

— Je pense que vous exagérez complètement. Vous êtes épuisée. Vous avez besoin de manger un peu, de prendre un bain et de vous accorder une bonne nuit de sommeil.

Elle ne cesse pas de me dévisager, soutient mon regard si longtemps que j'en ai les yeux humides. Je cligne des paupières et détourne les yeux. Julia rit, d'un rire âcre dénué de toute gaieté.

— Et d'ici une minute, vous allez me proposer une tasse de thé, lâche-t-elle.

J'ouvre la bouche pour répondre, la referme. Je l'ouvre à nouveau.

— Je suis désolée. Je ne peux rien ajouter de plus pour vous soutenir. Mais si vous n'avez pas la possibilité de rester à l'hôpital, ne serait-il pas raisonnable de vous reposer un peu ? Vous devez être épuisée.

— Je suis épuisée. Complètement épuisée.

— Vous pourriez rester ici, si vous voulez. Robin n'est pas là, ce soir. Cela ne me dérangerait pas du tout.

Julia se redresse, son visage s'est radouci.

— C'est très aimable, me remercie-t-elle avec un sourire. Mais, je ne voudrais pas m'imposer. Je vais rentrer chez moi… c'est la meilleure solution. Où est-elle allée ?

— Avec Nicole et Pippa. Elles sont parties au bord de la mer pour le week-end.

Quelque chose de son visage, de son expression chaleureuse s'efface, comme si on venait d'éteindre une lumière au fond de ses yeux. Mais cela ne dure qu'une seconde, un temps si bref que je me demande si je ne l'ai pas imaginé, car elle se tourne vers moi, de nouveau souriante.

— Vous avez été très gentille avec moi, me dit-elle. Je suis désolée que nous ne soyons pas tout de suite parties d'un meilleur pied. Dès que Daisy sera sortie de l'hôpital, j'espère que nous deviendrons beaucoup plus proches.

— Moi aussi. Et j'espère vraiment que ce sera pour bientôt. Comment va-t-elle, là ? Y a-t-il eu une amélioration ?

L'obscurité réapparaît dans les yeux de Julia, une distance se creuse encore entre nous. L'espace d'un instant, elle semble complètement désespérée.

— Je ne sais pas, avoue-t-elle. Je ne sais tout simplement pas. Ils affirment qu'ils font tout leur possible, mais…

C'est la fin de notre conversation. Elle s'est fermée, comme si elle était venue ici sous une sorte d'envoûtement, qui est désormais rompu.

— Je suis désolée, je n'aurais pas dû venir. Je ne sais pas trop ce que j'avais en tête. Je vais rentrer chez moi. Vous avez raison, je devrais m'accorder un peu de repos. Et prendre un bain.

Elle se lève et m'étreint brièvement, sort de la cuisine avant que j'aie eu le temps de me lever.

— Votre bague ? l'appelé-je.

Elle revient. Je lui mets dans la main, et elle la regarde.

— J'ai acheté cela pour me remonter le moral. Chez Tiffany. Ma marque préférée. C'est drôle, le peu de sens que ça a à présent.

Elle la plonge dans sa poche et sort à grands pas. Je lui lance un au revoir, mais j'entends la porte de la maison se refermer derrière elle.

Après être restée assise un moment, tâchant de saisir ce que pouvait être l'objet de sa visite, ce qui se passe véritablement, je renonce et je reprends mon téléphone. C'est d'Andrew que je veux avoir des nouvelles. Je fais défiler les messages de Jeremy, je les supprime avant de les lire, après un rapide coup d'œil pour vérifier que ce sont bien tous des variantes de *Désolé, je me suis laissé emporter*. En effet, c'est le moins qu'on puisse dire.

À cet instant, un SMS me parvient de Nicole.

Robin a oublié son téléphone, au cas où vous essaieriez de lui envoyer un message. Elle s'en est aperçue plus tôt, mais j'ai oublié de vous avertir – désolée si vous avez essayé de la contacter Bises N.

Je suis parcourue d'une décharge. Robin me manque beaucoup, mais il ne m'est pas venu à l'idée de lui envoyer un message. Je ne me suis tout simplement pas habituée à ce qu'elle ait un téléphone. Je monte à l'étage en courant pour jeter un œil et, en effet, il est posé sur le coin d'une étagère, la batterie depuis longtemps déchargée. Je me sens gagnée par un sentiment doux-amer. D'ici peu, il faudra séparer Robin de son téléphone, de manière chirurgicale, comme d'autres ados que je vois dans le bus, absorbés par leur petit écran. Au moins, elle garde une âme d'enfant, quand bien même elle paraît parfois très adulte.

Je redescends pour prendre mon téléphone et envoyer un SMS à Nicole, au lieu de quoi je me sens submergée par un besoin de contact humain, d'échanger quelques mots avec Robin. J'appelle Nicole. Elle me répond après deux sonneries, mais paraît perturbée, ses réponses à mes questions sont brèves, mais elle reste amicale. La conversation ne dure pas longtemps.

— Je devrais y aller, m'interrompt-elle. Il faut que j'aille acheter de quoi manger pour les filles.

— Comment vont-elles ? Je peux dire un mot à Robin ?

— Elles jouent sur la plage, pour le moment, me répond-elle, mais je vous enverrai quelques photos plus tard. Elles ont passé un super après-midi. Je crois qu'elles sont vraiment contentes.

— C'est formidable. Vous savez, en réalité, ma réunion est déjà terminée. Je pourrais encore vous rejoindre ?

— Ce serait merveilleux. Enfin, c'est assez compliqué d'arriver jusqu'ici, sans voiture. Il n'y a pas de gare qui dessert la ville.

— Ah, d'accord. Je pense que je pourrais louer une voiture…

— Pourquoi ne pas vous accorder une soirée de détente et ensuite vous verrez Robin demain ? On peut organiser un week-end une autre fois.

— D'accord.

Je suis sur le point de lui parler de la visite de Julia, de son état de stress extrême, mais Nicole a mis un terme à l'appel et je n'ai pas l'énergie de la rappeler et de tout lui raconter. J'ai envie de consulter des informations en ligne au sujet de Seacliff Securities, pour comprendre ce qui peut bien se passer.

Bien plus tard dans la soirée, je suis assise dans mon canapé, m'échinant encore sans succès à mener des recherches sur Internet, quand mon téléphone bipe. C'est Nicole : *Toutes claquées !* m'écrit-elle. Ces mots accompagnent une photo de Robin et Pippa endormies ensemble dans un canapé gris. Elles ont chacune les pieds à une extrémité, leurs têtes se rejoignent au milieu, où elles partagent un gros coussin en guise d'oreiller, cheveux blonds et châtains entremêlés, les joues roses comme si elles avaient couru au grand air. Je zoome sur le visage de Robin : dans son sommeil, il paraît détendu, les commissures des lèvres semblent esquisser un sourire. Je sens la tension se relâcher dans ma poitrine. Au moins, elle va bien. C'est un motif d'inquiétude en moins.

Je déploie encore beaucoup d'efforts pour comprendre ce qui peut bien arriver à Andrew, mais la dépêche de Reuters est le seul élément que je parviens à retrouver. Ce n'est repris par aucune autre agence. J'essaie le site de Seacliff Securities, mais tout paraît normal. Le numéro des bureaux renvoie vers une messagerie indiquant qu'ils sont fermés, mais sachant que l'on est samedi après-midi, à New York, ce n'est pas si insolite. Je songe à passer un coup de fil à des collègues d'Andrew, mais je ne peux me résoudre à le faire, à rompre le silence après des mois pour leur demander… leur demander quoi, au juste ? Qui a été mis sous les verrous ? S'agit-il d'une structure frauduleuse ? Il y a trop de choses à démêler.

Je décide de remonter au premier, en espérant que davantage d'informations seront disponibles dans la matinée. Je boucle la maison, je vérifie que la porte d'entrée est verrouillée à double tour avant de me mettre enfin au lit. Je regarde la photo de Robin un long moment avant de tomber dans un sommeil entrecoupé, rempli de vagues visions d'elle me fuyant le long d'un rivage rocailleux, ses longs cheveux châtains balayés par le vent.

46

Tôt le matin, je me réveille en sursaut d'un cauchemar, je me précipite dans la chambre de Robin pour vérifier qu'elle va bien avant de me rappeler qu'elle n'est pas là. Je retourne dans mon lit, la tête noyée de problèmes qui se disputent les maigres bienfaits de ma courte nuit de sommeil.

Andrew. L'ont-ils arrêté ? Sinon, où est-il ? Et qu'est-ce que c'est que cette histoire avec Seacliff et cette pyramide de Ponzi ? S'il est impliqué dans une affaire de ce type, c'est parfaitement logique, cela fournirait une explication à son comportement de ces derniers temps. Il n'empêche, je ne sais pas quoi faire de l'idée qu'il ait pu commettre un délit pénal. J'ai beau être séparée de lui, il reste le papa de Robin. C'est impensable.

Ensuite, Jeremy. Le livre. Je vais devoir agir à ce sujet, sans savoir comment. Là encore, je me répète qu'il me faut appeler la ligne de conseil téléphonique du conseil de l'Ordre pour demander un avis. Et penser aussi à signaler Barbara pour sa conduite contraire à l'éthique. Déjà, je n'aurais jamais dû me rendre à son appartement.

Je me retourne dans mon lit, prête à me lever. Il est temps d'affronter tout cela. Mais avant de m'y atteler, je consulte mon téléphone. Il y a un message de Nicole, envoyé vers six heures ce matin.

Robin a envie de rentrer chez elle, sa maman lui manque. Julia nous a rejointes pour la soirée, mais elle reprend la route avec Robin à la première heure ce matin. Elle la déposera chez vous. J'espère que c'est ok. Bise N.

Je la rappelle immédiatement, et elle décroche tout aussi vite.

— Que s'est-il passé ? dis-je.

Je suis sur mes gardes. Pas inquiète, mais sur mes gardes.

— Oh, pauvre Robin. Elle a fait un cauchemar terrible, elle s'est réveillée en criant et en pleurant. Inconsolable. Elle voulait absolument vous voir. Nous l'avons calmée, nous lui avons donné à boire. Julia m'a proposé de la ramener ce matin, et ensuite nous l'avons laissée se rendormir.

— À quelle heure sont-elles parties ?

J'essaie de garder mon calme mais je sens les battements de mon cœur s'accélérer, je suis encore hantée par les souvenirs de la dernière fois que j'ignorais où se trouvait ma fille, de ces heures épouvantables.

— Vers sept heures. Elles devraient être chez vous assez vite maintenant.

— Je n'avais pas compris que Julia vous rendait visite. Hier, elle ne l'a pas mentionné.

— Ah oui, elle a évoqué qu'elle vous avait vue. Enfin, vous savez à quel point elle était bouleversée. Elle est rentrée chez elle et elle n'a tout simplement pas supporté d'être là-bas toute seule, sans Daisy, sans même pouvoir aller la voir à l'hôpital. Alors elle a pensé que cela l'aiderait de venir nous retrouver, de voir la mer. En réalité, j'avais envie de dire non, mais elle a insisté.

— J'aurais préféré que vous me demandiez mon avis avant d'envoyer Robin avec elle, dis-je.

— Je vous ai envoyé un message. Mais Robin était si emballée de rentrer chez elle…

Je perçois une note de reproche dans les propos de Nicole. *Robin ne supporte même pas de passer une nuit loin de chez elle. Elle a dérangé tout le monde.*

— Je suis désolée, dis-je. Je pensais qu'elle se plaisait là-bas. J'imagine que c'était trop pour elle.

— Eh bien, ce n'est pas plus mal que Julia soit venue.

— Merci de l'avoir reçue, ajouté-je, et la conversation s'achève.

Dès que j'ai coupé la communication avec Nicole, j'appelle le portable de Julia. Elle ne répond pas. J'essaie encore, et ça sonne dans le vide. Aucune raison de s'inquiéter, pourtant, me dis-je, en me raisonnant. Julia conduit. Son téléphone n'est peut-être pas en mode mains libres. Elle a l'enfant d'une autre femme avec elle dans sa voiture : elle est obligée de conduire prudemment, plus prudemment que d'habitude. Elle n'a pas envie d'être distraite par un appel.

Il n'est même pas encore huit heures. Je me recouche dans mon lit et j'ai de nouveau les paupières lourdes.

Je m'endors, mon téléphone encore dans la main, jusqu'à ce qu'un autre cauchemar me tire de mon sommeil, juste après neuf heures et demie, la terreur planant au-dessus de moi, l'horreur toute proche.

Aucun appel de Julia. Aucun signe d'elles. Où sont-elles, bordel ?

Je repose le téléphone, je fais du café, je passe dans la salle de bains et je prends une douche. Quand je tire la chasse d'eau des toilettes, le levier me reste dans la main, la plomberie décrépite finit par rendre l'âme et, d'exaspération, je le lance contre le mur, dans la direction du lavabo. Il ébrèche le miroir au-dessus de la vasque avec assez de force pour le rompre, la fente se propageant.

Je ne suis pas superstitieuse, mais je contemple les dégâts avec une terreur dont les tentacules se déploient dans mes entrailles. Je sais que je suis stupide. Il n'y a aucune raison de s'inquiéter. J'ai besoin de me distraire, d'arrêter de céder à l'hystérie. Trop de pression. Je subis trop de pression.

Prenant soudainement une décision, je descends au rez-de-chaussée et je trouve un rouleau de sacs-poubelle. Je vais débarrasser mon ancienne chambre, jeter tous ces rebuts et repartir de zéro, extirper toutes les traces du dépit et de la fureur de Lydia. C'est la maison de Robin, maintenant, et je vais la rendre parfaite. Il est temps de cesser de remettre à plus tard.

Prenant une grande inspiration, je remonte à l'étage et entre dans la chambre, faisant face au chaos la tête haute. J'ouvre le premier sac-poubelle, j'y enfourne des monceaux de papier et des lambeaux de tissu, les ruines de toute mon enfance. Je trouve parfois une page qui a échappé à la destruction, un paragraphe d'un livre que j'ai adoré. Pourtant je ne m'y attarde pas, je remplis un sac, puis le suivant. Je suis en proie à la frénésie, à la colère contre Jeremy, contre Andrew, à l'inquiétude au sujet de Robin, et sous tout cela, un roulement de tambour de défi contre ma mère. *Va te faire foutre te faire foutre te faire foutre*, tout en ramassant et en enfournant, en ramassant et en enfournant. *Je ne suis pas comme toi : j'aime ma fille. J'empoigne ta haine à mon égard et je crache dessus. Va te faire foutre.*

Cette frénésie ne tarde pas à décroître. J'ai eu beau commencer en me sentant immunisée contre l'hostilité qui palpite dans cette chambre, assez vite elle me bat à plates coutures.

Il est presque dix heures. Julia ne m'a pas rappelée. Je ne sais toujours pas où est Robin. J'attends. Et alors que j'attends, le mot *Tiffany* me revient en tête, une boîte bleu ciel, un oiseau grouillant de vers. Une main froide m'étreint les entrailles.

Deuxième partie

Dimanche, treize heures

Je repars de la maison de Julia, je retourne à l'arrêt de bus d'un pas hagard, les genoux et la main endoloris par ma chute. Je sais que mon crâne saigne encore, mais cela m'est égal. L'adrénaline m'anesthésie. À un moment donné, le choc se fera sentir, mais pour l'instant j'accueille la douleur, la brûlure des éraflures, tout cela me distrait de la noirceur que j'ai dans la tête. Mon imagination s'enfonce plus profondément vers des lieux où je n'ai jamais voulu aller, mes peurs partent en vrille, hors de tout contrôle.

Je devrais être à la maison, pour le cas où Robin réussirait à rentrer. Cela ne sert à rien d'arpenter les rues alors que je n'ai pas la moindre idée de l'endroit où pourrait être ma fille. Je dois me poser, faire le point, parler vraiment à la police.

À l'idée de la police, le souvenir de mon précédent coup de fil s'abat sur moi, le souvenir de mon hystérie. Ils m'auront cataloguée comme une agitée, une perte de temps. Il sera difficile de les convaincre de prendre ce que je dis au sérieux.

Est-ce que je sais seulement quelle tenue portait ma fille hier ? Je dois réfléchir à une description pour la police, c'est certain. Je comprends ça, maintenant.

DISPARUE : *fillette de dix ans, 1m37, cheveux châtains aux épaules, yeux bleus. La dernière fois qu'elle a été vue, Robin était vêtue de…*

De quoi ? Que portait-elle ? Je n'étais pas avec elle : comment pourrais-je le savoir ? De toute manière, ce n'est pas Robin, cette description si froide et si plate. Cela ne dit rien de l'enfant qu'elle est vraiment, chaleureuse, aimante. Et courageuse. Si courageuse. Elle a affronté ce déménagement de l'autre côté de l'Atlantique, loin de tout ce qui lui était connu, familier, de toutes ses amies de l'école où elle se sentait tellement chez elle. Elle a géré notre séparation, toutes ces semaines sans voir son papa, l'installation à Londres, la nouvelle école, les efforts pour se faire de nouvelles amies, l'état de cette vieille baraque… Je lui ai imposé trop de choses. Et je n'ose même pas penser au scandale qui vient d'éclater au sujet d'Andrew.

À partir de maintenant, ce sera différent. Dès que ma fille sera rentrée à la maison, de retour avec moi, cela va changer. Je vais remettre les choses en ordre.

La détermination supplante mon désespoir. Assez de lamentations. Il est temps de retourner chez moi et de me sortir de ce merdier.

Je suis presque à l'arrêt de bus quand j'entends une femme m'appeler.

— Sadie, Sadie !

C'est Jessica. Elle est en tenue de jogging, les joues écarlates. J'ai envie de l'ignorer, mais elle se rapproche, la main tendue.

— Je pensais bien que c'était vous, dit-elle, en me prenant par l'épaule.

Je me raidis, rétive à ce contact.

— Je rentrais chez moi.

— Par ici, après un café avec quelqu'un ? demande-t-elle, les yeux perçants de curiosité.

— Quelque chose comme ça, dis-je. Enfin, bon, je ferais mieux d'y aller.

Je tente de me dégager de son emprise, mais ses doigts se referment sur mon épaule.

— Est-ce que ça va ? Vous ne paraissez pas très bien.

Je prends un moment pour répondre, ne voulant trahir aucune faiblesse, en relevant le menton face à son regard fouineur.

— Je suis tombée, dis-je, en désignant la boue sur les genoux de mon jean. J'ai trébuché sur une dalle du trottoir.

— Ah, d'accord. Vous faites un saut chez Julia pour un petit café, peut-être ? Ou chez Nicole ?

Elle a une expression vorace. Je n'avais pas songé à l'effet qu'aurait ma nouvelle amitié avec ces femmes. Jessica est jalouse. À cet instant, je suis incapable d'affronter ça.

— J'étais passée voir Julia, mais elle n'était pas là.

— Eh bien, elle a beaucoup de choses à gérer en ce moment, me répond-elle, en pointant le bout de la langue, les commissures humides. (Elle se penche vers moi.) Je sais qu'elle est extrêmement appréciée, mais elle a quand même l'air d'attirer pas mal la poisse. Sa pauvre fille…

Je ne veux pas engager la moindre conversation. Je n'ai qu'une envie, m'éloigner aussi vite que je peux de cette femme et de son visage de plus en plus prédateur. Mais je ne peux m'en empêcher. J'ai envie de savoir ce qu'elle veut dire par là.

— La poisse ? dis-je, d'une voix effacée.

Si effacée que je ne suis pas sûre qu'elle va m'entendre, mais elle se concentre sur moi avec une telle avidité qu'elle ne manque pas un mot.

— La poisse. Du moins, c'est comme ça que certaines personnes appelleraient la chose. Cette fillette entre la vie et la mort à l'hôpital. On dit qu'elle l'aurait peut-être droguée ? siffle-t-elle. (Je sens son souffle sur ma joue, chaud et chargé, malsain. Je tente de reculer, mais sa poigne se raffermit.) Et bien sûr, il y avait aussi cette autre fillette, Zoe. Vous avez dû en entendre parler ?

— Je sais qu'il y a eu un accident, dis-je. Quel rapport avec Julia ?

— Eh bien, elle était là, évidemment. Vous ne le saviez pas ?

— Où ça ?

— En vacances avec la famille de Zoe. Quand c'est arrivé. Quand Zoe s'est noyée.

Une onde de choc me secoue de part en part. Mon visage tressaille.

— Oh mon Dieu, fait Jessica, vous êtes blême, Sadie. Mais je ne vois pas pourquoi cela vous cause un tel choc. Là où se trouve Julia, il se produit des événements funestes. Vous avez dû entendre raconter certaines histoires, quand elle était élève à l'école.

Je la regarde, complètement surprise, sans même essayer de le cacher.

— À l'école ? Non, rien. Je ne me souviens de rien.

— Sa réputation de petite brute harceleuse ? Elle était connue pour ça.

— Je n'en ai jamais entendu dire un mot. N'oubliez pas qu'elle était quelques années plus jeune que moi… je n'en aurais rien su. Mon amie me dit avoir appris que Julia avait été beaucoup persécutée.

Jessica par d'un rire franc. Elle est obligée de retirer sa main de mon épaule pour s'essuyer les yeux, et je recule. J'ai envie de m'éloigner d'elle.

— Votre amie se trompe. Votre amie se trompe franchement. C'était une garce absolue. Elle et ses copines, elles ont harcelé une fille si méchamment qu'elle est partie… j'étais amie avec sa petite sœur.

— Comment se fait-il que vous lui léchiez les bottes, alors ? Si elle est si épouvantable ?

L'expression prédatrice s'efface du visage de Jessica, elle pince les lèvres. Elle s'étreint de ses deux bras, comme pour se réchauffer face à ces souvenirs.

— Je ne voudrais surtout pas la mettre en rogne. Elle me terrorise. J'ai presque quarante ans, et Julia Brumfitt me fout encore une peur bleue.

Je me sens glacée jusqu'aux os. Je m'écarte, très désireuse de m'échapper.

— Robin n'est pas avec vous ? me lance-t-elle.

Je ne réponds pas. Je me retourne et je continue de marcher, glacée de terreur.

47

Je prie pour que le bus accélère, alors qu'il roule vers la maison. Quand j'en descends, soudain, je traîne soudain des pieds.

Je me sens déchirée.

J'ai presque peur de me précipiter pour voir si Robin est arrivée. Ma crainte, c'est que la maison soit aussi fermée et vide que je l'ai laissée, les lumières éteintes, et qu'il n'y ait pas âme qui vive.

Mais en ce moment même, elle pourrait se tenir sur le seuil, frapper à la porte. Elle pourrait se dandiner d'un pied sur l'autre, fâchée que je ne sois pas là. Je presse le pas. Je ne suis même pas sûre qu'elle ait emporté un manteau, je n'ai pas fait attention à ce qu'elle mettait dans son bagage. Elle aura froid, elle sera fatiguée, contrariée. À présent, je cours presque.

Une autre pensée fait irruption. Et si elle n'est pas là… Si personne ne m'attend, pas de petite silhouette impatiente de mon retour. Mes pas ralentissent à nouveau, accélèrent, ralentissent, jusqu'à ce qu'enfin je tourne au coin de ma rue, presque à la maison, et il y a quelqu'un à la porte, une silhouette qui s'affaire, une silhouette dont je sais qu'elle est trop grande en réalité pour que ce soit Robin, mais ce pourrait quand même être elle, ce pourrait être elle… Je me mets à courir.

Je franchis le portail en trombe, je crie le nom de Robin à pleins poumons. Et une voix me répond. Mais ce n'est pas ma fille.

— Sadie, fait Zora.

En la voyant, j'éclate en sanglots.

— Je ne sais pas où elle est, gémis-je. Je ne sais pas où elle est.

Zora se tait, attendant que je continue, et le pire ayant été dit, le reste de mes paroles se dévide.

Après l'avoir informée de tout, je passe à l'action. J'appelle Nicole et lui demande encore de me répéter le déroulé des événements du début de journée. Je prends aussi note de l'adresse d'Aldeburgh et j'obtiens qu'elle me décrive exactement ce que portait Robin en partant. Nicole semble surprise de ma colère, mais elle répond à mes questions sans se dérober. Je rappelle Julia aussi. « Où êtes-vous, bordel ? Où est ma fille, putain ? Rappelez-moi tout de suite. » Après quoi, nous nous asseyons à la table de la cuisine, concentrées, tendues.

— Il y a quelqu'un d'autre que tu pourrais encore appeler ? s'enquiert-elle.

— Non. Robin a laissé son téléphone ici. Je n'ai aucun moyen de mettre la main sur elle.

— D'accord. Il est temps de faire intervenir la police. Je me moque de ce que cette femme a raconté, qu'il fallait patienter, que tout s'arrangerait tout seul.

Julia aurait dû ramener Robin ici depuis des heures. Nous ne pouvons pas attendre plus longtemps.

Je reste un instant paralysée. Tout cela est trop réel. Puis, je me ressaisis. J'opine une fois de la tête et j'appelle le 999, je m'adresse à l'opératrice avec force et efficacité, bien plus efficacement que précédemment. Elle me répond que des policiers vont se présenter chez moi sous peu, pour m'interroger, et l'appel se termine.

Cette besogne accomplie, la peur revient. Pour moi, tout ça, c'est trop, beaucoup trop. Je monte à l'étage, dans la chambre de Robin, je m'allonge sur son lit, près de son oreiller, de l'ourson en peluche qu'elle a laissé ici. Cette odeur me réconforte, au moins pour un moment, et je m'enroule dans la couette, je m'enveloppe dans les traces que ma petite a laissées derrière elle. Zora manipule de la vaisselle en bas, elle débarrasse, et je fourre ma tête sous la couette, je m'emmaillote la tête. Je ferme les yeux, je veux éloigner tout cela, et avoir Robin à côté de moi.

Je me réveille avec la main de Zora sur mon épaule, une secousse délicate. La chambre est sombre. Je me redresse en sursaut.

— J'ai pensé que je ferais mieux de te réveiller. Même si j'avais franchement très envie de te laisser dormir.

— Déjà, je n'aurais jamais dû m'endormir, dis-je. Je n'arrive pas à croire que j'aie pu fermer l'œil.

— C'est le choc, j'imagine, fait-elle. Tu étais recroquevillée comme si tu te cachais.

Je repousse ses paroles, et la couette, je me lève. Grâce à ce moment de répit, j'ai repris des forces.

— Quelles nouvelles ? Il y a des nouvelles ?

— Rien, dit-elle.

— Et la police ?

— Pas encore là. Ils ne doivent pas être encore sûrs qu'elle ait disparu, je suppose.

— Ou qu'elle ait été enlevée.

— Ou qu'elle ait été enlevée, répète Zora d'un ton lourd, la voix éteinte.

Aussi épuisée que je l'étais il y a une heure.

Je la regarde.

— Nous ne devons pas présumer du pire, ajoute-t-elle, mais son visage dit le contraire.

— Merci.

— De quoi ?

— D'être venue me soutenir. De rester avec moi. Je n'aurais pas pu affronter cela toute seule.

— Tu ne devrais pas rester seule. Andrew devrait être ici.

— Andrew. Je n'avais même pas pensé à lui. Je n'arrive pas à le joindre. J'ai lu cet article que tu m'as envoyé, mais je n'ai aucune idée de ce qui se passe.

— Mon Dieu. Comme si cela ne suffisait pas… J'imagine que cela pourrait expliquer son comportement, s'il a été impliqué dans une fraude…

Nous gardons le silence toutes les deux, un moment. Je sais que c'est un nuage noir qui plane, imposant, à l'horizon, mais pour l'heure je m'en détourne. Andrew a rompu toute relation avec moi depuis des mois : j'ai trop pleuré, trop pensé à lui, aussi. Robin est la seule personne que j'aie à l'esprit.

Nous sommes assises, toutes les deux, dans la chambre de ma petite, nous attendons que le soir tombe et que la nuit devienne noire.

48

Je me réveille en sursaut. Je suis perdue, la peur m'empoigne. J'ai rêvé que j'avais perdu quelque chose de très important, et je me redresse brusquement, dans une crise de panique. Il me faut un moment pour comprendre où je me trouve : je suis encore dans la chambre de Robin, le réverbère devant la fenêtre fait un halo orange. Il y a au plafond des étoiles fluorescentes et j'en vois une dans l'angle, sa pâle phosphorescence verte vacillant calmement face à l'éclairage de la rue.

J'ai la nuque endolorie, à cause de la position dans laquelle je me suis endormie. Je l'étire dans un sens, puis dans l'autre, avant que la réalité de la situation ne me rattrape et je me lève d'un bond, en cherchant mon téléphone. Je l'avais à la main quand je me suis endormie, à deux heures du matin, l'épuisement et le stress ayant eu raison de moi. Bien que quatre heures se soient écoulées depuis la dernière fois que je l'ai consulté, il n'y a rien.

Aucun signe de Robin, non plus.

Zora s'est endormie, elle aussi, allongée en travers, au pied du lit de Robin, ses pieds à elle encore au sol.

Une moto vrombit en passant dans la rue et elle se réveille, se redressant d'un coup en position assise, comme je l'ai fait. Elle regarde autour d'elle, le visage défait par le sommeil et le choc.

Nous nous regardons, dans la lueur orangée.

— Quelque chose ? me demande-t-elle, et je secoue la tête.

— Rien. Il est presque six heures. Il faut qu'on rappelle la police.

— Oui, acquiesce-t-elle. Ils doivent prendre la chose au sérieux, maintenant. Robin a disparu depuis presque vingt-quatre heures.

Ensuite, nous restons toutes deux silencieuses, tâchant de ne pas penser au fait qu'en cas de disparition d'un enfant, les premières vingt-quatre heures sont les plus importantes.

Zora s'assied à côté de moi tandis que je rappelle la police, en insistant fortement sur le fait que la disparition de ma fille doit être maintenant traitée comme une urgence. Je raccroche, je me tourne vers Zora.

— Je crois qu'ils ont compris, dis-je. Ils promettent d'envoyer quelqu'un très vite prendre les descriptions que je vais leur donner, consigner ce qui s'est passé. Ils s'attèlent au problème.

— Bien, fait mon amie. C'est bien. (Elle marque un temps de silence.) Des nouvelles d'Andrew ?

— Aucune. (Je me tais un moment, passant en revue les autres sujets que j'ai ignorés, des problèmes trop lourds pour être encore remis à plus tard.) Nous sommes attendues au tribunal ce matin à dix heures, Zora. Ou du moins… (Ma voix reste en suspens.) Je vais réessayer de contacter Andrew. Mais sa ligne est coupée depuis samedi.

Je retourne dans ma chambre pour l'appeler, incapable de supporter la présence d'un public, fût-ce Zora. Je reste juste dans l'encadrement de la porte, hésitant un instant avant de passer l'appel. Cette fois, ça sonne, mais personne ne répond. Je réfléchis une fraction de seconde, je laisse un message.

— Je ne sais pas ce qui se passe, merde. Et ça m'est égal. Robin a disparu. Il faut que tu viennes ici, maintenant, où que tu sois. Ta fille a disparu et je ne sais pas quoi faire.

J'abaisse le téléphone et je reste debout, à regarder la pièce un moment. L'ancienne chambre de ma mère. Remplie des biens de ma mère, des années de kitsch, que j'ai ignoré depuis tout le temps que nous sommes ici, en me consacrant uniquement à transformer le reste de la maison en foyer pour ma fille. Revenir dans la maison de mon enfance, ç'aurait dû être un refuge, un lieu sûr, mais il n'en a rien été. Chaque journée a été une lutte contre le rejet de Lydia, le rejet des autres mères devant l'école. Et maintenant, le seul être qui compte pour moi n'est plus là.

Si je récupère Robin – non, *quand* je la récupérerai –, je vais tout reprendre à zéro. Je vais faire casser la fiducie, prendre possession de ce qui m'appartient, de ce qui appartient à ma fille. Je vais tout mettre en pièces, tout mettre à bas. Robin et moi, nous allons nous asseoir à une table, réfléchir à l'endroit où nous voulons être, à ce que nous voulons faire. Et rien ne nous arrêtera.

— Je ne peux en aucun cas me rendre au tribunal, dis-je à Zora.

Nous sommes en bas, dans la cuisine, buvant un café. Les aveux de Jeremy résonnent fortement dans mes oreilles et je ne suis plus capable de les taire. Tout le week-end, je me suis sorti de la tête que Zora était l'avocate chargée de l'instruction, tant j'avais besoin de son soutien, mais maintenant je ne peux plus l'ignorer.

— Ça ne te ferait pas du bien de faire autre chose ?

Je la toise d'un regard cinglant.

— Tu es sérieuse ? Comment le pourrais-je ? Je dois parler à la police. Et si elle revient ? Ma fille aura besoin de moi.

— La police va être ici très vite, dit Zora. Tu auras plus qu'amplement le temps de leur parler avant que ce soit l'heure d'y aller.

— Je n'en suis pas sûre…

— Je crois que vivre normalement, s'en tenir à la routine, ne serait peut-être une si mauvaise idée. Nous pouvons y aller toutes les deux. Si quoi que ce soit se produit, cela ne te prendra pas beaucoup de temps de revenir. Tu auras ton téléphone : s'il y a du nouveau, ils te contacteront immédiatement. Je m'inquiète à ton sujet. Tout ce stress, à cause de ça. Il serait peut-être bon que tu t'en détaches un peu l'esprit.

Je tombe du haut d'une falaise, tout droit dans un trou noir. J'entends un déferlement dans mes oreilles, mon cœur bat à toute vitesse, un rythme syncopé, chaque battement est une syllabe du nom de ma fille. *RO-BIN RO-BIN* Puis je me ressaisis. Me mettre dans tous mes états ne va pas du tout arranger la situation.

— Je devrais peut-être, admets-je.

— Si ça devient trop lourd pour toi, je serai là. Et tu peux toujours faire demi-tour et revenir ici.

Pour la première fois depuis que je me suis rendu compte de la disparition de Robin, je ressens autre chose que la terreur de ne pas savoir où elle se trouve. Je ressens de la culpabilité. De la honte de ne pas m'être confiée ouvertement à Zora au sujet du livre que j'ai exhumé. Je n'ai rien dit, d'abord parce que je ne savais pas comment m'y prendre, et ensuite parce que ça a été balayé par tout le reste, jusqu'à ce qu'il soit finalement trop tard. Je me fais du souci quant à ce que je dois faire, quant à la manière de gérer la situation. Tout cela a été chassé de mon esprit par Robin, et maintenant il est trop tard. J'aurais dû lui en parler immédiatement. Mais pour être honnête, j'avais peur. Peur qu'elle puisse être impliquée elle aussi. Qu'elle ait pu me mentir elle aussi. J'aurais dû me fier à elle, pourtant, et lui en parler aussitôt.

Maintenant, je ne sais plus du tout comment aborder la chose avec elle.

Je me douche, j'enfile un tailleur. En me préparant, je prends une décision. Je vais tout raconter à Zora, même si ça complique la situation. Dès que je suis prête, je descends.

— Zora, il y a une chose que je dois te dire, lui annoncé-je en entrant dans la cuisine.

Elle lève les yeux vers moi.

— Quoi ?

— Je suis désolée, c'est une chose dont j'aurais dû t'informer avant. Cela concerne Jeremy.

— Je ne suis pas sûre de…, commence-t-elle à répondre, quand on frappe à la porte.

J'ai beau savoir que la police doit arriver, je ne peux m'empêcher de ressentir une bouffée d'espoir, réduite à néant dès que Zora ouvre et que j'entends des voix d'adultes.

Les deux femmes prennent place à la table de la cuisine, en se présentant. Deux inspectrices, l'une s'appelle Hughes, l'autre Labinjoh. Elles sont sympathiques, aimables, mais ont un regard d'acier, et elles prennent des notes avec un air déterminé que je trouve rassurant. Elles ne pourraient offrir un plus grand contraste avec l'accueil qu'a reçu mon appel la veille.

J'explique ce que je sais, que Nicole m'a signalé que Julia ramenait Robin en voiture à la maison, qu'elles sont parties tôt la veille au matin, et que Julia est injoignable depuis. Elles opinent de la tête, prennent encore d'autres notes.

— L'un de nos collègues dans le Suffolk est allé parler à Nicole, à Aldeburgh, donc nous avons une notion assez précise de la chronologie. Nous avons diffusé un message d'alerte relatif au véhicule en question… nous faisons tout notre possible pour localiser votre fille.

— C'est dommage que vous n'ayez pas pris cela plus au sérieux hier, dis-je, ces mots m'échappant avant que j'aie pu les retenir.

Je n'ai pas envie de les braquer, malgré la colère que je ressens.

— Nous avons une transcription de votre appel au numéro d'urgence hier matin, me répond Hughes, en me regardant. J'entends votre remarque, mais à ce stade, ce n'était pas suffisant pour qu'on donne suite.

Je me souviens de mon incohérence quand je me suis adressée à l'opérateur. L'inspectrice n'a pas tort.

— Il y a eu aussi mon deuxième appel, quand même. À ce moment-là, vous auriez dû faire plus attention.

Les inspectrices échangent un rapide coup d'œil. Labinjoh se racle la gorge.

— Il y a eu un incident à Wood Green. Une double attaque à l'arme blanche.

Elle ne s'explique pas davantage. Elle n'en a pas besoin. J'ai bien conscience des coupes budgétaires qui pèsent sur la Metropolitan Police, des tensions auxquelles sont soumis les services, de la baisse des effectifs.

J'opine de la tête.

— Vous comprenez que je sois extrêmement tendue.

— Bien sûr. Je suis convaincue que nous aurons des nouvelles à très brève échéance.

Elles partent. Il est presque neuf heures. Si je dois me rendre au tribunal, il faut que je parte maintenant. Zora sent mon hésitation.

— Allez, dit-elle. Allons-y.

Je reste à la porte encore un moment, indécise, avant de respirer à fond. Nous sortons dans la rue et nous dirigeons vers le métro, en scrutant chaque voiture qui passe dans le vain espoir de voir Robin de retour à la maison, saine et sauve.

49

Sur le trajet en direction d'Elephant and Castle, l'inquiétude au sujet de ma fille me ronge l'esprit. Zora paraît troublée elle aussi, le visage tiré. Elle ne mentionne pas ce que j'ai dit précédemment à propos de Jeremy, et c'est seulement lorsque nous sommes presque arrivées au palais de justice que cela revient au premier plan de mes préoccupations.

Maintenant, la chose ressurgit avec force. À présent, je me moque totalement de Jeremy, en dépit de mon rôle dans l'équipe de ses défenseurs. En revanche, je me soucie bel et bien de Freya. Cela aurait pu être moi, si aisément. Et je me soucie de Zora. Je n'ai pas envie que sa carrière soit affectée par tout ça, non plus.

Plus j'y pense, plus ma fureur monte, alimentée par tout ce stress contenu, lié la disparition de ma fille. Parler à Zora, laisse tomber : c'est Barbara que je veux voir. Plantant Zora là, j'entre à grands pas dans le palais et vais tout droit vers le vestiaire des avocats, désert. Je sors ma perruque et ma robe de mon sac avant de les y fourrer à nouveau et de tourner en rond dans la pièce jusqu'à l'arrivée de Barbara quelques minutes plus tard. Elle me salue d'un signe de tête.

— Il faut qu'on parle de la réunion de samedi, m'annonce-t-elle. On vient de m'en toucher un mot.

Je la regarde comme jamais je ne l'ai encore regardée, le dédain se lisant clairement sur mes traits.

— C'est-à-dire ? dis-je.

— Son père a dû consacrer tout le week-end à le persuader de ne pas plaider coupable. Je n'arrive pas à croire que vous ayez pu mettre un tel bordel.

— Moi, j'ai mis du bordel ? Vous devez sûrement voir à quel point ça ne va pas, non ? Il devrait plaider coupable. Nous ne pouvons certainement plus le représenter.

Elle hausse les épaules, sans la moindre trace d'excuse sur son visage.

— Conduisez-vous comme une adulte, s'écrie-t-elle. Vous savez que ce n'est pas comme ça que cela fonctionne. L'accusation doit faire la preuve de son dossier à charge, vous vous rappelez ? Je sais que vous êtes très idéaliste et naïve, mais sérieusement, réfléchissez. Il a tout son avenir devant lui. Sans mentionner la réputation de son père en tant que juge. Avec un fils au trou pour agression sexuelle, il ferait assez piètre figure. La charge de la preuve incombe à l'accusation et jusqu'à présent, elle a fait un travail lamentable, vous n'êtes pas d'accord ?

— Parce que vous égarez la cour, dis-je. (Ma voix est assez forte pour que deux avocats, qui viennent d'ouvrir la porte du vestiaire, après avoir évalué rapidement la situation, battent en retraite et la referment en vitesse derrière eux.) Je n'arrive pas à croire que vous puissiez commettre une telle entorse à l'éthique, de manière aussi éhontée.

— Reprenez-vous, lâche Barbara. Il faut considérer la chose comme un tout. Freya est tout autant à blâmer que lui. C'est elle qui est venue l'aguicher la première.

— C'est une enfant, Barbara.

— Êtes-vous en train de me raconter que vous n'aviez pas une vie sexuelle active, quand vous étiez adolescente ? Je suis plus âgée que vous, de plus de vingt ans, et j'en avais une, je vous l'assure. J'aurais été reconnaissante de me trouver en présence de quelqu'un de mûr comme lui, au lieu de subir les tripatouillages maladroits des garçons de mon âge. Ne soyez pas aussi prude.

— C'est incroyable, dis-je, d'une voix sifflante de colère. Je me dessaisis de ce dossier.

Barbara rit.

— Vous n'avez pas eu grand-chose à faire, soyons franches. Vous avez passé un peu de temps à éplucher les éléments du dossier à charge, mais c'est tout. Votre travail est terminé.

— Allez-y, défendez-le : ce sera sans moi. Voyons ce que le conseil du barreau aura à en dire. Je vais faire en sorte que Zora soit tenue informée, elle aussi.

Barbara plisse les yeux. Elle me jette un regard furibond, avec une expression qu'elle n'a sans doute jamais manqué d'afficher dans l'exercice de son pouvoir. Je reste un moment immobile, le cerveau palpitant de fureur, avant de ramasser mon sac et de sortir de la salle en trombe.

C'est seulement quand la porte se referme en claquant derrière moi que je me rends compte que je n'ai plus pensé à Robin durant ces dernières minutes. Et là, ma rage disparaît, de nouveau chassée par une peur froide. Je ne devrais pas être ici, à soutenir une défense délétère en faveur d'un accusé toxique. Je devrais être en train de chercher ma fille.

Je baisse la tête et ressors tout droit du palais de justice. J'aperçois Zora et Jeremy, avec un homme plus âgé à leurs côtés, mais je continue de marcher, même quand Zora m'appelle par mon nom. Je suis au bout du parking quand je sens quelqu'un me tirer par l'épaule, assez fort pour me déséquilibrer. C'est Zora, avec Jeremy et l'homme plus âgé derrière elle. Je lance un regard à cet homme, je l'observe un peu plus attentivement. C'est un visage que je n'ai pas revu depuis des années, l'air de famille, entre père et fils, est évident. Deux hommes qui auraient pu être beaux s'ils n'avaient pas les yeux aussi rapprochés. Subitement, je suis de retour dans cette ruelle, vingt ans plus tôt, ses mains agrippées à mes seins, son haleine âcre en plein visage. Mon coup de pied brutal en plein dans son entrejambe. Je les dévisage tous les deux avec horreur.

— Où allez-vous ? demande Jeremy.

— Je ne suis plus sur cette affaire. Je ne peux pas continuer de vous défendre.

— Mais…

— Vous ne devriez pas continuer de vous défendre, ajouté-je. Mais cela ne tient qu'à vous. Je suis sûre que vous ferez exactement ce qu'il vous dit de faire.

— Attendez une minute, bredouille le père de Jeremy.

— Attendez une minute rien du tout, dis-je, en crachant mes mots. Tout cela tombe sous le sens, lui qui se sert du nom de famille de sa mère, pas du vôtre. Mais tel père, tel fils. Vous n'endossez jamais la responsabilité de votre conduite de merde. Pourquoi agirait-il autrement ?

— Je ne suis absolument pas comme lui, proteste Jeremy, plein d'indignation.

— Demandez-lui comment il se comportait envers les stagiaires. Demandez-lui combien il en a peloté, au pub. Questionnez-le sur les plaintes officielles. Allez-y, demandez-le-lui. Il vous soutiendra qu'il n'a pas la moindre idée de ce dont je parle, mais essayez un peu. Demandez-lui comment il se conduisait dans les années 1990. Comment il se comporte encore, très vraisemblablement.

Ma colère m'a donné des ailes. Je m'élève au-dessus d'eux, envahie d'une rage pure et froide.

— Comment osez-vous proférer de telles allégations ? s'indigne Monsieur le juge Michael Forest.

— J'avais le même âge que lui aujourd'hui quand vous m'avez tripotée dans cette ruelle et j'ai dû vous flanquer un coup de pompe dans les couilles pour que vous me lâchiez, dis-je, en désignant Jeremy. Vous le traitez comme un enfant mais avec moi vous étiez assez content de tenter le coup, non ? De nous écraser de votre séniorité, moi et les autres stagiaires, toutes ces soirées dans le quartier du Temple. Je sais que vous ne vous souvenez pas de moi, mais je vous ai envoyé paître. J'ai dû cogner fort pour me débarrasser de vous. Et pendant des mois j'étais terrorisée que vous n'alliez tout raconter au maître de stage. Putain, pas étonnant que votre fils soit une telle honte.

— Comment osez-vous ? répète Forest.

Je me retourne et lui brandis un doigt d'honneur.

— Va te faire foutre, espèce de merde libidineuse. Je me taille.

Je m'éloigne. Zora me court après.

— Merde, quoi, qu'est-ce qui se passe ? Qu'est-il arrivé dans l'affaire ?

— Je suis désolée, Zora. (Je marque un temps d'arrêt.) Tu avais oublié ce merdier ? Ce qu'il m'a fait ? (Elle détourne le regard.) Sérieusement ? Tu m'as fait représenter son fils ? Je n'arrive pas à y croire.

— Je savais que tu avais besoin de ce dossier, me rappelle-t-elle. Je me suis dit que le plus important c'était que tu te remettes au travail.

— Je t'ai avertie, je n'avais aucun besoin que tu me fasses la charité. Surtout pas pour une affaire comme celle-ci. Et surtout pas alors qu'ils savaient depuis le début qu'il était coupable jusqu'à la moelle. Je parie que tu le savais, toi aussi.

— De quoi parles-tu ?

— J'ai trouvé chez lui l'exemplaire de *Fanny Hill* que Freya lui a donné, dis-je. C'est tellement évident.

— Enfin, pourquoi ne m'en as-tu pas parlé plus tôt ? Tu as eu tout le week-end.

Ma colère reflue. Elle a raison.

— Je suis désolée. Tout me semblait si compliqué. Et ensuite Robin…

— Nous parlerons de ça plus tard. Toi, rentre chez toi. Je vais régler cette histoire.

50

Avant que je n'aille très loin, mon téléphone bipe. Je m'arrête immédiatement pour vérifier, sans tenir compte de la femme derrière moi, qui est forcée de me contourner à la dernière seconde, en me sifflant de faire attention aux autres.

J'ai reçu genre cinquante appels de vous. Tout va bien ? J'ai disparu des radars un moment mais je suis de retour maintenant ; passez prendre un café si vous voulez. Julia Biz

Je dois relire trois fois le message en entier avant d'intégrer ce qu'il dit. Pourtant, même après en avoir absorbé les mots, je n'arrive à rien comprendre. L'insouciance du ton, la désinvolture avec laquelle elle m'explique avoir *disparu des radars*, comme si je n'avais pas désespérément tenté de la joindre ces trente-six dernières heures, comme si la police n'essayait pas de la retrouver. Je ne comprends pas. Toute hostilité oubliée, je fais demi-tour pour rattraper Zora et lui montrer mon téléphone. Elle vient immédiatement avec moi, laissant Jeremy et son père se quereller au milieu du parking.

— Tu dois informer la police, me conseille-t-elle – mais c'est précisément déjà ce que je suis en train de faire.

Dès que j'ai raccroché, je réserve un Uber, j'entre l'adresse de Julia. Nous attendons que la voiture arrive.

— La police a dit que nous avions le droit d'aller là-bas ? me demande-t-elle en montant.

— Rien à foutre de la police. Je veux ma fille.

Le taxi progresse lentement dans la circulation du matin. J'enfonce mes ongles si violemment dans mes paumes qu'ils percent la peau, mais la douleur me procure un étrange réconfort, stigmate de mon désespoir.

Dès que nous arrivons, j'ouvre la portière d'un coup et je bondis, en courant droit vers l'entrée de la maison. Zora me suit de près. Je cogne contre le battant et, au bout d'un moment, il s'ouvre, Julia est dans le hall, avec une expression confuse.

— Où est ma fille ? dis-je. Qu'avez-vous fait de ma fille ?

— Je ne sais pas de quoi vous parlez, se défend-elle. Qu'est-il arrivé à Robin ?

Je me rue vers elle et Zora s'interpose aussitôt pour me ramener en arrière. Je me débats avec force un moment, avant de me maîtriser un peu.

— S'il vous plaît, Julia, dis-je, en baissant la voix non sans effort. S'il vous plaît, dites-nous ce que vous avez fait de Robin.

— Je n'ai rien fait d'elle. Je ne l'ai pas vue depuis des jours.

— Mais…

— Écoutez, vous feriez mieux d'entrer. J'ai de nombreux voisins très fouineurs, propose Julia, en nous attirant à l'intérieur. (Nous restons debout dans le hall.) Que se passe-t-il ?

— On nous a dit que vous rameniez Robin d'Aldeburgh hier, dis-je. Nicole m'a expliqué que vous la reconduisiez à la maison. Et nous avons attendues, attendues, mais rien. Pas de Robin. Et maintenant vous me racontez…

— Je vous affirme que je n'ai pas la moindre idée de ce dont vous voulez parler, répète Julia. Je suis désolée.

Je l'observe attentivement. Elle paraît sincèrement désarçonnée, mais cela ne signifie rien. Ses vêtements sont fripés, ses cheveux ne sont pas aussi soignés que d'habitude, mais elle a l'air plus ou moins normal. C'est irréel, comme si j'avais rêvé ces dernières journées, l'obscurité dans laquelle j'ai été aspirée depuis que Nicole m'a annoncé que Robin était partie. D'une minute à l'autre maintenant, Robin pourrait monter les marches en courant jusqu'à moi et me serrer fort dans ses bras.

— Ce n'est pas ce qu'on m'a dit. Je veux ma fille.

Julia reprend la parole, le visage sincèrement perdu, mais je suis incapable d'entendre ce qu'elle me dit. Un bourdonnement retentit dans mes oreilles, un épais bruissement, et des étoiles dansent devant mes yeux. Je me suis déjà sentie ainsi, et je sais ce que cela signifie. Je suis sur le point de perdre connaissance. Titubant vers l'escalier, je m'assois pesamment et je bascule la tête dans mes mains.

Zora vocifère maintenant, Julia crie, et tout ce bruit aggrave le vertige qui s'empare de ma tête. Je me mets à vociférer à mon tour, mais j'ai tellement le tournis que je suis incapable de rester debout, et je m'affaisse contre le mur. L'air est saturé d'angoisse, l'absence de Robin est un tesson de souffrance plongé au fond de moi.

À ce moment, alors que tout est sur le point d'exploser, on frappe des coups à la porte. Fort, avec autorité, et ces coups sont immédiatement suivis des voix des policières qui sont venues chez moi ce matin. J'ouvre les yeux et je vois qu'il y a là trois autres uniformes derrière elles. Je me redresse, avec prudence.

— Julia Burnet, je vous arrête pour suspicion de tentative de meurtre de Daisy Burnet. Rien ne vous oblige à faire une déclaration, mais cela peut nuire à votre défense si, en réponse à nos questions, vous ne mentionnez pas des éléments sur lesquels vous vous appuieriez ensuite devant le tribunal. Tout ce que vous direz pourra être communiqué à titre de preuve. Avez-vous compris ?

Zora a reculé, elle est debout devant moi près de l'escalier, et le visage de Julia est pâle, sous le choc, la bouche ouverte comme si elle allait parler, mais aucun son n'en sort.

Un autre homme et une autre femme franchissent la porte. Ils portent des combinaisons de la police scientifique. L'inspectrice Labinjoh s'adresse de nouveau à Julia.

— Nous avons obtenu un mandat de perquisition de votre domicile, qui va avoir lieu immédiatement.

Les policiers conduisent Julia dehors. Zora et moi suivons, ma sensation de grande faiblesse cédant à la violence du choc. Lorsque la police installe Julia dans la voiture, je rassemble mes forces et cours vers eux.

— Et Robin, alors ? Elle nie savoir quoi que ce soit à son sujet. Où est ma fille ?

— Nos investigations sont en cours. Nous vous contacterons dès que nous aurons des informations. Entretemps, je vous demanderai d'être patiente. Je peux vous assurer que nous faisons tout notre possible pour retrouver votre fille.

Je recule et les policiers montent dans la voiture, qui démarre, avec Julia à bord. Je suis au bord des larmes. Zora me prend par le bras.

— Rentrons chez toi, Sadie. Allons, rentrons. Ils savent où nous trouver. Et peut-être que Robin y est, maintenant.

Je la regarde, l'espoir flamboie dans mes yeux. Je m'appuie sur son bras et nous marchons ensemble d'un pas incertain, en nous accrochant l'une à l'autre pour nous soutenir.

51

Des heures s'écoulent. Il ne se passe rien. Nous sommes assises, nous faisons les cent pas. J'appelle la police toutes les heures, à l'heure pile, avant de m'entendre répondre très fermement d'arrêter.

— Nous n'avons rien d'autre sur quoi nous appuyer que la version de Nicole, dis-je, en crachant ces mots.

Zora soupire. Je suis incapable de cesser les conjectures, de me les répéter en boucle, sans espoir.

— Elle n'a aucune raison de mentir, estime-t-elle. Et qui plus est, la police a tout vérifié. Tu les as entendus : ils nous l'ont affirmé. Ils sont allés au cottage d'Aldeburgh. Ils ont tout examiné.

Les propos de Zora sont pleins d'assurance. Mais je ne suis toujours pas convaincue. Rationnellement, je comprends ses arguments. Pourtant, si la police ne nous avait pas enjointes de ne pas bouger d'ici, je serais allée tout droit voir Nicole, je l'aurais plaquée contre un mur et je lui aurais demandé exactement ce qui se trame. Peut-être que tout ce qu'elle a raconté n'était que mensonge ? Peut-être a-t-elle tout inventé ? Et si Julia n'était jamais allée à Aldeburgh, si elle n'avait jamais vu Nicole ou Robin ?

Mais je ne peux pas aller là-bas en esprit. C'est un trou noir autour duquel je ne cesse de tourner. Si Julia n'a pas ramené Robin comme l'affirme Nicole, alors je n'ai aucune explication à sa disparition, aucune idée de l'endroit où elle pourrait être, et cette pensée me plonge dans un tel gouffre de désespoir que je ne peux le tolérer une seconde.

— Je devrais nous préparer quelque chose à manger, dis-je, en tentant de rompre le cercle vicieux de l'inquiétude. Je n'ai quasiment rien avalé de toute la journée.

Je bats des œufs, je grille des toasts. Le pain est moisi, mais seulement sur les bords, alors je découpe les croûtes et jette les parties abîmées dans la poubelle. Je place une assiette devant Zora et m'assois pour manger la mienne, les bouchées restant collées au fond de ma gorge. Je réussis à me forcer à en avaler la moitié avant de renoncer.

Zora fait pareil. Elle a un peu mangé, avec le même manque d'appétit, en chipotant dans son assiette avant de laisser tomber à son tour. Je débarrasse nos assiettes et je me mets à les laver. Cela me calmera peut-être un peu de faire place nette. Nous devrons parler de l'affaire Jeremy, mais je n'arrive pas à m'y intéresser.

Dès que j'ai terminé la vaisselle, je reviens m'asseoir à table et je consulte mon téléphone. Il y a un SMS de Nicole.

De retour à Londres à présent : je n'ai pas mis Pippa à l'école aujourd'hui. Prenons un café demain après avoir déposé les enfants. Je pense à vous. N. Biz

Je le montre à Zora, en brandissant mon téléphone, sans un mot.

— Qu'en penses-tu ?

— Que la police n'a vu aucun inconvénient à la laisser quitter Aldeburgh. S'ils avaient considéré qu'elle était à suspecter, en aucun cas ils ne l'auraient laissée partir.

Le trou noir dans mon esprit se referme un peu.

— Tu as peut-être raison. Mais nous ne savons toujours pas où est Robin, bordel…

Ma voix craque, mon menton tremble. Je perds toute maîtrise de moi-même. Voûtant les épaules, je fonds en larmes, secouée de gros sanglots.

Je pleure tellement qu'au début, je ne me rends pas compte qu'on a frappé à la porte. On continue de frapper, et je cours ouvrir. Ce sont les deux inspectrices.

Je les conduis dans le salon côté rue, en tâchant me ressaisir un peu, mais l'état dans lequel je suis ne doit pas leur échapper. Elles me regardent d'un œil bienveillant, depuis l'angle de la pièce où elles ont toutes deux pris place dans de vieux fauteuils. Je réprime mon envie de leur préciser que ce n'est pas vraiment ma maison, que je suis en train de l'arranger, et qu'elles ne me jugent donc pas sur son état. Comme si cela leur importait. Je veux juste briser le silence, entretenir du mouvement autour de moi pour me retenir de craquer à nouveau.

L'inspectrice Hughes se racle la gorge.

— Nous avons du nouveau, dit-elle.

Ma tête se redresse d'un coup.

— À ce stade, nous ne pouvons vous communiquer que des informations limitées, continue la policière, mais ainsi que vous l'avez entendu précédemment, l'enquête sur Julia Burnet a pris un tour nouveau. Nous avons reçu certains éléments de preuve qui ont transformé la situation relative à sa fille, Daisy, en enquête pour tentative de meurtre.

— Quels éléments de preuve ?

Les policières se regardent, l'inspectrice Labinjoh opine de la tête, et l'inspectrice Hughes continue.

— Nous avons reçu les résultats du rapport toxicologique sur Daisy, qui relève des quantités importantes de modafinil et aussi de diazepam.

— Qu'est-ce que cela signifie au juste ?

— Cela signifie qu'elle a reçu des quantités excessives de médicaments, qui n'étaient pas médicalement nécessaires. D'habitude, le modafinil est prescrit pour les troubles du sommeil, pour traiter des pathologies comme la narcolepsie, mais certaines personnes en font un usage impropre. Il est assez facile de s'en procurer en ligne. Des étudiants en prennent parfois pour rester concentrés et éveillés pendant de longues périodes, afin de réussir à faire leur travail.

— Pourquoi Daisy aurait-elle pris ça ? dis-je, consciente, dès que je prononce ces mots, d'avoir posé une question stupide.

L'inspectrice Hughes a la bonté de ne pas se moquer.

— Ce n'est pas l'hypothèse sur laquelle nous travaillons. Notre théorie, c'est que quelqu'un a administré cette substance à Daisy, peut-être pour tenter d'améliorer ses performances à l'école. Y a-t-il eu des épreuves d'examen, récemment ? Ou des évaluations d'une certaine importance ?

Je ne peux m'empêcher d'accuser le coup.

— Les examens d'entrée dans le secondaire. C'est juste un examen au début de la prochaine année scolaire pour l'entrée dans le second cycle. Je veux dire, c'est une école où il y a de la compétition, mais droguer son enfant ? C'est dingue.

Je me lève et j'arpente la pièce à grands pas, puis je reviens, tâchant de me reprendre. Je suis incapable de rester assise.

— Mais le diazepam n'aiderait pas à se concentrer, n'est-ce pas ? intervient Zora.

Elle a l'air choqué, elle aussi.

— Non, confirme Hughes. Tout l'opposé. Et c'est la seconde partie de notre hypothèse. Que le tranquillisant a été administré pour tenter de calmer l'enfant, après une surdose de stimulant.

Ses mots s'abattent dans le silence de la pièce comme des pierres dans un bassin. Je les sens se répercuter autour de moi.

— Comment peut-on infliger cela à une fillette de dix ans ? dis-je.

Au bout d'un moment, Zora s'exprime.

— Tout cette histoire est vraiment terrible, mais quel rapport cela aurait avec Robin ?

Je me rassieds à côté d'elle. La peur me ronge les entrailles.

— Nous avons eu connaissance d'éléments démontrant que Julia prenait ces examens très au sérieux, continue Hughes. (Je hoche la tête, en signe d'acquiescement.) Nous avons aussi eu des informations selon lesquelles Robin, votre fille, obtenait des notes très élevées. Est-ce exact ?

— Oui, dis-je. Elle est très intelligente. Elle aime les évaluations. Je ne lui mettais aucune pression, pourtant.

— Ce n'est pas ce que nous voulons dire, madame Roper. Ne vous inquiétez pas. Nous pensons qu'il peut y avoir un rapport, malgré tout. Si Julia pensait que votre fille était une concurrente pour Daisy, peut-être ? Qui risquait de lui prendre sa place ?

— Je suis sûre que Daisy allait obtenir sa place en second cycle, sans problème.

— Ou peut-être y avait-il une sorte de prix à la clef ?

Je m'interromps, je réfléchis.

— La bourse. Il y a une bourse. Mais certainement…

Là encore, les policières échangent un regard. L'inspectrice Labinjoh s'exprime pour la première fois.

— Nous voudrions que vous observiez un objet, afin de voir si vous le reconnaissez.

Elle plonge la main dans un cartable noir posé à ses pieds et en sort un sachet plastique transparent qui contient un petit objet. Je connais ce type de sachets, ce sont ceux que la police utilise pour présenter les pièces à conviction lors des procès, et je réprime un gémissement.

Labinjoh enfile une paire de gants jetables. Ses mains entrent dans le sachet, en sortent l'objet, puis elle me le tend.

C'est une peluche. Une toute petite peluche. Un suricate tricoté, vêtu d'une veste verte et d'un pantalon noir, une épingle à nourrice dans l'oreille. Le jouet que Zora a fabriqué pour Robin tant d'années auparavant, dont elle ne s'est jamais séparée. Je me lève d'un bond et tente de le lui arracher mais l'inspectrice le retire hors de portée de ma main.

— Le reconnaissez-vous ? me demande-t-elle. (J'essaie encore de l'attraper. S'il vous plaît, n'y touchez pas.) Cela pourrait constituer une pièce à conviction très importante.

Là où je suis, je vacille. Je sens des mains se poser sur mes bras, me faire reculer, me guider en arrière vers mon siège, m'inciter à me rasseoir et me maintenir. C'est Zora.

— Oui, dis-je. Oui, je le reconnais. C'est le suricate de Robin. Où l'avez-vous trouvé ?

Un autre long silence. Un autre regard échangé entre les policières. La tension dans la pièce bourdonne en moi.

— Dans la voiture de Julia, répond Hughes. Juste sous le siège avant. Était-ce une peluche que Robin emportait parfois dans sa poche ?

— Oui. Elle l'avait toujours avec elle.

— Nous partons de l'hypothèse qu'il a pu tomber, on ne sait comment, et personne ne s'en est aperçu.

— Et où est Robin ? dis-je, d'une voix très calme.

— Nous ne le savons pas. Mais je vous promets que nous allons le découvrir.

52

Les inspectrices partent peu de temps après. Elles m'ont donné des instructions très fermes : rester tranquille, ne rien tenter de mon côté, ne pas lancer d'appel sur les réseaux sociaux, rien. Elles sont sur le coup : elles sont convaincues que Julia est impliquée et qu'elles vont bientôt découvrir où se trouve Robin. Leur confiance semble inébranlable, pas la moindre lézarde, aucun doute, mais ma terreur n'est pas moins inébranlable, avec ses griffes crochetées profondément en moi. Je n'ai plus aucune énergie. Cette journée m'a vidée.

— Tu devrais te mettre au lit, me suggère Zora.

— Je suis incapable de dormir.

— Il faut te reposer, au moins. Si tu t'écroules, ce n'est pas bon non plus.

— Je suppose.

— Tu as eu des nouvelles d'Andrew ?

— Rien. Je t'ai dit qu'il s'en moquait.

Zora ne réagit pas. Ce n'est pas nécessaire.

— Allez, va dormir un peu. S'il arrive quoi que ce soit, je te réveille.

Je monte à l'étage dans la chambre de Robin, je m'allonge sur le petit lit. Je veux de la proximité avec ma fille que j'aime, pas avec la mère qui me détestait. Mais tant que ma fille n'est pas à la maison, je n'aurai jamais la proximité que je veux. Je reste éveillée des heures, à former des motifs parmi les étoiles luminescentes, le cœur meurtri.

À la fin, je m'endors, juste avant l'aube, mais je suis tirée de mon sommeil par des coups sourds frappés à la porte. Je me lève aussitôt, certaine que ce doit être la police, qui me ramène Robin. Je me dépêche, je manque la première marche, je tombe la tête la première dans l'escalier, et la cogne contre la rambarde tout en bas. Je reste étendue un moment, la jambe tordue sous mon corps, avant qu'un autre coup ne retentisse à la porte et Zora va ouvrir. Je me remets sur pieds, je titube, la tête et le genou me lancent, mais cela m'est égal, cela ne compte pas, j'ai entendu la voix de Zora parlant à quelqu'un et ce doit être Robin, ce doit forcément être Robin.

— Est-ce que ça va ? fait une voix d'homme, et je lève les yeux.

C'est Andrew. Pas Robin. Et je suis fauchée par la déception.

Mon ex-mari et ma meilleure amie m'aident à rejoindre la cuisine. Zora s'éclipse au premier, en marmonnant qu'elle va prendre une douche.

Andrew s'affale, jette un œil autour de lui.

— Cet endroit a besoin de gros travaux.

— Je sais.

— Mais tu l'as rendu confortable, tu sais. Cela donne l'impression d'un foyer, plus que jamais auparavant. Enfin, ce serait le cas si…

Il ne termine pas sa phrase. Je suis incapable de respirer correctement, l'air de la pièce est aspiré par tout ce que nous taisons.

— Nous ne sommes pas ici pour parler de chantier de maison. Que se passe-t-il, Andrew ? dis-je. J'ai vu les articles de presse, les arrestations. Pourquoi es-tu ici ?

— Pour Robin, dit-il. Pour toi.

— Tu baises avec cette autre femme. Tu n'en as plus rien à foutre, répliqué-je, d'une voix neutre.

— C'est ce que j'avais besoin que tu penses. Pour que tu t'en ailles.

— Je ne comprends pas.

— J'ai voulu m'expliquer. Quand j'ai appelé…

— D'accord, admets-je.

— Je sais que cela ne compte plus guère, maintenant. Mais j'espère que cela comptera de nouveau, bientôt. Il fallait que je vous fasse sortir du pays en toute sécurité. Toi et Robin.

— Que veux-tu dire ?

— C'est une grosse fraude… tu as l'as constaté, au vu des arrestations. Ils ont chopé tous les principaux patrons. La société d'investissement, c'est une pyramide de Ponzi. Au début, je ne m'en suis pas aperçu, mais ces dernières années, c'est devenu de plus en plus évident à mes yeux. J'ai rassemblé des éléments de preuve, j'ai coopéré avec la Securities and Exchange Commission.

— Je ne comprends toujours pas…

— Je savais que ça allait éclater. Qu'il y aurait des arrestations, beaucoup de publicité. Je craignais d'être arrêté moi aussi, du moins les premiers temps. Je m'inquiétais pour les visas… tout ça.

— Alors, qui était cette femme, enfin ? Tous ces mystérieux coups de téléphone.

Il me regarde d'un air implorant.

— C'était mon avocate. La seule personne à laquelle j'étais autorisé à parler de quoi que ce soit sans faire foirer l'enquête. On ne me permettait de rien dire à personne. L'héritage de ta mère… bon, déjà, bien sûr, je trouvais l'idée épouvantable. Mais c'était avant de me rendre compte de l'ampleur de ce qui se produisait au bureau. Cet héritage m'est de plus en plus apparu comme une bouée de sauvetage. Et quand la place à Ashams s'est présentée pour Robin… je savais que je ne serais jamais capable de te convaincre. Il fallait que je te pousse à partir… c'était le seul moyen.

— Tu as fait tout ça exprès ? Couper tout lien, ne plus me regarder pendant des mois ? Me faire croire que tu couchais avec une autre. Que tu me retirerais Robin ?

Il fait oui de la tête, le visage blême.

— Je suis désolé.

— C'est la pire chose qu'on m'ait jamais faite. Comment suis-je censée croire ce que tu me dis, maintenant ? Pourquoi ne pouvais-tu pas juste me raconter ce qu'il se passait ?

Je le regarde, il est en face de moi, à la table de la cuisine, mais il pourrait être aussi bien à des milliers de kilomètres d'ici. Il se prend la tête dans les mains et ses épaules sont parcourues de soubresauts. Je n'esquisse aucun geste pour le réconforter.

Il relève enfin les yeux sur moi, les joues humides.

— Je ne pouvais pas. Je n'étais autorisé à en parler à personne. J'ai agi ainsi pour ton bien, je te le promets. Je voulais juste vous protéger, toutes les deux.

Il n'y a pas de place pour cette colère pour l'instant, mais à travers ma peur pour Robin qui me dévore tout entière, j'ai la froide certitude que si jamais on évite le pire et que Robin se trouve de nouveau en sécurité avec moi, le moment viendra où il faudra rendre des comptes, et ma colère sera terrible.

Je n'ajoute rien d'autre. Je ne m'intéresse à rien d'autre que savoir où est Robin. À mes yeux, pour le moment, Andrew n'est même pas réel ; je suis anesthésiée face à tout le mal qu'il a causé, même si je sais qu'au fond de moi commence à naître l'idée que s'il n'avait pas manigancé tout cela, Robin ne serait pas portée disparue à présent…

Zora redescend et se joint à nous. Elle explique toute la situation à Andrew, tandis que je n'arrête pas de vérifier mon téléphone. Quand elle a terminé, nous restons encore assis durant ce qui me semble être des heures, le silence pulse lourdement autour de nous, et je vais dans le salon regarder par la fenêtre de devant, avant de revenir. Enfin, je reçois un appel de Nicole.

— Je suis à l'hôpital avec Daisy, m'annonce-t-elle. Pourquoi ne venez-vous pas nous voir, pour que nous ayons une vraie conversation ?

Je fais part de cet échange à Zora. Je ne regarde pas Andrew.

— Je ne peux pas y aller, non ? Et s'il se produit quelque chose ici ? La police m'a priée de rester sur place.

— Je crois que tu devrais y aller, me répond Zora. Tu pourrais apprendre des choses utiles. Je te promets de t'appeler s'il y a la moindre nouvelle.

Daisy est encore dans la même chambre d'hôpital que celle où je lui avais rendu visite précédemment, avec les mêmes appareils qui bipent autour d'elle, un masque lui oblitérant le visage. Nicole est assise à son chevet, Pippa est avec elle. Dès l'instant où j'entre dans la chambre, Nicole se lève d'un bond, vient à moi, me serre dans ses bras. Je l'étreins à mon tour. Nous restons un moment enlacée avant qu'elle ne me relâche.

— Je ne me le pardonnerai jamais, me confie-t-elle. Je n'aurais jamais dû laisser Robin monter dans la voiture avec Julia. J'aurais dû me rendre compte de l'état dans lequel elle était.

Je l'observe attentivement. Cette pensée m'a traversé l'esprit plus d'une fois, à moi aussi, celle de la responsabilité que je devrais attribuer à Nicole. Mais en même temps, les actes dont Julia est accusée sont inimaginables.

— Mais comment aurait-on pu prédire tout cela ? dis-je. Vous n'auriez pas pu savoir que Julia était folle au point de droguer sa propre fille et de tenter d'éliminer toute source de concurrence.

En prononçant ce mot, *concurrence*, je me mets à trembler à l'idée que Robin soit réduite à cela, à une simple barrière qui se dresserait devant l'ambition d'une autre, à abattre à volonté.

Nicole me serre à nouveau dans ses bras.

— Je ne me le pardonnerai jamais, répète-t-elle, ses lèvres tout contre mes cheveux. Je suis tellement désolée.

Je m'assieds sur une chaise au pied du lit de Daisy, à côté de l'endroit où Pippa est assise. Elle a l'air toute voûtée, glacée, emmitouflée dans un blouson à capuche trop grand pour elle. Elle serre quelque chose dans ses mains et j'observe plus attentivement : je vois un petit ours en peluche, à la fourrure usée aux coutures. Malgré mon propre chagrin, je suis de tout cœur avec cette petite. Elle est assise ici, à côté d'une amie inconsciente dans un lit d'hôpital, et elle attend des nouvelles d'une autre.

— Comment vas-tu ? lui dis-je.

Elle tressaille. Elle lève les yeux vers moi, brièvement, et puis elle se concentre de nouveau sur son ours, qu'elle tortille entre ses mains. Ses cheveux sont gras, les marques d'un peigne sont visibles, près de la raie. Alors que je la regarde, elle lève la main et se gratte le cuir chevelu, tourmentée par quelque chose. Ensuite, sa main redescend et je suis horrifiée de voir que là où elle s'est grattée, une tache sanglante et sombre est désormais visible sur la chevelure blonde.

— Ton crâne, dis-je. Tu saignes ? Ça va ?

Pippa se recroqueville encore plus sur son ours, le visage fermé. Elle ne me répond pas. Nicole vient à ses côtés et lui passe le bras autour de l'épaule, en la regardant.

— Elle va bien, dit-elle. Pippa se gratte un peu le crâne quand elle est perturbée, c'est tout. Pour elle, la période a été difficile. Pour nous toutes.

J'opine de la tête. Je n'ai rien à répondre à cela. En regardant Nicole qui tient sa fille contre elle, j'ai envie de pleurer. Je n'ai envie de rien d'autre que de tenir ma fille contre moi, moi aussi. Je sens presque la chaleur de Robin, l'odeur de ses cheveux.

Nicole se tourne vers Daisy. Elle ne se rend pas compte que je l'observe. Quelque chose change sur son visage, un durcissement des traits. Sur le moment, elle ne se ressemble plus du tout, elle m'est étrangère. Ensuite elle se tourne et sourit, la chaleur revient aussi soudainement qu'elle avait disparu, et ce contraste soudain met en relief la noirceur lugubre que j'ai vue dans ses yeux juste avant.

Un homme entre dans la chambre d'hôpital, à pas lourds.

— Paul, fait Nicole. Comment vas-tu ? Daisy, ça va. Aucun changement.

Paul. L'ex-mari de Julia. Je le regarde. Je me souviens de la manière dont Julia parlait de lui, d'un homme insouciant, insensible qui la traitait avec une telle cruauté, un monstre qui l'avait traînée en justice pour leur imposer un accord financier en bonne et due forme, à Daisy et elle.

Ce n'est pas l'impression qu'il donne. Il a l'air rassurant et simple, et il a davantage l'allure d'un professeur de géographie que celle du requin de la banque d'investissement contre lequel on m'avait prévenue. Pourtant, je me garde de juger d'après les apparences. Il peut avoir l'air agréable, mais cela ne donne aucune assurance quant à ce qu'il est vraiment. Quand il s'avance dans la chambre, je lis la tension sur son visage, des cernes profondément creusés sous les yeux, après de nombreuses nuits sans sommeil.

— C'est Sadie, lui dit Nicole, en me présentant. C'est la maman de Robin. Tu sais, la petite fille qui…

Elle ne termine pas sa phrase. Il est clair qu'elle n'en a pas besoin. Le visage de Paul s'est empreint de compassion et il a pris mes mains dans les siennes.

— Je suis tellement désolé, me fait-il. Vous devez vivre un enfer.

L'empathie dans sa voix me réchauffe. Il sait ce que je traverse. Même si sa fille est ici physiquement, dans ce lit, elle est perdue, elle aussi, et son retour est aussi incertain que celui de Robin.

— Je me sens si désolée pour vous deux, ajoute Nicole.

Paul lui prend sa chaise, la plus proche de Daisy, et Nicole me rejoint au pied du lit. Pippa va s'asseoir par terre dans le coin de la chambre, et prend un livre. Je plisse les paupières, par simple curiosité. *Les Temps difficiles*, Dickens. Je cligne des yeux, surprise.

— Des nouvelles ? demande Nicole.

Elle ne précise pas à quel propos, mais il est clair qu'elle pense à Julia.

Paul fait oui de la tête.

— Je viens de parler à la police. Lors de la perquisition de la maison, ils ont trouvé des boîtes de modafinil et de diazepam, avec ses empreintes digitales. Ils l'ont inculpée pour avoir administré ces substances à Daisy. Je n'arrive pas à l'admettre. Je ne savais absolument pas qu'elle se souciait tant de l'entrée de notre fille au collège. Ou qu'elle se préoccupait tant de cette bourse.

— Rien au sujet de Robin ? Elle n'a rien dit ? demandé-je avec insistance.

— Je suis vraiment navré, Sadie. Elle refuse de dire quoi que ce soit, reprend Paul, et la bonté dans sa voix me fait presque m'effondrer. Mais il y a encore autre chose. Ils enquêtent aussi sur une mort qui est intervenue il y a dix-huit mois, une petite qui s'est noyée.

Ma tête se met à tourner. Il doit parler de Zoe. Jessica avait précisé que Julia était sur place.

— Les parents n'ont jamais été complètement convaincus des circonstances qui ont été établies pour sa mort. Et Julia était présente lors de ces vacances. Maintenant qu'une sorte de mobile a été établi, la police l'interroge à ce sujet.

— C'était si horrible, fait Nicole, à voix très basse. Pippa aussi était en vacances avec eux quand c'est arrivé, mais pendant ce temps-là elle dormait… Zoe est sortie dans la nuit, pour s'entraîner à la nage. C'est ce qu'ils en ont conclu, en tout cas. (À cette pensée, elle semble pâlir, puis elle secoue la tête, comme pour chasser tout cela, et elle regarde Pippa assise par terre avec son livre.) Pippa, mon cœur, tu vas t'abîmer les yeux à lire dans le noir comme ça.

Sa fille se lève, s'étire.

— J'ai faim, maman. On peut avoir quelque chose à manger ?

— Je vais l'emmener en bas à la cafétéria, si vous voulez, dis-je.

Toute désireuse que je sois de recevoir des informations, je me sens subitement encore plus désireuse de sortir d'ici, loin d'émotions aussi intenses. Si je ne m'échappe pas de cette chambre, je vais exploser, tant la pression dans ma tête est insoutenable.

— Oh non, ça ira. Je vais l'emmener, me répond sa mère, et elle se lève, prête à s'en aller.

À ce moment, pourtant, une doctoresse entre. Elle veut parler à Paul au sujet de Daisy. Il se tourne vers Nicole.

— Tu ne resterais pas avec moi ? Je ne garde pas toujours tous les détails en tête… cela peut être un peu bouleversant.

Nicole regarde Paul, puis le docteur, puis Pippa, et enfin moi. Elle hausse les épaules comme en signe de défaite, puis me regarde encore.

— Finalement, cela vous ennuierait d'emmener Pippa ?

53

Pippa est affamée. Elle mange tout son sandwich jambon-fromage avant même que j'aie touché à mon café, et quand je lui demande si elle en aimerait un autre, elle approuve avec enthousiasme. Elle en avale aussi la moitié, avant de dire enfin un mot.

— Merci, me dit-elle. Hier soir, nous n'avons pas eu le temps de dîner. Ça a été vraiment bizarre.

Elle ne s'étend pas, elle ouvre la canette de Coca que j'ai ajoutée à la commande et elle en boit une longue gorgée. Je la regarde manger. Alors que Robin et elle sont amies depuis le début de l'année, c'est la première fois que je l'observe vraiment. Elle s'effaçait toujours au second plan, quand Robin et Daisy étaient là. C'est presque drôle que celle qui semblait la moins vivante soit à cet instant celle qui l'est le plus. Je frémis à cette pensée, la peur pour Robin m'envahissant une fois encore.

— C'était une drôle de journée, dimanche, continue Pippa. J'aimais bien avoir Robin avec moi. Quand je me suis réveillée et qu'elle n'était plus là, j'étais triste.

Je cligne des yeux. Je n'arrive pas à croire que je n'aie pas songé à questionner Pippa plus tôt à ce sujet. Le stress me rend lente, stupide.

— À ton avis, qu'est-ce qui s'est passé, Pippa ? lui demandé-je, aussi gentiment que possible. Tu en as la moindre idée ?

— Vraiment, je ne sais pas. Nous avons passé toute la journée à courir sur la plage, et à faire du vélo dans tous les sens. Pas de devoirs, pour une fois. Ensuite nous avons dîné, Robin s'est endormie et maman l'a portée en haut dans son lit, je suis allée me coucher, et quand je me suis réveillée elle n'était plus là.

Endormies dans le canapé. C'est à ce moment que Nicole a dû prendre la photo et me l'a envoyée. Inhabituel pour Robin, quand même, mais pas totalement inédit.

— Tu te souviens d'avoir vu Julia ?

Pippa a le regard vide.

— La maman de Daisy ? ajouté-je, pour l'aider.

— Oh oui. Elle a dîné avec nous. Maman m'a expliqué qu'elle est repartie tôt le matin. Avant que je me réveille et que je voie que Robin était partie, elle aussi.

Rien de nouveau. Rien qui éclaire la situation.

— Est-ce qu'il s'est passé quelque chose d'inattendu quand elle était là ? Quoi que ce soit ? demandé-je, refusant de renoncer à l'espoir que cette petite ait au moins une petite idée de l'endroit où se trouve Robin.

Elle hausse les épaules.

— C'était une journée si amusante, répète-t-elle. Maman nous a même laissées aller dans la maison secrète.

Un long silence, le visage de Pippa vire lentement à l'écarlate, et des larmes lui montent aux yeux. Elle prend son Coca mais ses mains tremblent, elle laisse échapper la canette qui bascule sur la table, répandant le reste de son contenu. Elle attrape une poignée de serviettes en papier et essaie d'éponger mais elle n'est pas très adroite, et la flaque s'élargit.

— C'est quoi, la maison secrète, Pippa ? dis-je.

Autour de moi, le monde a cessé de tourner. Les gens ont disparu, il n'y a plus que la fillette devant moi et la longue traînée de liquide marron sur la table, qui dégouline lentement sur le sol.

— Je n'aurais rien dû dire. C'est un secret.

— Je jure de ne le répéter à personne, promets-je. Mais j'adore les secrets. Surtout les maisons secrètes. Cela semble vraiment excitant.

Doucement, doucement…

— Maman a enfin trouvé la clef, continue-t-elle. Elle avait disparu depuis des années. Presque depuis que je suis née. Mais elle l'a trouvée et nous sommes toutes allées voir, mais ensuite nous sommes ressorties vraiment vite parce que c'était plein de mouches mortes.

— Où est-ce, cet endroit ?

— Vous promettez de ne pas le répéter, insiste-t-elle.

— Je promets, dis-je. (Je n'ai aucune intention de tenir cette promesse. Rien n'est plus important que Robin.) S'il te plaît, dis-moi où c'est.

— C'est derrière notre maison au bord de la mer. Ça ressemble à un garage, mais ce n'est pas ça. Dedans, c'est comme une petite maison.

Très calmement, je demande à Pippa si elle a envie d'autre chose à manger ou à boire. Je la ramène en haut, sans la presser, sans rien faire qui montre qu'elle ait dit quoi que ce soit d'important, en discutant avec elle des évaluations, de Noël et de tous les autres sujets qui peuvent me venir en tête, pendant que nous attendons l'ascenseur, en gardant une voix douce et calme. Cela semble marcher. Pippa bavarde avec moi pendant toute la montée jusqu'au septième étage, où je la rends à Nicole.

— Je vais rentrer chez moi, maintenant, dis-je. Andrew m'a envoyé un message, et il a l'air très mal. Il faut que j'y aille et que je reste auprès de lui.

— Mais nous n'avons pas pu nous dire tout ce que nous avions à nous raconter, proteste Nicole.

— Pourquoi ne faites-vous pas un saut plus tard ?

Je sors de la chambre à reculons en tâchant de ne pas donner l'impression de me précipiter. Nicole me sourit, serre Pippa contre elle, un modèle d'amie aimant, de mère aimante. Je ne désire rien de plus que de croire qu'elle est aussi gentille qu'elle en a l'air, mais tout ce que j'abrite d'instinct en moi me souffle de sortir d'ici, tout de suite, et de découvrir ce que signifie cette foutue histoire de maison secrète.

Paul me sourit aussi, c'est un sourire amical, il vient vers moi et me serre brièvement dans ses bras.

— Je suis si navré pour votre fille, dit-il. Je pense à vous tous. Je souhaite qu'elle revienne saine et sauve.

Je regarde la petite silhouette sur le lit.

— Je pense à vous aussi, dis-je.

Dès que j'ai franchi la porte, je cours, tout droit vers l'ascenseur.

54

Sur la route de la maison, j'appelle la police pour leur dire que je dispose d'une information essentielle. Les policiers prennent cela au sérieux. Et après un trajet de quelques minutes seulement, mais qui semble durer des heures, je suis enfin à la maison, je passe la porte, et je me retrouve face à face avec les inspectrices Labinjoh et Hughes, Andrew et Zora en retrait derrière elles.

— Je viens de parler à la fille de Nicole, dis-je, haletante. Elle m'a appris l'existence d'une annexe séparée de la maison. Une partie cachée. Elle appelle ça la maison secrète. Vous avez vérifié cet endroit ?

Elles se regardent, puis me regardent à nouveau. Hughes répond.

— Je dois avouer que non, admet-elle. Ce n'était pas une information dont nous disposions.

— Mais ne pensez-vous pas que cela mérite d'être contrôlé ? Robin est peut-être enfermée dedans.

Elles se regardent à nouveau.

— Tout cela semble un peu maigre, intervient Labinjoh. Mais…

— Maigre ? En quoi c'est maigre, merde ? Je croyais vous avoir entendues dire que vous ne négligeriez rien.

— Si vous voulez me laisser terminer, reprend Labinjoh, nous allons tout de suite passer un appel à la police locale. Et nous allons nous rendre sur place, en plus. Juste au cas où.

Je suis tellement remontée que j'ouvre la bouche pour lui hurler encore dessus, avant de me rendre compte de ce qu'elle vient de dire.

— Oh, d'accord. Vous irez sur place.

— Nous y allons tout de suite.

Elles sortent dans l'allée d'un pas décidé. Subitement, je leur cours après.

— Je peux venir, moi aussi ? dis-je, en essayant de ne pas paraître suppliante. Si Robin est là-bas, elle aura besoin de moi.

— Montez, me répond Hughes, en désignant la banquette arrière de leur véhicule banalisé, une berline banale.

Sans hésitation, je fais ce qu'on me dit, et claque la portière derrière moi.

La voiture peut sembler ordinaire, en apparence, mais on lui a manifestement fait quelque chose pour en doper les performances. Labinjoh conduit vite, se faire un passage à travers le trafic du nord de Londres, file sur la North Circular puis s'engage sur l'autoroute A12 sans trop d'encombre. Hughes me demande de lui répéter tout ce que Pippa m'a confié et répercute l'information par téléphone.

— Nous sommes en manque d'effectifs en ce moment, me confie-t-elle. Il y a eu un incident à Ipswich, une explosion dans une usine. Tout le monde a été appelé là-bas : il y a des victimes potentielles. Nous allons devoir faire vite, c'est tout.

Sans avertissement, Labinjoh allume la sirène. La voiture prend de la vitesse, je suis plaquée contre mon siège, vite, de plus en plus vite. Je n'étais pas certaine qu'elles prenaient cela au sérieux.

Je me trompais.

Ballottée d'un côté et de l'autre alors que nous traversons d'interminables ronds-points dans un crissement de pneus, j'essaie de m'agripper à la voiture de ma main gauche, et à mon téléphone de la droite. Alors que nous prenons un virage à droite pour traverser une route à deux voies, mon téléphone vibre dans ma main : un message de Nicole. J'essaie de l'ouvrir mais Labinjoh déboîte sans avertissement pour dépasser un tracteur, le téléphone m'échappe et glisse à l'autre bout de la voiture, hors d'atteinte.

Nous y sommes, nous y sommes presque, nous passons devant un golf, une longue rue aux maisons alignées, une église sur la gauche. J'ai à peine le temps de comprendre ce que je vois avant que nous débouchions dans une grande rue dans un crissement, que nous dépassions un pub et tournions à droite dans une voie résidentielle étroite, à une rue du front de mer. Nous nous arrêtons à côté d'un autre pub, près de l'entrée d'une ruelle.

— Ici ? dis-je.

— Ici, confirme Labinjoh.

Entre le pub et la ruelle se trouve une petite construction. Une porte de garage en bois en occupe toute la largeur, un autre portillon découpé dedans, mais un mur bas se dresse devant la bâtisse, derrière lequel plusieurs poubelles à roulettes sont alignées, bloquant entièrement l'entrée. Nous restons un moment à les regarder, puis l'inspectrice Hughes pousse le portail et disparaît dans la ruelle. Quelques secondes plus tard, elle nous appelle.

— Il y a une autre porte ici, dit-il.

Labinjoh court la rejoindre, et je la suis de près. Au bout de la ruelle, à l'arrière d'une maison qui doit être celle de Nicole, je présume, il y a une porte latérale ouvrant sur la petite construction avec la porte de garage. Les inspectrices poussent dessus chacune leur tour, mais le battant ne bouge pas, et quand elles cognent dessus, en demandant s'il y a quelqu'un à l'intérieur, personne ne répond. Je hurle à mon tour le noms de Robin, avec une pointe de désespoir dans la voix.

Les inspectrices abandonnent la porte et retournent à la voiture. Je m'avance et cogne encore dessus plusieurs fois, en tapant des poings contre le bois, jusqu'à ce que les policières reviennent et m'écartent, me poussant plus loin dans la ruelle, vers la rue. L'inspectrice Hughes porte un petit bélier, du genre que je n'ai vu que dans des séries télé. Elle crie un avertissement, court et l'abat contre la porte une fois, deux fois, et subitement elle s'ouvre et les voilà entrées, après avoir laissé tomber le bélier au sol dans un claquement métallique.

L'inspectrice Hughes est dedans la première, Labinjoh juste après elle. Je ferme la marche. Mais quand j'entends la première s'exclamer, je me précipite en écartant Labinjoh, et je suis sa collègue en haut d'un escalier où je la vois s'agenouiller à côté d'un tas de guenilles. Une pile de guenilles entourée de centaines de mouches mortes. Des monceaux d'insectes, jamais de ma vie je n'en ai vu autant.

Je ne me concentre pas sur ce qui compte. Peu importent les mouches. Hughes s'affaire sur le tas de guenilles, elle fouille dedans, soulève des couvertures et des morceaux de tissus. Elle repousse le tout, se penche et c'est maintenant que je vois ce qu'elle a trouvé.

Qui elle a trouvé…

Je me rue et m'agenouille à côté d'elle, à côté de Robin qui gît au sol, les lèvres bleues. Je me mets à sangloter, une lamentation funèbre, et je tends la main pour prendre celle de ma fille.

Elle est froide.

Après coup

Je suis aussi froide qu'un cadavre.

Les fleurs sont blanches et le cercueil est blanc aussi, peint de petites fleurs roses. Elle aurait aimé. C'est joli, tout comme elle l'était. Une larme coule sur ma joue. Une autre. Je suis incapable de me souvenir d'un moment où je n'étais pas en train de pleurer.

La lecture commence, mes mains se nouent : « Jésus, laisse venir à toi les petits enfants. » Les petits enfants qui souffrent. Comme ils souffrent. Forcés de chanter et de danser sur commande, de vivre jusqu'au bout les espoirs, les rêves de leurs parents. De réparer tous leurs échecs.

Je suis désolée, je suis tellement désolée.

Je contemple la gerbe de fleurs sur la petite boîte peinte en blanc. Pas de lys aux pétales cireux, lourds, écœurants, mais des tournesols, des freesias, des lianes de lierre entremêlées aux fleurs, éclatantes sur la peinture blanche. Un parfum délicat se propage dans l'église. Toutes ses fleurs préférées.

Les lectures arrivent à leur terme, les psaumes aussi, et maintenant plus rien n'empêche le tapis roulant d'emporter le cercueil dans les flammes. Ils retirent les fleurs, les posent délicatement sur le sol, et j'ai envie de leur crier d'arrêter, on se moque de ces fleurs, sortez-la de cette boîte, sortez ma fille de là.

Je ne crie pas. Je me mords la lèvre, si fort qu'elle saigne.

Le rideau s'écarte, le cercueil franchit l'ouverture.

Le rideau se ferme. Le parfum des freesias me reste dans la gorge. Je me lève, je sors du crématorium, sous le soleil lumineux et chaud, mais je vois sombre, je titube et je tombe.

55

— Je sais que tu as d'autres choses en tête, me dit Zora au téléphone, un peu plus tard. Mais j'ai pensé que tu aimerais savoir ce qui s'est passé au procès.

Je hausse les épaules.

— Il a plaidé coupable. Pour tous les chefs d'accusation. À l'audience, il y a eu un de ces tumultes.

— D'accord, dis-je. Bon, c'est déjà quelque chose. Je ne pensais pas qu'il en aurait le courage.

Tout cela me semble s'être passé il y a une éternité.

— Il est entré dans le box des témoins pour effectuer sa déposition, et au lieu de débiter ce qu'il avait répété, il a déclaré à la cour que tout était vrai.

Cela remue quelque chose en moi, un petit tiraillement d'émotion.

— Et que s'est-il produit ?

— La juge a demandé s'il modifiait sa position, et il a dit oui. Il a aussi clamé devant tout le tribunal que s'il s'était si longtemps tenu à plaider non coupable, c'était la faute de son père et de la conseillère de la reine.

— Ouah, dis-je.

J'imagine presque leurs visages cramoisis de fureur, leur intégrité professionnelle réduite en lambeaux.

— J'ignorais tout de cette histoire, tu sais, me confie Zora. Je veux être absolument claire avec toi là-dessus. Jamais je n'aurais mené une défense sur cette base.

— Je sais. Jeremy a bien souligné que c'était son père, le principal instigateur de tout ceci. Sans que Barbara ait rien fait pour s'y opposer.

— Protection des siens, conclut Zora. Aucune intégrité.

— Cette pauvre fille, dis-je.

— Oui, cette pauvre fille.

Nous gardons toutes deux le silence un instant. Je pense à Freya, au courage avec lequel elle a effectué sa déposition. Puis je respire à fond.

— Je suis navrée de ne pas t'avoir prévenue que j'avais découvert le livre. C'était incroyablement stupide de ma part. J'aurais dû savoir. Tout ça était… très compliqué. (Au souvenir de ce week-end terrible, je réprime un frisson.) Alors, maintenant, que se passe-t-il ?

— Il sera condamné d'ici quelques semaines. Et j'ai déposé une plainte contre ton cabinet et devant l'ordre du barreau pour la manière dont cette procédure a été conduite. Franchement, je reste atterrée.

— Bien.

— Et puis il devra plaider les circonstances atténuantes tout seul. Ou se trouver quelqu'un d'autre. Nous lâchons le dossier, m'annonce Zora. (Un autre silence.) Je ne sais pas quels sont tes projets professionnels, Sadie. Si tu veux retourner dans ce cabinet. Ou si un poste chez nous t'intéresse. En tout cas, nous avons toujours besoin de gens bien. Il y a quantité d'affaires à traiter, et pour toi cela pourrait être plus souple. Quoi qu'il en soit, j'ai averti David de mon intention d'instruire dans toutes les affaires possibles.

J'y réfléchis un moment, et je mets le dossier de côté. J'y penserai en temps et en heure. Pas maintenant.

— Qu'est-il arrivé à Freya ? Tu as vu sa réaction ?

— Je l'ai entendue pleurer dans la galerie du public, me répond-elle. J'ai regardé autour de moi et je l'ai aperçue. Une chose qui te fera peut-être plaisir à entendre, au moins. Sa mère était avec elle, un bras autour de son épaule. Je pense qu'elles vont s'en sortir.

— Bien, dis-je. (Je suis sur le point de raccrocher, mais je me ravise.) Zora, je veux juste te remercier. Pour tout ce que tu as fait. Tu as été une amie fantastique. Je ne sais pas quand je serai prête, mais je serais ravie de travailler avec toi. Mais on peut faire en sorte de ne plus représenter d'ordures ?

Elle rit.

— Tu sais que je ne peux t'offrir cette garantie.

— Juste. Tout à fait juste.

56

Robin remue. Elle se réveille. Je m'allonge à côté d'elle, j'observe son visage alors qu'elle ouvre peu à peu les yeux. Depuis que nous avons quitté l'hôpital pour rentrer à la maison, elle dort dans mon lit, mais elle recommence à jouer un peu toute seule. Elle n'est pas encore retournée à l'école, mais elle affirme être presque prête.

Je trouve aussi dans sa présence un réconfort. Mes nerfs à vif guérissent peu à peu, mon niveau de cortisol revient à la normale. C'est l'instinct du mammifère, ce besoin de se coucher en groupe, dos à dos, contre la nuit. Parfois, je reste éveillée, allongée dans l'obscurité, à écouter ma fille respirer, et j'imagine ce que ça a dû être dans ce cabanon, dans le noir. Robin n'en parle pas, elle n'arrive pas à s'en souvenir. Ou elle ne veut pas. J'espère qu'elle ne s'est jamais réveillée, là-bas, en quête de réconfort, en me cherchant sans trouver personne.

J'ai lu un jour un article sur une expérience, des bébés singes arrachés à leur mère et mis en cage avec un squelette en fil de fer en guise de substitut, inerte et insensible à leurs cris. Cela m'a émue au plus profond de moi, les cris de ces bébés singes, qui retentissaient si fort dans ma tête que c'en était assourdissant. Ma propre mère avait cette dureté, cette inflexibilité. J'essayais régulièrement de lui parler, de l'obliger à remarquer ma présence. Mais j'étais trop souvent une déception à ses yeux, jamais assez bonne pour elle. Ma mère pouvait passer des semaines sous le même toit que moi, en se chargeant juste de laver mon linge, sans jamais croiser mon regard.

Dès que Robin s'est complètement réveillée, nous nous habillons et montons dans mon ancienne chambre. Il est temps. Nous en avons discuté hier soir. Nous allons être efficaces, brutales. C'est la pièce qui jouit de la meilleure vue de toute la maison, en haut sous les combles. Je regarde dans le jardin, les pots de cyclamens éclatants que j'ai plantés pour l'hiver. Au printemps, il y aura des jonquilles, des crocus et des perce-neige, aussi. Parfait pour Robin. Nous allons nous réapproprier cet espace, rompre la mainmise de la haine. Et il ne nous faut pas longtemps pour terminer ce travail que j'ai entamé toutes ces semaines auparavant.

— Tu veux que je descendes toutes ces saletés ? me demande Andrew en montant l'escalier. Je me suis déjà débarrassé de quatre sacs que j'ai sortis de ta chambre.

Je lui tends les rebuts que j'ai triés jusqu'à maintenant et je l'écoute descendre les marches à pas lourds jusqu'à la porte d'entrée. « Ta chambre », a-t-il dit. Il occupe encore le canapé du salon. C'est pour le bien de Robin qu'il est ici, rien d'autre. En tout cas, c'est ce que je me répète.

Robin a fouillé dans les tiroirs à l'autre bout de la pièce. Nous avons surmonté l'horreur que nous a d'abord inspirée ce qu'a fait Lydia, et nous trouvons ça presque amusant maintenant.

— Elle a dû taper sur ce truc à coups de chaussure ou quelque chose comme ça, observe-t-elle, en me montrant la tête fracassée d'un poupon en plastique.

L'un des yeux a entièrement sauté, l'autre est sorti de son orbite à un point inquiétant. C'est dingue.

Nous continuons à travailler en silence. Je trouve quelques pages de *Max et les Maximonstres* plus ou moins intactes et j'essaie de les remettre dans le bon ordre, en songeant combien j'aurais été heureuse de vivre dans un foyer où j'aurais été aimée, avant tout.

— Maman, me dit-elle, me tirant de mes pensées. Maman, répète-t-elle. Regarde ça.

Je lève les yeux. Elle tient une vieille boîte à chaussures.

— C'est quoi ?

— C'était dans le tiroir du bas. Elle n'est pas du tout abîmée.

— Ouah, sans doute le seul truc de cette pièce qui ne l'est pas, dis-je, et nous rions toutes les deux. (Elle se fraie un chemin sur le plancher encombré et me tend la boîte. Nous l'examinons ensemble.) J'ai presque peur de regarder à l'intérieur, dis-je. À ton avis, qu'est-ce que ça va être ? Un crapaud mort ? Un orteil sectionné ?

— Peut-être un cœur de bœuf plein de clous, comme en fabriquaient les sorcières, me répond-elle, en roulant des yeux effrayants.

Il serait tentant de laisser cette boîte, de la jeter directement dans un sac-poubelle et de ne plus jamais y repenser. Mais je sais qu'elle hantera mes pensées. Je respire à fond, je me ressaisis. Je connais très bien l'étendue de la malveillance de ma mère : mais elle ne peut plus rien faire à présent qui puisse me toucher.

— Allez, maman, vas-y, insiste Robin, et je prends mon courage à deux mains.

Je retire le couvercle.

— Oh, dis-je.

Et je répète : « Oh » ; en portant la main à ma bouche, interloquée.

— C'est quoi ? me demande-t-elle. Allez, laisse-moi voir.

Elle met la main dans la boîte et en sort la poupée russe dont je garde le souvenir, tant d'années plus tard. J'ai vu ma mère la réduire en miettes, les tendons de son cou bandés tant elle abattait le marteau avec force.

— Je croyais que tu avais dit qu'elle était cassée, me dit Robin.

La poupée est sortie de sa boîte en un seul morceau. Je la lui prends des mains et mes doigts effleurent les sutures, les petites traînées de colle.

— Elle a dû la réparer, dis-je, et c'est comme si l'air ondulait, se vidait de toute tension.

— Ça va être une jolie chambre, me dit Robin.

Elle est tout près de moi et elle me serre dans ses bras.

— Je suis désolé, me dit Andrew, plus tard ce jour-là.

Je le regarde.

— Je sais.

— Tu crois que tu finiras par me pardonner ?

Je continue de le regarder, et il me regarde à son tour. Nous restons à nous regarder un long moment.

— Tu vas retourner au cabinet ? me demande-t-il, un peu plus tard.

— L'un de nous deux va devoir gagner un peu d'argent, lui réponds-je. Maintenant que tu es devenu indic, que tu as fait arrêter ton patron et que tu as perdu ton visa de travail.

— Nous pouvons faire en sorte que ça fonctionne. C'est ton tour, maintenant. Je suis là.

— Je ne sais pas, répété-je. Je ne sais pas si j'ai envie de rester ici, non plus. (Je désigne la cuisine d'un geste.) Nous ne pouvons pas non plus retourner aux États-Unis.

— Il faudrait me passer sur le corps. En tout cas, même si on pouvait, je ne suis pas sûr que Robin accepterait, dit Andrew.

Il rit. Au bout d'un moment, je ris à mon tour.

— Qu'est-ce qu'il y a de si drôle ? s'écrie une voix depuis le salon, et notre fille est là, devant nous.

Encore pâle, encore un peu amaigrie par son séjour à l'hôpital. Mais ça va. Ça va très bien.

— Ta mère propose qu'on reparte s'installer en Amérique, lui explique son père. Je n'étais pas sûr que tu serais d'accord avec cette idée.

— Pas question ! Je ne déménage plus. Ici, j'aime bien. J'aime bien l'école. On peut rester ?

Je les regarde tous les deux et je souris. C'est comme si rien de tout cela n'était arrivé. L'ombre s'est éloignée de Robin, mais je ne pense pas en être jamais libérée moi-même un jour, de ce contact de sa main si froide sur la mienne, quelques semaines plus tôt, qui subsiste encore sur ma peau.

Tout s'est déroulé si vite une fois que nous avons retrouvé Robin qu'il m'a fallu un moment pour comprendre exactement ce qui s'était passé. Une ambulance est arrivée et on l'a installée dedans. Au vu de sa température corporelle si basse et des traces de sang sur sa tête, j'étais d'abord convaincue qu'elle était morte, mais les ambulanciers ont pu déceler un pouls, faible. Il lui a fallu quelques semaines pour se rétablir complètement, et pour que les sédatifs avec lesquels elle avait été droguée s'évacuent de son organisme.

— Si vous l'aviez retrouvée un tout petit peu plus tard, ça aurait été trop tard, m'a dit l'un des médecins de l'hôpital. Ou si on lui en avait administré davantage. Tout bien considéré, elle a eu de la chance.

Je la regarde à présent, sautillant en tous sens dans la maison avec Andrew. Vraiment de la chance, en effet. Pas comme la pauvre Daisy. Ses funérailles ont été l'un des événements les plus tristes auxquels j'aie jamais assistés. Cela m'a brisé le cœur de voir Paul au premier rang du crématorium, la tête baissée sous le poids du désespoir, Nicole à côté de lui. Ils se rapprochent, Nicole et Paul. Cela semble leur procurer un peu de réconfort.

Je n'ose pas imaginer ce que Julia doit ressentir. Mais rien de ce qui la concerne n'est compréhensible. Il est inimaginable qu'un être ait pu être aussi rongé d'ambition pour son enfant qu'elle en ait été prête à tuer pour éliminer la concurrence. Mais c'est exactement ce qui s'est produit.

Elle a été placée en détention, inculpée d'homicide involontaire contre Daisy, de séquestration et tentative de meurtre contre Robin. Le message que m'avait envoyé Nicole au moment où nous allions chercher Robin dans la maison secrète nous indiquait qu'elle ne retrouvait plus les clefs de ce bâtiment ; Julia avait visité la maison quelques années auparavant et connaissait les pièces sur l'arrière. Elle avait dû subtiliser les clefs quand elle en avait eu l'occasion. Nicole n'avait pas pensé à mentionner la chose plus tôt : il ne lui était tout simplement pas venu à l'esprit que Robin pouvait être détenue là.

Des experts de la police scientifique ont retrouvé des fibres des vêtements que portait Julia partout sur ceux de Robin, ses empreintes digitales sur les clefs qu'on avait fini par retrouver dans le sac à main, et sur une boîte vide de tranquillisants du genre de ceux qu'elle avait utilisés pour droguer Daisy et Robin, jetée dans la poubelle devant la maison de Julia, avec son nom sur l'étiquette.

Julia plaide coupable d'homicide involontaire sur la personne de sa fille, m'a expliqué la police. Elle se déclare anéantie, elle ne se pardonnera jamais ce qui est arrivé. Elle s'estime non coupable des accusations relatives à Robin. Jusqu'à présent. Mais elle n'a fourni aucune autre explication. Pour elle, face à la mort de sa fille, cela ne compte probablement plus. Elle semble avoir renoncé à toute tentative véritable de se défendre.

La police travaille sur l'hypothèse que, submergée par le chagrin et la culpabilité du coma de Daisy, mue par une impulsion, elle a décidé d'enlever Robin, qu'elle accusait d'avoir perturbé l'équilibre de la classe. Dès qu'elle s'est emparée d'elle, le dimanche matin, elle lui a fait boire un breuvage additionné de ce médicament et l'a frappée à la tête avant de la cacher dans l'annexe de la maison de Nicole.

Je ne saurai jamais ce qui lui a traversé l'esprit, et pourtant, j'ai essayé de comprendre. Droguer Daisy : bon, là, il y avait une logique, quoique sombre et tordue. Le désir de réussite de Julia était sans merci. Il était clair que rien ne l'arrêterait. Jusqu'à l'arrivée de ma fille dans la classe, Daisy avait toute garantie de remporter la bourse, d'être reconnue comme la meilleure. Ma fille n'arrêtait pas la battre en maths : c'était peut-être la raison pour laquelle Julia administrait de plus en plus de médicaments à sa fille, pour la rendre plus performante artificiellement, pour la calmer, jusqu'à ce que tout cela aille trop loin. Elle avait dû considérer que tout était la faute de Robin. Aussi, dès qu'elle avait entrevu une occasion de prendre sa revanche, de la faire souffrir autant que Daisy, elle l'avait saisie à pleines mains.

Je regarde ma fille, à présent. La résilience de la jeunesse. Elle a totalement rebondi, elle conserve juste une petite marque à la tête. Pas d'autres cicatrices. Rien. Elle n'aura même pas à se soumettre aux examens d'entrée dans le secondaire : Ashams a été si secoué par le scandale que l'administration a suspendu la procédure d'entrée pour les élèves de primaire. L'admission au collège sera désormais automatique.

Bien que ce soit un exemple extrême des dangers de la compétition entre parents, expose la lettre de Mme Grayson qui nous est parvenue, avec un sens remarquable de la litote, *nous veillerons à l'avenir à ne pas favoriser une atmosphère qui incite à des comportements de ce type.*

Tant mieux pour Robin. Tant mieux pour Pippa.

Trop tard pour Daisy, la pauvre enfant soumise par sa mère à une pression si mortifère, gavée de médicaments censés renforcer ses performances du fait de la volonté vaniteuse de Julia que sa fille brille.

Et trop tard pour Zoe. En l'occurrence, il n'y aura pas d'acte d'accusation. Mais c'est seulement faute de preuves. La police m'a informée que la mère de Zoe est convaincue que Julia était derrière la mort de sa fille, d'une manière ou d'une autre, la place de cette fillette en tête de classe étant insupportable pour Julia, alors même que les enfants n'étaient encore qu'en CM1.

Je regarde Robin. Je sais quelle chance nous avons.

* * *

Plus tard ce jour-là, Pippa vient jouer. Elle va rester dormir. Dès son arrivée, les filles courent ensemble au premier étage, en gloussant. Elles s'entendent comme larrons en foire.

Nicole sort de sa voiture et me tend le sac de sa fille sur le pas de la porte. Je sais que je devrais l'inviter à entrer, mais en la voyant, plus jolie que jamais, ses cheveux coupés et teints, avec du rouge aux lèvres, je reste sans voix.

— Paul m'attend dans la voiture, me confie-t-elle. Nous partons pour la nuit. Dans un hôtel des Cotswolds.

Il y a un battement, un temps d'arrêt, avant que je ne trouve une réponse.

— J'espère que vous passerez un moment charmant, dis-je enfin.

Nicole est au milieu de l'allée quand elle rebrousse chemin.

— J'espère vraiment que Robin sera bientôt de retour à l'école. Elle nous manque. Et vous aussi.

Je la dévisage d'un air vide.

— Nous sommes impatientes de vous enrôler pour le marché de Noël ! J'ai repris le poste de Julia… Je suis cheffe de l'association des parents d'élèves. Sachant que je m'en occupais beaucoup avec elle, la décision a été unanime.

Lorsqu'ils démarrent, je leur fais un signe de la main. Ses mots sont clairs, mais ils tintent comme de la glace.

Une image ressurgit malgré moi dans mon esprit. Nicole, cette fois. Son visage quand elle a regardé Daisy, à l'hôpital. Des yeux assombris par une émotion que sur le moment je n'ai pas su identifier. Mais maintenant je m'interroge. Aurait-ce pu être de la jalousie ? Haïssait-elle les filles qui obtenaient de bien meilleures notes que Pippa ? Convoitait-elle la position de Julia dans l'école ? A-t-elle pu droguer Daisy et tenter de tuer Robin, en laissant Julia endosser toutes ces accusations ? Elle avait le mobile, la méthode… et l'opportunité.

Je secoue la tête. Je suis bête, je fais des liens qui n'existent pas. Je connais la teneur de l'histoire : ce n'est pas la peine de la compliquer.

— On peut préparer un gâteau, maman ? Tu es d'accord ? me demande Robin, toute rose, surexcitée, Pippa derrière elle.

— Oui, bien sûr que vous pouvez, dis-je.

— Merci, maman, et elle sort de la pièce en courant.

Pippa est sur ses talons. Mais avant de sortir, elle se retourne vers moi.

— J'aime bien Robin, m'avoue-t-elle. Elle n'est pas comme Zoe ou Daisy : elles se vantaient tout le temps et avec elles je me sentais bête. Mais Robin ne fait jamais ça : c'est mon amie. Elle sera toujours mon amie.

Elle me regarde, sans ciller, le regard décidé.

Il n'y a aucune raison logique à cela mais je me sens traversée par des doigts glacés. Ensuite Pippa me sourit et ces doigts fondent. C'est une enfant, juste une enfant. Je passe dans la cuisine et j'allume le four, prête à les aider.

Épilogue

Personne ne se souvient jamais de moi. Peut-être que je n'existe pas.

Maman dit que j'existe vraiment, pourtant. Maman me voit. Elle voit tout ce que je fais. Nous faisons tout ensemble. Nous résolvons tous les problèmes ensemble.

Je fais partie d'elle, dit-elle.

Ils ne me croient pas aussi maline que les autres filles. Ils se trompent. J'aime bien le cacher pour qu'ils ne remarquent rien. Ils savent qu'il y a des choses que je fais mieux, quand même.

Courir, sauter. Nager.

Zoe, j'ai dit, Zoe. Juste un peu plus profond. Tu peux y arriver.

N'aie pas peur.

Je vais t'aider.

Je ne l'ai pas aidée. Elle ne m'a jamais aidée. Je ne l'aimais pas.

Mais j'ai aidé Robin. Je me suis arrangée pour qu'on la trouve. Alors que maman disait non, que Robin finirait par être méchante avec moi, elle aussi.

Maman se trompe. Robin est gentille avec moi. J'espère qu'elle sera toujours gentille avec moi.

Robin est mon amie.

Remerciements

Les deuxièmes romans sont difficiles et celui-ci ne fait pas exception. Mes remerciements les plus profonds vont à mon éditrice, Kate Stephenson, pour sa patience infinie et le talent qu'elle a mis à faire ressortir le meilleur de ce livre, et à mon agente, Veronique Baxter, pour ses grandes connaissances et son soutien tout au long du processus. Ce livre a été brillamment revu et édité, et même ligne à ligne, par Karen Ball et Julia Bruce : mes remerciements à vous deux.

J'ai beaucoup de chance d'être publiée chez Wildfire, le meilleur éditeur du secteur : j'en suis très reconnaissante à Alex Clarke, Ella Gordon et l'équipe de Headline. Merci en particulier à Rosie Margesson et Joe Yule, mais rien de tout cela n'aurait pu être réalisé sans vous tous.

La doctoresse Rosie Baruah a pris un peu sur le temps précieux qu'elle consacre à soigner des patients sur la ligne de front du Covid-19 pour m'apporter des informations sur les effets des surdoses médicamenteuses, et Anya Waddington m'a été d'une grande aide avec ses conseils sur les procédures d'entrée dans les établissements du secondaire en Angleterre : mes plus profonds remerciements à toutes les deux. Les éventuelles erreurs, dans ces domaines ou dans d'autres, sont de mon seul fait.

Dès les premières étapes, j'ai reçu des assurances, des conseils et des encouragements de mes premiers lecteurs – un grand merci à Jemma Arvinitis, Louise Hare, Laura Joyce, Caroline Jannett, Amanda Little, Maxine Mei-Fung Chung, Kate Simants et Trevor Wood.

Je vous ai volé vos noms et je vous ai pris beaucoup de temps à me lamenter sur le syndrome de la difficulté du deuxième livre – merci, mes amis. Susan Chynoweth, Norma Gaunt, Kristian Glynn, Katie Grayson, Sarah Hughes et Sandra Labinjoh, je suis impatiente de vous voir toutes en personne, plutôt que sur un écran d'ordinateur. Un remerciement tout particulier à Sarah Pinborough pour tout son soutien pendant la première phase de la publication, j'ai beaucoup apprécié ; et merci à Sophie Hannah, dont les conseils ont été si précieux.

Helen Chatwell, je te remercie grandement, vraiment. Tu sais pourquoi. Ruth Davison, tu étais l'omission criante des remerciements de *Blood Orange*, mais une fois encore, merci beaucoup. Tu sais aussi pourquoi.

À tous les enseignants, partout, vous avez mon respect et ma gratitude sans mélange. Et en particulier tous ceux qui ont enseigné à mes enfants. J'espère n'avoir jamais été aussi compliquée que mes mères fictives aux portes de l'école. Je suis heureuse que ce monde n'existe que dans mon imagination…

Je ne m'étais pas du tout attendue à ce que mon premier roman, *Blood Orange*, touche autant de lecteurs, et je suis très reconnaissante à tous ceux qui ont choisi de lui donner sa chance. Sa sélection pour le WHSmith Richard and Judy Book Club a été un honneur que je n'aurais jamais pu imaginer, et je leur adresse tous mes remerciements, ainsi qu'à tous les libraires qui l'ont recommandé et soutenu. J'ai aimé voir ce livre utilisé pour des discussions dans des clubs de lecteurs et critiqué par des blogueurs – vous êtes tous incroyables et j'apprécie vraiment tout le travail que vous avez réalisé pour la meilleure des raisons : l'amour des livres et de la lecture.

Ma famille m'a apporté un énorme soutien, au cours de cette dernière année, tandis que j'écrivais ce texte : mes parents Bill et Jenny, mon frère Alex, ma nièce Amélie et mon neveu Ali, mes beaux-parents Ian et Cathy et mon beau-frère Oli, merci infiniment à vous tous. Je suis très heureuse d'avoir une famille normale qui ne porte aucun héritage étrange.

Enfin, merci à Nat, Freddy et Eloise. Sans vous, je ne pourrais rien faire – vous êtes les meilleurs compagnons de confinement que j'aurais pu demander. Je vous aime tous.

Composition et mise en pages
Nord Compo à Villeneuve-d'Ascq

#lisez! engagé
www.lisez.com
Pour plus d'information :
Imprimé sur du papier issu de forêts gérées durablement.

Imprimé en Espagne par Liberdúplex
en octobre 2024
N° d'impression : 123009

POCKET – 92, avenue de France, 75013 Paris

S34177/01